HEYNE <

Das Buch

»Schreistufe zwei ist inzwischen erreicht, der Schnuller mal wieder unauffindbar (wo versteckt sie die bloß?), und ich nehme die Kleine vorsichtig aus der Wiege, um sie vor dem Füttern noch zu wickeln. Püüh, dieses Aroma! Während ich an ihr herumhantiere, atme ich durch den Mund. Bei unserem kleinen Wickelkontakt mitten in der Nacht strampelt sie hilflos mit ihren Beinchen, rudert mit den pummeligen Ärmchen und weiß nicht so recht, wie ihr geschieht. Klar, sie ist ja auch erst zwei Wochen alt und unglaublich süß, wie sie so verdutzt guckt und mit den Armen wackelt. Süß – und hungrig.«

Wer die *Müttermafia* mag, wird Wickelkontakt lieben: Charmant, romantisch, humorvoll.

Die Autorin

Katri Dietz, geboren 1976, studierte Germanistik und Anglistik in Hannover, absolvierte eine Ausbildung zur Rundfunkjournalistin und machte ein Volontariat in Hamburg. Als freie Moderatorin, Redakteurin und Reporterin arbeitete sie für verschiedene Radiosender. Sie lebt mit ihrem Mann und ihren zwei Kindern in Schleswig-Holstein. *Wickelkontakt* ist ihr erster Roman.

Katri Dietz
Wickelkontakt

Roman

WILHELM HEYNE VERLAG
MÜNCHEN

MIX
Papier aus verantwortungsvollen Quellen
FSC® C014496
www.fsc.org

Verlagsgruppe Random House FSC-DEU-0100
Das für dieses Buch verwendete
FSC®-zertifizierte Papier *Holmen Book Cream*
liefert Holmen Paper, Hallstavik, Schweden.

Originalausgabe 05/2011

Redaktion: Eva Philippon
Printed in Germany 2011
Umschlagfoto: © Vladimir Godnik/plainpicture/fStop
Umschlaggestaltung: Eisele Grafik-Design, München
Satz: Buch-Werkstatt GmbH, Bad Aibling
Druck und Bindung: GGP Media GmbH, Pößneck
ISBN: 978-3-453-40854-8

www.heyne.de

Für meinen Mann zum fünften Hochzeitstag
Habe dich lieb!
Bring bitte Brötchen mit, wenn du nach Hause kommst.

Brauchen Sie mehr als vier Stunden Schlaf pro Nacht?
Lieben Sie es, ausgiebig zu shoppen?
Sind Sie figurbewusst?
Machen Sie gern Urlaub?
Telefonieren oder arbeiten Sie gern?
Gehen Sie gern ins Kino, ins Restaurant, in die Badewanne, auf den Balkon oder ungestört auf Toilette?
Haben Sie ein intaktes Sexleben?

Wenn Sie mehr als eine dieser Fragen mit JA beantwortet haben, können Sie sich ein Baby eigentlich abschminken.

1

»Hmm, ist der lecker« sage ich zu Mona und meine den Erdbeer-Daiquiri.

»Ja, der guckt dich auch schon die ganze Zeit an!«, sagt sie und meint den heißen Latino hinter der Bar.

Ich weiß gar nicht mehr, warum ich mir vorher solche Sorgen gemacht habe. Die Party zu meinem dreißigsten Geburtstag ist lustig. Alle meine Freunde sind gekommen. Die Stimmung im *Nouar,* meiner Lieblingsbar im Hamburger Schanzenviertel, geht in Richtung ausgelassen, viele tanzen auf der kleinen Fläche zwischen der Ecke mit den Sofas und der Tür zu den Toiletten, und ich trinke meinen dritten Daiquiri. Fast genauso wie über die gelungene kleine Party, mit der ich meinen Eintritt ins Erwachsenenalter feiere, freue ich mich über meine neue Seven-Jeans, die ich mir zum Geburtstag gegönnt habe. Zusammen mit den ebenfalls neuen Stiefeln von Jimmy Choo zaubert sie einfach eine Bombenfigur hin. Ich grinse durch die Gegend und finde es toll, so beliebt, vermutlich sogar begehrt, aber mit Sicherheit gut gekleidet zu sein.

Der hübscheste Typ hier im Club hat anscheinend ein Auge auf mich geworfen, und meine beste Freundin Mona meint das auch … Ich gucke ab und zu rüber und gönne dem Barkeeper mein süßestes Lächeln. Es läuft gerade von Red Hot Chili Peppers »*Give it away*«, und ich bewege mich ein bisschen am Rand vor mich hin. Aber irgendwas ist merkwürdig. Die Stimmung verändert sich. Die Partygäste kommen auf einmal auf mich zu, ich stehe an der Bar und fühle mich bedroht, immer näher kommen die anderen, sie gehen in langsamen abgehackten Bewegungen auf mich zu, wie Zombies … Ihre Gesichter verziehen sich zu Grimassen, ähnlich dem »Schrei« von Edvard Munch. Was wollen die von mir? Hilfe! Und dieses Geräusch, das aus deren Mündern tönt! Was ist das bloß? Ich kenne es von irgendwoher … Es klingt wie ein penetrantes Quaken, wie eine kleine Ente, die einem im Park hinterherwatschelt und mit Brot gefüttert werden will.

Quak, quak. Jetzt wird es eindringlicher, fast flehentlich: *Quaak!* Um gleich darauf in den Befehlston zu wechseln: *Quack!!* Ich denke angestrengt nach … *Quack, quack!* O mein Gott: Maja! Hellwach schrecke ich auf, der Daiquiri in meiner Hand löst sich in Luft auf, die Jimmy Choos gleich mit, der süße Typ hinter der Bar sieht aus wie mein Mann, und was hier so lauthals quakt, ist meine kleine Tochter. Wirklichkeit, du hast mich wieder. Seufz. Es ist 3.30 Uhr, mitten in der Nacht, und ich befinde mich nicht im *Nouar* auf einer Party, sondern in meinem Bett, statt Seven-Jeans trage ich ein altes Schlabber-T-Shirt, und neben mir steht die Wiege, in der mein Baby liegt. Egoistisch und todmüde wie ich bin, hatte ich mir erlaubt – Oh, Hochverrat! – mal einige Minuten wegzudösen, obwohl Maja noch, oder eher schon wieder, wach war. Bevor das Quaken zum Quengeln und schließlich zum Schreien bis hin zum Brüllen wird, suche ich den Schnuller, ohne ihn zu finden, ächze mich aus dem Bett, schlurfe einäugig in die Küche, stelle den Wasserkocher an und latsche wieder zurück.

Schreistufe zwei ist inzwischen erreicht, der Schnuller mal wieder unauffindbar (wo versteckt sie die bloß?), und ich nehme die Kleine vorsichtig aus der Wiege, um sie vor dem Füttern noch zu wickeln. Püüh, dieses Aroma! Während ich an ihr herumhantiere, drehe ich den Kopf weg und atme durch den Mund. Bei unserem kleinen Wickelkontakt mitten in der Nacht strampelt sie hilflos mit ihren Beinchen, rudert mit den pummeligen Ärmchen und weiß nicht so recht, wie ihr geschieht. Klar, sie ist ja auch erst zwei Wochen alt und unglaublich süß, wie sie so verdutzt guckt und mit den Armen wackelt. Süß – und hungrig. Ich beeile mich, mit ihr auf dem Arm in die Küche zu gehen, und – inzwischen mit zwei Augen, aber nur einer Hand – drei Messlöffel Milchpulver abzuzählen.

Vom frischgebackenen Papa ist mal wieder keine Hilfe zu erwarten. Der pennt. Komme, was da wolle, mein Mann schläft. Und ist auch sonst sehr entspannt. Er erzählt allen, wie toll ich das ja mache mit der Kleinen und dass ich ihn immer schlafen lasse. Sehr witzig. Wenn er sich selbst nach dem zehnten von mir gerufenen »Schaaaaa-aaatz« und Rütteln an der Schulter beharrlich weigert, wach zu werden, kann ich eben auch nichts mehr machen, was nicht an Körperverletzung grenzt. Die zweimal, die ich ihn nachts gebeten habe, mir eine Hilfe zu sein und seine Tochter zu wickeln, hat er abgeschmettert mit den Worten: »Sie muss ja auch nicht alle drei Stunden eine neue Windel bekommen.«

Das Fläschchen hat er ihr zwar gegeben, damit war die Vaterpflicht aber auch erfüllt. Das spuckende und sich verschluckende Kind durfte ich dann selber trösten, sauber machen und viermal umziehen, während mein Liebster mal wieder friedlich daneben schlummerte. Da gefiel mir mein Traum von der Party eben eindeutig besser.

Maja liegt auf meinem Schoß, und ich überlege, wann ich das letzte Mal feiern war. Es fällt mir nicht ein. Was sich tatsächlich zu meinem Dreißigsten vor drei Wochen abgespielt hatte, war von meinem Traum meilenweit entfernt gewesen, dafür deutlich nah dran an einem Trauma. Mein Geburtstag fiel wie immer auf den 1. Januar, bisher hatte ich dabei immer gleichzeitig Silvester gefeiert und Spaß gehabt –

in diesem Jahr jedoch war unser Silvester ausgefallen, und der Spaß gleich mit, weil ich mich am frühen Abend des 31.12.2005 erst übergeben und dann hinlegen musste. Am Neujahrstag 2006 hatte ich Mona eingeladen, die einen Apfelkuchen gebacken und mich damit getröstet hatte, dass ich bestimmt bald wieder würde feiern gehen können, wenn das Baby erst mal auf der Welt war. Hatte die eine Ahnung!

Drei Stunden Kaffeeklatsch am Neujahrstag, der trostloserweise auch noch auf einen Sonntag fiel – das war also die dolle »Paadi« zu meinem Jubiläumstag. Tröööt! Und allein das war schon so anstrengend, dass ich danach bis Montagmittag durchschlief. Schade. Die letzten Jahre hatte ich mich immer auf meinen Dreißigsten gefreut, jetzt war es endlich so weit, ich war »im Club der Erwachsenen« – und fühlte mich wie eine uralte Oma.

Was war das, das da auf der Couch saß mit hochgelegten Beinen und meinen Namen trug? Wer war diese müde Frau, die keine eigene Meinung hatte und sich im Fernsehen auf einmal Berichte über Häuserfinanzierung und Altersvorsorge anschaute? Ich war das jedenfalls nicht. Doch wo war ICH geblieben? Ich musste mich dringend mal suchen – wenn ich jemals wieder die Zeit dazu finden sollte.

Als ich um sieben Uhr – kurz vorm nächsten Füttern – in die Küche komme, ist mein Schatz schon auf dem Weg zur Arbeit. Kein Tschüss, keine Nachricht, kein liebevoll vorbereitetes Fläschchen oder gar ein Frühstück für mich – nichts. Schönen Dank auch, so hab ich mir das aber nicht vorgestellt!

»Sieh zu, wie du alleine klarkommst« – so empfinde ich das. »Ich muss immerhin hier das Geld verdienen, und auf die Jagd gehen und Mammuts erlegen, und Mutti bleibt schön zu Hause und passt auf, dass das Feuer nicht ausgeht und die kleinen Blagen nicht erfrieren …«

Dabei hatten wir das alles ganz anders abgesprochen.

Aber wenn sich schon zwei Wochen nach der Geburt unseres ersten Kindes so archaische Grundzüge herauskristallisieren, müssen wir wohl bald mal ein ernstes Gespräch führen. Das tun wir übrigens öfter, »ernste Gespräche führen«. Natürlich muss immer *ich* die anregen. Manchmal bleibt auch nur, einen ernsten Brief an den Kindsvater zu schreiben. Zwei davon hab ich neulich in seiner Schreibtischschublade gefunden und mich dafür geschämt, dass sie genau den gleichen Einleitungssatz haben. Aber auch heute würde ich meinen »ernsten Brief« wieder anfangen mit den Worten: »Mein lieber Schatz – weil ich nicht mehr weiß, wie es weitergehen soll, und mir ernsthafte Gedanken über unsere Beziehung mache, schreibe ich Dir diesen Brief. Wenn ich mit Dir reden würde, würdest Du denken, dass ich nur wieder meckere …«

Hm, auch keine sprachliche Meisterleistung, stellt die Journalistin in mir fest. Ich verschiebe mein Vorhaben auf später, wenn die Situation wirklich zu eskalieren droht, wir also mit bösen Wörtern und Fernbedienungen um uns schmeißen, und widme mich den Fragen, die eine junge Mutter beschäftigen.

Zum Beispiel: Warum schläft die Kleine immer dann seelenruhig, wenn das Fläschchen gerade fertig ist? (Das man natürlich in Windeseile zubereitet hat, weil sie kurz zuvor noch vehement danach verlangt hatte, gefüttert zu werden.)

Warum wacht sie grundsätzlich auf, wenn die zwei Stunden Warmhaltefrist im Flaschenwärmer gerade abgelaufen sind und man deswegen eine neue Milch zubereiten muss?

Warum hat sie tagsüber den wunderbarsten Fünf-Stunden-Rhythmus, schläft aber nachts zwischen zwölf und sechs Uhr nicht länger als eine halbe Stunde?

Warum mussten die Bauarbeiten im Treppenhaus eigentlich genau an dem Tag anfangen, als wir aus dem Krankenhaus kamen?

Warum kann Maja bei dem Bohrlärm schlafen und ich nicht? Und warum erwarten alle von mir, dass sie jetzt gleich das Baby zu sehen bekommen? Darf ich nicht erst mal zur Ruhe kommen, oder wenn doch, wann? Wann passe ich wieder in meine alten Sachen, sprich, wann hab ich diese verflixten zwanzig Kilo wieder runter?

So viele Fragen und keine einzige Antwort. Um nicht weiter grübeln zu müssen, nehme ich mir ein Beispiel an meiner Tochter und falle endlich in tiefen, festen Schlaf.

2

Da stand ich nun vorm Spiegel, und wo ich sonst immer dachte: »Na, du arme dicke Wurst, kein Wunder, dass du keinen Typen abkriegst«, war ich heute einfach nur von mir begeistert: Die neue Jeans mit Schlag saß perfekt, das schwarze Trägershirt mit dem tiefen Ausschnitt betonte alles, was es betonen sollte, und die petrolfarbene Kapuzenjacke sah lässig aus. Ich drehte mich vorm Spiegel, den ich vorsorglich an die Wand gelehnt hatte – was ja immer schlanker macht, als wenn er gerade steht –, und bewunderte mich ein bisschen. Dabei murmelte ich vor mich hin: »Oberflächlichkeit, dein Name ist Sophie.« Und mein selbstverliebtes Ich antwortete: »Ja, das stimmt, aber lass mich doch, ich sehe heute wirklich fantastisch aus!« Ich streckte meinem Spiegelbild die Zunge raus. Der Liebeskummer wegen meiner letzten Fast-Beziehung hatte sich absolut gelohnt: Acht Kilo in nur vier Wochen! Eine Diät zum Weiterempfehlen! Und dazu die Erkenntnis: »Es geht auch ohne Typen!« Ob das wirklich stimmte, wollte ich jetzt ausprobieren.

Nur gucken, nicht flirten, vor allem, nicht knutschen, und bitte, bitte, bitte niemanden mit nach Hause nehmen! Aus solchen Geschichten wird eh nichts – und bestimmt nicht die romantische »Große Liebe«. Wenn sich auch sonst nicht viel ergeben hat – wenigstens das hatte ich in drei Jahren erfolglosen Singledaseins gelernt. Dabei fragte ich mich, warum ich eigentlich keinen Mann auf »normalem« Weg kennenlernen konnte. Zum Beispiel beim Einkaufen (»Welchen Wein könnten Sie mir denn empfehlen? Wimperklimper), oder über eine Freundin (»Du, das ist der Frank, der sucht die Frau fürs Leben« – und drei Wochen später läuten die Hochzeitsglocken) oder beim Grillen an der Elbe, vielleicht auch mal ohne furchtbar besoffen zu sein. (»Willsu auch noch 'ne Wuäss?«)

Ich wusste einfach nicht, warum es bei mir nicht klappte, vermutete aber stark, dass es irgendwas mit meinem durch massive Enttäuschungen angeknacksten Selbstwertgefühl zu tun haben musste – wie auch immer, damit musste Schluss sein. »Heute wird gefeiert, aber ohne Typen!«, nahm ich mir vor. Und ohne Alkohol. Prost!

Keine drei Stunden, nachdem ich diese guten Vorsätze gefasst hatte, war ich schon total voll. Gott, dieser Abend war aber auch langweilig. Das lag nicht an Mona, in deren Wohnung wir uns zum Essen trafen, sondern an unserer Kollegin Rike, die ebenfalls eingeladen war. Rike war Praktikantin bei *Hanseradio*, dem Sender, in dem wir arbeiteten. Ich als Volontärin, Mona als Musikredakteurin.

Obwohl ich mich noch als angehende Moderatorin behaupten musste, wusste ich doch, was ich wollte: Nach meinem »Volo« als Moderatorin mit einer eigenen festen Sendung übernommen werden oder mich einfach bei einem anderen Sender bewerben, wo ich auch gleich eine feste Sendung bekommen sollte.

Ich rechnete mir auch gar nicht so schlechte Chancen aus, meine Träume zu verwirklichen, weil ich alles in allem eigentlich immer pünktlich, fleißig und zuverlässig war. Okay, außer an den Tagen, an denen ich verschlief – was wegen der völlig unzumutbaren Arbeitszeiten von fünf bis zwölf Uhr eben häufiger vorkam – oder an den Tagen, an denen ich üble Regelschmerzen hatte und lieber mit meiner Wärmflasche kuschelte. Oder wenn es regnete, dann verließ ich auch nur ungern das Haus. Aber wie gesagt, ansonsten war ich pünktlich, fleißig und zuverlässig. Und was wohl mein absoluter Pluspunkt war: Meine Stimme brachte mir zahlreiche Hörer und einige nette E-Mails ein. Warum auch immer! Ich fand mich nicht besonders sexy, kam aber wohl so rüber. Ein Kollege aus der Verwaltung hatte mir im Vorbeigehen auf dem Flur sogar mal zugeflüstert, dass er immer weiche Knie bekam, wenn er mich moderieren hörte. Na ja, gut, meinetwegen. Stand ihm ja frei.

Mona hatte in ihrer Dreizimmeraltbauwohnung in Ottensen richtig schick gekocht und den Tisch aufwendig gedeckt, es gab schwarze Nudeln mit Scampi, Silberbesteck und rosa Hyazinthen auf dem weißen Tischtuch. Obwohl Mona auch an Kerzen nicht gespart hatte, wollte keine richtig schöne Stimmung aufkommen. Rike faselte nämlich die ganze Zeit von sich selbst und ließ niemand anderen drankommen. Sie redete ununterbrochen von ihrer Therapie, dem Typen, den sie liebte, der sie aber nicht liebte, ihrer Wohnung, dann wieder von ihrer Therapie und dem Typen. Derweil hatte ich, angeschwipst wie ich nach einer Flasche Weißwein schon war, etwas Zeit, meinen Gedanken nachzuhängen und von meiner Radiokarriere zu träumen.

Ich als berühmte Radiomoderatorin, das wäre schon toll. Wenn nur das frühe Aufstehen nicht immer wäre! Das machte meinen Träumen, realistisch betrachtet, nämlich einen ganz schönen Strich durch die Rechnung. Aber ich wäre statt mit der Morningshow, die von allen Sendungen am meisten gehört wird, auch mit einer Nachmittagssendung zufrieden, das wäre sogar perfekt. Ich liebte es zu moderieren. Seit ich vor einem halben Jahr das erste Mal eine Abendsendung hatte moderieren dürfen, war ich dermaßen scharf darauf zu senden, dass es schon fast peinlich war. Niemals hatte ich mich für irgendwas anderes so begeistert. Ich war einfach völlig verliebt in meinen Job. Obwohl ich unter der Woche tagsüber als Reporterin oder Nachrichtenassistentin eingesetzt wurde und auch oft Frühschichten schob, verbrachte ich danach auch noch freiwillig die Nachmittage im Sender, half aus, indem ich noch ein paar Straßenumfragen machte, und wartete auf die Abendstunden, ich denen ich alleine im Back-Up-Studio Moderieren üben konnte. Ich konnte nicht mal sagen, warum ich das alles machte. Ich saß im Studio und dachte, hier gehöre ich hin. Alles andere wurde unwichtig. Ich mochte die Musik, ich mochte es, die Blenden zu fahren, diese auch noch mit Jingles zu versehen, und die Lieder so einzukürzen, dass eine Sendestunde immer genau um Punkt voll beendet war, und nicht erst fünf Minuten danach – das war so ungefähr das Schwierigste. Das Sprechen mit den Hörern bei Spielen, und dann die Freude des Gewinners, oder einfach Anrufer live entgegenzunehmen, die einen Blitzer meldeten und einem ansonsten einen schönen Tag wünschten, das machte mich total glücklich.

Um über all meinen Karriereplänen und Rikes Gefasel nicht einzuschlafen, goss ich mir regelmäßig Wein nach und warf mir mit Mona verschwörerische Blicke zu. Wir verstanden uns auch ohne Worte, prosteten uns zu und lachten. Rike guckte etwas irritiert, redete dann aber weiter. Erstaunlich, dass sie auch gar nicht auf eine Reaktion von uns wartete.

Mona ist seit der elften Klasse meine beste Freundin. Wir hatten uns ganz unspektakulär im Französischkurs kennengelernt, weil wir dort nebeneinandersaßen. Um mit ihr ins Gespräch zu kommen, hatte ich ihr als Erstes meinen neuen Bodyshop-Lipgloss gezeigt, *Golden Apple,* und weil sie zufällig den gleichen hatte, waren wir uns auf Anhieb so sympathisch, dass wir von nun an versuchten, in allen Kursen nebeneinanderzusitzen. Das wiederum hatte zur Folge, dass wir beide zwei Jahre später ein grauenhaft schlechtes Abi machten, weil wir während der Kurse, die wir gemeinsam hatten, Tee tranken, Kreuzworträtsel lösten, uns gegenseitig unsere neuesten Schminksachen zeigten und natürlich auch ausprobierten. Die Lehrer gewöhnten sich langsam ab, uns aufzurufen, und trugen uns vier Punkte, eine Vier minus, für Anwesenheit ein.

Ich hatte mein Lipglossdöschen, obwohl es längst alle war, immer noch, es war mein »Mona-Kennenlern-Glückslipgloss«, und ich saugte noch gerne ab und zu den Duft ein, der mich immer an unsere Anfangszeit erinnerte.

Mona war inzwischen achtundzwanzig, so wie ich, hatte sich nach ihrem Abi, so wie ich, in der Uni eingeschrieben, und klar, so wie ich, nebenbei Praktika bei verschiedenen Radiosendern in Norddeutschland gemacht. Dabei liefen wir uns immer wieder zufällig auf Pressekonferenzen über den Weg, schlossen vorne bei den Rednern unsere Aufnahmegeräte an und setzten uns nebeneinander. Dann erzählten wir uns leise, während bei Blohm + Voss die Jahresbilanz verlesen wurde, was alles in letzter Zeit so passiert war, und hörten uns die PK hinterher im Sender auf Kassette an.

Monas Leidenschaft ging dabei in eine andere Richtung als meine. Während ich mich als redaktionelle Praktikantin ganz gut schlug, schnell brauchbare Töne ablieferte und schon bald als Live-Reporterin zu richtig coolen Unfällen geschickt wurde, interessierte sich Mona eher für die Musikszene. Sie schmiss ihr Studium nach dem vierten Semester und wurde als Volontärin der Musikredaktion bei *Hanseradio* eingestellt, wo sie schon bald die Titel kompletter Sendungen planen durfte. Inzwischen arbeitete sie seit zwei Jahren als feste Mitarbeiterin beim Sender und hatte damit ihre Karrierepläne schon umgesetzt. Ich hatte dagegen noch zwei Jahre weiterstudiert, dazu noch zwei Praktika absolviert und ein Jahr an einer Medienakademie in Bayern drangehängt. Vor einem Jahr war ich Mona dann wieder zurück in den Norden gefolgt, wo ich mich ebenfalls bei *Hanseradio* bewarb und anscheinend aufgrund meiner Vorkenntnisse, und zu unserer großen Freude, als Volontärin eingestellt wurde. Wie es mit meiner Karriere weiterging, würde sich zeigen. Monas Ziel war nun, einen Mann zu finden, der mit ihr eine Familie gründete. Leider fand sie keinen.

Während sie auf den »Richtigen« wartete, nahm sie immer mal wieder den »Falschen« mit nach Hause. Probleme bei unseren Schnittchen, die wir uns auf dem Hamburger Kiez zum Feiern oder Knutschen oder Kennenlernen suchten, gab es nie. Da Mona klein und schlank war und kurze schwarze Haare hatte – ich dagegen groß und, ich möchte mal sagen, kurvenreich, mit langen, blonden Haaren –, stand nie derselbe Typ auf uns beide, und wir fuhren nicht auf dieselben Typen ab.

Ich liebte Mona. Sie lachte gerne und laut, gab freche und patzige Antworten und wusste oft nicht, was sie wollte; kurz: sie war wie ich. Wir verstanden uns gut, zum Teil sogar ohne Worte.

»Wollen wir dann mal …«, sagten wir beide jetzt wie aus einem Mund, als Rike gerade eine kurze Pause machte, um Luft zu holen. Wir sahen uns an und lachten.

»Wir könnten doch …«, sagten wir wieder gleichzeitig.

Ich drängelte mich verbal vor und sprach einfach weiter. »Wir könnten doch gleich noch zum *Winterwunderland* fahren, ich denke, über den Sender kommen wir ja umsonst rein.«

Abwartend schaute ich Mona an. Für so was war immerhin sie zuständig. *Hanseradio* präsentierte das *Winterwunderland* auf dem Hamburger Heiligengeistfeld zusammen mit einem anderen Sender. Dort gab es Eiskunstlauf und Alkohol, mehr wusste ich nicht, das klang aber als erste Anlaufstelle des Abends ganz gut. Zumal wir den Alkohol umsonst bekamen.

Als feste Mitarbeiterin hatte Mona, was Pressekarten betraf, sehr viel mehr Rechte als ich als Volo oder gar Rike, die nur für drei Monate Praktikum bei uns machte. Es lohnte sich für die anderen ja kaum, sich ihren Namen zu merken.

Mona nickte und sagte: »Ich kümmere mich drum«, und schickte der PR-Frau des Senders eine kurze SMS. Nicht mal eine Minute später kam die Antwort, dass wir auf der Gästeliste standen und VIP-Ausweise auf uns warteten. Boah! Ich war so was von neidisch. Mona hatte die »Macht«.

Wir schmissen uns in unsere schicken Mäntel, kurz darauf ins Taxi und düsten los Richtung St. Pauli. Etwas besser gelaunt als noch beim Essen quatschte ich eine Zeit lang mit dem Taxifahrer über die unzumutbar vereisten Straßen Hamburgs, als Mona von hinten schrie: »Musik lauter!«, Rike starrte deprimiert aus dem Fenster auf die matschigbraunen Schneereste an den Straßenrändern. Wie so oft im Februar kam einem der Winter unerträglich lang vor. Genauso lang erschien uns auch die Schlange vor dem Veranstaltungsort. Am Wochenende sprach man von einer Wartezeit von bis zu drei Stunden.

Dabei war das *Winterwunderland* eigentlich gar nicht so spektakulär – fand ich zumindest. Es bestand aus einer riesigen überdachten Schlittschuhbahn, die auf dem zwanzig Hektar großen Platz zwischen Michel und Reeperbahn aufgebaut war. Dort gab es jede Menge Bierbuden, Würstchenstände und »Spiel und Spaß für Groß und Klein« – eben eine typisch hamburgische Massenveranstaltung. Zum Glück standen wir ja auf der Gästeliste und quetschten uns – hui, wichtig, wichtig! – an den wütenden Wartenden vorbei.

Endlich im *Winterwunderland*-Zelt angekommen und mit VIP-Anhängern ausgestattet, konnten wir uns die Langeweile für lau schöntrinken. Mit entsprechend lauwarmem Alster, weil die Kühlung nicht funktionierte. Und das bei minus fünf Grad Außentemperatur. Aber warmes Bier ist ja bekanntlich gut gegen Erkältung, also taten wir damit auch noch etwas für unsere Gesundheit. Am Bierstand lehnend sah ich mich in der Halle um. Auf der Schlittschuhbahn zogen nur ein Mann und zwei Frauen albern kichernd ihre Kreise, der Großteil der Besucher tummelte sich an den bunten Buden, gönnte sich lauwarmes Bier, heißen Grog sowie Tapas oder Popcorn und glotzte stumpf durch die Gegend, so wie ich. Hübsche waren nicht in Sicht. Nicht, dass ich nach einem Typen Ausschau gehalten hätte, der mir gefiel – ich war ja nun abstinent –, aber man durfte ja wohl noch gucken!

Bei der lustigen Karaokeshow, die unser Sender auf einer kleinen Bühne etwas abseits der Eisbahn veranstaltete, konnte man gar nicht zusehen, ohne sich fremdzuschämen, das war schlimmer als jede RTL-Mittagssendung. Woraus man allerdings dem Sender keinen Vorwurf machen konnte. Vielmehr lag es an den Kandidaten, die zum Beispiel zu Bruce Springsteens sowieso grauenvollem *»Summer of 69«* ins Mikro röhrten, als hielten sie Karaoke für einen Elchwettbewerb. Vielleicht fand ich es auch nur deshalb unerträglich, weil ich noch nicht genug getrunken hatte? Das ließ sich ja schnell ändern. Und eine gute Idee war es vor allem auch, weil meine Hochstimmung, die mich noch im Taxi wie auf Wolken hatte schweben lassen, schon wieder verflogen war: Im Vergleich zu den anderen Mädels hier, die nicht nur mit ihren zwanzig Jährchen alle deutlich jünger waren als ich, sondern durch die Bank weg auch noch ungefähr die Hälfte von mir, nämlich zarte fünfunddreißig Kilo wogen, kam ich mir mal wieder vor wie ein Fass. Und zwar im Moment auch noch ein Fass ohne Boden, zumindest was meinen Wein- und Bierkonsum betraf.

Mona und Rike hatten etwas abseits von mir angefangen,

sich mit zwei langweilig aussehenden Barbourjacken-Trägern zu unterhalten, das heißt, es sollte wohl eine Art Flirt werden, warum auch immer. Der eine war blond, der andere hatte dunkle Haare, ansonsten sahen sie fast gleich aus. Gute Figur, Gel in den Haaren, teure Schuhe, Lacoste-Hemden. Typische Segler eben. Keiner von beiden verzog eine Miene, sie sahen aus, als hätte man ihnen das Lachen weggenommen. Ohne Mona anzusehen, schien der Blonde ihr einen Vortrag zu halten, den sie mit gelegentlichem Nicken und Wimpernaufschlag kommentierte.

Mit einem schnellen Blick sondierte ich die Lage und wandte mich enttäuscht ab. Keiner für mich dabei, schade, nur so ein Pickliger mit Brille und Rucksack stand noch in Reichweite. Ich winkte dem Barmann, um mir einen Sekt auf Eis zu bestellen. Bei Mona hatte ich auch schon ganz schön gebechert, aber ich hatte ja auch was zu feiern: meine Freiheit! Meine Unabhängigkeit! Also: »Schnell einen Sekt auf Eis, bitte!«

»Hallo!«, tönte es da von der Seite. O nein! Ich drehte den Kopf, Schlimmes ahnend. Der Rucksack-Typ hatte sich ein Herz gefasst und mich angesprochen.

»Sind das deine Freundinnen da drüben?« wollte er wissen.

»Nee.« meinte ich. Guckte ihn aber weiter an, um zu schauen, wie er die für ihn hoffentlich peinliche Situation jetzt retten wollte. Stelle niemals geschlossene Fragen, auf die man mit Ja oder Nein antworten kann, wenn du eine Frau kennenlernen willst. Dieses Kapitel von »Flirten für Anfänger« hatte er wohl noch nicht gelesen.

»Ach so«, murmelte er, »na dann …« und wurde rot.

O nein, das wollte ich ja dann auch nicht. Der arme Typ.

»Nee, Quatsch, sind meine Freundinnen«, lenkte ich ein. »Warum?«

»Ja, äh, weil …«, stammelte der Rucksack. »Also wir …« er deutete auf die Barbourjacken-Träger, »gehen noch auf den Kiez und wollten mal fragen, ob ihr mitkommt …«

Ich wartete noch auf meinen Sekt, den weiterhin beschämten Rucksackmann ignorierend, ging rüber zu den Mädels und hakte mich bei Mona ein; erstens, um zu demonstrieren, dass ich dazugehörte, und zweitens, um mich festzuhalten, weil ich nämlich nicht mehr richtig gerade stehen konnte. Eine ganze Flasche Wein bei Mona und das nach einer Frühschicht ohne Mittagschlaf, das hatte es schon in sich. Ich nippte an meinem Sekt, um wach zu werden.

»Hi, was is? Gehen wir gleich auf'n Kiez?«, fragte ich leicht beschwipst in die Runde. Für die einen war ich die leicht beschwipste, für die anderen die wahrscheinlich besoffenste Volontärin der Welt.

Der eine von den Langweilern sah – betrunken betrachtet – gar nicht so blöd aus. Ich prostete ihm zu, grinste ihn an. Er grinste zurück. Rike grinste gar nicht, sondern trat mir auf den Fuß. Mann, ist ja okay, den kannst du behalten, dachte ich genervt.

Zeit zu gehen. Zum Glück schlossen sich beide Mädels an.

»Ja, dann …«, hob Mona an, um sich von den Jungs zu verabschieden.

Alle guckten irgendwie irritiert, dann wurden aber doch noch schnell die Handynummern ausgetauscht, und die Mädels versprachen, sich später noch bei Flori und Daniel zu melden. Wir konnten also losziehen. Gut, am Samstag abend um halb zehn in Hamburg, da ist auf dem Hamburger Berg, dem Rock-Grunge-Partymuckenviertel der Reeperbahn, auch noch nicht so viel los. Wir setzten uns in die plüschig eingerichtete Kneipe *Rosis Bar* auf hohe Barhocker, von denen ich jede Sekunde herunterzurutschen drohte. Mit Cola light und Wasser versuchte ich mich wieder einigermaßen in den Griff zu kriegen, da mir Wein und Sekt doch ein bisschen auf den Magen und auch aufs Gemüt geschlagen waren. Das Geplapper der Mädels über Flori und Daniel wirkte dazu schön einlullend, so dass ich öfter mal mit dem Kopf auf der Theke landete. Müde und betrunken wie ich war, ließ ich es geschehen und schloss die Augen. Immerhin hatte ich die ganze Woche Frühschicht in der Nachrichtenredaktion gehabt und musste statt um fünf sogar um vier antanzen. Damit hatte ich mir das betrunkene An-der-Theke-Einschlafen verdient, beschloss ich und hielt ein kleines Nickerchen.

Hätte mir früher jemand gesagt, ich würde mein Leben lang morgens um halb vier aufstehen, den hätte ich ausgelacht. Früh aufstehen lag ja nun mal so gar nicht in meiner Natur. Um nicht zu sagen: Der frühe Vogel kann mich mal. Trotzdem: Was tut man nicht alles für die Karriere! Ich war die ganze Woche über sogar relativ pünktlich gewesen und berief mich bei Gemecker meines Nachrichtenredakteurs stets auf die Akademische Viertelstunde, die es mir als Akademikerin ja erlaubte, ein Viertelstündchen zu spät zu kommen. Das war zwar die freie Sophie-Interpretation, aber zumindest kam ich am Dienstag und Mittwoch, meinen Verschlaf-Tagen dieser Woche, mit einem kecken Augenaufschlag, soweit mir das kecke Augenaufschlagen morgens um Viertel nach vier möglich war, gut durch.

Als Rike verzweifelt und ziemlich laut rief: »Ja, aber was meinte er denn damit?«, schreckte ich aus meinem kleinen Schönheitsschläfchen an der Theke in *Rosis Bar* hoch. Benommen ordnete ich meine wirren Gedanken und mein ebenso wirres Haar und wischte mir den Sabberfaden vom Mundwinkel.

Mona und Rike – oder eher nur Rike – erläuterten gerade ihre Aussichten, bei Flori und Daniel zu landen; offenbar hatten die beiden schon in der kurzen Zeit ihrer Existenz im Leben der Mädels einen bleibenden Eindruck hinterlassen.

»›Wir fahren im Sommer nach Frankreich‹, sagte Flori. Meint er damit, er und Daniel würden fahren, oder hat er 'ne Freundin? Er hat das ja gar nicht näher erklärt, aber ich kann ihn ja schlecht danach fragen …« Blablablabla.

Zum Glück war ich mit diesem Thema durch. Männer! Pöh! Ohne mich. Und man sah ja mal wieder, wer mich so alles ansprach. Rucksacktypen! Die unbeliebten Freunde von Rosa-Hemden-Büglern aus dem Blankeneser Villenviertel. Nicht mein Fall.

Ich widmete mich lieber dem Feiern meiner Freiheit. Mona und Rike laberten weiter, ich trank mir die Wartezeit, bis es auf dem Kiez richtig losging, mit drei Wodka-Lemon schön. Um halb war *Rosis Bar* genauso voll wie ich, so dass wir von dort weiterzogen. *Im Blauen Peter,* meiner Lieblingseckkneipe auf dem Hamburger Berg, hatte ich Mona endlich mal wieder für mich, Rike saß jetzt am Rand, und Mona und ich tanzten zu Nena und hatten Spaß, kippten Saure mit vier Jungs aus Hannover (mein Magen bedankte sich wieder), und zogen von dort ins *Roschinsky's* nebenan. Hier tanzten und quatschten wir mit langhaarigen Parkaträgern mit Dreitagebart, die »eigentlich Schauspieler« oder »eigentlich Künstler« waren und allesamt viel sympathischer als die Blankeneser BWLer, und landeten gegen Mitternacht im *Ex-Sparr,* einer gemütlich kneipigen Kaschemme mit Daiquiri, Astra und Tanzfläche. Flori und Daniel warteten dort auf uns, genauer gesagt, auf Mona und Rike, die sich kreischend auf die beiden stürzten. Ganz nüchtern waren wir ja nun alle nicht mehr. Die Jungs waren in der Zwischenzeit beim *Winterwunderland* wohl auch etwas aufgetaut, beide ließen sich zumindest zu einem kleinen Lächeln hinreißen, wirkten aber in der eher alternativ angehauchten Umgebung mit ihren gegelten Haaren und den gestreiften Hemden ziemlich fehl am Platz.

Der Rucksacktyp war nicht mehr mitgekommen, weil ihm »schlecht geworden war«. Na ja. Mir ist auch schlecht, aber geh ich deswegen nach Hause? Das *Ex-Sparr* war schon brechend voll, wir quetschten uns nach hinten durch – die Vierergruppe, deren besoffenes fünftes Rad ich nun war, wollte zum Kicker, wie doof. Ich dagegen wollte tanzen und allen erzählen, wie gut es mir gerade ging! Ich war ja so unabhängig und frei! Liebe ist ja sowieso nur für Doofe! Jawoll! Gesagt, getan.

Die Musik war großartig, irgendein Mix aus Beastie Boys, U2 und Fettes Brot – auf einmal deutlich munterer hüpfte ich zur Musik, trank zur Abwechslung mal Alster und grinste Leute an, sagte »Hallo« zu einem, der mit seiner Freundin da war, nur um selbige zu ärgern, und freute mich diebisch, als er mich anlächelte und »Hi«, sagte; kurz danach sah ich die beiden in eine heftige Diskussion verwickelt. Hihi. Dabei war sie total hübsch, die sollte mal locker bleiben. Zum Glück stürzte sie wenigstens nicht auf mich los.

Wieder mit dem Leben ausgesöhnt, verschwitzt und gut gelaunt vom Hüpfen, hatte ich auf einmal Lust auf eine Zigarette und keine dabei. Gleichzeitig fand ich das Alleinetanzen doof und sah mich nach einem Gesprächsopfer um. Mein kleines Nickerchen in *Rosis Bar* und die anschließende Bewegung beim Tanzen sowie die frische Luft, die ich draußen beim Wechseln der Location gierig und in großen Zügen eingeatmet hatte, waren wohltuend gewesen – ich war zwar voll wie ein alter Seebär, mir war aber wenigstens nicht mehr schlecht.

Wen konnte ich denn jetzt um eine Zigarette bitten? Ziemlich genau gegenüber, rechts von der Tür, stand einer, der war ganz schön niedlich. Wieso hatte ich den denn noch nicht gesehen? Vielleicht so groß wie ich, dunkle Haare, dunkelblaue Jeansjacke und knallblaue Augen. Ich erschreckte mich richtig, als er mich auch ansah. Mein Herz machte sozusagen einen kleinen Hüpfer, so wie ich vorhin beim Tanzen. Also los. Mutig genug war ich ja nun wohl, und das Geld, das ich in die Unmengen Alkohol investiert hatte, sollte ja nicht umsonst ausgegeben worden sein. Ich quälte mich durch die Menge, und als ich vor ihm stand, stellte ich dann die Frage aller Fragen:

»Hast du mal 'ne Zigarette?«

Er zögerte nicht, wirkte sogar leicht hektisch, als er eine NIL-Packung aus der Jeanstasche kramte und mir eine völlig zerknickte Kippe darbot. Außerdem auch gleich Feuer, ohne die dusselige Frage zu stellen: »Aber rauchen kannste alleine?«

Süßer Typ, dachte ich, der sieht einem wenigstens in die Augen. Hmm, und seine waren wirklich zum drin Versinken … Bevor ich wieder gehen und ihn damit seiner Chance, mich zu erobern, berauben konnte, holte er schon zum Gegenangriff aus: »Wollen wir was trinken?«

Nüchtern betrachtet sind das natürlich keine Sätze, die das Fundament einer glücklichen Beziehung bilden: »Haste mal 'ne Zigarette« und »Wollen wir was trinken«. Aber wie er das sagte! Und überhaupt, wie er so aussah und mich aufmerksam betrachtete … Das gefiel mir ganz schön gut. Dass ich eigentlich keinen kennenlernen wollte, weil ich damit immer nur Pech hatte, hatte ich kurzfristig vergessen. Mein mühsam und teuer angetrunkenes Selbstbewusstsein hatte sich auch schon wieder verabschiedet. Erst an der Theke überwand ich meine plötzliche Schüchternheit.

»Ich bin Sophie«, sagte ich beherzt.

»Jonas« entgegnete er. Aha. Das war doch schon mal gut.

Kein »Jürgen« oder »Rainer«. Mit einem Jonas konnte man sich sehen lassen.

Ich schwankte. Mist, ich hatte wohl doch zu viel intus. Er dagegen hatte leicht rote Augen, sah aber sonst nicht so fertig aus, wie ich mich fühlte.

Er lächelte ein süßes »Jetzt kommt 'ne blöde Frage-Lächeln«. »Und, was machst du sonst so?«

Juhu! Mein Thema! »Ich bin Volontärin bei *Hanseradio*!« So, mal gucken, wie es jetzt weiterging.

Normalerweise kam jetzt so was wie »huijuijui, eine vom Radio, Mensch, na so was – und kann man dich auch hören? Ja, eeecht? Ach, das ist ja toll ... blablablabla.«

Da verging mir ja schon immer alles. Oft hatte ich nämlich keine Lust, nur über meinen Job zu erzählen oder darauf reduziert zu werden, dass ich beim Radio war. Zum Teil erzählte ich den Leuten schon, ich hieße Sabine und sei Fleischereifachverkäuferin aus Peine, nur damit sie mir nicht auf den Keks gingen oder so furchtbar verunsichert waren, dass kein Gespräch mehr zustande kam ...

Nicht so Jonas. »Ach, echt?«, sagte er recht unbeeindruckt. »'ne Freundin von mir ist bei *NDR 2*.«

Mist, auch das noch. *NDR 2* ist das Hollywood der norddeutschen Radioszene. Da wollen alle hin. Ich musste gleich mal was klarstellen.

»Deine Freundin?«, schrie ich.

Nicht, weil ich eine Szene machen wollte, sondern einfach, weil um uns herum das laute Partyleben tobte.

»Nee, nur EINE Freundin. Ich hab keine«, schrie er zurück.

»Ach so, dann is ja gut«, zeigte ich mich erleichtert und hielt mir – leider zu spät – den Mund zu. Cleverer Schachzug, dachte ich. Andere Typen hätten jetzt gesagt: »Hier ist dein Bier, schönen Abend noch, ich guck noch mal rum.«

Erst mal abchecken, ob der 'ne Freundin hat, total peinlich … Jetzt kann ich ihn auch gleich fragen, was er für ein Sternzeichen ist, wie viel er verdient, wo er wohnt und ob er mal Kinder haben will.

Das hob ich mir aber für später auf. Erst mal reichte es mir, mich mit ihm zu unterhalten, soweit mein Zustand das zuließ, Alster zu trinken, zu rauchen, und zwischendurch etwas tanzen zu gehen. Er war einunddreißig, also drei Jahre älter als ich, seit kurzem fertig studierter Diplomingenieur für Medientechnik und arbeitete als Bühnenkonstrukteur an einem angesagten Hamburger Theater. Zudem beeindruckte er mich damit, dass er die Simpsons genauso liebte wie ich und auch U2 mochte. Bei »*Sunday, Bloody Sunday*« sprangen wir etwas bescheuert durch die Menge und grinsten uns an, und es machte total Spaß. Endlich mal einer, der auch was mitmacht und nicht nur doof am Rand steht, dachte ich.

Als Mona mich kurz darauf suchen kam, gab ich ihr einen Kuss auf den Mund und lallte ihr zu, dass ich sie liebe. Sie ging dann schnell wieder weg. Gegen vier Uhr morgens – soweit ich erkennen konnte, befand sich der kleine Zeiger meiner Uhr zwischen vier und fünf – stellte Jonas mich seinen Freunden vor, die eigentlich gerade los wollten. Er meinte aber, es wäre gerade so lustig und dass er noch bliebe. Ich freute mich darüber. Warum ich seiner besten Freundin Claudia aber als Erstes erklärte, ich hätte eine Profilneurose und müsse immer im Mittelpunkt stehen, weiß ich selber nicht mehr so genau. Bevor sie sich geschockt aus dem Staub machte, drückte ich sie noch ganz fest an mich und sagte, was ich immer sage, wenn ich gut drauf und fuuuurchtbar angeschäkert bin: »Ich kenn diss swar nich, aba ich hab dich schon gaanz dolle lllieb!« Leider war sie anscheinend nicht so empfänglich für meine Liebesbotschaften, deshalb wand sie sich erst aus meiner innigen Umarmung und dann ganz schnell zur Tür hinaus – nicht ohne Jonas noch einen irritiert-kopfschüttelnden Blick zuzuwerfen. Endlich waren wir »alleine«- soweit man eben im übervollen *Ex-Sparr* alleine sein kann – und knutschten ungehemmt los. Himmel, konnte der küssen! Wow. Wäre mir nicht sowieso schon schwindelig gewesen, dann hätte der Boden bestimmt jetzt zu schwanken angefangen. Auf einmal fühlte ich mich wieder so sicher, so stark – und war doch nur betrunken. Bei der Erkenntnis wurde ich auf einmal ganz traurig. »Wollen wir mal raus?«, fragte ich meine neue Eroberung. Jonas nickte.

Draußen war es, falls das denn möglich sein konnte, noch kälter geworden, und es hatte wieder angefangen zu schneien, mein Atem bildete Wölkchen vor meinem Mund, und, verschwitzt wie ich war, fror ich trotz meines gefütterten Wildledermantels. Meine Wangen hatten eine, sagen wir mal, gesunde Farbe, das erkannte ich noch so halb in der Fensterscheibe des *Ex-Sparrs,* aber gerade gehen konnte ich nicht mehr.

Ich hielt mich an Jonas fest, und mit irgendeiner kleinwinzigen funktionstüchtigen Faser meines Gehirns fiel mir auf, dass ich ihn gar nicht kannte, obwohl ich das Gefühl hatte, ihn schon ewig zu kennen – und dass ich ihn vielleicht auch nie besser kennenlernen würde als heute Abend. Prompt fing ich an loszuheulen.

Hierzu muss ich erklären, dass sich jeder Partyabend bei mir stets in dieselbe Betrunkenheitsskala einteilen lässt:

1. Trinken
2. Tanzen
3. Lustig sein
4. Anhänglich sein
5. Traurig sein, meist verbunden mit Heulen
6. Schlafen

Wenn man das weiß, kann man damit umgehen. Ich war nur leider schon zu traurig, also bei Platz fünf auf der Skala angelangt, um dem verdutzten jungen Mann an meiner Seite erklären zu können, was eigentlich gerade los war. Spätestens JETZT hätte sich jeder andere ja schon verabschiedet.

Wer will schon was von einer Heulsuse mit verschmierter Wimperntusche, die sich vorher noch seiner besten Freundin an den Hals schmeißt und schließlich schluchzend zusammenbricht?

Er dagegen kümmerte sich rührend um mich, nahm mich in den Arm und fragte: »Hey, was ist denn los?« und gab mir kleine Küsschen. Gott, wie süß. Ich musste noch viel mehr weinen.

Warum war er denn so lieb? Und warum war ich so bescheuert? Ich beklagte meine Situation, mein Leben und den Umstand, keinen Freund zu haben – und das lautstark.

»Buhuhu, keiner versteht mich, ich bin so überarbeitet, ich bin noch gar nicht so lange in Hamburg, schnief, ich muss immer so früh aufstehen und schaffe das alles nicht … Was bist du eigentlich für ein Sternzeichen?«

Ich kam mir vor wie in »Wie werde ich ihn los in zehn Minuten«. Aber er machte immer noch mit. Hörte sich alles an, streichelte mir über den Kopf und sagte genau das Richtige: »Das wird schon wieder, gib dir einfach mehr Zeit. Setz dich nicht so unter Druck! Ich bin übrigens Skorpion.« Lautes Schluchzen meinerseits.

»Skorpion! Auch das noch! Warum lerne ich nur Skorpione kennen?« Mein letzter Skorpion hatte mir gerade erst das Herz gebrochen. Und auf einmal hatte ich Angst. Vor dem, was ich wollte und wahrscheinlich, bei meinem Glück, wieder nicht bekommen sollte.

Neben uns hielt ein Taxi, und ich nutzte meine, wie mir schien, einzige Chance, uns aus dieser unsäglich erniedrigenden Situation zu befreien. Ich tat, was jede vernünftige Frau an meiner Stelle getan hätte.

»Ich will jetzt nach Hause – kommst du mit?« Bevor er überhaupt seinen Mund aufmachen konnte, öffnete ich die hintere Tür des Wagens und schubste ihn vor mir her auf die Rückbank. Sein Zögern überging ich gekonnt. Kaum neben ihn geplumpst, fing ich schon wieder an, ihn zu beknutschen. Gab dem Taxifahrer noch meine Adresse und versank dann in Jonas' Armen und in seinen Küssen. Vielleicht etwas aufdringlich von mir, gebe ich zu, aber ich hatte mich entschieden: Wenn ich ihn schon nicht haben konnte (er war ja Skorpion), dann wollte ich wenigstens die Nacht noch mit ihm verbringen.

3

Maja ist nach ihrem morgendlichen Füttern wieder eingeschlafen, mein Herzblatt ist zum ersten Mal seit Majas Geburt bei der Arbeit, und ich versuche noch ein bisschen zu dösen. Drei Stunden Schlaf pro Nacht sind einfach eine Zumutung. Es ist morgens halb zehn in Deutschland. Leider kann ich nie länger als bis halb zehn Uhr schlafen, da wir eine sehr schwerhörige, sehr alte Nachbarin haben, die jeden Morgen um diese Zeit ihre noch viel schwerhörigere und noch viel ältere Mutter anruft. Da haben die Altbauwände sozusagen unfreiwillig Ohren. Warum mein Kind nichts davon mitbekommt, ist mir ein Rätsel. Ich dagegen höre mir jeden Morgen an, ob Frau Nachbarin gut geschlafen hat, wie ihre Verdauung war, und was es zum Mittagessen geben wird.

Die Abläufe sind immer gleich. (SCHREI:) HALLO, MUTTI, ICH BIN'S!!! JAA, ICH HABE GUT GESCHLAFEN. UM VIER HATTE ICH DURCHFALL, WEIL ICH GESTERN DOCH ORANGEN GEGESSEN HABE!

Aha, gut zu wissen. So erfahre ich aber auch immer schon früh, dass mal wieder Markt ist (ICH MACHE HEUTE SEELACHS, DEN HOLE ICH GLEICH VOM MARKT!) oder dass es geschneit hat, oder andere Service-News.

Während ich mich also noch etwas rumräkele, klingelt auch schon das Telefon. Maja schläft noch friedlich. Natürlich, jetzt ist ja auch Tag.

»Hallo?«, melde ich mich, mich verschlafener gebend, als ich eigentlich bin. Damit will ich dem Anrufer ein schlechtes Gewissen machen, sich um diese frühe Uhrzeit schon bei mir zu melden. Der Anrufer ist aber eine Anruferin, und eine besonders gewissenlose noch dazu. Eine gute Freundin meiner Mutter will sich nach meinem Befinden erkundigen.

»Noch nicht wach? Ist doch schon halb zehn durch!«, empört sie sich auch gleich. »Und, wie läuft's so?«, will sie wissen. »Schon ein eingespieltes Team?« Ich erzähle ihr, dass meine Tochter nachts nicht schlafen will, ich tagsüber aber nicht schlafen kann, dass sie manchmal keine Luft bekommt, weil sie so schlimmen Schnupfen hat, dass ich deswegen Alpträume habe und mich als schlechte Mutter fühle, und da ich ja auch nicht stillen kann, sowieso als totale Versagerin, und etliches mehr. Natürlich auch, dass mein lieber Mann sich anscheinend nicht besonders zum Vatersein berufen fühlt, und ich total enttäuscht von ihm bin.

Dabei haben Elsbeth und ich gar keine besonders enge Bindung; das alles hätte ich auch jedem anderen erzählt, der angerufen hätte. Man muss sich ja mal Luft machen. Und da meine sozialen Kontakte zurzeit recht spärlich ausfallen, ergreife ich jede Gelegenheit beim Schopf, meinen Seelenmüll loszuwerden. Damit muss ich ja nicht unbedingt meine Freundinnen belästigen. Die sowieso alle keine Kinder haben und meine Sorgen über ausgelaufene Windeln, Schnuller-Such-Spaß nachts um drei und kaputte Fläschchenwärmer nicht so richtig teilen können.

Meine Tiraden tragen allerdings auch nicht gerade dazu bei, die Beziehung zwischen Elsbeth und mir zu festigen. Sie lacht einmal ein trockenes Lachen, sagt: »Na ja, so ist das eben« und »Na, dann mach's gut – und geh doch mal zum Yoga!« und legt auf. Ich fühle mich total bescheuert, werde aus Scham vor mir selbst knallrot und beschließe, da Maja anscheinend tief und fest schläft, die Gunst der Stunde zu nutzen und zu duschen. Als ich mich gerade ausgezogen habe, klingelt es an der Tür. Ich werfe mir Jonas' alten grau karierten Bademantel über und hoffe, dass es nicht der hübsche Paketbote ist. »Paketpost für Sie!«, schallt es gut gelaunt durch die Gegensprechanlage. Oh, nein, natürlich, er ist es. Ich versuche zu retten, was zu retten ist, schlinge mir ein Handtuch um die Haare, um wenigstens frisch geduscht auszusehen, werfe mir kaltes Wasser ins Gesicht, krame mit zitternden Fingern die Wimperntusche aus dem Schminktäschchen und tupfe mir letztendlich noch Rouge auf die Wangen. Das muss reichen. Ist ja immerhin nur der Postbote – wenn auch ein recht ansehnlicher.

Während ich noch an mir herumzupfe, klopft es schon recht eindrucksvoll an der Tür. Und noch länger muss ich den jungen Mann ja auch nicht warten lassen.

»Hallo«, sage ich so munter wie möglich, als ich die Tür aufreiße.

»Hallo«, sagt er und strahlt mich an.

Hach, dieses Strahlen! Damit macht er bestimmt jeden Tag tausend Hausfrauen glücklich – mich eingeschlossen. Worüber ich mich aber noch mehr freue als über sein nettes Lächeln, ist das Päckchen, das er mir in die Hand drückt: *Baby-Walz* steht da drauf, was sonst!

Herrlich, ein Paket! Auch wenn ich es mir natürlich selber bestellt habe, ist es doch jedes Mal ein bisschen wie Geburtstag, wenn man es dann überreicht bekommt.

Der nette junge Mann lächelt wieder sein gekonntes Lächeln, das an Brad Pitt erinnert, und sagt: »Hier unterschreiben, bitte.« Ich tue dies, und er hüpft pfeifend die Treppe hinunter. Seufzend lehne ich mich an den Türrahmen und lausche seinem Pfeifen, bis ich vier Stockwerke weiter unten die Haustür klappern höre.

Ach, mein Tag ist doch gar nicht so schlecht, denke ich, als ich das Paket an mich drücke und die Tür leise hinter mir schließe.

4

Jonas blieb die ganze Nacht bei mir. Wir lagen einfach Arm in Arm auf meinem Bett, knutschten ab und zu, und redeten. Meine besoffene Müdigkeit war auf einmal wie weggeblasen. Und je länger wir quatschten, desto unheimlicher wurde er mir. Ein Zufall reihte sich an den anderen.

Wie herauskam, spielten wir beide Klavier, hatten gleich lange Unterricht gehabt (nämlich dreizehn Jahre), hatten dieselben Stücke gespielt. Wir hatten ganz ähnliche Beziehungsgeschichten hinter uns, beide waren wir fünf Jahre – in der gleichen Zeit! – mit unseren letzten Partnern zusammen gewesen. Wir hatten beide Verwandte in einem kleinen Dorf bei Celle, die auch noch in derselben Straße wohnten, hatten hier vielleicht als Kinder schon bei Besuchen zusammen gespielt. Und wir waren beide per Zangengeburt auf die Welt gekommen und hatten einen komisch verformten Conehead-Kopf gehabt, weshalb es von uns beiden keine Babyfotos gab und alle über uns gelacht haben. Unsere ganze Kindheit schien ähnlich verlaufen zu sein, unsere Ideale schienen gleich, wir fanden dieselben Sachen lustig und hörten ganz ähnliche Musik.

Und das alles ergab sich in nur vier Stunden! Es war wirklich gruselig. Was würde passieren, wenn wir uns länger kennen würden? Wahrscheinlich würde herauskommen, dass er eigentlich mein Bruder war, und meine Eltern ihn drei Jahre vor meiner Geburt zur Adoption freigegeben hatten.

Ich fragte mich immer wieder, ob wir uns da irgendwas konstruierten, weil wir es beide so wollten, oder ob es wirklich außergewöhnlich viele Gemeinsamkeiten waren.

Klar kenn ich auch solche Gespräche: »Ich hab 'ne Katze.« »Ach nee, ich auch! Das ist ja toll! Wir mögen beide Katzen!« »Meine ist schwarz-weiß.« »Ach, guck an – meine auch! Was für eine Gemeinsamkeit – wir sind füreinander bestimmt!«

Da ich nicht an Zufälle glaube, sondern an Schicksal und daran, dass alles, was passiert, einen Sinn ergibt, war ich schwer beeindruckt. Erschöpft von der Tragweite meiner Gedanken, vom Alkohol, vom Tanzen und vom Knutschen kuschelte ich mich an Jonas' Schulter und schlief irgendwann morgens gegen halb acht ein.

Als ich mittags wach wurde, war es hell, mein Kopf tat weh, meine Zunge war pelzig, und mir war kotzübel. Die Luft in meiner Einzimmerwohnung stank nach Kneipe, das konnte sogar ich riechen, obwohl ich selbst einen Großteil des Gestanks ausmachte. Ich wankte zum Fenster, kniff beide Augen gegen die stechende Sonne zu, schwor mir, endlich mal Gardinen anzubringen, und riss die Fenster auf.

Die eisige Februarluft strömte direkt ins Zimmer und in meinen Kopf, und mir fiel ein, dass ich eigentlich Besuch haben müsste. Im Badezimmer rauschte die Klospülung.

Ich kuschelte mich wieder ins Bett, um nicht nüchtern, übelriechend, mit verschmierter Schminke und halbnackt vor Jonas zu stehen, und zog die Decke wegen des offenen Fensters bis an den Hals.

An seinen Namen konnte ich mich noch erinnern, und auch an unser schönes Gespräch in der Nacht – mein Heulzusammenbruch vorm *Ex-Sparr* war gnädigerweise in entfernte Regionen meines umnebelten Hirns entschwunden, ich hatte nur eine vage Vorstellung davon, was ich Jonas alles erzählt hatte, und wollte es auch gar nicht so genau wissen.

Mann, war das alles wieder ätzend. Jetzt hatte ich den auch noch mit nach Hause genommen! Ich wollte nur noch meine Ruhe und schlafen. Ein »Naa?« störte mich in meiner Dös-Phase.

»Na?«, sagte ich auch und machte die Augen auf. Jonas war schon angezogen – schade, also kein Kuscheln mehr.

Ich setzte mich im Bett hin und sah ihn an.

»Willst du los?«, fragte ich.

»Ja, ich muss, ich hab keine neuen Kontaktlinsen mit, mir tun die Augen weh, und ich bin auch ganz schön fertig«, meinte er.

»Wo wohnst du denn eigentlich?«, wollte ich wissen.

»In Winterhude, nicht so weit von hier«. Oh schön, Winterhude. Mir fielen sofort die hohen Bäume ein, die Alster und viele schöne Altbauhäuser. Ich dagegen wohnte ja in Hamburg-Hoheluft und nannte es »Eppendorf«.

Das war sogar nicht mal gelogen, weil der Eingangsbereich meines Hauses tatsächlich zum schicken teuren Eppendorf gehörte. Der Blick aus meiner Einzimmerwohnung ging allerdings – unverbaubar – auf eine vierspurige Hauptverkehrsstraße, die Hoheluftchaussee. Direkt unter meinem Fenster im zweiten Stock des braunen Nachkriegsbaus befand sich eine Bushaltestelle. Auf der gegenüberliegenden Straßenseite reihten sich eine Videothek, eine Hamburger Sparkasse und ein niemals besuchter Eisladen aneinander. Eppendorf dagegen war nur einen Katzensprung entfernt und mein Traumstadtteil von Hamburg: Gepflegte Jugendstilaltbauten in Hellgelb und Rosa wurden von verschnörkelten Balkonen geschmückt, über deren schmiedeeiserne Geländer oft wunderschöne Blumen hingen. Die Menschen waren zurückhaltend bis arrogant, trotzdem fühlte ich mich im Eppendorfer Weg zu Hause. Und mal ehrlich: Ihr Katzenfutter kaufen sie doch alle bei Penny, ob nun am Hafen in St. Pauli oder unter den Kastanien am Eppendorfer Weg.

Winterhude war dagegen die nördliche Verlängerung Eppendorfs – etwas weniger arrogant, etwas weniger gepflegt, etwas weniger Jugendstil, dafür mehr Rotklinker – und nach Eimsbüttel *der* neue In-Stadtteil für Familien, da die Alster mit ihren schönen Wiesen und der Stadtpark mit großem Spielplatz in der Nähe waren.

»Wo denn in Winterhude?«, fragte ich Jonas.

»Sierichstraße«, antwortete er kurz angebunden.

Aha, also fast direkt an der Alster. Teuer. Das Gespräch verebbte, und wir schwiegen uns an. Er lehnte am Fensterbrett, bestimmt war ihm langsam kalt, ich saß auf dem Bett. Es war richtig blöd. Also stand ich auf, nur in T-Shirt und Höschen, schloss das Fenster und umarmte ihn.

»Na ja, dann«, sagte ich und fühlte mich irgendwie hilflos. Ich wollte nicht, dass er ging. Er drückte mich an sich.

Schien ihm ähnlich zu gehen. Küssen wollte ich ihn nicht, wir hätten uns ja beide erst mal die Zähne putzen müssen.

»Sehen wir uns denn wieder?« Ich musste es einfach wissen. Verdammt, warum kann ich nicht einfach meine Klappe halten? Ich ärgerte mich über meine Plapper-Art, immer musste ich alles kaputt machen.

Setze Jungs NIE unter Druck! Rufe NIE an! Mach dich rar, sei ein Star! Wenn er sich nicht meldet, will er nichts von dir, und du bist einfach nicht sein Typ! Hol die Angel langsam ein! Es war wie mit Diäten: In der Theorie weiß man ALLES, man kennt die Ernährungspyramide und die Kalorienangaben jedes Lebensmittels auswendig, muss noch nicht mal nachdenken – eine Banane einhundertzwanzig, ein Schälchen Müsli vierhundertfünfzig, eine Gurke zwanzig, ein Big Mac sechshundertfünfzig Kilokalorien – aber hält es einen davon ab, zu viel zu essen? Nein.

So war es bei mir auch mit den Jungs. »Magst du mich? Was denkst du gerade? Wann sehen wir uns wieder?« Oh, und auch sehr beliebt: »Warum hast du nicht angerufen?«

Aber, o Wunder – Jonas freute sich. »Klar sehen wir uns wieder!«, sagte er.

Meine Handynummer hatte ich ihm schon im *Ex-Sparr* aufgedrängt, den Zettel musste er also irgendwo haben.

»Ich ruf dich an!«, versprach er. Wir mussten beide lachen.

»Nein, wirklich!«, beteuerte er und wiederholte: »Ich ruf dich an.« Und mit einem kleinen Kuss auf den Mund verabschiedete er sich.

Den übrigen Sonntag gammelte ich so rum. Schaute fern, döste, duschte, wusch meine Haare, kurte sie und versuchte nebenbei die Jonas-Geschichte zu analysieren. Passten wir zusammen? Nach dem, was ich wusste, schien das offensichtlich. Aber es nützte nichts: Er war und blieb Skorpion. Und ein Mann noch dazu. Ich würde mich in ihn verlieben, er würde mich nicht haben wollen, und am Ende säße ich wieder alleine da. Wäre zwar nach dem Liebeskummer wieder dünner, aber auch unglücklicher.

Mona war den ganzen Tag nicht zu erreichen. In regelmäßigen Abständen rief ich sie abwechselnd auf dem Handy und zu Hause an, ohne ihr allerdings eine Nachricht auf der Mailbox zu hinterlassen. Meine kratzige Stimme gehorchte mir kaum noch und war bestimmt alles andere als sexy. Da hätte auch niemand mehr wie sonst weiche Knie bekommen. Außer ich, allerdings von meinem Kater. Irgendwann am frühen Abend, als ich frisch gepflegt und schon im Schlafanzug vor dem Fernseher auf der Couch lag, fiel mir ein, dass ich mich im *Ex-Sparr* gar nicht von Mona verabschiedet hatte.

Ich konnte mir vorstellen, dass sie mit Florian oder Daniel nach Hause gegangen war, zumindest war das ja ihre feste Absicht gewesen, so dass sie sicher beschäftigt genug gewesen war, meine Abwesenheit weder zur Kenntnis noch mir übelzunehmen. Überhaupt war sie sehr großzügig, was mein Verhalten betraf. Sie wusste auch, dass ich im Grunde nichts gegen die BWL-Studenten hatte, obwohl ich mich so negativ geäußert hatte. Generell finde ich ja Leute immer erst mal blöd. Sollten sie mir doch erst mal zeigen, warum ich sie dann doch mögen soll. Es sei denn, ich bin gleich auf den ersten Blick total verknallt, dann ist es natürlich was anderes.

Bei Jonas wusste ich gar nichts mehr. War ich jetzt verliebt? Oder mochte ich ihn nur? Jedenfalls brachte er mich total durcheinander.

Als ich in den Spiegel sah, wusste ich außerdem, dass er mich mit einem fetten Knutschfleck am Hals markiert hatte. Na super! Der ganze Sender wird sich totlachen.

Am frühen Abend schrieb ich Mona eine SMS, wo sie denn bloß steckte und dass ich dringend mit ihr sprechen müsse. Zurück kam: Geht nicht, bin bei D. Kuss, Mona.

Enttäuscht legte ich mein Handy auf den Couchtisch, schob mir eine Tiefkühlpizza Hawaii in den Ofen, kuschelte mich müde und nachdenklich aufs Sofa und sah auf *Pro 7* nicht zum ersten Mal *Independence Day*, ohne wirklich hinzusehen, und schlief noch vor Ende des Films ein.

Als ich Montag erwachte, war es helllichter Tag. Wieso hatte verdammt noch mal mein Wecker nicht geklingelt? Ich fuhr panisch hoch, sprang von der Couch und wollte zum Telefon greifen, um im Sender Bescheid zu sagen, dass ich schon unterwegs war. Da fiel mir ein, dass ich gar keinen Grund hatte, mich aufzuregen: Im Plan stand heute Spätschicht, das hieß fünfzehn bis dreiundzwanzig Uhr. Mein Herzinfarktrisiko sank wieder gen null, mein Puls verlangsamte sich von einhundertachtzig auf normal, hämmerte aber immer noch in meinen Schläfen. Schwindelig vor Schreck setzte ich mich wieder aufs Sofa, um langsam richtig wach zu werden.

Dann ging ich in meine kleine Küche, um mir mehrere

Kannen Kaffee zu kochen. Sollte ich jemals einen Vertrag als Redakteurin bekommen, müsste darin stehen, dass ich vor zwölf Uhr mittags nicht arbeiten dürfte. Früh aufstehen war, ich betone es noch einmal gerne, nicht so mein Hobby. Laut Dienstplan hatte ich Früh- und Spätschichten im Wechsel in allen Bereichen der Redaktion. Diese Woche war ich wieder als Nachrichtenassistentin eingetragen und belieferte von fünfzehn bis neunzehn Uhr den News-Menschen je nach Lage mehr oder weniger ausgiebig mit geschriebenen Meldungen samt O-Tönen, die ich vorher in Interviews holte und dann in kleine, verwertbare Schnipsel schnitt. Danach war ich dann noch vier Stunden alleine im Sender und damit eigenverantwortlich für News, Wetter und Verkehr. Auch *on air.* Seit über einem Jahr war ich nun dabei, und da ich mich bisher immer gut geschlagen hatte, durfte ich, was eine Ehre für einen Volontär war, abends alleine senden, worauf ich zugegebenermaßen schon etwas stolz war. Sogar eine Abendsendung hatte ich im Dezember moderieren dürfen, weil alle Freien krank geworden waren. Weil ich das nun aber noch nicht so oft, dafür aber proportional gesehen schon sehr häufig Fehler gemacht hatte, musste ich mich heute furchtbar konzentrieren. Das wiederum half gut gegen alle möglichen Grübeleien, die dahergelaufene Konstrukteure betrafen.

Nach meiner Schicht, die ich zum Glück ohne einen Versprecher oder eine Falschmeldung gemeistert hatte, bereitete ich noch bis um ein Uhr nachts alles für den nächsten Tag vor, dann fuhr ich erschöpft nach Hause. Jonas hatte nicht angerufen. Auf dem Display meines Festnetztelefons stand kein Anruf in Abwesenheit, und mein Handy hatte auch nicht geklingelt. Aber es war auch noch nicht der dritte Tag. Glaubte man diversen Frauenzeitschriften, hielten sich Männer angeblich an solche unausgesprochenen Regeln, wie zum Beispiel erst drei Tage nach der ersten Nacht anzurufen.

Allerdings wusste ich gar nicht mehr, ob ich überhaupt wollte, dass er anrief. Irgendwie wurde mir alles zu viel. In der Nacht traf ich eine Weichen stellende Entscheidung.

In meiner nächsten Schicht am Dienstagabend saß ich alleine am Nachrichtenplatz, rauchte und guckte »Sex and the City«, als der Simpsons-Klingelton meines Handys losdudelte. Heute war der dritte Tag.

Ich hatte noch zwanzig Minuten bis zum nächsten News-Block um zweiundzwanzig Uhr, und es war schon alles fertig geschrieben. Ich musste nur die Agenturmeldungen im Auge behalten, ob etwas passierte, und wenn ja, so schnell wie möglich meine ganzen Nachrichten umschreiben. Wenn sich etwas an der aktuellen Lage änderte, oder wenn etwas Gravierendes passierte, zum Beispiel »Babyleiche in Hamburger Keller gefunden«, »Attentat auf Hamburgs Bürgermeister Ole von Beust«, »Bundeskanzler zurückgetreten« oder »Bombenexplosion auf Hamburger Hauptbahnhof«, geschah das meistens um kurz vor voll, so dass einem kaum Zeit blieb, Luft zu holen, geschweige denn, einen vernünftigen Satz zu der Meldung zu finden. In solchen Fällen arbeitet man dann mit »Steuerung c – Steuerung v«, heißt: rauskopieren (aus der Agentur-Meldung), einfügen (in eigenen Text), vorlesen (*on air*).

Ist nicht gerne gesehen, aber in der Kürze der Zeit nicht anders machbar. Schließlich bezahlt der Sender die Agentur dafür, dass einem deren Mitarbeiter die Meldungen schön formulieren. Da sie das meistens nicht machen, bezahlt der Sender außerdem eigene Redakteure, die diesen Job dann übernehmen und den ganzen selbst zusammengetexteten Kram auch vortragen. Wie auch immer, es war ja noch Zeit bis zu den News, und ich hatte brav alles schön umgeschrieben, deshalb ging ich beherzt, wenn auch mit Herzklopfen, ans Telefon.

»Hallo?«

»Hi, hier ist Jonas.«

»Hi!«, sagte auch ich. Verdammt, der hört mein Herz, dachte ich dabei.

»Na, wie geht's?«

»Joa, ganz gut. Ich arbeite noch.« Das übliche Geplänkel. »Und selbst?«

»Ja, auch ganz gut – weißt du eigentlich, dass du mir 'nen Knutschfleck gemacht hast?«, fragte er, wohl um das Gespräch etwas zu entkrampfen.

»Ach nee.«

»Ja, im Theater haben mich alle ausgelacht.«

Der arme Junge. Na ja, mit einunddreißig noch mit Knutschflecken aufzutauchen ist vielleicht auch ein bisschen daneben. Soso, ich hatte ihn also auch markiert. Guck mal an! Hatte ich gar nicht mitgekriegt. Mein eigener Knutschfleck glühte auch immer noch vor sich hin, zum Glück hatte mich aber niemand drauf angesprochen. Wahrscheinlich hätte eher jemand was gesagt, wenn ich an einem Montag mal keinen Knutschfleck gehabt hätte. Mit einem Tuch kaschieren kam auch nicht infrage, weil ich Halstücher so dermaßen daneben fand, dass ich stattdessen lieber meine Wochenendflecken präsentierte und die Kommentare dazu wegfegte wie Brotkrümel vom Tisch.

Das Telefonat kam etwas ins Stocken. Schließlich fasste Jonas sich ein Herz und klaubte offenbar all seinen Mut zusammen, als er sagte: »Na ja, weswegen ich eigentlich anrufe – wann sehen wir uns denn mal wieder?«

Jetzt, mein Auftritt! Wäre ich nicht schon den ganzen Tag *on air* gewesen, wäre mir bestimmt die Stimme weggebrochen. So hatte ich aber schon Übung und wirkte wesentlich sicherer, als ich mich fühlte. Ich fügte noch eine Prise Arroganz hinzu und sagte: »Ach so, gut, dass du's ansprichst. Ich dachte eher gar nicht.«

Verdutztes Schweigen am anderen Ende. Verständlich. Da schmeiß ich mich erst an ihn ran, und jetzt kriegt er 'ne Abfuhr. Das musste ja super zu dem Bild der Bekloppten passen, das ich ihm bis jetzt geliefert hatte. Ich versuchte, es ihm wenigstens zu erklären.

»Mir ist es lieber, wir brechen das gleich ab, bevor wir uns da noch in irgendwas reinsteigern. Ich muss mich im Moment total auf meinen Job konzentrieren und hab gar keinen Platz in meinem Leben für irgendwelche Beziehungsgeschichten oder ähnlichen Kram.«

Jonas berappelte sich schnell und tat, was ein Mann in seiner Situation einfach tun musste.

»Hm – aber es muss ja nichts Festes sein ... Vielleicht nur 'ne Bettgeschichte?«

Also das war ja wirklich 'ne Frechheit. Wollte der doch glatt noch feilschen! Ich wurde sauer.

»Mann, nein, ich hab GAR KEINEN BOCK auf IRGENDWAS, okay?!«, patzte ich ihn an. Katzenkampf, ich fuhr die Krallen aus. Der sollte mir bloß nicht doof kommen! »Außerdem bist du überhaupt nicht mein Typ! Und jetzt lass uns mal aufhören, ich muss gleich in die Nachrichten!«

Selbst nach dieser Abfuhr blieb er lieb und freundlich. Zumindest wurde er nicht ausfallend, was ich aber auch durchaus verstanden hätte.

Wir sagten beide »also Tschüss«, verabschiedeten uns, für immer, und das war's dann. Aus und vorbei, bevor irgendwas hätte anfangen können.

Meine Entscheidung war genau richtig gewesen. Ich hatte die Situation voll unter Kontrolle! Ich hatte es nicht nötig, mir wegen irgendwelcher Typen Gedanken zu machen, sondern konnte mich voll und ganz meiner Arbeit widmen, und in einem Jahr würde ich Redakteurin und Moderatorin sein. Das war es, was ich wollte. Ich wollte arbeiten bis zum Umfallen, moderieren üben, bis mir schwindelig wurde, und irgendwann reich und berühmt sein. Ich brauchte keinen Mann.

Vor lauter Zukunftsvisionen, wie ich später in der *Harald Schmidt-Show* erzählen würde, wie es mir gelungen war, so wahnsinnig reich und berühmt zu werden, verpasste ich fast meine News. Zum Glück warf ich um 21.58 Uhr zufällig einen Blick auf die Uhr und bekam zum zweiten Mal an diesem Tag fast einen Herzinfarkt. Ich riss meine Zettel aus dem Drucker, merkte aber erst, als ich ins Studio rannte, dass es die alten Meldungen von zwanzig Uhr waren, entschied in Sekundenbruchteilen, dass es eh keiner merken würde, hechtete um 21.59:30 auf den Stuhl, drückte mir die Kopfhörer auf, saß angespannt und mit zitternden Händen vor dem Pult, atmete zwanzig Sekunden tief durch, blendete ganz langsam Phil Collins aus und startete den News-Opener. Und los: »Es ist zweiundzwanzig Uhr. Hamburg. Nach den Ausschreitungen zum HSV-Spiel vom Wochenende sind die meisten der über hundert Verletzten heute aus den Krankenhäusern entlassen worden. Die Prügeleien zwischen HSV- und Werder Bremen-Fans werden keine weiteren polizeilichen Ermittlungen nach sich ziehen, gab der Senat heute bekannt. Gleichzeitig kündigte Bürgermeister Ole von Beust an, beim nächsten Spiel in der AOL-Arena den Ausschank von Bier zu verbieten.« Noch drei Meldungen. Danach Wetter und Verkehr: »Heute Nacht stürmisch mit orkanartigen Böen … Dagegen auf den Straßen nix los, ich wünsch allen, die jetzt unterwegs sind, eine gute Fahrt. Hier ist *Nightlight* auf *Hanseradio*, kommen Sie gut durch den Abend!« und wieder raus. Den vorproduzierten Show-Opener starten, warten, bis der erste Titel läuft, wieder in die Automation schalten – super. Kein Fehler. Raus hier! Zittern und zusammenbrechen war später angesagt.

Wieder an meinem Platz in der Redaktion angekommen, rauchte ich erst mal eine, um mich zu beruhigen. Dann rauchte ich noch eine. Eigentlich durften wir drinnen überhaupt nicht rauchen, aber außergewöhnliche Situationen erfordern außergewöhnliche Maßnahmen, hieß es nicht so?

Das mit meiner Karriereplanung musste ich besser in den Griff bekommen, nahm ich mir vor. Nicht nur so rein theoretisch.

5

Im Baby-Walz-Paket ist ein Umstandskleid, das ich vor zwölf Wochen bestellt habe – sprich, als ich noch schwanger war. Zum Glück, oder eher leider, bin ich ja noch genauso dick wie im siebten Monat, und daher passt das Kleid – zumindest kommt die Größe hin. XXL.

Mit einem Blick auf Hüften und Bauch stelle ich allerdings fest, dass leuchtend roter Stretch zurzeit nicht gerade mein Fall ist, und knülle den Fetzen in den Schrank, zu allen anderen nicht-mehr- oder noch-nicht-wieder-passenden Sachen.

Warum sagt einem eigentlich keiner, dass man nach der Geburt noch genauso dick ist wie kurz davor? Ich bin deprimiert und will so schnell wie möglich wieder Sport machen, abnehmen und mich wohlfühlen. Vielleicht hilft es, wenn ich mir ein paar schöne Übergangssachen kaufe, überlege ich – nur ein paar Basics. Aber wo? Zu H&M traue ich mich noch nicht – zu hell, zu laute Musik, ich zu dick –, das wäre mir zu emotional. Da warte ich lieber noch etwas. Aber hier in der Nähe gibt es doch diesen Esoterik-Laden, der auch Klamotten hat – wenn man Batikhemden und bunte Tücher denn so nennen mag. Aber ich kann ja mal gucken, ob die nicht doch eine Jacke und einen Pullover für mich haben. Außerdem muss ich auch irgendwann mal alleine mit der Kleinen raus, warum also nicht heute? Ein Spaziergang würde mir sowieso guttun. Und ein paar Lebensmittel brauche ich auch noch.

Beflügelt von dem Gedanken, bald wieder fit und schlank zu sein und neue Sachen zu haben, klettere ich endlich unter die Dusche. Nach der Zwölf-Uhr-Fütterung geht es los.

Das schlafende Kind im Kinderwagen verstaut(ein *Hartan Racer,* mein ganzer Stolz!), schiebe ich los. »Im Wagen vor mir schläft ein junges Mädchen …«, singe ich leise vor mich hin und strahle vor Glück. Die Sonne scheint, ich bin das erste Mal seit der Geburt vor zwei Wochen wieder an der frischen Luft, und es ist alles wunderschön. Ich atme tief die frische Winterluft ein und blinzle gegen die Sonne. Gleichzeitig drücke ich damit ein paar Tränchen weg, denn so überwältigend hatte ich mir den ersten Spaziergang mit meiner Tochter nicht vorgestellt. Seit ihrer Geburt am Sonntag, dem 22. Januar, war ich noch nicht alleine mit ihr unterwegs gewesen, jetzt ist die erste Februarwoche schon um. Mein Herzensgatte hatte sich zwei Wochen Urlaub nehmen können, heute war er das erste Mal wieder zur Arbeit, und ich musste mich nun daran gewöhnen, tagsüber mit meinem Baby alleine zu sein.

Vor einer Woche, zwei Tage nachdem ich aus dem Krankenhaus wieder zu Hause war, hatten wir schon mal einen Spaziergang versucht. Majas Papi trug sie die vier Stockwerke unseres Altbaus runter, wir legten sie in den Kinderwagen, stopften gegen die kalte Winterluft zig Decken um sie herum fest und wollten gerade losschieben, um im verschneiten Winterhude die Sonnenstrahlen zu genießen, die sich durch die Wolkendecke schoben, als Maja außerplanmäßig fürchterlichen Hunger und einen kräftigen Schreianfall bekam. Also blieb uns nichts anderes übrig als die Expedition »Familienausflug« abzubrechen und das Kind wieder hochzutragen. Die nächsten Tage hatte es wieder so viel geschneit, dass man kaum einen Fuß geschweige denn einen Kinderwagen vor die Tür setzen konnte. Erst jetzt wird es mit knapp sechs Grad über null so warm, dass der Schnee größtenteils schmilzt und ich nicht mal mehr einen dicken Mantel brauche. In meinen alten schönen Wildledermantel hätte ich allerdings eh nicht mal mehr mit einem halben Arm reingepasst, stattdessen hat mir meine Schwiegermutter ihre Jacke in XXL geliehen.

Okay, ich mag dick sein wie ein Wal, aber dafür habe ich eine süße kleine Tochter und alle anderen nicht, ätsch, denke ich und marschiere los über die vom Streusand knirschenden Fußwege an der Alsterdorfer Straße. Obwohl ich mir keiner Schuld bewusst bin, werde ich, so fällt mir langsam auf, von den mir entgegenkommenden Menschen blöde angeguckt, als ich da so mit meinem Kinderwagen langschiebe. Noch blöder werde ich angeguckt, als ich mit meinem Kinderwagen in den Supermarkt will. Und ganz blöd gucke ich, als mir keiner hilft. Neben dem Markt steht ein alter Mann in einem braunen Mantel, der mich ausgiebig mustert, aber keine Anstalten macht, mir die Tür zu öffnen.

Ich, Kinderwagen-Anfängerin, schiebe erst frontal auf die Tür zu, stelle fest, aha, geht nicht, drehe um, schiebe rückwärts gegen die Tür, verkeile damit ungewollt den Wagen zwischen beiden Ausgangstüren und fange trotz der Februarkälte an zu schwitzen. Gleichzeitig fängt Maja an zu nörgeln ob dieser unsanften Ruckelei. Mich über den Wagen beugend, versuche ich, die Tür aufzuhalten, bis ich den sperrigen *Hartan* unter meinem Arm hindurchgeschoben habe. Von innen drängeln jetzt Leute heraus, gucken mich genervt an, der Rentner, der damit gar nichts zu tun hat, und vielleicht nur neben dem Supermarkt steht, um frische Luft zu schnappen und weil er sonst nichts zu tun hat, bildet gleich mit allen anderen eine Solidargemeinschaft und seufzt ebenfalls genervt. »Mann, warum kann die Mutti ihren Wagen nicht einfach durch die Tür schieben?«, scheint in allen Gesichtern zu stehen. Ich werde jetzt ebenfalls ungeduldig. Der Opa, der nur glotzt und nicht hilft, kriegt es ab.

»Schönen Dank auch!«, schnauze ich.

Er sieht mich mit hochgezogenen Augenbrauen an.

»Jetzt machen Sie mal hinne!«, meckert ein Anzugträger von innen.

»Ja, Sie sind ja schlau – wie denn bitte, wenn mir hier keiner hilft?«, erwidere ich, ebenso galant und höflich.

Die Situation ist verfahren, der Kinderwagen verkeilt, und ich stecke in der Tür zum Supermarkt fest. Meine Tochter scheint den Ernst der Lage zu begreifen und fängt mit Schreistufe eins an.

Ein leises »Üääh« trötet aus dem schicken *Hartan*. Es hilft mir jetzt herzlich wenig, dass das Gerät fast siebenhundert Euro gekostet hat. Ich werde trotzdem nicht wie Moses durchs Rote Meer in den Supermarkt geleitet.

Ein Schweißtropfen perlt an meiner rechten Schläfe entlang. Ich kann die Tür bald nicht mehr halten, will aber nicht, dass sie mit voller Wucht gegen den Kinderwagen knallt. So drücke ich mich weiter nach vorne, neben den Wagen, und schiebe die bunt beklebte Glastür mit dem Fuß auf, hieve den Kinderwagen an mir vorbei und bin drinnen. Fehlt nur noch der Applaus der wartenden Menge. Doch der bleibt leider aus.

Der Rentner im braunen Mantel betritt gemächlich hinter mir den Laden.

»Keine Automatiktür«, stellt er zufrieden fest, zeigt auf die Tür und grinst mich an.

Nee, keine Automatiktür, denke ich erschöpft. Zu mehr fehlt mir die Kraft.

6

Die nächsten vier Wochen verbrachte ich wieder mehr oder weniger damit, mich mit meinem Leben zu langweilen. Mona dagegen verbrachte ihre Zeit damit, mit Daniel durch die Betten zu hüpfen, wie sie es nannte. Ich gönnte es ihr, fand aber auch, dass sie nicht besonders begeistert von ihm erzählte. Für meine Begriffe nannte sie ihn ein paar Mal zu oft »Langweiler« oder »Vollidiot«. Ich meine, das war auch von Anfang an meine Meinung, aber *ich* wollte ja auch nicht mit ihm mein Leben verbringen. Und obwohl sie ihn eigentlich nicht mochte, traf sie sich so oft es ging mit ihrem »Dani«. Ich hielt mich mit meiner Meinung dazu dezent zurück, und sie fragte mich auch nicht. Vielmehr stürzte ich mich nun noch konzentrierter in die Arbeit, auch an den Wochenenden, und ging überhaupt nicht mehr weg. Ich wollte ja meinen Plan, eine gute Volontärin zu sein, wirklich in die Tat umsetzen.

Die komplette erste Märzwoche hatte ich frei, als Ausgleich für drei durchgearbeitete Wochenenden. Ich fuhr zu meiner Freundin Sissi, die vor drei Monaten von Hamburg nach München gezogen war. Sissi hieß eigentlich Nadine, hatte aber in der dritten Klasse einen Romy-Schneider-Fimmel und ist den dazugehörigen Spitznamen zu ihrem Leidwesen niemals wieder losgeworden.

Wir hatten uns ein halbes Jahr lang nicht gesehen und freuten uns total aufeinander. Am Münchner Hauptbahnhof fielen wir uns heulend in die Arme und küssten uns ab, sie hatte mir eine rote Rose mitgebracht, und vermutlich hielten uns alle für Lesben. Das wäre auch gar nicht schlimm gewesen – Sissi wäre nämlich genau mein Typ, wenn ich denn ein Typ wäre: einen Meter fünfundsechzig klein, etwas kräftig, mit großer Oberweite und langen, blonden Haaren mit hellen Strähnchen. Dazu 'ne kräftige Lache und süße Grübchen. Ich hatte sie wirklich lieb.

Ich weiß auch nicht, wie es dazu kam, dass wir schon am zweiten Tag so aneinandergerieten. Sie war anscheinend gereizt durch ihren neuen Job in einer Werbeagentur, ich war sowieso noch durcheinander wegen diesem Jonas – ich wollte ihn doch vergessen, was machte er noch so lange in meinem Kopf? Konnte er sich nicht langsam mal woanders rumtreiben? – und irgendwie wollte es der Zufall, dass ich noch am ersten Abend auf einer Brit-Pop-Party schamlos mit Sissis Schwarm Marco flirtete.

Dazu muss man sagen, dass sie seit sieben Jahren erfolglos in ihn verliebt war. Eigentlich wollte ich nur mal testen, ob er überhaupt hetero war – gut, und vielleicht nebenbei, ob ich bei ihm bessere Chancen hätte als sie. Leider war es so.

Sissis Laune verbesserte sich nicht gerade, als Marco ihr am nächsten Tag erzählte, dass er sich bei der Party Hals über Kopf in mich verliebt hatte. Himmel, was hatte ich angerichtet!

Nadine machte mir die übelsten Vorwürfe, heulte sich die Augen aus dem Kopf, beleidigte mich, und ich fuhr sehr viel früher als geplant wieder zurück. Im Zug fand ich es albern, dass sie sich so aufregte – ich hatte ja nicht mal mit ihm geknutscht. Soo brav war ich.

Noch bevor ich zu Hause war, verabredete ich mich mit Mona zum Betrinken. Seit dem Abend im *Ex-Sparr* vor vier Wochen hatte ich keinen Alkohol mehr angerührt – und jetzt beschloss ich, dass es so nicht bleiben könne. Weil sie sich mal einen Dani-freien Abend gönnen und mich auf den neusten Stand der Dinge bringen wollte, trafen wir uns in der hippen, aber unaufdringlichen Bar *Die Welt ist schön* am Neuen Pferdemarkt.

Im schummrigen weichen Lounge-Licht setzten wir uns im ersten Stock der Bar an einen der runden kleinen Tische und bestellten uns grüne und pinkfarbene Cocktails, um uns genau in die Stimmung zu katapultieren, die der Name der Bar versprach – nomen est omen!

Nachdem ich Mona ausführlich die unglückliche Sissi-Marco-Story erzählt hatte, fingen wir an aufzulisten, was an unserem Leben eigentlich gut war. Mir fiel spontan nichts ein.

»Du hast einen super Job«, half sie mir auf die Sprünge. Mit ihrer Arbeit als Musikredakteurin lag sie ja nun ihrerseits auch nicht so ganz daneben.

»Ich hab vor allem einen superanstrengenden Job«, maulte ich. »Jedes Wochenende muss ich arbeiten, außerdem geht mir die Frühschicht auf den Keks.«

Ich bin einfach kein Frühaufsteher. (Habe ich es schon gesagt?) Man muss den Tatsachen eben mal ins unerbittliche Auge sehen. Es gibt Menschen, die morgens um fünf gute Laune haben können – ich gehöre nicht dazu. Bis vierzehn Uhr ist für mich morgens. Gegen achtzehn Uhr werde ich wach, und gut arbeiten kann ich so ab abends um acht. Das war es, was mich an meinem Job so fertig machte. Ich liebte ihn, wusste aber nicht, ob ich ihm weiter gewachsen war. Nach drei Wochen Spätschicht und einer Urlaubswoche stand nun wieder ein Monat Frühschicht auf dem Plan. Es nützte alles nichts. Auch die Cocktails, die hübschen Menschen und das schicke Ambiente um mich herum konnten mir meine miese Stimmung einfach nicht schöngaukeln. Das erklärte ich Mona. Sie gab aber nicht auf.

»Guck dir doch mal an, was du schon alles erreicht hast!«, fuhr sie fort, mich aufzubauen. Im Trösten ist sie einfach besser als ich, das muss man ihr lassen.

»Du hast zig Praktika gemacht, studiert, hast von hundert Bewerbern als Einzige dieses Volo bekommen ...« All das wusste ich auch, aber im Moment bedeutete es mir nichts. Ich sah sie nur mit hochgezogener Augenbraue an, nach dem Motto »Ja und?«. Doch dann zog sie ihre Trumpfkarte.

»Du weißt, dass die Hörer dich mögen, guck dir doch nur mal deine ganze Fanpost an!« Zack, das saß. Damit hatte sie mich. Es stimmte, und ich war einen kurzen Moment geschmeichelt, dass sie mich daran erinnerte.

Tatsächlich bekam ich einige begeisterte E-Mails von Hörern, die sich darüber freuten, mir zuhören zu dürfen, und meine Stimme mochten. Komplimenten gegenüber bin ich ja auch nicht ganz abgeneigt, und schwarz auf weiß zu lesen, dass ich eine »Gänsehaut-Stimme« hätte, das ist schon ziemlich schön. Meine schwarze Brille auf der Nase verfärbte sich langsam ins Dunkelgraue.

»Und du bist frei und unabhängig!«, sagte Mona resolut.

Ich schnaubte durch die Nase. »Das sagst du nur, weil du von deinem komischen Daniel schon genervt bist!«, konterte ich. Dem hatte sie nicht viel entgegenzusetzen. Mona hatte mir ein paar Tage vor unserem Treffen bei einer Zigarette auf dem Senderklo erzählt, dass es mit Daniel im Bett alles andere als doll lief und dass sie auch kein Kribbeln im Bauch hatte. Dann kam die Leier von der biologischen Uhr und dass man ja als Frau auch mal an die Zukunft denken müsse, Daniel als zukünftiger Wirtschaftsprüfer sei ja dann auch finanziell in der Lage, eine Familie zu ernähren, et cetera.

»Na ja, direkt genervt stimmt ja auch nicht«, sagte sie jetzt und wackelte etwas mit den Schultern, was, wie ich wusste, soviel hieß wie: »Weiß auch nicht, was da los ist.«

»Ich muss mich nur erst an ihn gewöhnen!«, erklärte sie schließlich und schlürfte mit ihrem Strohhalm die letzten Reste ihrer Piña Colada aus dem Glas. Aha. Na, ich wollte ja mit keinem zusammen sein, von dem ich nach vier Wochen erklärte, ich müsse mich erst an ihn gewöhnen – aber das war ihre Sorge und sollte meine nicht sein.

Nicht allzu spät brachen wir auf. Ich war nicht in der Stimmung, alleine über den Kiez zu hopsen, und Mona wollte doch lieber zu Daniel, und so konnte ich ruhig auch einen weiteren Samstagabend früh ins Bett gehen. Montag musste ich schließlich wieder um vier anfangen.

Mona umarmte mich zum Abschied, wir drückten uns ganz fest, ich gab ihr ein Küsschen und war wieder einmal froh, dass ich sie hatte. Ohne es auszusprechen war klar, dass wir immer füreinander da sein würden.

Als ich mit dem Fahrrad durch den kalten Nieselregen nach Hause fuhr, lag das erste Mal in diesem Winter ein Hauch von Frühling in der Luft. Ich hob das Gesicht und ließ mich vom Regen berieseln. Dennoch wollten sich keine Frühlingsgefühle bei mir einstellen, ich fühlte mich alleine und leer. Den Stress im Job würde ich bestimmt besser verkraften, wenn ich jemanden hätte, der mich unterstützte, fiel mir auf einmal auf. Von wegen, frei und unabhängig!

Diesmal war ich nicht betrunken, und das blöde Gefühl, mal wieder alles falsch gemacht zu haben, blieb.

7

Ich bin fix und fertig. Die Tour zu *Plus* und zum Eso-Laden war Millionen Mal anstrengender, als ich geahnt hätte und dabei nur halb so ergiebig. Schwangerschaft und Geburt fordern eben ihren Tribut.

Im Supermarkt hatte ich mich gefühlt wie ein Ossi nach der Wende, der das erste Mal bei *real* ist. So ein reichhaltiges Angebot an Konsumgütern! Ich konnte es kaum glauben.

Weil ich wegen meiner Kreislaufprobleme seit dem achten Monat nicht mehr hatte rausgehen können, entwickelte sich der Einkauf zur emotionalen Herausforderung. All die neuen Produkte, die ich noch nicht kannte! Joghurts in unfassbaren Geschmacksrichtungen (zum Beispiel Latte Macchiato oder Banane-Maracuja!), Selbstbräunungstücher fürs Gesicht … Was es nicht alles gibt! Ich bin aus dem Koma erwacht und in einer neuen Welt gelandet. Leider fühle ich mich noch nicht wie ein Teil derselben, sondern immer noch wie eine dicke Mutti, die vom Rand aus zuguckt.

Nachdem ich ungefähr eine Stunde lang mit irrem Blick Sachen aus den Regalen gerissen und an anderen Orten wieder zurückgestellt hatte, entschied ich mich lediglich für Milch und Obst. Kann man immer gebrauchen und ist nicht teuer.

Abends scheint Maja mindestens genauso platt zu sein wie ich, schlürft ihr Fläschchen weg, ohne sich zu verschlucken, und schläft hinterher wieder brav ein. Liebes Mädchen.

Ich sehe sie an und bekomme wieder Tränen in die Augen. Nicht, dass ich früher weniger sentimental gewesen wäre, aber was ich mir jetzt zusammenheule, ist wirklich nicht mehr schön. Liegt vielleicht an den Hormonen, an der völligen Erschöpfung, die mich heimsucht, an den durchwachten Nächten und den Todesängsten, die ich um mein Kind ausstehe, sobald es die Milch in den falschen Hals kriegt. Dabei dachte ich bis vor kurzem noch, ich sei gar nicht der Muttertyp, sondern eher so die Karrierefrau. Die mit dreißig einen tollen Job als Reporterin beim Fernsehen hat, vielleicht sogar Nachrichten moderiert, und immer noch einen Typen nach dem anderen mit nach Hause nimmt. Dafür stimmen Gehalt und Quoten. Irgendwie bin ich daran nur knapp vorbeigeschlittert. Und überhaupt nicht traurig drüber.

Abends kommt mein Gatte erst spät nach Hause. Maja ist jetzt auch wieder wach, wohl um ihren Papi zu begrüßen, sie liegt neben mir auf dem Bett und macht süße Geräusche. Ich bin verzückt und glücklich. Was für ein kleines Wesen wir da geschaffen haben, was für ein Wunderkind!

Dass ich eigentlich auf ihn böse bin, weil er sich nie richtig kümmert und mich heute sogar allein gelassen hat, um zur Arbeit zu gehen, hab ich natürlich nicht vergessen. Zur Strafe rede ich nicht mit ihm. Wie immer fällt es ihm aber nicht mal auf. Er zieht seine Schuhe aus, geht in die Küche und raschelt mit irgendetwas unauffällig rum.

Ich versuche zu erlauschen, was das sein könnte … und komme nicht drauf. Wahrscheinlich nichts Wichtiges, sondern nur das Papier seiner Fischfrikadellen, die er aus dem Rucksack kramt. Pöh! Da bin ich lieber noch ein bisschen sauer. Wenig später setzt er sich leise neben mich aufs Bett, als ich gerade mal wieder voller mütterlichen Glücks meine kleine Maja betrachte.

»Na?«, sagt er lieb und reibt seine Nase an meiner Wange.
»Na?«, sage ich und gucke ein bisschen grimmig.

»Na?«, sagt er auch zu Maja und stupst ihr auf die Nase. Sie sieht ihn an und lächelt. Kleine Verräterin. Wir wollten doch sauer auf den Papi sein. Dann sagt sie so was wie »örö,

örö«, und ich bin mir sicher, mein schlaues Kind spricht schon französisch! Oder was sollte das anderes heißen, als dass sie *heureux,* also *glücklich* ist, den Papi wieder zu sehen?

Jonas gibt mir einen Kuss auf die Wange. »Komm doch mal, ich hab was für dich.«

Was mag er wohl haben? Ein paar Strafzettel, die ich kassiert habe, als ich vor ein paar Wochen zur Untersuchung bei meinem Gyn war und keine Lust hatte, drei Kilometer von der Praxis entfernt zu parken? Eine saftige Rechnung für eine Umstandshose von H&M, die nicht beglichen werden konnte? Oder eine etwas schönere Überraschung? Keine Ahnung. Ich nehme Maja vorsichtig auf den Arm und tappe ihm hinterher in die Küche. Dort werfe ich einen Blick auf den Küchentisch und bin nicht nur erstaunt, sondern richtig überrascht und froh – und auch mal sprachlos.

Auf dem Tisch in einer Vase steht der allerschönste Rosenstrauß, den man sich nur wünschen kann, mit Dutzenden (hinterher zähle ich zwanzig) dunkelroten Rosen und viel Efeu dazwischen. (So einen hatte ich zu meiner Hochzeit als Brautstrauß haben wollen!) Wieder stehen mir vor Liebe und Glück die Tränen in den Augen. Erschöpfung und Planlosigkeit spielen wohl dabei auch eine Rolle.

»Danke«, sage ich gerührt. »Hab ich Geburtstag? Oder wofür ist das?«

»Na ja, nee«, stottert mein Liebster, »weil ich heute Morgen vielleicht ein bisschen überstürzt aufgebrochen bin und dir nicht mal einen Zettel geschrieben habe, obwohl ich mir ja denken konnte, dass du heute ein bisschen gestresst bist. War wohl ziemlich egoistisch von mir. Es tut mir leid, dass ich einfach so gegangen bin. Ich hab euch vermisst. Und ich finde, dass du das hier mit Maja ganz toll meisterst.«

Ein bisschen gestresst ist die Untertreibung des Jahrtausends, ich bin so erschöpft, dass ich gefühlte hundert Jahre schlafen könnte, aber ich staune und freue mich über die Entschuldigung und den tollen Strauß und gebe meinem Schatz einen dicken Kuss. Jetzt ist alles wieder gut.

Er sieht mich und unsere kleine Tochter ganz verliebt an. Wir nehmen uns in den Arm und bleiben minutenlang so stehen. Nie mehr will ich ohne die beiden sein. Obwohl der Jäger am nächsten Morgen wieder raus zur Mammutjagd muss, übernimmt er nachts zweimal füttern und einmal wickeln – und ich kann das erste Mal seit Äonen wieder acht Stunden am Stück schlafen.

8

Nach dem Treffen mit Mona lag ich die ganze Nacht wach und dachte über Frauen nach, die den erstbesten Mann heiraten, der ihnen über den Weg läuft, obwohl sie ihn nicht besonders toll finden, und über Frauen, die Männer vergraulen, obwohl sie sie toll finden.

Es reichte mir. Jetzt mussten Nägel mit Köpfen gemacht werden! Da ich Jonas nicht vergessen konnte und noch nicht mal Lust hatte, nach anderen Männern Ausschau zu halten, musste ich handeln. Ich holte mir seine Nummer bei der Auskunft – allein der Mut, ihn anzurufen, fehlte mir noch. Was sollte ich auch sagen? »Hallo, hier ist die Verrückte aus dem *Ex-Sparr,* willst du mit mir gehen?« Das schien mir nicht gerade geeignet, ihn zurückzuerobern – so er sich denn überhaupt noch erobern lassen wollte! Ich an seiner Stelle hätte mich sicher zum Mond geschossen, oder noch weiter weg. Hätte laut gelacht und mir einen Vogel gezeigt!

Aber es kam auf einen Versuch an. Verloren hatte ich ihn ja schon, also konnte es mir auch egal sein, wenn ich ihn nicht wiederbekam. Ich wartete auf eine günstige Gelegenheit, ihn anzurufen. Noch am selben Tag konnte ich seine Telefonnummer auswendig, traute mich aber nicht, sie zu wählen.

Erst als ich eine Woche später, es war jetzt Mitte März, am späten Samstagabend oder eher Sonntag früh um drei, endlich wieder angenehm betrunken vom Kiez kam, wo ich mit Mona ausgiebig getanzt und über »unsere« Jungs gequatscht hatte, schien es mir das einzig Richtige und Vernünftige, ihn anzurufen. Bemüht, langsam und vor allem deutlich zu sprechen, moderierte ich ihm einen perfekten Dreißigsekünder aufs Band.

»Hi, ich bin's, Sophie! Vielleicht erinnerst du dich ja an mich, wir haben uns vor fünf Wochen im *Ex-Sparr* kennengelernt. Ich weiß, es war nicht so nett, gleich den Kontakt komplett abzubrechen, und jetzt bin ich eben nach Hause gekommen und würde gerne mit dir kuscheln, und irgendwie fehlst du mir … Dabei kenn ich dich doch gar nicht. Hab aber auch gleichzeitig das Gefühl, dich doch zu kennen. Jedenfalls muss ich ganz viel an dich denken, und, wenn du mich mal anrufst, würd ich mich freuen.«

Ich fand mich genial! Und es war so einfach gewesen! Ich hatte ihm alles gesagt, was mir auf dem Herzen lag. Völlig zufrieden mit mir und der Welt schlief ich ein.

Am nächsten Morgen packte mich das Grauen. Was hatte ich getan? Wie konnte man sich so erniedrigen? »Ich würde gerne mit dir kuscheln« und »muss viel an dich denken« … so was in der Art hatte ich wohl gesagt. Ich schlug mir mehrmals so hart vor den Kopf, dass es knallte. Davon war ich auch sofort wach und rief Mona an, die mich jetzt unbedingt beruhigen musste.

»Ich bin verrückt!«, schrie ich in den Hörer, kaum dass sie ein verschlafenes »Hallo?« gemurmelt hatte. Dann hörte ich ein Rascheln und Rauschen, vermutlich war ihr der Hörer aus der Hand gefallen, und sie suchte ihn nun im Bett.

»Wäääääs? Was hasn gemacht?« Sie gähnte. Es war ja auch erst halb acht morgens, und sie hatte genau wie ich nur wenige Stunden geschlafen und sicher ebenso viel Restalkohol im Blut. Ich erklärte ihr den Sachverhalt, und zu meiner Bestürzung fing sie an zu kichern.

»Mann!«, rief ich aufgebracht. »Das ist nicht witzig!«

»Doch«, antwortete sie schlicht. »Das ist es. Und es ist das Einzige, was du tun konntest. Es war ehrlich und offen, und er weiß jetzt, dass du an ihn denkst und ihn vermisst. War schon okay, also beruhige dich. Er wird sich melden. Gib ihm eine Woche, und danach vergessen wir ihn, ja? Und jetzt lass mich bitte weiterschlafen, ich bin echt völlig fertig. Ich meld mich später wieder.« Dann legte sie einfach auf.

Ich hätte alles gegeben, aber was jetzt passierte, entzog sich meinem Einfluss, da hatte sie Recht. Trotzdem bibberte und zitterte ich bei jedem Handy-Klingeln.

Er rief natürlich nicht an. Zumindest sechs Tage nicht.

Es war am Freitagabend darauf, ich erholte mich gerade nach einem ausgiebigen Mittagsschlaf in der Badewanne von meiner Frühschicht, als die Anfangsmelodie der Simpsons einen Anruf ankündigte. Ich wartete einen Moment – denn nichts wirkt abstoßender als eine Frau, die sofort ans Telefon geht – und meldete mich mit meiner vermeintlich sexiesten Radiostimme: »Halloooo?«

»Hallo, hier ist Jonas«, sagte er.

»Welcher Jonas?« Tolle Reaktion.

»Der aus dem *Ex-Sparr* – wieso, wie viele kennst du denn noch?« Er lachte.

»Och so einige«, meinte ich, was natürlich gar nicht stimmte. Ich war nur so durcheinander, dass ich schon wieder nicht mehr klar denken konnte.

»Du hattest angerufen …« Ich konnte sein Grinsen deutlich vor mir sehen. Wenigstens war er offenbar nicht sauer auf mich, sonst hätte er sich ja nicht gemeldet.

»Fand ich schön!«, setzte er sogar noch einen drauf.

Mein Herz fing an, schneller zu klopfen. Wahrscheinlich war das Badewasser doch zu heiß. Ich war, und das soll schon was heißen, in diesem Moment sprachlos und wusste nicht, was ich sagen sollte. Das schien ihm nichts auszumachen, denn er plauderte munter weiter.

»Hätte ich ja nicht gedacht, nachdem du dich so schnell

entschieden hattest, dass wir uns gar nicht mehr sehen sollten …« O nein, jetzt kam ich aber in Rechtfertigungszwang. Das passte mir gar nicht.

»Na ja«, fing ich an.

Er redete aber auch schon weiter. »Ja, aber ist ja auch okay jetzt. Ich wollte eigentlich nur fragen, ob du morgen was vorhast, oder ob ich mal bei dir vorbeikommen soll, oder ob du herkommen willst … So ganz ohne Hintergedanken. Dass wir einfach noch mal von vorne anfangen und uns ein bisschen kennenlernen. Hast du Lust?«

Jetzt klang er auch ein bisschen unsicher, wie süß.

»Klar« meinte ich ganz cool. »Ich hab auch nichts weiter vor.«

Ich Vollhorst! Cooler wäre wohl gewesen, ihn auf nächste Woche zu verschieben, weil ich natürlich am Wochenende schon komplett ausgebucht war, weil sich ja alle darum rissen, mit mir auszugehen – aber so lange wollte ich einfach nicht warten, jetzt, wo ich ihn wieder an der Angel hatte. Von wegen, Angel langsam einholen – ich dachte ja gar nicht daran.

Wir verabredeten, dass er am nächsten Abend zu mir kommen sollte, und dann »könnten wir ja gucken, ob wir noch weggehen«.

In der Nacht bekam ich kein Auge zu. Ich schob es auf meinen verwirrten Biorhythmus, der sich an den Wechsel von Früh- und Spätschichten auch nach über einem Jahr nicht gewöhnt hatte. Den wirklichen Gründen mochte ich mich nicht stellen.

Gegen achtzehn Uhr am nächsten Tag hatte ich schon mehrere Stunden lang verschiedene Outfits aus- und anprobiert, drei Gläser Prosecco getrunken, mich erst dunkel, dann hell, dann unauffällig, dann wiederum dunkel geschminkt, festgestellt, dass ich einfach NICHTS zum Anziehen hatte, dass ich sowieso VIEL zu fett war, zum zehnten Mal Mona auf dem Handy angerufen, die mich beraten musste, während sie in der Schlange vorm Kino stand und ich zu Hause den Tränen nahe war. Schließlich entschied ich mich für das, was mir am besten stand: Jeans mit Schlag, tief ausgeschnittenes Shirt und Kapuzenjacke. So sah ich aus wie immer und fühlte mich nur mäßig unwohl. Es klingelte gerade, als ich das vierte Glas Sekt ausgetrunken hatte. Hoffentlich merkte er nichts, sonst würde er mich bestimmt für eine verkappte Alkoholikerin halten.

Und dabei trank ich ja nur, wenn ich aufgeregt war (natürlich, zum Teil sogar vor meinen Sendungen), aber alleine sonst NIE und überhaupt eigentlich nur zum Weggehen oder in Ausnahmesituationen. Und dies war eindeutig eine!

Ich drückte auf den Summer, wurde panisch und erinnerte mich an mein autogenes Training. Tiiiief in den Bauch atmen, Stresszentrum ausklopfen (überm Solarplexus – wo war der noch mal?), tiiiief ausatmen, das Gute rein, das Böse raus – es klopfte an der Tür.

Vorsichtig spähte ich durch den Spion. Himmel, sah der gut aus! Das war doch nicht der Typ aus dem *Ex-Sparr*! So hübsch hatte ich den gar nicht in Erinnerung gehabt! Sein Anblick rechtfertigte meine Panik und Aufregung doppelt – jetzt hieß es allerdings, Ruhe und einen sicheren Stand bewahren, souverän bleiben – und vor allem: nicht lallen, nicht hicksen, nicht rülpsen und kein dummes Zeug erzählen.

Ich öffnete die Tür. Etwas unbeholfen nahmen wir uns im engen Flur in den Arm, ich bekam zwei Flaschen Wein in die Hand gedrückt und ein Küsschen auf die Wange, und wir gingen ins Zimmer.

»Guck mal, wie ich zittere«, sagte mein hübscher Besucher und streckte mir seine tatsächlich sehr wackelig aussehende

Hand entgegen. »Ich bin ganz schön aufgeregt«, gestand er.

Ich seufzte erleichtert. »Geht mir auch so.« Jetzt konnte ich es ja zugeben. Das Eis war gebrochen, die Nähe war wieder da. »Na, dann sollten wir uns wohl ein wenig Mut antrinken, was?«, meinte ich und versuchte ein Lächeln. »Brauch ich gar nicht«, meinte er. Dann nahm er mein Gesicht in seine Hände und küsste mich zärtlich.

Ach, hatte ich das vermisst! Den Smalltalk überspringend, machten wir dort weiter, wo wir bei unserem ersten Treffen vor sechs Wochen aufgehört hatten.

Wir tranken und quatschten und knutschten und fummelten und wälzten uns die ganze Nacht, ohne miteinander zu schlafen. Es war herrlich! Ich war mir so sicher, ihn wirklich haben zu wollen, wie ich mir noch bei niemandem gewesen war. Wie machte er das nur? War es nur eine Sache der Hormone und des Fortpflanzungstriebs?

Während ich ihm gegen halb fünf beim Schlafen zusah und ihn wunderschön fand, machten sich hässliche Gedanken in mir breit. Was war, wenn er mich nur benutzte? Wenn er sich für mein mieses Verhalten rächte? Aber warum hatte er nicht mit mir geschlafen? Vielleicht wollte er mich erst an sich binden, sich mein Vertrauen erschleichen, um mich dann wieder abzustoßen!

Ich zitterte und bibberte und beschloss, mich doch schnell wieder zu entlieben. Aber konnte das mein Leben lang so weitergehen? Wann war der richtige Zeitpunkt, sich jemandem zu öffnen? Sollte ich mal etwas riskieren oder lieber meiner »Linie« treu bleiben? Bisher jedenfalls hatte ich erfolgreich alle Männer so lange belagert, bis sie von selbst Reißaus nahmen, und dann herumlamentiert, ich sei schon wieder verlassen worden.

Bei Jonas hatte meine sonstige Taktik irgendwie nicht funktioniert. Die Situation war ausweglos. Ich wusste nicht, was ich wollte, und ich wusste nicht, was Jonas wollte. Aber ich würde es herausfinden!

Wir schliefen bis mittags um zwölf, frühstückten dann ausgedehnt in einem Café in Eppendorf und beschlossen danach, an der Alster spazieren zu gehen – cool, wie ein richtiges Pärchen. Ich ertappte mich dabei, dass ich mich darüber freute. Was sollte das denn jetzt? Pärchengetue, und mir gefiel das auch noch? Ja, tatsächlich fand ich sogar einen ansonsten gähnend langweiligen Alsterspaziergang mit ihm aufregend.

Es war einfach schön, in seiner Nähe zu sein, ich fühlte mich total wohl und war kribbelig bei seinem bloßen Anblick. Seine Augen hatten ein so intensives Blau, dass man dachte, man würde einen Sommerhimmel betrachten, seine Haare waren dunkel, fast schwarz, und ein bisschen wuschelig hochgestylt. Vermutlich brauchte er für diese Prozedur morgens eine halbe Stunde im Bad, aber es lohnte sich: Er sah einfach fantastisch aus. Den Schatten eines Dreitagebartes fand ich keineswegs ungepflegt, sondern männlich und sexy, und ich rieb gerne meine Wange an den kratzigen Stoppeln.

Als wir auf einer recht lauschigen Bank sitzen blieben, unsere Gesichter in die für Mitte März schon warme Frühlingssonne hielten und einfach mal gar nicht redeten, überlegte ich nicht mehr, ob er »der Richtige« war. Oder wie es weitergehen sollte, was »aus uns werden würde«. Dieser Mensch tat mir einfach gut, merkte ich und strahlte ihn an. »Komm, lass uns da drüben ein Eis holen!«, sagte ich. »Muss doch gefeiert werden, dass endlich wieder die Sonne scheint.« Weil es für Mitte März wirklich ungewöhnlich warm war, standen am Eiswagen jede Menge Leute an. Wir turtelten in der Warteschlange albern herum, ich lehnte meinen Kopf an seine Schulter und grinste dabei allen Leuten zu, die uns amüsiert ansahen. Wenn ich ebenfalls solche verliebten Glitzeraugen hatte wie Jonas, waren wir aber auch wirklich ein köstlicher Anblick.

Dann schlenderten wir weiter, setzten uns auf eine Bank am Rand der Alster, sahen aufs Wasser, küssten uns, redeten über alles, was je in unserem Leben geschehen war und vergaßen die Zeit. Je mehr er erzählte, desto mehr begriff ich, was für einen guten Fang ich mir fast hätte entgehen lassen! Dass er sich überhaupt noch mal bei mir gemeldet hatte, grenzte an ein Wunder. Nicht nur, dass er ein Einser-Abi vorzuweisen hatte, er war früher Tennislehrer und Rettungsschwimmer der Deutschen-Lebens-Rettungs-Gesellschaft gewesen und spielte in einer Hamburger Band namens NoNameKnown, mit der er einmal wöchentlich probte und gelegentliche Auftritte hatte. Jaja, stille Wasser sind tief, und obwohl ich Sprudel bevorzugte, konnte ich von diesem stillen Wasser gar nicht genug kriegen.

Als es abends längst dunkel und auch richtig kalt war, fuhr ich wieder nach Hause, satt und glücklich vom sonnigen Tag.

9

Vier Wochen nach der Geburt kann ich eine erste Zwischenbilanz ziehen: Es wird immer besser!

Die Angstzustände lassen langsam nach, ich werde von Tag zu Tag fitter und fühle mich fast schon wieder wohl in meinem Körper. Die Kleine scheint sich jetzt an einen gewissen Plan zu halten, und ich meine, ihn zu durchschauen. Sie wacht auf, meckert aber noch eine halbe Stunde herum, bevor sie wirklich Hunger bekommt. Ich wickele sie, möglichst bevor die Windel ausläuft, dann bekommt sie ihr Fläschchen und will hinterher noch eine Weile bekuschelt werden. Spätestens eine Stunde später schläft sie wieder und wacht erst vier Stunden danach wieder auf.

Ich hoffe, das bleibt jetzt so, denn damit kann ich gut leben. Aber wie ich schon weiß, verändern sich Kinder ja angeblich ständig, also wird mir nichts anderes übrigbleiben, als diesen neuen Plan nicht zu sehr zu verinnerlichen, es einfach »hinzunehmen« und »loszulassen«, wie in allen Ratgebern steht. Dabei liegt mir das nicht besonders. Normalerweise plane ich schon jeden Abend, wann ich am nächsten Tag duschen möchte.

Um mich etwas zu entspannen, mache ich eine Liste über meine Probleme und wie ich sie lösen kann:

Problem: Bin schlecht drauf, weil immer noch zu dick.
Lösung: Sechs Wochen nicht wiegen, wieder mit Sport anfangen, weniger essen, mehr Wasser trinken und geduldiger sein. Schlauen Satz aus dem Babybuch verinnerlichen: »Der Bauch hat neun Monate gebraucht, um

zu wachsen, jetzt braucht er auch neun Monate, um wieder wegzugehen.«

Problem: Kann nicht geduldig sein. Will jetzt gleich wieder schlank sein. Blödes Baby-Buch!
Lösung: ??

Problem: Bin unendlich müde.
Lösung: Mehr schlafen, wenn Maja schläft. Nicht so viel machen in der Zeit.

Problem: Habe noch Rückenschmerzen aus der Schwangerschaft.
Lösung: Abnehmen, dann gehen die von selber weg.

Problem: Habe Schuldgefühle (kann nicht stillen, bin manchmal genervt von Maja, fühle mich als Versagermutter)
Lösung: Dass ich nicht stillen kann, ist nicht meine Schuld (aber ich hätte es länger als eine Woche versuchen müssen, oder?). Immer dran denken: Flaschenkinder werden auch groß. Wenn ich genervt bin, resultiert das aus der Müdigkeit; angeblich ist es normal und wird nach drei Monaten etwas besser.

Weil ich das Gefühl habe, nur Probleme zu haben, schreibe ich gleich noch auf, was gerade »gut« läuft:
- Habe einen lieben Mann, der sich nachts auch mal um die Kleine kümmert und mir Rosen mitbringt. (Jonas schreibt mir und Maja jeden Morgen einen liebevollen Zettel, und die Rosen, die ich vor zwei Wochen bekommen hatte, stehen mit Haarspray besprüht und getrocknet in der Vase).

- Meine Rücken- und Bauchschmerzen werden von Tag zu Tag besser.
- Jonas hat den Stepper schon aus dem Keller geholt, ich kann also bald wieder anfangen zu trainieren.
- Das Wetter wird wieder schöner.
- Ich bin Journalistin in der Babypause und werde bald wieder arbeiten. (Hoffentlich)

Mehr fällt mir nicht ein.

Als ich ungefähr fünfunzwanzig war, habe ich festgestellt, dass nicht alle Leute Listen machen. Das hat mich sehr gewundert, denn bis dahin dachte ich, das sei völlig normal. Ich hab schon mit zehn Jahren zweimal im Jahr in meinem Kleiderschrank Inventur gemacht und genau aufgeschrieben, wie viele blaue, rote und grüne Shirts von welchen Marken ich habe. Später habe ich die gesammelten Werke meiner Brieffreunde katalogisiert – welche Brieffreundin mir wie oft und in welchen Abständen geschrieben hatte und auf einer Skala von eins bis zehn, wie nett ich sie fand. Das mit der Sympathieskala mache ich heute noch und aktualisiere die Listen jeden Monat.

Mit circa vierzehn fing ich an, mir jeden Morgen meinen Tagesplan aufzuschreiben. Wich etwas davon ab, wurde ich unruhig, empfand es aber als Herausforderung, alles umzuorganisieren, und war wahnsinnig stolz, wenn ich doch irgendwie alles geschafft hatte. Dass ich letztendlich beim Radio und dann beim Fernsehen gelandet bin, wo eigentlich immer alles anders kommt als man denkt, scheint irgendwie damit zu tun zu haben.

10

»Hallo, ich bin Sophie Sonnenberg und bin mit Jonas Ahorn verabredet«, stellte ich mich artig beim Pförtner des Theaters vor, in dem Jonas arbeitete.

»Moin, ich ruf ihn aus«, bekam ich zur Antwort, und keine Sekunde später schallte Jonas' Name durch die Sprechanlage, die im ganzen Haus zu hören war. Ich wartete im Foyer auf ihn, besah mir in der Zwischenzeit die Prospekte mit dem Bühnenprogramm und lächelte ab und an dem weißhaarigen, korpulenten Pförtner verlegen zu, der mich interessiert beobachtete.

Zwei Tage nach unserem schönen Sonntagsausflug an die Alster waren Jonas und ich heute Mittag zum Kaffee verabredet. Gestern hatten wir uns nicht mehr gesehen und auch nur einmal kurz telefoniert, weil jeder von uns viel zu tun hatte. Da wir beide in der Hamburger Innenstadt arbeiteten, und ich um zwölf Uhr Feierabend hatte, konnten wir gegen halb eins in seiner Mittagspause im *Balzac* am Jungfernstieg Kaffee trinken gehen. Davor hatte er mich zu einem Rundgang in »seinem« Theater eingeladen.

Ich war aufgeregt und gespannt, einerseits, wie er sich mir gegenüber vor seinen Kollegen verhalten würde, andererseits, wie es hinter den Kulissen aussah. Außerdem hatte ich immer noch nicht richtig verstanden, was er eigentlich machte, aber allein die Tatsachen, dass er ein Einser-Abi in der Tasche hatte und früher Tennislehrer und DLRG-Rettungsschwimmer gewesen war und in seiner Band Keyboard spielte und sang, beeindruckten mich zutiefst. Meine Hormone jubelten und zappelten und wollten ihn unbedingt gleich als Vater meiner Kinder. Ich gebot ihnen, noch ein wenig Geduld aufzubringen, und wollte mir nun erst einmal ansehen, was er im Theater so auf die Beine stellte. Danach würden wir weitersehen.

Der Frühling hatte sich fürs Erste wieder verabschiedet. Ich war durch ekligen, matschigen Schneeregen von meinem Parkplatz in der Nähe des Bahnhofs bis zum Theater am Jungfernstieg gegangen, aber was tut man nicht alles für die Liebe – oder etwas, von dem ich annahm, dass es bald Liebe sein würde.

»Hey, Sophie«, hörte ich Jonas da rufen. Er öffnete die Glastür neben der Pförtnerbutze und lächelte mir zu. Mir wurde ganz warm ums Herz. Es war so schön, ihn zu sehen. Er freute sich offensichtlich auch, küsste mich und stellte mich dem Pförtner vor. Dessen Namen hatte ich nach nur fünf Minuten wieder vergessen, Jonas hatte so unendlich viele Kollegen – Tischler, Schlosser, Maler –, die alle nett Hallo zu mir sagten und mich anlächelten, die einzelnen Namen hätte ich mir im Leben nicht merken können.

Es gab so viel zu sehen, so viel zu bestaunen. Wir gingen zuerst in die Maske (die wollte ich natürlich gleich am Anfang sehen), dann in die Requisite, besuchten den Malsaal, die Schlosserei und die Tischlerei, bevor es endlich zum Herzstück des Hauses, zur Bühne, ging.

Das Theater verfügte über einen hohen Bühnenturm, dort hinauf brachte Jonas mich durch dunkle Gänge, über Treppen und Leitern, und ich konnte mir in schwindelerregender Höhe die Lichtbrücke ansehen, an der alle Scheinwerfer befestigt waren. Wenn von hier oben auch nur eine Schraube auf die Bühne fiel, konnte unten jemand getötet werden, erklärte er mir. Jede Kulisse musste so gebaut sein, dass nichts passieren konnte. Und er trug die Verantwortung dafür – falls doch jemand zu Schaden kam, könnte ich ihn die nächsten vierzig Jahre in der JVA Fuhlsbüttel besuchen. Ich war heftig beeindruckt, ließ es ihn aber nicht allzu sehr merken. Er machte nicht den Eindruck, als wäre er auf Komplimente oder Lob aus, sondern war sich seiner selbst sehr sicher. Souverän führte er mich durch die vielen verwinkelten Gänge und riesigen Räume, in denen ich mich alleine schon nach zwei Minuten hoffnungslos verirrt hätte.

Auf die Bühne wollte ich natürlich auch, also kletterten wir die steilen Leitern wieder nach unten. Meine hochhackigen Riemchensandalen waren weder für den Schneematsch noch für die Theatertour die geeignete Wahl gewesen, aber irgendwie kam ich doch ohne nennenswerte Schäden wieder im Erdgeschoss an.

Dort stand das Bühnenbild von *Hamlet* – Schauspieler waren aber wegen der Mittagspause nicht zu sehen, erklärte mir Jonas. Er erzählte, wie die technische Einrichtung des Stückes verlaufen war, ich hörte aber kaum zu. Stattdessen lief ich aufgeregt zwischen den Kulissen hin und her, bestaunte den modern inszenierten Thronsaal, dessen Wände aus leeren Cornflakespackungen bestanden, und sah im Zuschauerraum die vielen mit rotem Samt bezogenen Stuhlreihen.

Dies waren sie nun, die Bretter, die für andere die Welt bedeuteten! Ein leichtes Kribbeln durchlief mich, ich fühlte mich auf dieser Bühne, auf der vor mir schon große Schauspieler und Künstler gestanden haben mussten (auch wenn ich sie nicht namentlich kannte), auf einmal über alle weltlichen Probleme erhaben und rief pathetisch und gebärdenreich: »Sein oder nicht sein, das ist hier die Frage!« Ich richtete mich an mein imaginäres Publikum im Saal und seufzte schmachtend:

»O Romeo, o Romeo, willst du mich heiraten? Meine Liebe ist dir immer gewiss … O nein, ich glaub, ich habe aus Versehen Gift getrunken, üüüäää!«

Damit griff ich mir theatralisch an den Hals, würgte, krächzte und simulierte die sterbende Julia, indem ich mich ächzend hin- und herwand und schließlich unter lautem Stöhnen und Seufzen auf der Bühne zusammenbrach. Das wollte ich ja schon immer mal machen, auch wenn meine Rolle der Julia in diesem Fall sehr frei interpretiert war.

Hinter mir kicherte es, und ich drehte mich um, knallrot vor Schreck und Scham. Meine kleine Sondervorstellung war ja nun nicht für öffentliches Publikum bestimmt gewesen, nur vor Jonas hatte ich nicht das Gefühl, mich zu blamieren. Am Seiteneingang der Bühne standen aber nun Jonas, der sich das Lachen mühsam verkniff, und ein junges Mädchen, kaum fünfundzwanzig, das sich schier kaputtlachte. Vor lauter Lachen hielt sie sich – musste das denn wirklich sein? – an Jonas fest, und mir dämmerte, dass die beiden sich wohl schon eine Weile kannten. Während sie sich immer noch kichernd ihre durchs Lachen verschmierte Wimperntusche wegwischte, betrachtete ich sie eingehend. Und mit Sicherheit nicht gerade freundlich. Ihre verwaschene Jeans, die einen ziemlich wohlgerundeten Po betonte, saß gut, dazu trug sie abgewetzte pinke Chucks. Ein ziemlich enges T-Shirt in ausgewaschenem grau mit silbrig schimmernden Akzenten brachte ihre schmale Taille zur Geltung, und es konnte mir niemand erzählen, dass sie sich nur zufällig so angezogen hatte.

Als sie ihren Kopf an Jonas' Schulter legte und dabei den Arm um ihn schlang, um so zu tun, als müsse sie sich von ihrem kleinen Lachanfall ausruhen, schritt ich ein. Meine kleine Theatereinlage souverän ignorierend, ging ich auf die beiden zu, strich ziemlich demonstrativ über Jonas' Arm und sagte mit demonstrativem Wimpernklimpern:

»Schatz, möchtest du mir deine Kollegin nicht vorstellen?«

Selbige hörte sofort auf zu lachen, sah mich mit großen

Augen an, und ich triumphierte innerlich. Tja, Mädchen, wer zuletzt lacht …

Jonas besann sich seiner guten Manieren, deutete auf das Mädchen, und sagte: »Das ist Annika, eine Malsaal-Praktikantin.« Dann zeigte er auf mich und meinte zu Annika: »Das ist Sophie.« Wie, das war alles? Keinen Zusatz? Das mussten wir wohl noch mal klären. Ich hatte vielleicht schon ein Anrecht auf: »Das ist Sophie, meine Freundin«! Ganz sicher war ich mir aber nicht.

Trotzdem nahm ich Jonas' Hand und drängte mich so geschickt zwischen ihn und die Malsaalgöre, dass sie einen Schritt zur Seite machen musste. Platz da und Finger weg! Das ist meiner.

»Wollen wir dann mal los?«, fragte ich fröhlich, und er nickte. Zu Annika sagte er zwar »Tschüss«, das konnte ich ihm aber auch erlauben. Diese Runde ging an mich. Ich hoffte nur, dass es nicht noch mehr Annika-Praktikantinnen an diesem Theater gab, oder wenn doch, dass sie Jonas allesamt egal waren.

11

Nach meiner Liste heute erstelle ich gleich noch einen Plan:

- Zehn Minuten Stepper, wenn Maja schläft
- Duschen
- Ausruhen vom Duschen
- Mich mit meiner neuen Identität als Mutter anfreunden
- Hebamme anrufen (nur so, um ihr meine Ängste zu erzählen, dann muss ich mir keine Therapeutin suchen)
- Davon ausruhen

Ich beginne mit dem ersten Programmpunkt, dem Stepper. Heidi Klum hat es schließlich auch geschafft, ihre zwanzig Kilo in zwei Monaten wieder runterzukriegen. Allerdings hatte sie dafür einen Personal Trainer, der sie jeden Tag (!) vier Stunden (!) zu diversen Fettab- und Muskelaufbauübungen gezwungen hat. Mir bleiben für meine zwanzig Kilo demnach noch vier Wochen.

Richtig: nicht vier oder fünf Kilo, sondern zwanzig. Zwanzig! Und einen Personal Trainer habe ich auch nicht. Dafür einen sehr trägen, faulen, fetten inneren Schweinehund, der müde in der Sonne liegt und höchstens mal ein Augenlid kurz aufzieht, um zu blinzeln. Unvorstellbar, diesen zu besiegen. Er trägt ein rosa Hawaiihemd und eine Sonnenbrille und ist sogar zu faul, mich hämisch anzugrinsen. Ich weiß aber, dass er denkt: »Das schaffst du sowieso nicht …« Wäre er nicht so faul, würde er sich noch mit einer Kralle ausgiebig zwischen den Zähnen pulen.

Schlimm ist das. Da jammert man dreißig Jahre lang über seine Figur, rennt zum Sport, trägt Größe vierzig und dann das. Jetzt hab ich zwanzig Kilo drauf, und welche Kleidergröße ich trage, weiß ich gar nicht. Vierundvierzig geht jedenfalls nicht zu. An größere Größen traue ich mich nicht ran. Man stelle sich vor, ich müsste eine Hose in achtundvierzig oder sogar noch größer kaufen! Wo käme ich denn da hin? Da lauf ich doch lieber zeit meines Lebens in meinen Schwangerschaftsklamotten rum und erzähle allen, ich wäre schon wieder im siebten Monat.

Jonas hat mir verboten, mich länger über mein Gewicht und meine Figur zu beklagen, weil es ihn nervt. Er findet mich auch überhaupt nicht zu dick, sondern sehr sexy, jedenfalls behauptet er das. Aber er verhält sich merkwürdigerweise auch so, dass ich ihm das fast abnehmen kann. Will ständig rumkuscheln und starrt meinen Busen an (der wirklich sehr groß geworden ist, muss ich gestehen). Trotzdem habe ich mir noch dreimal »Beklagen« am Tag ausgehandelt. Aufsparen darf ich allerdings nichts davon, sonst verfallen sie.

Mit diesen Gedanken will ich mich vor dem Stepper drücken. Na los, jetzt mach schon, versuche ich mich zu motivieren und stelle mich vor den Spiegel. Hm. Was ich da sehen muss, motiviert mich tatsächlich.

Ich seufze tief und stelle den Stepper in Position. Ein letzter Blick in die Wiege versichert mir, dass Maja tief und ruhig schläft, und voraussichtlich in der nächsten halben Stunde keinen lebensbedrohlichen Hunger entwickeln wird. Schade. Also, auf in den Kampf, rauf auf den Stepper. Na, bitte, es geht doch. Zumindest am Anfang. Nach einer Minute achtunddreißig Sekunden kann ich aber schon nicht mehr. Ich keuche und schwitze und habe das Gefühl, meine Beine sind aus Blei. Mein Rücken tut noch mehr weh als sonst. Ich steige kurz ab, um mich zu erholen. Wenigstens die fünf Minuten will ich schaffen, sonst kann ich nie wieder in den Spiegel sehen, aber das wäre ja vielleicht nicht das Schlimmste, denke ich, während ich zur Wasserflasche greife und gierig trinke.

Ich merke deutlich, dass ich seit über einem halben Jahr nichts mehr gemacht habe, das auch nur entfernt an Sport erinnert. Mir ist schwindelig, und ich atme angestrengt. Aber immerhin hab ich extra meine Sportklamotten angezogen, und wenn ich jetzt weitermache, werde ich hinterher ganz glücklich sein, rede ich mir gut zu.

Ich steige wieder auf den Stepper, der Schweinehund wird unruhig. Nach weiteren drei Minuten Gesteppe rinnt mir der Schweiß am Rücken entlang, aber ich spüre schon deutlich die Endorphine, die durch die Bewegung freigesetzt werden. Schritt für Schritt kämpfe ich mich imaginäre Treppen hoch, bis ich bei zwölf Minuten angekommen bin. Und weiter, Heidi Klum hat's auch geschafft, von nichts kommt nichts, will ich ewig so aussehen wie jetzt? Nein, entscheide ich und trete weiter auf der Stelle. Bei fünfzehn Minuten reicht es mir. Meine Beine wackeln, als ich vom Gerät klettere, ich fühle mich wie nach anderthalb Stunden Spinning. Trotzdem: Der Schweinehund ist besiegt. Ich habe es geschafft! Ich habe meine persönliche Höchstgrenze von zehn Minuten sogar um weitere fünf gesprengt! Ich bin wieder wer! Ich reiße die Arme hoch und hüpfe durchs Schlafzimmer, als hätte ich den Hanse-Marathon gewonnen.

Früher konnte ich eine Stunde steppen, ohne einen roten Kopf zu bekommen. Das will ich wieder schaffen. Aber nicht heute – und auch nicht morgen. Mit ganz neuen Glücksgefühlen im Bauch gehe ich duschen.

12

Auf der rosa gekachelten Siebzigerjahre-Toilette meines Senders schminkte ich mich für den heutigen Abend, obwohl es noch nicht mal zwölf Uhr mittags war. Mona hatte frei – klar, es war ja auch Samstag –, und so sahen andere Kolleginnen ab und zu herein, wünschten mir eine gute Sendung und ein schönes Wochenende und verabschiedeten sich bis Montag.

Nach meiner peinlichen Schauspieleinlage vor vier Tagen hatten Jonas und ich im *Balzac* noch Latte Macchiato getrunken, Jonas hatte beteuert, nichts davon zu wissen, dass die kleine Annika ihm schöne Augen machte, und ich hatte damit das Thema, zumindest nach außen hin, abgehakt. Trotzdem hatte die Begegnung mit der malenden Praktikantin etwas in mir ausgelöst. Ich wollte mich jetzt wirklich mehr um ihn bemühen, ihm zeigen, dass er mir wichtig war und ich, soweit es ihm recht war, eine echte Beziehung anstrebte. So eine Praktikantengöre sollte mir jedenfalls jetzt nicht dazwischenfunken.

Entschlossen tuschte ich meine Wimpern noch ein bisschen schwärzer, schraubte die Mascara zu und betrachtete zufrieden mein Spiegelbild. Jetzt konnte es losgehen. Nicht nur, dass ich mich für Jonas heute besonders hübsch gemacht hatte, ich konnte vielleicht sogar ein bisschen mit unserem Sendestudio punkten. Als Diplomingenieur für Medientechnik interessierte er sich bestimmt für so was.

Auf Außenstehende machte das Ganze tatsächlich immer einen ganz guten, weil professionellen Eindruck – wer sich allerdings auskannte, sah auf einen Blick, dass die Technik seit zwölf Jahren nicht erneuert worden war, dass wir immer noch im Sitzen moderierten, obwohl es total out war (weil angeblich im Sitzen die Stimme gequetscht wird), und dass wir uns kaum eine vernünftige Presseagentur leisten konnten, und selbst diese sollte bald gestrichen werden. Wirtschaftskrise, ick hör dir trapsen.

Das Studio war außerdem total verraucht, weil sich niemand an das Zigarettenverbot hielt, überall stand Zeug herum, das in jedem normalen Haushalt längst auf dem Sperrmüll gelandet wäre, und unterm Pult klebten Kaugummis. Der Blick auf einen Hinterhof wirkte immer trüb, auch wenn die Sonne schien, weil die Studiofenster verdunkelt waren. Vielleicht hätte man sie aber auch nur mal putzen müssen.

Neben dem Mülleimer gesellten sich zu alten Pizzakartons etliche leere Sektflaschen. Das Ganze stand meist von Freitagabends bis Montagmorgens herum, bis die Putzfrauen kamen, und konnte unbeaufsichtigt übers Wochenende vor sich hingammeln. Lüften durfte man nicht. Selbst wenn man gewollt hätte, hätte man die Fenster nicht aufbekommen. Zum Wohle der Technik wehte also immer ein dezenter Pizzaschachtel-alte-Sektflaschen-alte-Kippen-Duft durch die Klimaanlage, der einem nicht selten Würgereiz verursachte.

Während der Sendung schaltete ich, solange die Titel liefen, auf Automation (nur wirklich geübte Hörer erkennen den Unterschied zu selbst gefahrenen Blenden), betete, dass mein Chef nicht zuhörte, und veranstaltete neben der Sendung einen Großputz. Die Reinigungskräfte des Senders würden sich am Montag freuen, dass ihnen kaum etwas zu tun übrig blieb, aber ich wollte Jonas unser Studio im besten Licht präsentieren. Das hieß, dass ich auch mit dem Lappen das Sendepult wischte – wobei ich aus Versehen mitten in den Song »Iris« von Goo Goo Dolls ein »Gute Nacht, Bert« von Ernie aus der *Sesamstraße* setzte – und den Mülleimer hinunterbrachte. Als ich von meinem kleinen Ausflug zur

Mülltonne wieder zurück war und vor der Tür zum Studio stand, dämmerte mir, dass ich gleich ein Problem kriegen würde. Mir wollte nämlich partout die Sicherheits-PIN fürs Studio nicht einfallen. Ich Idiot hatte vergessen, etwas zwischen die Tür und den Rahmen zu stellen, zum Beispiel den großen Aschenbecher oder einen Aktenordner, so wie es alle Kollegen machten, damit man die schwere Eisentür nicht ständig auf- und zuwuchten musste.

Natürlich war ich jetzt alleine im Sender, alle anderen Mitarbeiter hatten sich inzwischen verkrümelt. Sonst hätte ich ja jemanden fragen können.

Oh nein, das durfte jetzt nicht wahr sein! Ich hibbelte vor mich hin und hüpfte auf der Stelle. Warum passierte mir ständig so was?

Man hatte, wie beim Geldautomaten, nur drei Mal die Chance, die vierstellige Nummer einzugeben – danach war die Tür für immer verriegelt, und man musste die Feuerwehr bzw. den Technikchef anrufen, um den Zugang zum Studio wieder freizubekommen. Mit einem riesigen Aufwand wurde dann eine neue Pin vergeben, und das Ganze zog womöglich auch noch rechtliche Konsequenzen nach sich, was weiß ich, jedenfalls wurde uns eingeschärft, NIE, NIE, NIE diese Sicherheitszahl zu vergessen! Ich zermarterte mir das Hirn. 4567? 6745? Ich wusste nur noch, dass es etwas ganz Einfaches war, so was wie 1234 – aber das wäre ja dann auch zu einfach gewesen, oder? Völlig verzweifelt hackte ich diese vier Zahlen trotzdem ins Tastenfeld, 1234, rüttelte an der Tür … Nichts tat sich. Hilflos und zitternd musste ich jetzt über die Lautsprecher der Redaktion mitverfolgen, wie nach dem letzten Titel der laufenden Stunde (Queen –«We will rock you«) der für siebzehn Uhr einprogrammierte News-Opener ansprang. NEIN! Ich musste jetzt ins Studio, ich meine, JETZT SOFORT, verdammt, wie war denn gleich diese beschissene Nummer?

Die Musik für die Nachrichten lief bestimmt schon zehn Sekunden, was allerdings fehlte, war die Nachrichtenstimme dazu, klar, ich stand ja auch vorm Studio und hatte die dämliche bescheuerte Zugangs-PIN vergessen! Noch ein Versuch, dann rufe ich Mona an, dachte ich – ich drückte 4-5-6-7, rüttelte an der Tür, wieder passierte rein gar nichts. Ich hüpfte hin und her und auf und ab, vielleicht würde die Bewegung die Zahlen in meinem Gehirn irgendwie in die richtige Reihenfolge bringen. Nichts! Ich stand vor der Tür, zwei Meter vom Sendepult, aber Millionen Lichtjahre davon entfernt, meine Ausbildung mit Bravour abzuschließen.

Jetzt blieb nur noch eins: Mona, meine letzte Rettung! Ach Mist, mein Handy lag natürlich im Studio, und ich wusste nicht mal ihre Nummer auswendig. Da, ein Geistesblitz: die Telefonliste! Ich rannte durch den langen Flur und die Redaktion zum Nachrichtenplatz, wühlte auf dem Schreibtisch herum, der so wie der ganze Sender aussah wie Sau, und riss dann hektisch eine in Plastik verschweißte DIN-A-4-Seite aus einer Schublade. Das Nachrichtenbett dudelte vor sich hin, klang auch an sich ja gar nicht schlecht, fand ich, wenn es nur nicht jetzt um jede Sekunde gehen würde! In einer Minute wäre nämlich Funkstille, dann sollte das Wetter kommen, und davor war im Programm immer ein »Stopset« gesetzt, so dass der Moderator gezwungen war, persönlich im Studio zu erscheinen, falls nicht nach einer Minute Sendeloch das Notband anspringen sollte.

Fieberhaft suchte ich Monas Namen auf der Liste, währenddessen riss ich blindlings den Telefonhörer von der Gabel, tippte ihre Nummer ein – und prompt hatte ich in dem Moment die Sicherheits-PIN vor Augen: Ja, da war sie – 6789! Ich warf den Hörer auf den Tisch, rannte zurück, gab die PIN ein – zack, zack, zack, zack – hievte mit viel Kraft die schwere Tür auf, die Musik der Schlagzeilen lief weiter. Auf den Stuhl, das Headset auf, Zettel mit News gesucht, Mikroregler hoch, angefangen zu reden – warum hörte ich mich nicht? Oh nein, ich war noch in der Automation, deshalb reagierten die Regler nicht – in »Live Assist« geschaltet –, beim Umschalten Fingernagel eingerissen, »Scheiße!« geflucht.

Erst da merkte ich, dass ich jetzt ja frei geschaltet und damit *on air* war. Fünfundsechzigtausend Hörer, die bestimmt schon alle ihr Radio lauter gedreht hatten und sich wunderten, warum sie statt der Nachrichten nur die lustige Dudelmusik hörten, freuten sich jetzt sicher diebisch über mein hingerotztes »Scheiße!«. So eine Panne ist ja auch was Feines, nur nicht, wenn sie einem gerade selber passiert.

Nichts anmerken lassen und weitermachen: »Mit Sophie Sonnenberg, um ungefähr siebzehn Uhr.« Hechel, hechel, vor Aufregung atmete ich viel zu laut, gleich würde ich hyperventilieren und vom Stuhl kippen. Jetzt hatte ich auch noch die Formulierung verwechselt, die Uhrzeit musste doch immer vorne stehen! Inzwischen war es auch schon 17.02 Uhr, ich würde mit meinem Backtiming durcheinanderkommen, das hieß, ich musste in der folgenden halben Stunde versuchen, zwei Minuten bei Titeln einzukürzen, um mit der Zeit für die restliche Stunde inklusive Werbung, die immer zu bestimmten Zeiten laufen musste, hinzukommen.

Dermaßen aus dem Konzept gebracht, verhaspelte ich natürlich die Nachrichten komplett, las den falschen Wetterbericht, nämlich den von gestern, vergaß beim Verkehr den ARI (den Funkknopf fürs Auto) und startete schließlich auch noch den falschen Stunden-Opener. Es lief »Hanseradio Feierabend« statt »Weekend«. Dazu noch meine Moderation: »Hallo, hier ist Sophie, gleich wieder mit am Start (»mit am Start« – diese Standardformulierung sollte ich mir auch mal abgewöhnen!) der Brite mit der hohen Stirn, Phil Collins, mit einem Klassiker von 1982 und Shakira mit ihrer aktuellen Nummer zum Hüftschwung üben. Also, alle jetzt hübsch mitschwingen! Schönen Samstagnachmittag!« Und los. Als Shakira anfing, mit den Hüften zu wackeln, schwitzte ich allein beim Gedanken daran. Mein Nagelbett des Fingernagels, den ich mir vorhin eingerissen hatte, tat mir außerdem höllisch weh.

Ich vergaß, dass ich eigentlich noch weiter aufräumen wollte, und konzentrierte mich auf meinen nächsten Break. Noch zwanzig Minuten, dann wieder ein Wortbeitrag mit Interview. Ich las meine Anmoderation schon mal durch: »Wer hat den längsten … Kahn auf der Hanseboot-Messe?« Haha.

Um 20.03 Uhr schaltete ich erschöpft in die Automation und verließ das Studio – nach mir kam keiner mehr, über Nacht lief immer das Band, bis morgens dann wieder der erste Moderator kam. Völlig fertig und abgekämpft versuchte ich vor dem Klospiegel, mich einigermaßen für mein Date wieder herzurichten.

In weiser Voraussicht, weil Sendungen immer anstrengend sind, hatte ich mir extra ein Abend-Outfit mitgenommen. Ein enges schwarzes Kleidchen mit V-Ausschnitt, das ich über die Jeans zog, dazu eine rote Kapuzenjacke, die Turnschuhe tauschte ich gegen schwarze spitze Schühchen, die nicht allzu hoch waren. Jonas war ja schließlich so klein!

Wo blieb er eigentlich? Die voll geschwitzten Sachen stopfte ich in meinen Spind. Dabei stieß ich unverhofft auf eine Piccoloflasche Freixenet, die mir sehr gelegen kam. Zeit, ein Glas zu holen, blieb mir nicht, Jonas konnte schließlich jeden Moment vor der Tür stehen. Schnell das Fläschchen angesetzt, ein hastiger Zug – und prompt verschluckte ich mich wie noch nie in meinem Leben.

In dem Moment klingelte es. Ich röchelte, schnappte nach Luft, versuchte, den prickelnden Sekt, der mir inzwischen von hinten durch die Nase lief, zu ignorieren und wankte zur Tür. Hustend und prustend drückte ich auf den Türsummer, so dass Jonas (oder wer auch immer) im Erdgeschoss ins Haus konnte. Warten lassen wollte ich ihn auch nicht. Jetzt hatte ich, bis er mit dem Fahrstuhl oben bei uns im dritten Stock war, noch etwas Zeit, meine Atmung zu regulieren und mich zu beruhigen. Eine Minute später klingelte es wieder, er war jetzt oben auf dem Flur. Ich hustete immer noch, wollte ihn aber nicht länger stehen lassen, und öffnete die Tür.

Vor mir stand nun wirklich Jonas, hübsch und niedlich anzuschauen. Mein Anblick war wohl weniger niedlich, die Tränen, die mir vor lauter Husterei aus den Augen liefen, verschmierten mein ganzes Make-up, und ich atmete krampfhaft ein paar Mal tief durch.

»Wird's denn gehen?«, erkundigte er sich etwas spöttisch.

Na, wonach sieht's denn aus?, dachte ich, während ich mit hochrotem Kopf ein »Ja« japste. Der Begrüßungskuss musste vorerst ausfallen.

Stunden später, wie mir schien, hatte ich mich wieder beruhigt und mich zum dritten Mal heute für den Abend geschminkt. Ich war bereit. Für was auch immer.

13

Ich fröstele, als ich auf unserem Balkon die verschneiten Terrakottatöpfe ineinanderstapele, den Aschenbecher ausleere, der im Moment nur von Jonas benutzt wird, und die längst verdorrten Margeriten aus den Balkonkästen rupfe.

Mit weißen Wölkchen vor dem Mund fege ich noch die Blätter der Buche zusammen, die im Innenhof unseres schönen Mehrfamilienhauses steht und ihre Blätter schon vor Monaten auf unseren Balkon geworfen hat, stopfe alles in Tüten und werfe diese vor die Wohnungstür. Es werden vier volle blaue Müllsäcke. Dann stelle ich mich auf den Balkon und setze mich noch einmal der frischen Februarluft aus. Das Winterwetter tut mir gut, und dank unseres acht Quadratmeter kleinen Balkons muss ich nicht mal die vier Stockwerke runterstiefeln, um mir eine steife Hamburger Brise um die Nase wehen zu lassen. Und eine steife Brise weht heute wirklich, genauer gesagt: Es ist schweinekalt. Bibbernd gehe ich wieder rein, klebe noch schnell einen Zettel an den vorderen Müllsack mit der Aufschrift »Kommt bald weg«, und nachher werde ich Jonas erklären, dass die Tüten entsorgt werden müssen. Wie, Biomüll? Ist mir doch egal! Selbst wenn ich wollte, hier im Viertel könnte man gar keinen Müll trennen. Glaube ich zumindest. Hab mich zugegebenermaßen aber auch noch nicht erkundigt.

Ausruhen spar ich mir, jetzt fühle mich gerade so fit. Einige Minuten betrachte ich Maja in ihrer Wiege, wie sie so daliegt und schläft. Sie ist so unheimlich süß, dass ich heulen könnte. Aber Maja anschauen und heulen steht nicht auf meinem Plan, also zum nächsten Programmpunkt:

Die Hebamme anrufen. Die aber hat ihr Handy aus. Leider seufzt sie auch immer ganz laut, wenn ich sie anrufe. Wenn ich mich melde, sagt sie immer mit einem gaaaaaanz langen Seufzer: »Hallo, Frau Ahorn …«, oder sie sagt gar nichts, was mich total irritiert. Komisch. Jetzt würde ich ihr gerne erzählen, dass Maja immer so seltsam zur Seite gedreht daliegt, wenn sie schläft. Nur mal hören, was sie dazu sagt. Ob das normal ist. Und warum sie auf einmal so lange schläft. Schon länger als vier Stunden am Stück! Vielleicht ist sie krank?

Vor einer Woche hatte Maja merkwürdige weiße Spuren am Mund, und Frau Wiese war auf meine Bitte hin auch gleich vorbeigekommen, weil ich fest davon überzeugt war, Maja hätte sich einen Pilz geholt, diesen Soor, den Kinder in unhygienischen Verhältnissen oft bekommen. Nicht, dass es bei uns dreckig wäre, aber wir vergessen schon gelegentlich, die Fläschchen ordentlich auszukochen. Wie Frau Wiese feststellte, hatte Majalein aber nur Milchreste am Mund kleben, die ich vergessen hatte wegzuwischen, und war sonst kerngesund.

Aber wofür hat man denn eine Nachsorgehebamme, wenn die ständig ihr Handy aus hat und sich nicht um einen sorgt? Ich fange an, mich zu ärgern. Schließlich steht sie auf meinem Plan für heute. Und als ich am letzten Wochenende, in der Nacht von Samstag auf Sonntag, dachte, Maja würde sterben, hatte ich sie auch nicht erreicht. Dabei wollte ich sie nur fragen, ob ich ihrer Meinung nach eher ins Krankenhaus fahren oder lieber den Notarzt anrufen sollte.

Das war aber auch wirklich dramatisch! Beim Trinken hatte Maja offenbar einen etwas zu großen Schluck genommen, woraufhin sie sich heftig verschluckte. Dann hörte sie sekundenlang auf zu atmen. Ihre Lippen wurden blau, und sie bewegte sich nicht mehr. Ich wartete wie versteinert ab.

Sie bewegte sich immer noch nicht. Und atmete nicht. Eine Angst, wie ich sie nie zuvor kennengelernt hatte, überfiel mich. Angst kannte ich nur als »Ich hab Angst, enttäuscht zu werden«, »Ich hab Angst, meinen Job zu verlieren« und »Ich hab Angst, dass mein Partner mich verlässt« – also diffuse Ängste. Was sich hier abspielte, ging mir mitten ins Herz, das war konkret, das tat weh, das trieb mir die Tränen in die Augen und die Luft aus der Lunge.

Mehr als ihr gut zureden konnte ich aber auch nicht! Ich war hilflos, ausgeliefert. Als Mutter eine Versagerin! »Mein Schatz, atme!«, stammelte ich vor mich hin. Ich war kurz davor, sie ordentlich durchzuschütteln, damit sie wieder zu Sinnen kam, aber das durfte man natürlich nicht. Erst nach Sekunden, die mir wie Stunden vorkamen, fing Maja mit einem Japsen wieder an, Luft zu holen, schnaufte und röchelte und wurde ganz schlapp in meinen Armen. Aber wenigstens lebte sie. Gott sei Dank! Ich brach in Tränen aus, bis ich ebenfalls fast keine Luft mehr bekam. Jonas, der daneben schlief, merkte von all dem natürlich nichts.

Während Maja sich beruhigte, tat ich das Gegenteil. Ich wurde hysterisch, wählte die Nummer der Hebamme, die ihr Handy mal wieder nicht an hatte, dann die Nummer des Kinderarztes, der merkwürdigerweise um drei Uhr früh ebenfalls nicht zu erreichen war, auf dessen Bandansage sich aber die Nummer des Notdienstes befand. Aha. Notiert, angerufen.

»Schicken Sie schnell jemanden, meine Tochter hat einen Erstickungsanfall!«, schrie ich die Frau an, die dort die Anrufe entgegennahm.

»Kind wann geboren? Wohnhaft in? Wievielter Stock?«, rasselte sie ihre Fragen runter. Ich heulte und versuchte, so standhaft wie möglich Auskunft zu geben. »Mein Baby, mein Baby«, konnte ich nur denken. Maja lag inzwischen selig lächelnd, allerdings mit Schluckauf, auf dem Bett. Ich fürchtete, dass sie jede Sekunde wieder einen Anfall kriegen konnte, und weckte Jonas, damit er sich was anzog, bevor der Arzt kam. Er guckte mich nur mit verschlafenen Augen an, deutete auf das lächelnde, hicksende Kind auf dem Bett und nuschelte: »Wieso denn Notarzt? Ihr geht's doch super!«

Ich fing an zu schreien: »Ihr geht's überhaupt nicht super! Sie wäre eben fast gestorben! Aber du musst ja schlafen, du kriegst ja nichts mit! Deine eigene Tochter wäre fast erstickt, hör doch mal, ihre Lunge ist ganz verschleimt, das hör ja sogar ich, sie rasselt so beim Atmen.«

Jonas schälte sich aus seiner Bettdecke. Zwar war er nicht ganz meiner Meinung, dass es sich wirklich um eine lebensbedrohliche Situation handelte, aber immerhin schaute er sich unser Kind genauer an. »Die hat doch nichts.« Er gähnte. Mit einem »Schatz, ich muss schlafen, es wird schon nichts sein«, knüllte er sich seine Decke unter den Arm und verkrümelte sich ins Wohnzimmer.

Eine Frechheit. Aber ich war viel zu sehr um mein Baby besorgt, um mich über meinen ignoranten Mann aufzuregen. Natürlich war das nicht das erste Mal, dass ich beim Notdienst anrief, aber das erste Mal, dass auch wirklich jemand kam. Bis dahin hatten sie mir zum Beispiel versichert, es sei normal, wenn das Kind auch mal länger als vier Stunden schliefe. Oder dass es beim Atmen Geräusche machte. Aber jetzt war es wirklich ernst!

Zwanzig Minuten später, also um zwanzig nach drei, kam endlich ein Arzt die Treppe herauf. Er war schon alt, dafür aber recht schnell im vierten Stock, hatte weiße Haare und weise Augen. Er erinnerte mich etwas an Gandalf, den Grauen (aus *Herr der Ringe*), nur mit einem kleinen Wohlstandsbäuchlein.

Gütig legte er mir gleich die Hand auf den Arm und fragte ganz lieb erst einmal nach meinem Befinden. Ich konnte kaum sprechen vor zurückgehaltenen Tränen und ging schon mal vor ins Schlafzimmer. Hier sah es natürlich aus wie bei Familie Schwein, klar, es war ja auch mitten in der Nacht, da räum ich ja nicht noch groß auf. Maja hatte ich wieder in die Wiege gelegt, wo sie jetzt friedlich schlief. Dr. Messerschmidt beugte sich über die Reling, begutachtete das schlafende sechs Wochen alte Wesen und ließ sich zu einer ersten Diagnose herab: »Sie schläft«, stellte er fest. Ach nee, soviel wusste ich auch.

Ich erklärte dem verdutzten Mediziner, was passiert war, dass Maja offenbar Atemwegsprobleme hätte, keine Luft mehr bekommen hatte und mir fast unter den Händen weggestorben war. Ich dramatisierte etwas, damit er nicht dachte, ich hätte ihn wegen eines Schnupfens geholt. Er schrieb auf seinen Zettel: »Verdacht auf Infekt«.

Von wegen! Ich wollte ihn anschreien und konnte mich nur mühsam beherrschen. So ein Quatsch! »Verdacht auf chronische, unerkannte Atemwegsprobleme mit nahendem Kindstod« hätte da stehen müssen! Hätte ich nur Angst gehabt, dass sie einen Schnupfen hat, hätte ich wohl kaum den Notarzt gerufen.

Maja schlief indes weiter und lächelte, weil sie sich wohl unterbewusst darüber freute, im Mittelpunkt zu stehen. Sie kam ganz nach mir.

Der Arzt war mit seinem Latein am Ende.

»Jaa, also, ich kann da nichts feststellen«, sagte er, nachdem er sie weiter angeguckt hatte.

»Wollen Sie sie nicht mal untersuchen?« fragte ich etwas überrascht. Er hatte sie ja bis jetzt weder abgehört noch geröntgt oder was man sonst so macht, um bevorstehenden plötzlichen Kindstod auszuschließen.

»Da seh ich keine Notwendigkeit«, meinte er doch glatt.

Na ja. Nüchtern betrachtet sah ich die ja jetzt auch nicht mehr. Aber innerlich brodelte es immer noch in mir.

»Dann brauch ich einmal die Versichertenkarte Ihrer Tochter«, sagte er jetzt, wenig Gandalf-like, sondern eher geschäftsmäßig. Ui, die Karte. Die hatten wir noch gar nicht beantragt.

»Äääh«, machte ich und sah dabei, wie müde der Doktor war. Genervt fragte er, ob ich die Kleine denn noch nicht angemeldet hätte. Als ich entgegnete, das würden die Krankenkassen doch wohl automatisch machen, lachte er mich aus. Er stellte mir eine Rechnung über einhundertfünf Euro und siebenundzwanzig Cent, soviel kostete ein Notarztbesuch in der Nacht, wenn man den privat bezahlen muss, und verließ unsere Wohnung. Maja schlief, Jonas schlief sowieso, und ich legte mich auch wieder hin.

Wie Frau Wiese mir gestern Morgen, ein paar Stunden nach dem Besuch des Notarztes, erklärt hatte (doch, manchmal erreiche ich sie auch, vor allem, wenn ich von meinem Handy mit unterdrückter Nummer anrufe), hätte ich Maja nur leicht ins Gesicht zu pusten brauchen, damit sie wieder atmet. Bei Kindern werde durchs leichte Anpusten ein Schnappreflex ausgelöst, erläuterte sie, der sie dazu bringt, tief Luft zu holen. Dass sie ab und zu beim Trinken, vor allem nach dem Verschlucken, kurze Zeit aufhören zu atmen, sei übrigens völlig normal und kein Grund zur Besorgnis. Dabei seufzte sie wieder so komisch. Aha. Noch sechs Stunden zuvor, nämlich nachts um drei, hatte ich das aber anders gesehen.

Wenn das hier alles so weitergeht, bin ich vor Sorge alt und grau, bevor Maja in die Schule kommt.

14

Wir saßen in der *Barbara*-Bar und sahen uns tief in die Augen. Nach meinem Erstickungsanfall im Sender hatte ich mich notdürftig wieder hergerichtet, und wir waren mit meinem Golf zum Hamburger Berg gefahren. In der Kneipe war noch nichts los, aber im Hintergrund lief auf einem Fernseher *Heidi,* eine meiner liebsten Zeichentrickserien.

Jonas und ich hatten beim Betreten der Bar beide ungefähr gleichzeitig gerufen: »Oh, das ist die Folge, wo sie Schnucki verliert!« und uns dann fassungslos angeschaut. Seitdem redeten wir über Kindheitserinnerungen, sangen die Titelmelodien von *Sindbad, Biene Maja, Wicki* und *Nils Holgersson,* kamen dann auf *Die Drei Fragezeichen,* die wir ebenfalls beide toll fanden, und als ich erzählte, dass ich eigentlich gerne mal Hörspiele sprechen oder Filme synchronisieren wollte, bekam Jonas richtige Strahle-Augen.

Ich hatte sowieso das Gefühl, dass es mit uns weiter richtig gut lief. Ich stellte mir zwar noch keine Hochzeit mit ihm vor, aber irgendwie dachte ich schon, dass wir vielleicht sogar schon ein bisschen zusammen waren. Mona hatte gemeint, das sei doch klar wie Kloßbrühe, immerhin telefonierten wir jeden Tag, sahen uns, so oft es die Arbeit zuließ, und schickten uns »Ich vermisse dich«- beziehungsweise »Ich vermisse dich auch«-Mails.

Es hatte sich alles gut entwickelt seit dem letzten Wochenende, als wir unseren Tag an der Alster verbracht hatten, aber es war auch schwierig zu sagen, wie viele Treffen eine Beziehung ausmachten oder wie intensiv sie nun sein sollten. So ganz sicher war ich mir jedoch nicht. Wir hatten das Wort

»Beziehung« noch nicht erwähnt, und so recht traute ich mich auch nicht, es auszusprechen. Außerdem musste ich in Erfahrung bringen, welchen Stellenwert ich bei ihm hatte und ob jemand wie diese Annika-Praktikantin, die mir nicht mehr aus dem Kopf ging, mehr Chancen bei ihm hätte als ich.

Obwohl wir uns bis jetzt gegenseitig schon viel erzählt hatten, schnitten wir das Thema »Zukunft« – von mir gewollt, von ihm vielleicht unbewusst – nicht an. Bis, ja, bis ich ihn fragte, wie ihm eigentlich sein Job so gefiele.

»Eigentlich ganz gut«, meinte er. »Ist aber schlecht bezahlt und bringt zu viel Arbeit mit sich.«

»Hm«, sagte ich, »ist bei mir auch so. Aber ist das nicht immer so?«, sagte ich und lachte ihn an.

»Nee, muss nicht sein«, sagte er ernster, als ich es gemeint hatte. Dann druckste er ein bisschen herum, ihm schien irgendwas unangenehm zu sein. Ich fragte mich bloß, was? Und musste nicht lange warten.

»Ich hab nämlich ein Angebot von einem anderen Theater bekommen, das wahrscheinlich besser zahlen würde. Dann müsste ich aber nach Zürich. Ich überlege dahin zu gehen, mich hält ja hier nichts.«

Wie – ihn hält ja hier nichts? Mir fielen fast die Augen aus dem Kopf und die Zigarette aus der Hand. Ich glotzte ihn doof an.

»Na ja, ich hab ja keine Freundin – und ich denke auch nicht, dass sich das in der nächsten Zeit ändern wird. Da sind wir uns ja auch ähnlich: Ich konzentrier mich halt auch sehr auf die Arbeit – im Moment arbeite ich als Assistent der Technischen Direktion, obwohl ich Konstrukteur bin, und verdiene nicht so viel, wie ich leiste. Das wäre was anderes, wenn ich als Produktionsingenieur einsteige. Die Züricher wollen mir den Titel anbieten und das entsprechende Gehalt.«

Wie ich wusste, bastelte er an den Bühnenbildern für die Theaterstücke herum, das hieß, er kümmerte sich um den ganzen technischen Kram. Wie er mir erklärt hatte, war er mitverantwortlich für die Sicherheit aller Mitarbeiter. Für mich wäre das ja nichts, aber ich fand seinen Job, so wie er war, total cool. Cooler wäre allerdings gewesen, er hätte jetzt nicht über das Angebot aus der Schweiz nachgedacht.

Jonas setzte sein Bier an. Ich wusste nicht, was ich sagen sollte. Gleichzeitig befürchtete ich, vor ihm auf dem Barhocker loszuheulen.

»Aber du liebst doch das Theater *hier*«, versuchte ich es zaghaft, »und den Norden!« Es half nichts.

»Ja, aber woanders würde ich eben deutlich mehr verdienen, und darum geht es ja letztendlich.« Er seufzte.

Ich konnte es kaum glauben. Ungewöhnlich schweigsam verlief der weitere Abend. Wie du mir, so ich dir, dachte ich und bekam richtige Gänsehaut. Er wollte sich also an mir rächen. Das hatte ich jetzt davon! Ich versuchte, den Abend noch irgendwie zu überstehen und mir nichts weiter anmerken zu lassen.

Von der *Barbara*-Bar gingen wir Richtung Hans-Albers-Platz, neben der Großen Freiheit eine weitere Touri-Ecke der Reeperbahn. Weil es dort überall supervoll und total laut war, entschieden wir uns fürs *Skandia,* eine finnische Kneipe mit echt finnischem Bier.

Am Tresen konnte ich mit meinen im Urlaub erworbenen Finnischkenntnissen prahlen: *»Kaksi olutta, ole hyvää«,* und von der Seite sah ich Jonas an, dass ihn das überraschte. Dabei wollte ich ihn jetzt gar nicht mehr beeindrucken. Ich ärgerte mich einfach nur noch über ihn! Was vertrödelte ich meine Zeit mit einem, der sowieso wegziehen würde und mich nicht als seine Freundin betrachtete?

Nach dem zweiten Bier dort fing ich an, dummes Zeug

zu erzählen, und es war mir egal. Ich berichtete ihm von jedem Seitensprung, den ich bei meinen Exfreunden begangen hatte, wie ich generell Jungs kennenlernte und weitere Abscheulichkeiten, die niemand gern hört, geschweige denn ein Mann.

Dort im *Skandia*, am schummrigen Tresen, hätte ich mit Sicherheit in »Deutschland sucht die Superschlampe« gewonnen, ich legte mich dermaßen ins Zeug, dass einem schon vom Zuschauen schlecht werden konnte. Jonas sollte bloß nicht auf die Idee kommen, ich hätte jemals ernsthaftes Interesse an ihm gehabt. Pah! Hatte ich ja auch nicht. Ich war frei, ich war unabhängig, schon vergessen? Ich machte nur, was ich wollte! Ich trank noch ein Bier und wollte dann tanzen gehen. Also machten wir uns auf den Weg in die *Washington Bar,* etwas abseits des Kiez-Trubels Richtung Hafen, in der ein Kumpel von Jonas arbeitete. In der um Mitternacht gedrängt vollen kleinen Tanzbar baggerte ich alle Typen an, die mir entgegenkamen oder sich an mir vorbeiquetschten. Es war peinlich, es war lächerlich, und ich war total betrunken. Ich musste mich mal wieder an Jonas festhalten und aufpassen, dass ich nicht schon wieder losflennte.

Später fuhr ich alleine nach Hause – ich hatte keine Ahnung, wie es weitergehen sollte.

15

Wir haben Maja abgeschoben. Einfach so, zack, weg mit ihr. Oh, ich bin so gemein und eine Rabenmutter – aber eine, die endlich wieder schlafen kann!

Weil Maja in ihrer Wiege in unserem Schlafzimmer nur rumgequengelt und diese ständig vollgekotzt hat, habe ich meine Hebamme gefragt, woran das liegen könnte. Die meinte nur ganz lapidar: »Wahrscheinlich findet sie die Wiege zum Kotzen.«

Hätte ich auch selber draufkommen können! Vielleicht war es ihr auch im Schlafzimmer zu dunkel/zu hell, zu leise/zu laut, oder sie wollte einfach endlich ihr eigenes Zimmer haben. Klar, sie passt ja jetzt auch schon in die zweite Babygröße (sechsundfünfzig) und gehört damit fast schon zu den großen der kleinen Mäuse.

Mit knapp sechzig Zentimetern ist man eben auch einfach schon zu groß, um noch bei Mama und Papa zu schlafen. Oder unsere leisen Sexgeräusche haben sie schon so gestört, dass sie es nicht mehr ausgehalten hat. Jaa, wir hatten tatsächlich wieder Sex, zum ersten Mal vier Wochen nach der Geburt. Das wurde auch mal wieder Zeit. Wie gesagt, sehr leise, und es klang auch mehr nach »aua, aua, aua, aua« als nach »Oh, oh ja, mehr!, aber immerhin. Und es tat so gut! Ich liebte meinen Mann, besonders im Bett. Und wollte wieder mehr von ihm, gleichzeitig unser Baby nicht traumatisieren. Jedenfalls haben wir es gestern einfach versucht, das mit dem neuen Zimmer.

Würde das kleine Würmchen es überleben, schon im richtigen Bett im eigenen Kinderzimmer zu schlafen? Ich war mir nicht sicher. Sie ist doch noch so klein, dachte ich, erst sechs Wochen! Ihr neues Reich liegt allerdings genau neben dem Schlafzimmer und wäre auch sonst in unserer sechzig Quadratmeter großen Wohnung nicht allzu weit entfernt gewesen. Es ist ja nicht so, als würden wir sie im Westflügel oder im Gästehaus unterbringen oder sie in einer Tragetasche ins Treppenhaus stellen (obwohl Jonas genau das vor wenigen Nächten vorgeschlagen hat – ich konnte mir nur immer wieder sagen: »Das hat er nicht ernst gemeint, das hat er nicht ernst gemeint«, bis ich es schließlich selber glaubte.)

Maja bekommt wie immer um dreiundzwanzig Uhr Hunger, so wie jeden Abend, pünktlich ist sie wohl jetzt schon – von mir hat sie das nicht. Danach halte und wiege ich sie im Arm, bis sie eingeschlafen ist, und lege sie in ihrem Blümchenschlafsack ins Babybett. Ein bisschen wünsche ich mir, dass sie aufwacht und nach mir verlangt, aber das tut sie nicht. Und es ist ja auch gut so. Mehr als das wünsche ich mir nämlich ein paar Stunden ruhigen Schlaf. Ich kann einfach nicht ruhig schlummern, wenn neben mir jemand die ganze Zeit grunzt und pupst und rasselnde Atemgeräusche macht.

Natürlich muss ich anfangs doch noch alle zehn Minuten aufstehen und nachsehen, ob es der Kleinen auch gutgeht.

Heimlich beobachte ich sie durch den Türspalt im Schein ihrer blumenförmigen Nachtlampe – zwischendurch wacht sie tatsächlich ein paar Mal auf, und ich muss feststellen, dass sie sich auch ohne mich prächtig amüsiert. Die süße Maus liegt in ihrem Bettchen, strahlt die Zimmerdecke an oder flirtet mit ihrem Spieluhr-Löwen, bis sie ganz alleine wieder einschläft. Ich bin richtig beleidigt.

»Aha«, denke ich pampig, »das fängt also jetzt schon an, dass sie mich gar nicht braucht.« Um mich trotzdem ein bisschen geliebt zu fühlen, kuschele ich mich an meinen Mann.

»Liebst *du* mich denn wenigstens?«,

»Na klar«, sagt der tapfere Brötchenverdiener. Kurze Pause.

»Warum?«, will ich wissen. Er reagiert nicht gleich. Das liegt daran, dass er schon fast eingeschlafen ist. Trotzdem setzt er noch zu einer Antwort an.

»Weil du meine Sonne bist, die Tag und Nacht für mich strahlt, und weil ich mit dir einfach glücklich bin«, murmelt er, ohne dabei theatralisch zu klingen.

»Ich liebe dich auch«, sage ich. »Danke, dass du mich geheiratet hast. Das war sehr lieb von dir.«

Zufrieden und konzentriert lausche ich auf Majas Schlafgeräusche, die nun leiser als sonst zu uns ins Zimmer dringen, und schlafe dann an Jonas' Schulter ein.

In dieser Nacht träume ich das erste Mal seit der Geburt nicht, dass ich am Strand vor einer Tsunami-Welle flüchte, sondern von einer Butterfahrt.

16

Tag sechs nach unserer letzten Verabredung: Es war Freitagabend. Jonas hatte mich nicht mehr angerufen. Ich wusste nicht mehr ein noch aus. Das hatte ich jetzt davon, ich war aber auch einfach zu dämlich, schimpfte ich mit mir. Wahrscheinlich war er schon in Zürich. Na, Glückwunsch!

Selbst wenn das jetzt noch mal was wurde – was allerdings gar nicht zur Debatte stand –, wie sollten wir denn auf *die* Distanz eine Fernbeziehung führen?

Im Sender hielt ich ausnahmsweise mal die Klappe über meine Liebesgeschichten. Während ich die ersten zehn Tage, seit er mich zu Hause besucht hatte, nur begeistert von ihm gewesen war, merkte ich jetzt, da er sich nicht mehr meldete, dass ich mich unheimlich verliebt hatte. Doofe Nuss, die ich war. Was war das denn auch für ein blöder Quatsch mit der Liebe? Ich war total sauer.

Dabei hatte ich noch nicht mal mit ihm geschlafen, wie konnte ich da nur schon so verknallt sein? Er war einfach toll. Oder ich fand ihn auf einmal toll, weil er so offensichtlich nichts von mir wollte. Oder es war einfach nur Taktik von ihm – vielleicht war ICH ja der Fisch und sollte langsam eingeholt werden? Ich wusste es nicht. Er hielt sich jedenfalls wunderbar an alle Frauenratschläge wie »Mach dich rar, sei ein Star«. Warum können Männer so was? Oder können sie das gar nicht, sondern er wollte einfach tatsächlich nichts von mir?

Herrje, war das eine verflixte Situation. Ich wollte ihn jedenfalls jetzt nicht noch mal anrufen. Was er konnte, konnte ich schließlich auch. Nur schade, wenn sich hinterher rausgestellt hätte, dass er mich doch mochte und auf meinen Anruf gewartete hatte. Und weil ich nicht anrief, schnappte ihn mir dann die Annika-Praktikantin weg. Haare rauf! Dabei hatte ich gar keine Zeit zum Haare raufen. Ich sah auf die Uhr: 20.30. Ich musste noch weiter meine Sendung für Samstag früh vorbereiten, das hieß, Musikmoderationen schreiben, VIP-News umtexten, die Beiträge der freien Mitarbeiter abhören und die Anmoderationen ändern. Das Wetter konnte ich auch schon mal vorbereiten, dann musste ich am nächsten Morgen nur noch die Temperaturen eintragen.

Ich rieb mir die Augen. Seit morgens um vier war ich nun hier, und die verrauchte Senderluft ließ meine Augen tränen. Klar war es eine Ehre, den Samstagmorgen moderieren zu dürfen, und natürlich hatte ich heute Mittag eingewilligt, spontan einzuspringen. Aber es wäre auch nett gewesen, wenn jemand »Danke« gesagt hätte oder »super, dass du das nach deiner Frühschichtwoche, in der du sowieso schon zwanzig Überstunden gemacht hast, auch noch wuppst!« Das konnte man sich aber abschminken. Als Volo war man eh der letzte Arsch.

Ich war aber auch selber schuld, was wollte ich unbedingt Moderatorin werden? Die letzte Woche war dabei nicht besonders gut gelaufen, musste ich mir eingestehen. Ich hatte dreimal vergessen, die Internetnachrichten zu aktualisieren, hatte dem Nachrichtenredakteur eine falsche Meldung als Eilmeldung ins Studio gereicht und hatte mich einmal beim Brötchenholen mit Mona im Flur dermaßen verquatscht, dass ich verpasst hatte, eine Meldung rechtzeitig umzutexten, die der Nachrichtenredakteur dann schließlich selber total gestresst schreiben musste.

Kurz: Ich hatte gerade keinen besonders guten Lauf und sollte morgen mal wirklich eine perfekte Sendung abliefern.

Ich seufzte. Ach, Jonas fehlte mir dermaßen, mein kleines

Herz zog sich immer zusammen, wenn ich an ihn dachte. Statt mein Wetter zu schreiben, starrte ich aus den grauen Fensterscheiben in den dunklen Frühlingshimmel. Morgen Nacht war wieder die Zeitumstellung von Winter- auf Sommerzeit, auch daran musste ich in meinen Moderationen denken.

»Hey, du bist noch hier?«, rief jemand vom Flur zu mir in die Redaktion herüber. Es war Tom, unser Wortchef.

Ich schrak aus meinen Tagträumen auf.

Tom war achtunddreißig, sah mit seinen dunklen Haaren, den blauen Augen und seiner Hammer-Sportlerfigur unverschämt gut aus, weshalb ich mich auch schon am ersten Praktikantentag bei *Hanseradio* wahnsinnig in ihn verknallt hatte – gleichzeitig hatte er aber eine total hübsche, lustige Frau, die früher gemodelt hatte, und eine zuckersüße dreijährige Tochter, von der er die ganze Zeit erzählte, so dass sich meine Chancen, bei ihm zu landen, auf niedrigem Niveau hielten. Wollte ich ja auch gar nicht, aber als Chef war er super. Tom war außerdem einer der wenigen hübschen Männer, die ich kannte, die trotz ihrer unglaublichen Attraktivität total natürlich geblieben waren. Er konnte sich nett unterhalten, gleichzeitig aber auch sexistische Sprüche kloppen. »Darf ich dir mal an die Titten fassen?«, war ja bei uns der übliche Umgangston, und wenn man damit nicht klarkam, war es eh aus. Jetzt kam er zu mir rüber. Aber wohl nicht, um mir an die Titten zu fassen.

»Gut, dass ich dich noch treffe. Sophie, ich muss mal mit dir reden.« Damit ließ er sich auf meinem Schreibtisch nieder und zündete sich eine Zigarette an.

Was wollte er denn mit mir besprechen? Seine Miene war ganz ernst. Normalerweise alberten wir viel rum und hatten überhaupt in der ganzen Redaktion viel Spaß, auch, dass die Jungs ständig im Flur Fußball spielten oder Pornos laufen ließen, störte mich eigentlich nicht. Ich fand es lustig und erfrischend, wenigstens herrschte hier kein grauer Büroalltag.

Tom war mit unserem Programmchef, Herrn Kaiser, gut befreundet, die Frauen tauschten Strickanleitungen und Rezepte aus (oder was man als Hausfrau so macht) und gingen zusammen zum Bridge, oder was auch immer. Könnte auch Golf, Aquajogging oder irgendeine andere Hausfrauensportart sein.

Nun hielt Tom mir seine Zigarettenschachtel hin. Es hatte Zeiten gegeben, da hätte ich allein diese Geste in mein Tagebuch geschrieben, hundert Seiten lang analysiert und dann alle meine Freundinnen wochenlang damit malträtiert, ob man das als Anmache gelten lassen konnte oder nicht.

»Sag mal, was ist eigentlich los mit dir?«, eröffnete er das Gespräch, nachdem er mir die Zigarette angezündet hatte. Oha, das drohte unangenehm zu werden.

»Wieso?«, gab ich mich erst mal naiv. Heute schien er einfach mal ganz Chef zu sein.

»Du hast dir diese Woche echt heftige Patzer geleistet. Du kommst ständig zu spät, arbeitest unkonzentriert, deine Nachrichtenmeldungen sind zum Teil der größte Mist, und du versprichst dich in letzter Zeit dauernd – das machst du doch sonst nicht! Ich meine, ich sag dir das nur, um dich zu schützen … Ich hab nämlich gehört, dass Kaiser dich auf dem Kieker hat. Seit der Geschichte mit der PIN droht er ständig mit einer Abmahnung, und mit fristlosen Kündigungen ist er auch schnell dabei, da musst du echt aufpassen!«

Ach. Kaiser hatte mich auf dem Kieker? Okay, ich wusste, ich war etwas zerstreut, und die letzte Woche war in einem Jahr Volontariat nicht gerade die beste gewesen – aber dass der Programmdirektor nun offensichtlich direkt darauf wartete, mich rauszuschmeißen, das hatte ich nicht geahnt. Und mal ehrlich, die PIN zum Studio würde ich wohl nie wieder vergessen, ich träumte sogar von ihr und schreckte dann schweißgebadet auf. Nur schade, dass Kaiser offenbar nicht daran glaubte, dass ich mich noch bessern konnte. Tom hielt dagegen offenbar zu mir und versuchte ständig, mich rauszuboxen, wenn ich Scheiße gebaut hatte. Irgendwie süß. Wirklich schade, dass er … Ach ja, da war ja noch Jonas.

»Ja, hast Recht. Steh ein bisschen neben mir in letzter Zeit«, gab ich deshalb zu.

»Was ist denn los bei dir?« Es hatte ja keiner gesagt, dass Tom nicht auch ein bisschen neugierig war. Aber was sollte ich ihm erzählen? Dass ich nächtelang nicht schlafen konnte, weil ein gewisser Herr Ahorn mich total um den Verstand brachte? Dass ich einfach nur mal richtig gevögelt werden wollte? Dass mir die Frühschicht total auf den Sack ging? Wohl kaum.

»Ja, nee, weiß nicht«, druckste ich deshalb herum. Tom wartete. Und rauchte. Ich rauchte auch und überlegte, was ich ihm sagen konnte, ohne dass es für mich Konsequenzen hätte.

»Es ist nur so«, sagte ich und vermied dabei jeglichen Blickkontakt, »ich setze mich dermaßen unter Druck, hier alles richtig zu machen, dass ich dann alles genau falsch mache. Wenn ich mir vornehme, mich nicht zu versprechen, verhaspele ich mich garantiert, und wenn ich ganz tolle Nachrichten machen will, weiß ich auf einmal nicht mehr, welche Meldungen wichtig sind und welche nicht, oder wie der Satzaufbau sein soll.« Auf einmal hatte ich Tränen in den Augen. Ich fand das alles anstrengend, und es stimmte auch jedes Wort, das ich sagte. Ich versuchte wirklich, mein Bestes zu geben. Nur manchmal musste ich eben auch zwischendurch über Jonas nachdenken oder mit Mona über unser Intranet hin- und hermailen, wie jetzt in der Geschichte weiter zu verfahren wäre, so dass ich darüber manchmal die Zeit und die laufende Sendung vergaß. Wirklich oberpeinlich und unprofessionell, das wusste ja sogar ich!

Aber bisher hatte ich noch alles super gemeistert, fand ich. Für meine Verhältnisse. Für jemanden, der in der Oberstufe nur Vieren und sein Abi der »Tränennummer« zu verdanken hatte. (»Bitte, Herr Rossow, ich brauche nur den einen Punkt!« Herr Rossow, der Physiklehrer, hatte tief geseufzt und mir das Versprechen abgenommen, niemals in meinem Leben etwas mit Physik zu machen, was ich ihm leichten Herzens gab, und hatte mir einen Punkt, also eine fünf minus, eingetragen.)

Tom schien jedenfalls schon so etwas vermutet zu haben. »Süße«, meinte er etwas gönnerhaft (wahrscheinlich wusste er doch, wie gut er aussah und dass ich ihn total heiß fand). »Mach dich nicht verrückt, du packst das schon. Setz dich nicht so unter Druck, es wird schon alles werden. Und wenn du Probleme hast, fragst du mich einfach, okay? Wir können deine Sendung für morgen jetzt auch noch mal durchgehen«, bot er an.

Es war aber nicht so, dass ich Probleme dabei hatte, die Sendung vorzubereiten! Ich wusste, wie alles lief. Nur im Studio vermasselte ich dann gelegentlich alles, da konnte er mir nun auch nicht helfen. Aber lieb, dass er fragte.

»Und mit wem gehst du eigentlich gerade ins Bett, erzähl doch mal, was so bei dir läuft, du hattest ja lange keinen Knutschfleck mehr!«, sagte er und grinste frech, als er seine Zigarette ausdrückte. Ich rief mit gespielter Empörung: »Hey, also wirklich!« und knuffte ihn gegen den Arm, er knuffte leicht zurück, lachte, dann stand er auf, nahm seine Tasche, winkte mir an der Tür noch kurz zu und ging.

Eine halbe Stunde später packte ich ebenfalls meine Sachen. Die Sendung war fertig, ich hatte alle Titel vorgehört und alle Moderationen der fünf Stunden geschrieben. Ich gähnte. Jetzt wollte ich endlich nach Hause fahren, um noch ein paar Stunden Schlaf zu bekommen, denn um 6.40 Uhr musste ich ja wieder hier sein. Die Chance, *on air* zu zeigen, dass ich doch was kann, sollte und wollte ich mir wirklich nicht entgehen lassen. Wenn da nur nicht immer diese quälenden Gedanken an Jonas gewesen wären!

Bevor ich die inzwischen völlig leere Redaktion verließ, griff ich noch schnell zum Telefonhörer. Jonas hatte immer noch nicht angerufen. Worauf wartete der denn? Ich hielt es nicht mehr aus. Während ich seine Nummer tippte, hörte ich in mir ein leises Stimmchen ärgerlich flüstern:

»Lass es doch sein! Was machst du denn da? Du hast morgen Sendung, schon vergessen? Hallloooo??! Du willst doch Moderatorin werden, dann konzentrier dich doch auch endlich mal darauf!«

»Halt die Klappe«, schimpfte ich zurück, »er ist doch eh nicht da. Und hör auf, hier einen auf *Gewissen* zu machen; wo bist du denn immer, wenn ich dich brauche?«, fuhr ich meine innere Stimme an. Sie hielt beleidigt den Mund.

»Wer ist denn da?«, schallte es an mein Ohr.

O Gott, vor lauter Geplänkel mit meinem Gewissen hatte ich gar nicht mitgekriegt, dass Jonas ans Telefon gegangen war.

»Äääh«, sagte ich, und meine innere Stimme grinste schadenfroh. »Hallo!«, gab ich noch debil von mir und stellte fest, dass es damit eindeutig zu spät war aufzulegen. »Hier ist Sophie.«

»Ach, du bist's!« Jonas klang etwas überrascht, aber erfreut.

Na toll, wenn er sich jetzt freute, warum hatte er denn dann nicht angerufen? »Ja, hi, ich wollte nur mal fragen, wie's dir so geht – hab ja lange nichts von dir gehört!«

Mir stiegen die Tränen in die Augen. Ganze sechs Tage hatten wir uns nicht gesprochen, und jede einzelne Sekunde hatte ich an ihn gedacht. Ich schluckte kurz und unterdrückte den Wunsch, einfach loszuheulen. Gott sei Dank, ich hatte mich wieder unter Kontrolle.

»Mir geht's gut«, meinte er. »Tut mir leid, dass ich mich nicht früher gemeldet hab, ich hatte total viel Stress in der Arbeit, kennst du ja sicher«, entschuldigte er sich.

Ich hatte jetzt keine Lust, darüber nachzudenken, ob das wohl stimmte oder als Ausrede herhalten musste, um nervige Kiez-Bekanntschaften zu beruhigen, und verschob das auf später.

»Vielleicht hast du Lust, bald mal was mit mir trinken zu gehen?«, hörte ich mich sagen. Meine innere Stimme bekam einen Tobsuchtsanfall. Es war lustig, ihr zuzusehen, wie sie herumsprang und ihr Fäustchen wütend schüttelte. Sie sah mir ähnlich, war aber viel spießiger angezogen.

»Ja, total gerne. Was machst du denn heute Abend noch? Ich geh gleich auf 'ne Party von 'nem Kumpel, der wird dreißig, komm doch mit, wenn du magst!«

Mein Herz fing an, wie wild zu klopfen. Das war ja toll! Er wollte mich zu einer Party mitnehmen! Seinen Freunden vorstellen! Wir würden zusammen trinken und tanzen, und vielleicht knutschen, und dann könnte er mit zu mir oder ich mit zu ihm, und alles würde irgendwie gut werden. Wir würden heiraten, und als Erstes ein Mädchen und dann einen Jungen bekommen; wir hätten ein kleines Haus im Grünen, aber doch stadtnah, und ich könnte als freie Mitarbeiterin beim Radio weiterarbeiten. Meine Figur würde ich natürlich trotz der beiden Schwangerschaften behalten, und wir hätten so viele Freunde, dass wir jedes Wochenende nicht wussten, mit wem wir ausgehen sollten.

»Hallo?«, fragte er. »Bist du noch dran?«

Himmel, ich war wirklich müde. »Ja«, sagte ich. Realistisch betrachtet hätte ich an dieser Stelle so was sagen müssen wie: »Hm, ist wirklich lieb von dir, aber ich kann heute nicht, ich hab morgen Sendung und hatte heute schon Frühschicht, sonst gerne morgen Abend, am Sonntag hab ich nämlich frei.«

Was ich aber sagte, war: »Ich kann aber nicht so lange, ich muss morgen wieder um sieben arbeiten, aber nur bis zwölf, und dann kann ich ja schlafen.«

Hui, da hatte ich aber schnell umdisponiert. Meine innere Stimme schlug sich vor den Kopf und machte wilde Handzeichen. Ich ignorierte sie und schob sie in die hinterste Ecke meines Gehirns, wo sie ja auch offensichtlich hergekommen war.

Jonas und ich verabredeten, dass ich ihn sofort abholen sollte und wir zusammen zu der Party fuhren.

Gesagt, getan. Mein Gewissen rührte sich nicht mehr. Ich hatte ja auch gute Argumente vorgebracht: Ich konnte ab morgen Mittag ausschlafen, und die Sendung hatte ich gut vorbereitet. Außerdem wusste ich sowieso nicht, wer samstags von sieben bis zwölf Uhr Radio hörte. Die Leute, die ich kannte, schliefen dann jedenfalls.

Mein Outfit war okay, Deo et cetera hatte ich mit, ich erfrischte mich also notdürftig, schwang mich in meinen geliebten schrottreifen Golf und düste los – vom Schlimmsten ausgehend (»Wir können ja Freunde bleiben«), aber das Beste hoffend (»Willst du mich heiraten?«).

17

Kaffee macht Sophie zu einem bösen Mädchen, zu viel Kaffee macht Sophie zu einem bösen Mädchen, zu viel Kaffee macht Sophie zu einem bösen Mädchen … Kaffee, mein Lebenselixier! Die Kleine hat auf einmal Bauchschmerzen, vielleicht schießen auch die Zähnchen ein, oder der Baulärm im Haus stört sie jetzt doch, man weiß es ja nicht so genau. Maja meckert, und das lautstark. Tag und Nacht halte ich sie jetzt im Arm und frage mich, was sie bloß hat. Habe ihr alles gegen Blähungen gegeben, was es gibt, eine Standleitung zu meiner Hebamme aufgebaut und die Milchnahrung nach verschiedenen Rezepten mit krampflösenden Tropfen, Fencheltee und Milchzucker angerührt, aber nichts davon scheint Maja zu helfen: Das Kind kann einfach nicht pupsen! Sie schreit Tag und Nacht, und ich bin fix und fertig. Wie halten das bloß Mütter von zwei Kindern aus? Nicht, dass ich mein Schätzchen nicht furchtbar lieb hätte, aber sie bringt mich um den Verstand. Sie jammert und nörgelt die ganze Zeit, will keinen Schnuller, will nicht auf den Arm, hat kaum Hunger, und ich weiß nicht, wie ich ihr noch helfen kann. Der Standardspruch meiner Hebamme lautet: »Das ist ganz normal.«

Ja, kann ja sein, denke ich wütend und knalle den Hörer auf – aber für MICH ist es eben NICHT normal! Ich kann vor Müdigkeit kaum gehen oder stehen.

Wer bin ich? Wo wohne ich? Was ist das für ein Geräusch? Es ist das Telefon. Bis ich das erkannt habe, hat es aufgehört zu klingeln. Jonas ist auch noch für vier Tage auf Gastspiel gefahren, am Wiesbadener Theater kümmert er sich angeblich um ein Bühnenbild und beaufsichtigt den Aufbau vor Ort – na, wenn das mal stimmt und er sich nicht in Wirklichkeit in einem Hotel in Paris mit seiner Geliebten durch die Laken wühlt! Und ich bin die ganze Woche über alleinerziehend.

Der Gedanke an Jonas in fremden, zerwühlten Laken gefällt mir nicht. Aber Majas Geschrei gefällt mir noch weniger. Ich muss doch meinen Mann erreichen, damit ich wenigstens etwas Frust ablassen kann. Alle fünf Minuten habe ich ihn auf dem Handy angerufen, bis er es ausgestellt hat. Da! Der Beweis! Hätte er nichts zu verbergen, hätte er es ja angelassen.

Ich nehme mir noch einen Kaffee, brülle in der Küche herum und werde panisch. Meine Fingernägel sind schon bis auf den Rand abgenagt. Geduscht habe ich noch nicht, wann das letzte Mal Haare gewaschen? Er betrügt mich, er betrügt mich, hämmert es in meinem Kopf. Im Treppenhaus hämmern die Bauarbeiter. Es ist Mittwochmittag, und Jonas ist seit Montag in Wiesbaden. Ich verhalte mich wie eine erbärmliche Ehefrau und Mutter, überfordert, überreizt, übermüdet, so, wie ich nie werden wollte. Ich will nicht alleine sein! Ich sehe furchtbar aus, ich würde mich selbst betrügen, wenn ich könnte. Und mich nicht wundern, wenn mein Mann sich in Wiesbaden nach einer hübschen Assistentin umsieht, mit der er die Abende verbringen kann. Rosen und Sex hin oder her.

Maja schreit. Ich wiege sie im Arm. Noch mehr Kaffee … Wann kommt Jonas wieder?

18

Seine Freunde, die ich auf der Party kennenlernte, waren supernett, alle unterhielten sich mit mir, bezogen mich in ihre Gespräche ein, und ich fühlte mich überhaupt nicht ausgeschlossen. Die Musik war gut, wurde aber vom Gemurmel und Geschnatter der Gäste in der Zweizimmerwohnung fast komplett übertönt, so dass nur ein leiser Beat die heitere Stimmung untermalte.

Leider stieß ich auch auf besagte beste Freundin Claudia, der ich bei unserem Kennenlernen im *Ex-Sparr* fast eine Liebeserklärung gemacht hatte. Mir war es unendlich peinlich, aber sie lachte nur, als ich mich dafür entschuldigte. Ich hatte ja, als ich ihr erzählte, ich hätte eine Profilneurose, wirklich nicht ahnen können, dass ich sie jemals wiedersehen sollte. Sie war herzlicher, als ich auf den ersten Blick vermutet hatte, und erzählte ein bisschen von ihrem Freund, der vor kurzem nach Stuttgart gezogen war und den sie vermisste. Mein Konkurrenz-Sensor, Jonas betreffend, schlug nicht aus, eher freute ich mich, dass er so nette Freunde hatte.

Im Laufe des Abends quetschten Jonas und ich uns zusammen auf einen plüschigen Sessel, unterhielten uns über die Arbeit, die Wirtschaft in Deutschland, korrupte Politiker, Nachrichten im Allgemeinen und im Radio, über lustige Pannen (die nicht nur mir passierten) und über das Leben an sich. Er erzählte von seiner Band, und dass er sich wünschte, auch mal im Rampenlicht zu stehen. Wir plauderten und lachten, sahen uns gelegentlich tief in die Augen, so dass ich schon dachte JETZT, JETZT, JETZT – aber: Wir küssten uns nicht.

Gleichzeitig rutschten wir aber immer näher aneinander, aufeinander, ich hing halb auf seinem Schoß, und selbst wenn einer von uns kurz auf die Toilette ging, oder neben uns ein Stuhl frei wurde, klebten wir danach wieder wie Kaugummi aneinander auf dem Sessel. Während ich über eine lustige Geschichte lachte, die er gerade erzählte (von einem Techniker, der sich beim Reparieren des Kopierers mit seinen öligen Fingern aus Versehen ein Hitlerbärtchen zwischen Mund und Nase gemalt hatte), dachte ich über unsere Situation nach.

Was war bloß mit ihm los, warum wollte er mich eigentlich nicht küssen? Hatte ich mir von Anfang an falsche Hoffnungen gemacht? Vielleicht ging er mit all seinen guten Freundinnen so um? Ein paar von den Mädels auf der Party hatte er jedenfalls mit einer herzlichen Umarmung und Küsschen begrüßt ... Vielleicht war es einfach seine Art, jemandem körperlich nah zu sein, ohne irgendwelche Absichten zu hegen? Kein Wunder, dass alle Mädels auf der Party miteinander flüsterten, ihm heiße Blicke zuwarfen und sich anscheinend Hoffnungen machten, die zukünftige Frau Ahorn zu werden, sich aber auch gleichzeitig fragten, wer ich eigentlich war. Ganz sicher war ich jedenfalls nicht die Einzige, deren Hormone Samba tanzten, wenn er ihr in die Augen sah. Statt es ihm nachzumachen und ordentlich zu bechern, blieb ich diesmal brav und nüchtern, nippte an einem Bier, bis es noch nicht mal ganz leer war, und beobachtete ihn im Umgang mit seinen Freunden und, so sehr es mich quälte, seinen Freundinnen.

Jonas schien davon nichts zu merken. Allerdings auch nicht davon, dass auch noch andere Mädels ein Auge auf ihn geworfen hatten. Und mich böse musterten, weil er den ganzen Abend an meiner Seite verbrachte. Er tat einfach das, was man als ordentlicher Partylöwe tut, trank ein Jever nach dem anderen – nach dem dritten hörte ich auf zu zählen –, stieß mit seinem Geburtstagskumpel außerdem ständig mit Whiskey an und gönnte sich zwischendurch auch noch Tequila, den jemand verteilte. Gut drauf war er jedenfalls, da konnte man ihm keinen Vorwurf machen. Trotzdem fragte ich mich, warum er mich nicht endlich küsste, dafür alle anderen Mädchen, die ihn begrüßten, fast überschwänglich in den Arm nahm? Nach vier Stunden Feierei wurde es mir zu bunt. Gegen zwei Uhr morgens wollte ich nur noch nach Hause und bat ihn, mich zum Auto zu bringen.

Trotz seines reichlichen Alkoholkonsums ging Jonas völlig gerade, er schwankte kein Stück, schien wohl eine Menge abzukönnen. Es nieselte, als wir in Eimsbüttel aus der Altbauwohnung kamen, und ich setzte meine Kapuze auf. Ein paar verirrte Tulpen und Narzissen blühten in den schmalen Vorgärten der schmuddeligen Altbauten, und ein satter Duft nach Frühling lag in der Luft. Regentropfen glitzerten im Licht der Straßenlaternen.

Einige von Jonas' Freunden riefen uns vom Balkon aus allerlei postpubertäre Bemerkungen hinterher, die Jonas grinsend mit einem »Ihr seid ja nur neidisch!« quittierte.

Als wir um die nächste Ecke bogen und außer Sichtweite waren, fiel er über mich her. Schneller als ich gucken konnte, hielt er mich fest, schubste mich fast in die Hecke und knutschte mich ab. Huijuijui, was war denn jetzt los? Ich knutschte natürlich mit, war aber doch etwas fassungslos, dass er auf einmal so schnell bei der Sache war. Fast musste ich ihn wegstoßen, um überhaupt Luft zu bekommen.

»Entschuldige«, sagte er, wandte sich tief atmend von mir ab und ballte die Fäuste, als könne er sonst die Finger nicht von mir lassen, »aber du machst mich total verrückt.«

Ich wusste gar nicht, was ich sagen sollte. Dann kam er wieder näher. »Du bist unglaublich heiß«, flüsterte er mir ins Ohr, bevor er weiter meinen Hals küsste. Himmel, wahrscheinlich hatte er doch ziemlich einen im Kahn, auch wenn man es sonst nicht merkte. Ich war etwas verwirrt, wollte aber nun nicht gerade heute Abend damit anfangen, mich in Abstinenz zu üben. Wir knutschten weiter, aber meine Gedanken (und mein leerer Magen) fuhren Achterbahn. Ich musste hier jetzt erst mal was klarstellen.

»So, halt, stopp mal!«, rief ich und schob ihn ein Stück von mir weg. Vor mir und in mir drehte sich alles. Die Aufregung, das Bier auf nüchternen Magen (gegessen hatte ich zuletzt heute Morgen um fünf), der Schlafmangel, das Wissen, in vier Stunden wieder im Sender sein und moderieren zu müssen, und Jonas' undurchschaubares Verhalten – das war mir alles zu viel. Unsere Geschichte, wenn es denn eine war, würde sich jetzt in irgendeine Richtung grundlegend weiterentwickeln. Hier musste mal Tacheles geredet werden.

Ich fragte ihn geradeheraus: »Was ist eigentlich los mit dir? Was soll das hier werden?«

Sämtliche Frauenzeitschriften, jeder Rat meiner Freundinnen und alles, was meine Mutter mir je beigebracht hatte, konnten mich in diesem Moment mal gernhaben. Nein, ich würde mich NICHT rar machen, und JA, ich würde ihn unter Druck setzen, hier und jetzt, und über meine Gefühle sprechen! Bis er mir sagte, was los war und wie es mit uns weiterging.

Er sah mich etwas betroffen an und seufzte dann tief. »Ich weiß es nicht. Was soll ich denn von dir halten? Du machst mich erst heiß, dann lässt du mich fallen, du bist lieb und nett, dann wieder total abweisend und erzählst mir den ganzen Abend von deinen Exfreunden – was ist das denn für eine Art? Andererseits finde ich dich total spannend, und ich muss die ganze Zeit an dich denken. Ich wusste ja selber nicht, was los ist, deshalb hab ich mich lieber die letzte

Woche nicht mehr gemeldet. Heute hab ich den ganzen Abend versucht, die Finger von dir zu lassen, aber ich schaffe es einfach nicht …«

Er guckte plötzlich ratlos auf den Boden und wirkte gar nicht mehr betrunken, sondern nur wie ein kleiner Junge, der irgendwas angestellt hatte. Ziemlich süß. Aber das war ja ein fürchterliches Hin und Her! Jetzt musste ich wohl oder übel ein Plädoyer für die Liebe halten, wenn ich diesen Schatz, den ich gefunden hatte, nicht wieder verlieren wollte. Trotzdem wollte ich noch ein oder zwei Sachen vorher wissen.

»Was sollte das denn mit dem anderen Job?«, fragte ich, etwas vorwurfsvoller als vielleicht angebracht gewesen wäre.

»Von wegen, du hättest hier nichts, das dich hält! Was soll das denn?«, bohrte ich nach und fügte zu meiner Verteidigung hinzu: »Da muss man sich doch so verhalten! Ich wusste doch gar nicht, was du von mir willst!«

Er schwieg, und ich hatte keine Ahnung, ob meine Worte ihn wirklich erreichten. Vielleicht gab er insgeheim ja zu, dass er da einen Fehler gemacht hatte, jedenfalls schaute er mich herzerweichend mit seinen blauen Augen an, als wollte er sofort alles wiedergutmachen. Ganz schön süß. Wahrscheinlich übte er diesen Blick zu Hause vorm Spiegel.

»Tut mir leid«, murmelte er. »Ich wollte da deine Reaktion testen, ob dir das ernst ist mit mir.«

Aha. So weit, so gut. Ich ging wieder einen Schritt auf ihn zu, legte ihm die Hände um den Nacken, küsste ihn leicht auf die Wange und strich mit meinem Gesicht über seinen kratzigen Dreitagebart. Er roch so gut. Ich hatte ihn so vermisst … Dieser Typ war einfach sexy, ich wollte ja auch nichts anderes, als ihn wieder zu küssen, leidenschaftlich zu knutschen, aber es nützte nichts, das Gespräch war noch nicht zu Ende. Erst die Arbeit, dann das Vergnügen.

»Und was ist mit den anderen Mädchen?«

»Mit welchen anderen Mädchen?« Verblüfft sah er mich an.

»Na ja, Annika zum Beispiel. Oder hier auf der Party. Du bist zu allen supernett und freundlich, schäkerst mit denen, und nimmst die auch noch alle in den Arm. Ist doch kein Wunder, wenn sich alle in dich verknallen!«

Er ließ mich los, starrte mich entgeistert an und fing dann an zu lachen. »Du hast vielleicht Probleme!«, rief er. »Das merk ich ehrlich gesagt überhaupt nicht, ob da noch andere Frauen sind! Ich guck doch die ganze Zeit nur dich an – ist dir das noch nicht aufgefallen?«

Nee, das war mir wohl entgangen. Aber gut, dass wir drüber gesprochen hatten. Ich dachte darüber nach, was ich als Nächstes sagen sollte und betrachtete ausgiebig den Bürgersteig, während Jonas abwesend mit dem linken Fuß gegen einen Zaun kickte.

Meine Kapuze war schon ziemlich durchnässt, auch Jonas tropfte der Regen aus den nicht mehr ganz so schick gestylten Haaren. Es machte mir aber nichts aus, mit ihm im Regen zu stehen, kalt war mir jedenfalls nicht, wenn er bei mir war.

Jetzt wollte ich alles auf eine Karte setzen. Die Sache musste geklärt werden, sonst würde ich meines Lebens nicht mehr froh. Ich holte tief Luft.

»Und wenn wir es einfach versuchen?«, begann ich mein Abschlussplädoyer. »Also ich weiß, dass ich manchmal unausstehlich und launisch bin, vor allem morgens. Und wenn ich wütend bin, schmeiße ich mit Sachen um mich, und meine schmutzigen Klamotten räume ich auch nicht weg. Es ist mir egal, wenn in der Küche schmutziges Geschirr steht, ich bin nicht besonders ordentlich. Ich sage immer, was ich denke, bin ziemlich egoistisch und manchmal ungerecht anderen gegenüber. Ich bin halt so oft enttäuscht worden, dass ich in Beziehungen eher vorsichtig geworden bin und Probleme hab, jemandem zu vertrauen. Ich bin eigentlich eher schüchtern, auch wenn man davon nicht viel merkt, und mache mir ständig Sorgen über alles … Aber irgendwie stimmt es doch mit uns! Wir können toll reden und toll knutschen, und der Rest wird wohl auch toll sein.« Ich grinste ihn an. »Es wäre doch zu schade, wenn wir das alles jetzt aufgeben würden, bevor es richtig angefangen hat.«

Jonas sah mich nachdenklich an. Irgendwas lag ihm noch auf der Seele … und mir fiel noch ein Nachtrag ein.

»Es tut mir auch wirklich leid, dass ich mich am Anfang nicht gleich auf dich eingelassen habe.« Ich versuchte es ihm zu erklären. »Du bist wie ein Sechser im Lotto für mich, das war mir alles zu viel. Ich hatte Angst, dass ich dadurch meinen Job gefährde, und ich mag meine Arbeit. Meistens zumindest. Also, was ist, sind wir jetzt zusammen?«

So, jetzt war alles raus. Nur das L-Wort hatte ich nicht gesagt, deutlicher musste ich ihm ja jetzt wohl kaum noch sagen, dass ich ihn liebte.

Er sah mich nur an und schien über alles nachzudenken.

Es regnete immer noch. Mein Herz klopfte so laut, dass ich befürchtete, er müsste es eigentlich hören. Mein Mund wurde trocken. Gleich ist es aus, das war's, aus und vorbei – die Gedanken kamen, ohne dass ich sie haben wollte. Bestimmt wollte er nichts Festes, gleich würde er es sagen …

Was er stattdessen sagte, war: »Au ja.«

Dann küssten wir uns unter der Straßenlaterne, diesmal ganz langsam und zärtlich. In mir flatterten tausend kleine Schmetterlinge, die alle Hurra schrien und wild applaudierten. Als wir kurz eine Knutschpause einlegten, um Luft zu holen, grinste ich ganz benommen, dann lachten wir beide erleichtert.

Meine Aufregung war weg, ich wollte jetzt nur noch nach Hause. Hand in Hand gingen wir durch den Regen zum Auto und sahen uns ab und zu verlegen und verliebt an. Bevor ich einsteigen konnte, drückte er mich gegen den Wagen und küsste mich stürmisch. »Davon will ich noch mehr«, murmelte er und schob seine Hände unter meine Jacke.

Zusammen fuhren wir zu mir, und ich freute mich auf alles, was noch vor uns lag. Mein Herz hämmerte jetzt laut vor Glück und Aufregung, ich hätte die ganze Welt umarmen können, begnügte mich aber mit Jonas, der neben mir im Bett lag, wunderschön war, und dazu sanft, lieb und gleichzeitig stark.

Er wollte sich wirklich voll und ganz auf mich einlassen, mit allen Macken und Schrammen, die ich so hatte, etwas Schöneres hätte es gar nicht für mich geben können. Ich kniff mich öfter mal, um zu merken, ob es wehtat und ich nicht träumte, bis Jonas mich beim Anblick meines schmerzverzerrten Gesichtes erschrocken fragte, ob er mir wehgetan hätte. Natürlich nicht! Er streichelte mich und berührte genau die richtigen Stellen, ich ließ mich fallen und genoss es, von ihm geliebt zu werden. Ich dachte noch, dass es mit uns ganz wunderbar passte, bis ich nichts mehr denken konnte.

Gegen fünf Uhr morgens putzten wir uns in meinem kleinen grünen Badezimmer zusammen die Zähne – er benutzte sogar meine alte Zahnbürste und das war der Moment, in dem ich dachte: »Das muss mein Mann fürs Leben sein, wer würde schon freiwillig meine alte Zahnbürste in seinen Mund stecken?«

Als wir schlaftrunken nebeneinander oder vielmehr ineinander verschlungen im dunklen Zimmer im Bett lagen und er seine Hand in meine Haare am Nacken schob, war es Viertel nach fünf. Er murmelte: »… der schönste Tag meines Lebens« und schlief ein.

Das Licht der Straßenlaterne vor meinem Fenster fiel in meine Wohnung, und ich betrachtete Jonas, als wäre er ein Wunder. Ich würde nie genug von ihm kriegen, das wusste ich einfach. Eine halbe Stunde später klingelte mein Wecker.

19

Maja trinkt ihr Fläschchen in meinem Arm, und ich warte auf Jonas, der heute pünktlich um 19.30 Uhr zu Hause sein soll. Es ist schon kurz vor halb acht, ich hoffe, er kommt gleich. Natürlich hatte er mich auf seiner Dienstreise nicht betrogen – sagt er jedenfalls. Ich hatte beschlossen, ihm zu glauben. Die Hintergrundgeräusche bei den Anrufen klangen tatsächlich mehr nach Tischlerei, und es ist auch keine Frau an sein Handy gegangen, um mir mitzuteilen, dass ihr Freund gerade duscht. Es ist also alles wieder gut. Jonas ist seit einer Woche wieder zu Hause, Maja hat ihren zweiten Monatsgeburtstag gefeiert, und unser Leben plätschert sanft dahin.

Morgens steht Jonas auf und macht sich für die Arbeit fertig, während ich Maja füttere. Dann starten sie und ich langsam in den Tag. Beim Spazierengehen ernte ich viel Lob von anderen Müttern, oft auch von Omas, und bin stolz wie Oskar, wenn meine Maja-Maus mit ihren neun Wochen alleine ihren Kopf hebt, ihren Schnuller in den Mund schiebt oder schon unglaublich süß lächelt. Meistens schläft sie aber – generell ist sie wohl eins der unkomplizierteren Babys. Darüber will ich mich auch gar nicht beschweren. Trotzdem habe ich das Gefühl, dass mir etwas im Leben fehlt.

Ich mag mich nicht nur über Windeln und Kinderwagen unterhalten. Ich will mein Leben wieder zurück, und ich werde es mir holen! Allem voran muss ich meinen zwanzig Kilo Babyspeck den Kampf ansagen. Meine abendlichen Trainingseinheiten auf dem Stepper haben in den letzten Wochen nur mäßige Erfolge gezeigt, also habe ich mich nach ausgiebiger Recherche im Internet dafür entschieden, mir die Weightwatchers mal anzusehen. Die Erfolgsgeschichten anderer Ex-Dicker schreien geradezu danach, es ihnen nachzumachen. Alles, was man dafür angeblich tun muss, ist, einer Gruppe beizutreten, auf die Ernährung zu achten und sich wöchentlich zu wiegen. Dann würden die Pfunde nur so purzeln. Das klingt leicht, und wenn ich mich im Spiegel betrachte, habe ich auch die nötige Motivation.

Meine Arme schwabbeln; wenn ich den Kopf nach unten neige, habe ich vier Kinne, und meine Jeans in Größe zweiundvierzig liegt traurig im Schrank und vermisst mich. Und ich sie auch.

Endlich höre ich Jonas an der Tür. Maja ist fertig mit ihrer Flasche, lässt, als ich sie an meine Schulter lege, einen für ein Baby erstaunlich lauten Rülpser hören, und lacht danach befreit.

»Na, Mausi, du kommst ganz nach deinem Vater, was?«, scherze ich mit ihr, als Jonas im Flur seine Schuhe auszieht.

»Wer kommt nach wem?«, fragt er und gibt mir einen Begrüßungskuss.

»Ach nichts«, sage ich kichernd und drücke ihm Maja auf den Arm. »So, ich gehe jetzt und werde schlank« erkläre ich.
»Meinetwegen kannst du so bleiben, wie du bist«, sagt Jonas und versucht, mir an den Po zu fassen. Ich quietsche, lache und schiebe ihn weg. »Tschüss, bis später.«

Von Winterhude fahre ich (natürlich fahre ich, auch wenn es nur zwei Kilometer sind) ins etwas nördlicher gelegene Alsterdorf – ein unglaublich teures Pflaster mit großen Villen und schönen Gärten – und suche den Veranstaltungsraum.

Das Treffen der WWler findet ironischerweise im Hof hinter einer Konditorei statt. Vielleicht ist der Treffpunkt aber auch bewusst gewählt, zumindest würden die Moppels, die sich Tortenstücke und Pralinen kauften, ein schlechtes

Gewissen bekommen, wenn sie hier weiter so maßlos vor sich hin futterten, während sie gleichzeitig mit den Plakaten konfrontiert waren, auf denen schlanke Frauen verkündeten: »Jeder kann es – auch DU!«, und sich dann doch bei den Weightwatchers anmelden.

Ich folge den Hinweisschildern bis zu einer Art umgebauter Garage, die von grellen Neonröhren beleuchtet wird. Nur ein vergittertes Fenster befindet sich in der Decke, ansonsten ist das kleine Zimmer fensterlos, wie ich schon an der Tür bemerke.

Am Eingang sitzt eine nette Dame, der ich zehn Euro in die Hand drücke und meinen Namen sage. Dann betrete ich das erste Mal in meinem Leben eine Weightwatchers-Waage, an der kein Weg vorbeiführt. Sprich, sie steht so nah an der Tür, dass jeder, der in den Raum möchte, gezwungen ist, sich daraufzustellen. Leider darf ich mich nicht komplett ausziehen, und sogar die Schuhe muss ich anbehalten! Frechheit! Entschlossen ziehe ich wenigstens meine Jacke und meine Strickjacke aus und stelle mich mutig auf die Waage.

Das Gewicht wird nur der Mitarbeiterin angezeigt, die es in meinen neuen WW-Pass einträgt. Dann lächelt sie mich an, sagt: »Viel Erfolg!«, ich murmele ein Dankeschön und nehme meinen Pass entgegen. Die Zahl darin gucke ich mir lieber erst zu Hause an, ich will mir ja jetzt nicht den Abend ruinieren. Ich setze mich in die letzte von fünf Stuhlreihen und sehe mich neugierig um.

Vorne stehen zwei lange Tische, auf denen wie auf einem Buffet Tütensuppen, Gummibärchen, Kochbücher und andere WW-Utensilien aufgebaut sind. Überall an der Wand des circa fünfzig Quadratmeter großen, etwas muffigen Raumes hängen riesige Plakate, auf denen sich gesunde Lebensmittel türmen, schlanke Frauen strahlen oder fröhliche Gruppen beim Joggen zu sehen sind.

Die sechs Grundlagen des Konzepts, die sogenannten »Fit-Formeln« schreien die Abnehmwilligen von allen Seiten an. »Esst fünf Mal am Tag Obst und Gemüse! Trinkt viel! Denkt an Calcium, Bewegung und gute Fette!«

Der Raum füllt sich mit Menschen, einige kennen sich und plaudern miteinander, andere setzen sich schweigsam wie ich alleine auf einen Stuhl. Um zwanzig Uhr ist es voll, alle Stühle sind besetzt, und es geht los.

Die lächelnde Gruppenleiterin stellt sich vor ihr Publikum. Ich lächele nicht, sondern erblasse innerlich vor Neid. Hoffentlich nicht auch äußerlich, obwohl sie diese Reaktion bestimmt kennt, und dann schwöre ich mir, diesen Kurs nicht eher zu verlassen, bis ich dünner bin als sie. Und wenn es Jahre dauern sollte! Sie stellt sich vor als Jasmin Küpperfeld und erläutert dann die Grundregeln des Weightwatchers-Prinzips. Ich höre nur mit halbem Ohr hin und bewundere sie einfach noch ein bisschen. Jasmin ist ungefähr dreißig, also in meinem Alter, einen Meter achtzig groß, wovon ihre Beine ungefähr einen Meter sechzig lang sind, hat kurze blonde Wuschelhaare à la Meg Ryan, ist aber hübscher als die Schauspielerin, hat eine sagenhafte Figur, die sie mit einem schicken schwarzen Outfit betont, und einen wunderbaren hellbraunen Teint. Wie kriegt sie den bloß hin?

Während ich also dieses wunderbare Wesen nur bestaunen kann, höre ich wie im Traum, dass sie gerade von ihren beiden Kindern erzählt. Wie jetzt – Kinder? Niemals!! Wer Kinder hat, sieht so aus wie ich! Ich zwinge mich, ihr weiter zuzuhören, und erfahre alles über die Ernährungspyramide und Nordic Walking, sagte »Ja« und »Amen, Schwester«, und fast hätte ich laut Halleluja geschrien und in die Hände geklatscht, als mir einfällt, dass dies keine Gospelkirche, sondern der Versammlungsraum der Weightwatchers ist. Ich beruhige mich wieder und schaue mir die Damen, die mit mir zusammen abnehmen wollen, etwas genauer an. Erstaunlicherweise sitzt neben mir ein bebrilltes Fünfundvierzig-Kilo-Persönchen mit mausbraunen Haaren, einer spitzen Nase und auffälligen Hasenzähnchen. Wie süß, ein kleines Nagetier. Wenn sie jetzt so dünn ist, musste sie ja schon ordentlich abgenommen haben – ich entschließe mich, sie direkt zu fragen. »Wie viel hast du denn schon runter?«, flüstere ich ihr zu.

Unter der dicken Brille wird das Mäuschen knallrot. »Ich?«, fragt es schüchtern und reibt sich die vermutlich schweißnassen Hände an den braun behosten Oberschenkeln.

Wer sonst? Oder meint sie, ich wollte mich selber etwas besser kennenlernen, weil ich ja das erste Mal hier bei dem Treffen bin? Ich nicke nur, ohne meinen Groll gegen dieses dünne Wesen allzu deutlich zu zeigen.

»Ich, ich ... Ich hab noch gar nichts abgenommen«, stammelt das Nagetierchen, offensichtlich hoch erschrocken, dass jemand das Wort an es richtet. Am liebsten wäre es wohl in sein Mauseloch gekrochen und nie wieder rausgekommen.

»Wie – nicht abgenommen? Und warum bist du dann hier? Schreibst du eine Reportage oder so was?«, hake ich nach. Andere Gründe kann ich mir für ihre Anwesenheit einfach nicht vorstellen.

Aus den Äuglein in dem purpurroten Gesichtchen quellen sofort kleine Tränen. Meine Güte, das arme Ding muss ja schwerwiegende Probleme haben! Vielleicht sollte sie sich mal lieber einen Psychiater suchen statt ihre Zeit hier bei den WW zu vergeuden.

»Äh ... nein ...«, stammelt das Mädchen weiter. »Ich hab so eine Speckrolle am Bauch und will sechs Kilo abnehmen, damit die weggeht.«

Hui, die ist ja richtig redselig! Ich schaue sie misstrauisch an. »Wo hast DU denn bitte schön eine Speckrolle?«, kann ich mir nicht verkneifen zu sagen.

Sie zieht doch wirklich und wahrhaftig ihr T-Shirt hoch und kneift sich mit der anderen Hand in den Bauch: »Hier! Und hier!«

Ich kann ja kaum glauben, was ich sehe. »Mäuschen, das ist HAUT!«, belehre ich sie. »Die geht nicht weg, wenn du abnimmst!« Sie schluckt und reibt wieder ihre Hände an den Beinen. Die Arme, die ist ja völlig überfordert.

»Doch«, behauptet sie starrsinnig, »das ist Fett!«

Diese stumpfe Diskussion will ich mir nicht weiter geben, deshalb sage ich nur gekränkt: »Na, wenn du meinst!« und sehe wieder nach vorne, wo Miss World sich von einem einem etwas dicklichen Mann Mitte vierzig aus dem Kurs anbaggern lassen muss. Er will auf Teufel komm raus mit ihr flirten, und sie geht genauso strikt *nicht* darauf ein. Leicht macht er ihr es aber nicht. Na ja, Schönheit kann eben auch ein Fluch sein.

»Spieglein, Spieglein an der Wand – wer ist die Dickste im ganzen Land?«, denke ich. »Meine Königin, Ihr seid es hier, und nirgendwo gibt es ein Wesen, das so dick ist wie Ihr!«, antwortet der Spiegel wahrheitsgetreu.

Tatsächlich bin ich offensichtlich die Dickste hier in der Gruppe. Okay, ich weiß ja, dass ich ein Figurproblem habe – aber das hätte ich nun nicht erwartet.

Diese Menschen hier sehen genauso aus, wie die lachenden, fröhlichen, gut gelaunten, Äpfel essenden Hausfrauen mit den reichen Männern zu Hause, den Kindern im Reitverein und den Diamanten an den Fingern, wie sie in der WW-Werbung gezeigt werden. Und ich mittendrin! Wie soll das bloß weitergehen? Werde ich auch so, wenn ich erfolgreich abnehme? Obwohl, dumm, dünn und glücklich zu sein ist bestimmt auch mal ganz schön, versuche ich mir das Ganze schmackhaft zu machen. Dann merkt man nämlich nicht mehr, wie angepasst man in Wirklichkeit ist. Ähnlich wie bei den *Frauen von Stepford* schweifen meine Gedanken weiter ab. Im Moment bin ich noch die durchgeknallte Bette Midler, aber bald, bald, werde ich eine von ihnen sein. Noch kann ich einfach abspringen – das Boot verlassen, einfach nicht mitfahren. Ich schiele nach der Ausgangstür.

Als könnte sie meine Gedanken lesen, hält mir Kursleiterin Jasmin genau in diesem Moment das Anmeldeformular vor die Nase.

»So, dann bitte hier unterschreiben«, flötet sie und lächelt mich an. Dann zwinkert sie mir noch zu. »Und, soll ich Ihnen mal ein Geheimnis verraten?«

Ich spitze die Ohren. Was will diese Hammer-Frau mir erzählen? Dass sie mit George Clooney geschlafen hat, und er nicht so toll war, wie alle glauben? Dass sie ebenfalls einen Heiratsantrag von Brad Pitt abgelehnt hat, wie auch Angelina Jolie schon kurz vor ihr? Ich bin sehr gespannt und nicke aufmunternd.

»Ich hatte nach meinen beiden Schwangerschaften auch viel zu viel drauf«, verrät mir die Leiterin in vertraulichem Ton und fährt dann mit leiser Stimme fort: »Zum Schluss wog ich siebzig Kilo!«

Das darf doch alles nicht wahr sein! Ich zwinge mich zu einem Lächeln, bringe ein gequältes »Aha« hervor und nehme mir fest vor, jemanden zu engagieren, der ihr im Dunkeln mal ordentlich eins auf die Fresse gibt. Für so eine unsensible Aussage gehörte sie einfach verkloppt. Vielleicht macht sie aber auch mit dem Mäuschen gemeinsame Sache, damit ich mich noch schwerer und fetter fühle und auf jeden Fall dabeibleibe. Wie auch immer, es wirkt.

Ich unterschreibe das Abo für drei Monate, schwöre hoch und heilig, mich an die Fit-Formeln zu halten, kaufe sämtliche Produkte, die dort angeboten werden, vom Weingummidrop für 0,0002 Points bis zur Spargelsoße für drei Points und dem Kochbuch für zehn Euro, und trage in meinen Planer gleich für nächsten Dienstag wieder ein »20 Uhr WW«.

Spieglein, Spieglein, an der Wand …

20

Während Jonas noch in meinem Bett lag und vielleicht von mir träumte, saß ich im staubigen Studio. Die Sonne schien schon trotz der frühen Morgenstunden durch die Jalousien und blendete mich, die Musik lief – natürlich in Automatik –, und ich versuchte, mich nebenbei etwas auszuruhen.

Es ging nicht. Mein Bauch kribbelte, ich war hellwach, obwohl ich keine Minute geschlafen hatte. Mein Dauergrinsen war ausnahmsweise nicht angeknipst, sondern ehrlich gemeint, und als ich den Hamburgern um 6.55 Uhr einen »Schönen guten Morgen« wünschte, war es für mich der schönste gute Morgen, den ich je in diesem gottverdammten Studio verbringen musste.

Die Nacht mit Jonas war traumhaft und wunderschön gewesen, wir würden uns nachher wiedersehen und genau dort weitermachen, wo wir heute Morgen aufgehört hatten. Ich war verliebt! Ich war glücklich! Und ich hatte jemanden gefunden, der mich auch mochte!

Den Großteil der Sendung verbrachte ich damit, Tagebuch zu schreiben, meine Erlebnisse per SMS Mona mitzuteilen, die trotz der frühen Stunde begeistert zurückschrieb, und *MTV* zu gucken – dafür musste ich allerdings die laufende Musik im Studio leise stellen. Aber mal ehrlich, wer wollte schon Achtziger hören, wenn auf *MTV* Justin Timberlake lief?

Als kurz nach elf das Studiotelefon klingelte, ging ich gut gelaunt ran – hatte ich doch für diverse Stunden den Bezug zur Realität verloren.

»Was ist denn los?«, holte mich eine bärbeißige Stimme zurück auf den Boden der Tatsachen.

Ich war total verdattert, suchte die Fernbedienung, drückte den Ton des Fernsehers aus, nahm dabei nur nebenbei wahr, dass die Sendermusik auch aus war, und fragte: »Häh?«

»Du fährst ein Loch!«, schnauzte es weiter, und ich erkannte unseren Technikchef. Den heiligen Harald, den Herrscher über Pulte, Computer und Sendesystem.

»Oh!«, entfuhr es mir.

Ich warf den Hörer zur Seite, checkte das System, das aus irgendwelchen Gründen stehen geblieben war, gab alles ein, was nötig war, drückte »Start« und siehe da, Madonna quäkte los, alles war wieder gut. Meinte ich zumindest.

Ich griff nach dem Hörer. »Alles wieder okay, Harald!«

»Was heißt'n hier okay?«, blaffte der. »Du hast 'n Dreißig-Sekunden-Loch gefahren!«

Huch, da konnte ich ja froh sein, dass es nicht noch länger gewesen war! Bei der Lautstärke von Mr. Timberlake hätte ich wohl ewig nichts mitgekriegt.

»Was hast du denn gemacht?«, wollte Schnauzbert wissen.

»Hab *MTV* geguckt und den Ton hier abgedreht«, rutschte es mir raus. Nein! Mein innerer Homer Simpson hieb sich vor den Kopf.

Warum konnte ich nicht wenigstens eine kleine Frauen-Menstruations-Beschwerden-Geschichte erfinden oder sagen, dass ich mir gerade in der Küche einen Kaffee geholt, aber natürlich gehört hatte, dass das System aus war, et cetera … Es hätte so viele Möglichkeiten gegeben – aber ich Trottel musste mich ja für die Wahrheit entscheiden.

»Na ja, das musst du ja wissen«, brummelte Harald und legte auf.

Mir wurde heiß und kalt. Verdammt. Verdammt, verdammt. Na, da konnte ich mich ja auf was gefasst machen … Aber erst mal wollte ich mein Wochenende genießen – vielmehr: *unser* Wochenende genießen.

Als ich mittags nach Hause kam, hatte Jonas den Frühstückstisch gedeckt, gelüftet und das Bett gemacht. »Hallo, mein Herz«, sagte er und gab mir den schönsten, längsten, erotischsten Begrüßungskuss meines Lebens.

Den Anschiss vom Chef gab es prompt am Montag.

»Frau Sonnenberg, was FÄLLT Ihnen eigentlich ein?«, donnerte mir Thor persönlich die Ohren voll.

Herr Kaiser hatte eine stattliche Figur und erinnerte mich immer irgendwie an Triton, den Meeresgott aus *Arielle, die Meerjungfrau;* allerdings hatte er einen Anzug an und keinen Dreizack in der Hand. Dadurch wirkte er aber nicht weniger autoritär. Und ein ähnliches Organ wie der Meeresgott hatte er auch. Wenn der einen zusammenfaltete, war man aber GANZ klein. Ich rutschte immer weiter in den tiefen schwarzen Ledersessel.

»Wissen Sie nicht, dass Sie hier eine VERANTWORTUNG tragen? Dass wir HÖRER haben, die ihnen ZUHÖREN wollen, die unsere MUSIK HÖREN wollen! Wenn Sie lieber *MTV* gucken, dann müssen sie sich DA bewerben! Ich kann Ihnen das kaum noch durchgehen lassen. Das SYSTEM ausfallen zu lassen und es nicht mal zu MERKEN!« Er warf beide Arme nach oben, dann seufzte er tief und beruhigte sich etwas.

Ich fing vorsichtshalber an zu weinen.

»Und SPAREN Sie sich Ihre Tränen, das BRINGT bei mir nichts!«, brüllte er.

Ich konnte drauf wetten, dass die ganze Redaktion mitbekam, was hier los war. Ich schluckte mühsam, mein Hals war trocken, und ich konnte nun wirklich nicht mehr aufhören zu weinen. In beiden Wochenendnächten hatte ich kaum mehr geschlafen als in der Woche zuvor. Auch wenn der Grund für die durchwachten Nächte nun durchaus ein positiver war – ich hatte immerhin Muskelkater vom Sex –, meine Nerven lagen blank. Und ich wollte meinen Job nicht verlieren.

Ich schluchzte. »Aber, Herr Kaiser«, schluchz, »das waren doch nur dreißig Sekunden, und wir haben doch samstags nicht so viele Hörer«, versuchte ich mich zu rechtfertigen. Im selben Moment wusste ich jedoch, dass das schwachsinnig war. Und schon bekam ich es auch zu hören:

»Frau Sonnenberg, Ihre Einstellung stimmt einfach nicht. Wer am Wochenende nicht alles gibt, wird wohl in der Woche keine Chance haben. Und ich dachte, Sie wollten in die Moderation?«

»Jaaa«, wimmerte ich. Aber Recht hatte er! Ich war ein Partyluder, und ich wollte es bleiben. Ich wollte nicht am Wochenende arbeiten, und vor allem nicht früh aufstehen!

Er seufzte wieder, und ich schluchzte. Ich kam mir vor wie mit zehn, als mein Vater mit mir Mathe üben sollte und es in einer Katastrophe – ähnlich dieser – endete. »Wie kann man nur so blöd sein?«, hatte mein Vater mich angeschrien. »Das ist ein ganz einfacher Dreisatz!«

Aber wir hatten in der Schule keinen Dreisatz gelernt, oder es hieß bei uns anders, was weiß ich? Ich konnte jedenfalls nichts mit dem anfangen, was mein Vater mir erklärte.

Kaiser und ich sahen uns an. Ich hatte das Gefühl, dass er mich eigentlich mochte; er wollte es vielleicht nur nicht so zeigen. Aber bei Konferenzen lachte er über meine Witze, fand meine Themenvorschläge gut und erzählte mir von seiner Frau. Gleichzeitig war er aber der Meinung, ich sei noch nicht »so weit«, einen festen Job als Moderatorin zu bekommen. Zumindest nicht bei ihm.

Jetzt ging es um alles. Gehen oder bleiben? Würde ich fliegen, oder gab er mir eine Chance, eine allerletzte? Ich wollte ihm zeigen, dass ich zuverlässig, dass ich teamfähig war, dass ich die Hörer respektierte und für sie da war, dass ich etwas konnte! Aber ich wollte nicht betteln – eher biss ich mir die Hand ab.

Er seufzte erneut.

»Es tut mir so leid!«, wimmerte ich. Jetzt war er vielleicht zu erweichen, denn er wirkte schon etwas milder. Von wegen, nicht betteln! So charakterstark war ich ja nun auch nicht, dass ich mich für diesen Job nicht etwas erniedrigen würde.

»Entschuldigen Sie sich nicht ständig, Frau Sonnenberg. Machen Sie einfach keine Fehler mehr.«

Mit diesen Worten und einem Nicken in Richtung Tür entließ er mich aus seinem Thronsaal, und ich wankte mit wackeligen Beinen in die Redaktion zurück. Nachdem ich auf meinen Stuhl geplumpst war – die teils neugierigen, teils mitleidigen Blicke der Kollegen ignorierend –, fiel mein Blick auf die Zeitungen, die ungeordnet auf meinem Tisch lagen. Da sprang mir eine Anzeige ins Auge.

21

»Frau Ahorn, wenn Sie die Hose noch in Größe sechsundvierzig anprobieren wollen – ich hab sie Ihnen hier hingelegt!«, zwitschert die Verkäuferin im Bekleidungsgeschäft für »Starke Frauen« und reißt den rosagelb gestreiften Vorhang der Umkleidekabine zur Seite.

Panisch greife ich danach und ziehe ihn wieder zurück an Ort und Stelle, um nicht in Unterwäsche vor ihr und zwei weiteren Kundinnen zu stehen. Daraufhin liefere ich mir mit der Beraterin ein kurzes Handgemenge, in dem wir beide an dem Sichtschutz reißen, bis ich schließlich gewinne und ihr die Hose einfach am Vorhang vorbei aus der Hand grabsche.

»Äh, die hier können Sie auch wieder mitnehmen, die war etwas zu … äh …«, murmele ich und strecke ihr meinerseits die Hose in Größe vierundvierzig entgegen.

Zwei Hosen, einen Rock und drei BHs habe ich schon anprobiert, und mittlerweile bin ich erschöpft wie nach einer Stunde Aerobic. Hochrot im Gesicht, schwitzend und mit den Nerven am Ende versuche ich, nicht in den Spiegel der Kabine zu sehen. Trotzdem führt kein Weg daran vorbei. Größe achtunddreißig/vierzig ist bei mir zum schönen Märchen geworden, da heißt es: »Es war einmal …«

Ich seufze und betrachte selbstmitleidig meinen Bauch, meine Hüften und Beine, und schließlich dann doch ein bisschen stolz meinen Busen. Obwohl ich Maja nicht stille, hat er sich seit der Geburt noch nicht zurückgebildet. 80D ist immerhin ein Lichtblick bei meiner Üppigkeit – nicht vorzustellen, wenn ich dick wäre und nicht mal die passende Oberweite hätte.

Trotz der Abnahme von zwei Kilo in zwei Wochen bei den Weightwatchers, was schon ganz gut ist, bin ich noch weit von meinem Wunschgewicht entfernt, mag aber fast drei Monate nach Majas Geburt auch nicht mehr meine Umstandsklamotten tragen, sprich: Neue Sachen braucht das Land! In diesem Falle: ich. Nachdem ich gestern in Tränen aufgelöst von einem Ausflug zu H&M nach Hause gekommen bin, hat Jonas vorsichtig gefragt, ob ich nicht doch mal lieber in einem Geschäft für »größere Größen« gucken wolle. Ich habe den ganzen Abend kein Wort mehr mit ihm gesprochen – was für eine Frechheit von ihm, daran auch nur zu denken! Natürlich würde ich niemals in meinem Leben einen Fuß über Ulla Popkens Schwelle setzen, oder mir in »Monis Mode für die füllige Frau« ein bunt geblümtes wallendes Kleid kaufen! Nur über meine Leiche!

Allerdings hatte sich meine Suche nach einer Hose und einem Rock bei H&M als völliger Reinfall entpuppt. Eine der Sechzehnjährigen, die dort arbeiten, hatte sehr komisch geguckt, als ich ihr ein bestimmtes T-Shirt in XS vor die Nase gehalten und gefragt hatte, ob sie das wohl auch in meiner Größe hätten. Nachdem sie mich lange anstarrte, ohne etwas zu sagen, wiederholte ich meine Frage. Schließlich antwortete sie: »Da muss ich erst mal meine Chefin fragen«, dann rannte sie davon. Fünf Minuten später kam sie flüsternd mit ihrer höchstens achtzehnjährigen Kollegin im Schlepptau zurück, die sich als Filialleiterin herausstellte und mir bedauernd erklärte, die H&M-Mode sei wohl nicht ganz auf mich zugeschnitten, ich könnte aber gerne in der Schwangerschaftsabteilung etwas anprobieren, sie hätten dort auch schöne Sachen. Und falls mein Kind dann da wäre, könnte ich gerne wiederkommen und für das Kleine etwas kaufen.

Tief geknickt fuhr ich mit der S-Bahn nach Hause und heulte mich bei Jonas aus, der extra früher von der Arbeit nach Hause gekommen war und Maja gehütet hatte, damit ich in die Stadt konnte.

Heute Morgen hatte ich dann gedacht: »Scheiß doch drauf!« und mich der Wahrheit gestellt, die da lautete: Na und, ich bin moppelig und werde es noch eine Weile bleiben! Also lieber etwas zum Anziehen haben als ewig in Umstandssachen herumzulaufen. Nur erzählen werde ich es natürlich niemandem, dass ich hier ausnahmsweise etwas kaufe.

Schon als ich das angenehm duftende Geschäft in der Hamburger Innenstadt betrat, kam ich mir vor wie in einer anderen Welt; einer Welt, in der mollige Menschen respektvoll statt herablassend behandelt werden. Bis auf die Tatsache, dass die Verkäuferin ständig meinen Kabinenvorhang aufreißt – das ist natürlich nicht so sonderlich respektvoll.

Nun habe ich mich also mit meinem Schicksal abgefunden und eine Jeans und ein paar Röcke in Größe sechsundvierzig angezogen. Und ich muss zugeben, dass diese Hose hier wirklich eine gute Figur macht, und auch das grau-weiße T-Shirt dazu sieht überhaupt nicht schlecht aus. Zumindest sind es keine Schwangerschaftssachen, und sie sitzen gut, damit kann oder muss ich mich fürs nächste halbe Jahr zufriedengeben. Als ich alles wieder ausgezogen habe und nur in Unterwäsche in der Umkleide stehe, bücke ich mich, um meine Sachen auf dem Boden zu ordnen und meine stretchige Umstandshose aufzuheben. Riiiitsch, wird hinter mir, diesmal wirklich dreist und rücksichtslos, der Vorhang aufgerissen.

Wütend fahre ich herum und fange mit: »Was fällt Ihnen eigentlich ein?!« einen saftigen Anschiss an, der an die Verkäuferin gerichtet ist, die ja wohl schon die ganze Zeit versucht, mich bloßzustellen. Vor mir steht aber, erschreckt dreinschauend wie das Kaninchen vor der Schlange, mein ehemaliger Chef, Herr Kaiser.

Ich starre ihn entsetzt an – und er starrt genauso entsetzt zurück. Erst nach wenigen Sekunden, in denen sich niemand von uns rührt, reiße ich den Vorhang wieder zu, halte die Luft an und versuche, mich zu verstecken. Natürlich hat er mich gesehen, die Frage ist nur, ob er mich erkannt hat. Schließlich hat er mich damals bei *Hanseradio* ja nicht unbedingt immer in Unterwäsche gesehen und dünner war ich auch. Zu spät, jetzt höre ich seine Stimme. Er räuspert sich.

»Entschuldigen Sie bitte, Frau Sonnenberg!«

»Ich heiße Ahorn!«, rufe ich und hoffe, dass er jetzt einfach weggeht. Geh doch, denke ich und schicke ein Stoßgebet ans Universum: Bitte mach, dass er weggeht!!

Mein Gebet wird prompt erhört, eine Frauenstimme ruft: »Norbert, guckst du mal?«, und ich höre, wie Kaisers Schritte sich auf dem weichen roten Teppich schnell ein wenig entfernen. Er scheint aber noch im Laden zu sein und einer Frau – vermutlich seiner eigenen – bei der Auswahl eines Kleides für eine Hochzeit zu helfen. So viel kann ich von hier hören.

Langsam lasse ich die Luft aus mir entweichen wie aus einem Ballon und sinke zitternd auf den kleinen Schemel, der in der Unkleidekabine in der Ecke steht. Auch das noch: Ich gehe das erste und einzige Mal in meinem Leben in einem Dicke-Leute-Laden einkaufen, und wer sieht mich dort, auch noch in Unterwäsche? Mein Exchef, Herr Kaiser. Nee, is klar.

Hoffentlich ist seine Frau bald fertig, und ich kann hier raus. Wollte mich ja nicht den ganzen Tag bei Ulla Popken in der Kabine verstecken! Einerseits könnte ich mich nun einfach anziehen und rausmarschieren, andererseits habe ich keine Lust, Herrn Kaiser und seiner Gattin noch mal über den Weg zu laufen. Anziehen ist an sich schon mal eine gute Idee, also schlüpfe ich in meine ausgeleierte Umstandsleggings, werfe mir T-Shirt und Strickjacke über und warte auf eine günstige Gelegenheit, die Anprobe unbemerkt zu verlassen.

Frau Kaiser kann sich nun aber anscheinend überhaupt nicht zwischen einem schwarz-weißen Ensemble aus Rock und Bluse und einem langen, weich wallenden Kleid in schreiend Pink entscheiden. Beide Stücke probiert sie ellenlang an, und zwar in der Kabine neben mir. Ihr Norbert, also mein Herr Kaiser, steht direkt davor und weiß, dass ich mich hier drin verstecke. Ich sehe seine Schuhspitzen, und er unterhält sich mit seiner Frau, als diese anscheinend stolz den ersten Fummel präsentiert.

»Oh, das sieht aber wirklich schön aus!« Herr Kaiser hört sich begeistert an. Ich bin so ungeheuer neugierig, was seine Frau da präsentiert, dass ich kurz überlege, mich hinzuknien und unter dem Vorhang durchzugucken … Es muss ja niemand merken. Nur ganz kurz. Zum Glück bin ich wenigstens nicht mehr halbnackt. Ich knie mich also umständlich auf den Boden der Umkleidekabine, lege den Kopf auf den zugegebenermaßen etwas speckigen Teppich und schiele in den Gang mit den Spiegeln. Frau Kaiser trägt das schwarzweiße Kostüm, und tatsächlich, es sieht richtig schick aus.

»Frau Ahorn, kann ich noch etwas für Sie tun, brauchen Sie Hilfe?«, höre ich jetzt die Stimme der Verkäuferin. Ich rappele mich erschrocken auf, bevor die Dame wieder den Vorhang zur Seite zieht und stammele:

»Nein, nein … äh, danke, mir ist nur nicht besonders gut, ich dachte, ich setze mich mal einen Moment hin!«

Herr Kaiser lacht. Seine Frau auch. Ich weiß nicht, ob sie über mich lachen oder sich nur kurz einen Witz erzählt haben, jedenfalls habe ich weiterhin keine Lust, ihnen zu begegnen, anderseits will ich auch nicht mehr hier in der Kabine darauf warten, dass sie endlich den Laden verlassen.

Fieberhaft überlege ich, wie ich mit der Situation umgehen soll, als das Grübeln von selbst ein Ende findet.

Die Verkäuferin zieht nun doch schlichtweg den Vorhang auf, hält mir ein Glas Wasser entgegen und sagt: »So, bitte schön, vielleicht hilft Ihnen das.« Damit lässt sie die Kabine einfach offen stehen und mich auf dem Hocker sitzen.

Erschrocken halte ich wieder die Luft an, aber Herr und Frau Kaiser scheinen sich nicht die Bohne für mich zu interessieren. Die beiden sind vor dem großen Spiegel im Laden in die Kleideranprobe vertieft, zumindest Frau Kaiser, während ihr Mann aufmunternde Kommentare von sich gibt. Jetzt erst kann ich sie mir näher ansehen und stelle fest, dass sie zwar auch etwas mehr auf den Hüften hat, aber eine sehr hübsche Frau Mitte fünfzig ist. Das pinkfarbene Kleid steht ihr viel besser als das schwarz-weiße Kostüm, also sage ich es ihr kurzerhand:

»Ich würde dieses Kleid nehmen, es betont Ihre schöne Hautfarbe!«

Frau Kaiser schaut auf, sieht mich in der Anprobe auf dem Hocker sitzen und guckt etwas irritiert. Ich stehe auf, gehe mit meinem Glas Wasser in der linken Hand auf sie zu, strecke ihr die rechte entgegen und sage: »Hallo, Frau Kaiser, freut mich, Sie kennenzulernen. Ich bin Sophie Ahorn und habe mal als Volontärin bei *Hanseradio* gearbeitet.«

»Oh, sehr erfreut«, antwortet sie lächelnd, und auch Herr Kaiser guckt amüsiert.

»Na, Frau Ahorn, geht es Ihnen besser? Entschuldigen Sie bitte, ich war so überrascht, da hatte ich vorhin Ihren neuen Namen vergessen«, erklärt er.

Von meiner Hinteransicht in der weißen Unterbüx ist keine Rede, und ich will hoffen, dass er nie wieder daran denkt.

Jetzt will ich aber nach Hause.

Meine neue Jeans, das Shirt und den BH trage ich zur Kasse, bezahle und verlasse hoch erhobenen Hauptes den Laden. Als ich auf die Straße trete, hole ich sofort mein Handy aus der Tasche und erzähle Jonas, noch schamrot im Gesicht, was gerade passiert ist. Er lacht so dermaßen, dass ich nicht anders kann als mitzulachen.

Auf dem gesamten Weg zur S-Bahn und auch auf dem Weg nach Hause kriege ich immer wieder halbe Erstickungsanfälle, weil ich versuche, mein Lachen zu unterdrücken.

Zu Hause werfe ich meine Ulla-Popken-Tüte in den Flur, treffe Jonas und Maja in der Küche an, nehme meine Maus auf den Arm, und mein Mann prustet los.

»Erzähl's mir noch mal, bitte!«

Also gebe ich noch mal zum Besten, wie ich Herrn Kaiser meinen Po entgegengestreckt habe, und wir können gar nicht mehr aufhören zu lachen. Maja, die begreift, dass irgendwas wirklich Urkomisches passiert sein muss, grinst und gluckst ebenfalls, darüber freue ich mich so, dass ich aus dem Lachen gar nicht mehr herauskomme.

Es ist einfach so egal, welche Größe ich habe oder wie ich aussehe, oder ob mein Exchef mich halbnackt gesehen hat (na gut, das ist nicht ganz so egal), aber es geht mir gut, wir sind gesund, und ich habe eine süße, tolle Tochter und einen wundervollen Mann, der mich liebt.

Alles andere ist einfach nicht wichtig.

22

Abends erzählte ich Jonas von dem Gespräch mit meinem Chef. Nach seinem Feierabend kochte ich für uns Lasagne, und während der Ofen Wärme und einen köstlichen Duft verbreitete, saßen wir am Küchentisch, rauchten und tranken Wein.

Er murmelte: »O je« und »Ach, wie blöd« und Ähnliches, und ich fühlte mich absolut bestätigt, dass er der »Richtige« für mich war.

Zumindest einer der Richtigen, denn auf jeden Menschen kommen weltweit fünfzigtausend potenzielle Partner, hatte er mir an unserem Liebeswochenende erzählt. Nicht gerade romantisch. Aber gut, dass ich da gerade ihn kennengelernt hatte. Realistisch, wie er war, musste ich mir allerdings jetzt auch seine Sicht der Dinge anhören. Zu meinem Leidwesen fand er, dass Herr Kaiser nicht ganz Unrecht hatte. Klar war ich im Moment etwas durcheinander und vielleicht, das hatte Jonas ganz vorsichtig angesprochen, auch etwas leichtsinnig. Aber das würde ich ändern – ich wusste auch schon wie. Frei nach dem Motto: neuer Job, neues Glück! Wenn sich mein Liebesleben schon so dramatisch zum Guten gewendet hatte, würde es mir vielleicht guttun, wenn ich mir einen Job suchte, der etwas mehr zu mir und meinen Schlafgewohnheiten passte.

Im *Hamburger Abendblatt* war mir eine Stellenanzeige ins Auge gestochen, in der eine neue Hamburger Nachrichtenagentur für Fernsehen junge Redakteure suchte, die Lust hätten, den Laden mit aufzubauen und zu etablieren. Die erwähnten geregelten Arbeitszeiten dort würden mir vielleicht besser gefallen, als bei *Hanseradio* weiter die Frühschichten zu schieben. Zumindest konnte ich es mir ja mal ansehen. Nach dem Anschiss vom Kaiser hatte ich zunehmend das Gefühl, dass es einfach nicht verkehrt sein konnte, noch einen Trumpf im Ärmel zu haben. Auch Jonas fand die Idee gut und bestärkte mich, gleich am nächsten Tag dort anzurufen und mich telefonisch einmal vorzustellen.

Am Dienstag schlich ich mich also nach Ende meiner Frühschicht in eine Sprecherkabine, schaltete den Mikroregler auf *»on air«*, so dass draußen die rote Lampe leuchtete und mich niemand stören würde, und rief bei *Hamburg Aktuell* an. Meine schönste Radiostimme benutzend, fragte ich nach dem zuständigen Chef vom Dienst, und diesen dann nach kurzer Wartezeit, ob ich ihm meine Bewerbung schicken dürfe.

Ich versprach, ihm noch am selben Tag meine Unterlagen und Airchecks zu schicken – zum Glück gab es ja auch Aufnahmen von mir, in denen ich mich nicht verhaspelte und auch keine Löcher fuhr. Er würde sich dann ja wohl umgehend melden, so viel Selbstbewusstsein hatte ich zumindest, und außerdem ein gutes Gefühl, was diese Agentur betraf.

Jonas und ich sahen uns in dieser Woche jede freie Minute. So viele freie Minuten waren das allerdings nicht, da er immer bis mindestens einundzwanzig Uhr arbeiten musste, und ich wieder für eine Frühschichtwoche im Plan stand, deshalb mussten wir die Nächte ausgiebig nutzen.

Wir hatten den tollsten Sex der Welt, hörten *Die Drei Fragezeichen* zum Einschlafen, und pünktlich um vier Uhr morgens klingelte mein Wecker. Bis dahin genossen wir die Nähe des anderen, ohne uns dabei erdrückt zu fühlen.

Er hörte mir stundenlang zu, war lieb und aufmerksam, aber sparsam mit Komplimenten. Ich fand ihn toll.

Als wir eines Nachts eng umschlungen in meinem Bett

lagen, er hinter mir, ich eng an ihn geschmiegt, räusperte er sich.

»Duu?«, fragte er dann.

»Hmm«, grunzte ich, zu müde, um die Augen zu öffnen oder mich gar umzudrehen. Ich wollte nicht reden, ich wollte nicht denken. Ich wollte nur bei ihm sein, eins sein, nie mehr allein sein. Jonas holte Luft.

»Du bist meine Liebe, mein Leben, meine Zukunft und meine Hoffnung.«

Ich war baff. So was hatte mir ja noch niemand gesagt. Ich kuschelte mich an ihn und schlief dann glücklich ein. Mein Leben war perfekt …

Nicht ganz so perfekt wirkte sich meine Verliebtheit auf meine Arbeit aus. Ich war fix und fertig, völlig ausgelaugt, im Sender überhaupt nicht auf der Höhe. Als Freitag früh um vier mein Wecker klingelte, wälzte ich mich laut jammernd im Bett hin und her. »Ich will nicht, ich will nicht, ich will nicht. Ich WILL nicht!« Ich weiß, Dienst ist Dienst, und Schnaps ist Schnaps, aber ich hatte mich in der letzten Zeit wirklich super zusammengerissen. Jetzt war ich einfach nur todmüde. Allein wenn ich daran dachte, mich jetzt in mein Auto setzen zu müssen, wurde mir schwindelig. Ohne weiter darüber nachzudenken, rief ich mit verstellter, erkälteter Stimme in der Nachrichtenredaktion an und meldete mich krank. Das hatten ja schon etliche andere vor mir getan, also konnte das nicht so schwer sein. Mein pochendes schlechtes Gewissen schaltete ich stumm, es war mitten in der Nacht, und ich wollte schlafen. Also kuschelte ich mich wieder an Jonas und ließ mich von seinem leisen Schnarchen einlullen.

Als ich gegen halb zwölf mittags wach wurde, schien die Sonne ins Zimmer, und neben meinem Kopfkissen lag ein Zettel.

Guten Morgen, meine Schöne, ich wusste gar nicht, dass Du heute Spätschicht hast. Kann heute Abend leider nicht, weil ich Bandprobe habe. Melde mich später aber noch bei Dir, um Deine wunderbare Stimme zu hören. Schön, dass es Dich gibt! 1000 Küsse, Jonas.

Ich mummelte mich wieder unter meine Decke, begeistert, einen lieben Freund zu haben, der mir solche kleinen Nachrichten schrieb, und überlegte, was ich heute an meinem faulen Tag tun könnte. Da ich ja vermeintlich krank war, musste ich jedenfalls zu Hause bleiben, oder nicht? Vielleicht sollte ich mal meine Bude aufräumen, überlegte ich, die hatte es bitter nötig. Ich setzte also Kaffee auf, duschte, zog mich an und fing an, schmutzige Wäschestücke zusammenzusuchen, die sich überall in der ganzen Woche auf meinen sechsunddreißig Quadratmetern verteilt hatten. Mitten in meinem Hausarbeitswahn klingelte das Telefon.

Mona rief an, um zu fragen, wie es mir ginge. Ich blieb bei einer Halbwahrheit und erklärte, dass ich mich nur mal hatte ausschlafen müssen, um wieder fit zu werden. Dann fing sie an zu weinen.

»Ich hab mit Daniel Schluss gemacht!«

»Was? Wann? Warum? Erzähl …«

Die Worte sprudelten nur so aus ihr heraus. »Er war eben einfach nicht der Richtige, es passte nicht mit uns, er ist ein totaler Idiot! Ich glaube …«, sie schluchzte laut, »ich bin nur mit ihm zusammengeblieben, weil du so wenig Zeit für mich hattest!« Sie weinte wieder.

Es tat mir so leid, und ich schämte mich furchtbar. Natürlich hatte ich viel Zeit mit Jonas verbracht, dachte aber auch, dass Mona mit Daniel einigermaßen glücklich sei, zumindest hatte sie das ja immer behauptet. In den zehn Jahren, die wir uns kannten, hatte unsere Freundschaft schon so einige Höhen und Tiefen erlebt, aber sie war noch nie so traurig meinetwegen gewesen. Ich hätte sie am liebsten in den Arm genommen und sagte ihr, wie sehr ich das alles bedauerte. Sie fing an zu erzählen, als würde ein Damm brechen, da erst fiel mir auf, dass wir lange nicht mehr so ausgiebig gequatscht hatten, und ich auch lange nicht mehr diese Nähe zu ihr gehabt hatte.

Ich hörte ihr aufmerksam zu, suchte die richtigen Worte, fand sie offenbar auch, denn Mona hörte bald auf zu weinen, und nachdem sie mir anderthalb Stunden alles vom »Oberarsch Daniel«, der sie ständig versetzte, erzählt hatte, konnte sie auch schon wieder lachen. Weitere zwei Stunden später hatten wir außerdem ausgemacht, heute zur Party eines Freundes von Mona zu gehen, der seinen Dreißigsten feierte. Über einen Mangel an Partys konnten wir uns im Moment wirklich nicht beklagen, jedes Wochenende feierte nun jemand seinen dreißigsten Geburtstag. Ich blieb zum Glück noch anderthalb Jahre davon verschont, fürchtete meinen eigenen Dreißigsten aber schon wie der Teufel das Weihwasser.

Mit dreißig ist man alt, hatte ich früher gedacht. Hilfe, ich bin dreißig, bitte helfen Sie mir über die Straße – jetzt war ich achtundzwanzig und hatte noch anderthalb Jahre Gnadenfrist. Um Jan, den ich auch flüchtig kannte, meine Anteilnahme auszudrücken, ihm zu zeigen, dass er nicht alleine war, und Mona zu signalisieren, dass ich als beste Freundin natürlich weiterhin bereit war, die Nächte mit ihr durchzufeiern, schmiss ich mich in ein hübsches Partyoutfit mit einem schwarzen Holderneckteil und machte mich, wie mit Mona verabredet, um halb zehn auf den Weg ins Schanzenviertel. Mona kannte Jan aus einer Werbeagentur, in der sie während ihres Studiums ein Praktikum gemacht hatte. Damals war Jan ebenfalls Praktikant gewesen, hatte sich aber in den letzten fünf Jahren bis zum Geschäftsführer hochgearbeitet – dementsprechend groß sollte auch die Party werden, die in der Agentur stattfand.

Wir trafen uns vorm Eingang Ecke Schulterblatt/Max-Brauer-Allee, dort tummelten sich schon viele unterschiedlich alte Menschen in Anzügen, Kleidern, aber auch normalen Klamotten. Das zweistöckige backsteinrote Gebäude war von weißem Kies umgeben und wurde von hin und her schwenkenden Scheinwerfern angestrahlt. Es machte schon ordentlich was her, fanden wir. Für Anfang April war es jetzt auch wieder recht warm, so dass ich nur eine dünne Jacke dabeihatte und offene Schuhe trug. Mona umarmte zu unserer Linken und Rechten irgendwelche Leute, die ich nicht kannte, wir rauchten und standen eine Weile rum. Kurz hatte ich überlegt, ob hier wohl jemand aus dem Sender auftauchen würde, diesen Gedanken aber wieder verworfen. Hamburg ist groß, und die Mitarbeiter von *Hanseradio* besuchten nicht alle die gleichen Partys. Vermutlich würden heute eh alle noch in der Redaktion sitzen und Sekt trinken, wie es freitags üblich war, um das Wochenende einzuläuten.

In der Werbeagentur steuerten wir geradewegs auf Jan zu, der sehr enthusiastisch und anschaulich einer Menge Freunden erzählte, wie er der Tradition entsprechend mittags auf dem Rathausmarkt hatte »fegen« müssen, und gratulierten ihm zum Geburtstag. Woher der komische Brauch mit dem Fegen kam, wusste wohl niemand so genau, aber in Norddeutschland müssen Singles, früher nannte man sie »Junggesellen«, an ihrem dreißigsten Geburtstag vor dem Rathaus ihrer Stadt den Besen schwingen. Freunde und Verwandte sorgen für ausreichend Stroh, Kuhmist und/oder Konfetti, welches der arme Junggeselle, der vorher meistens schon ordentlich mit Kurzen abgefüllt wird, umständlich zusammenkehren muss. Das Ganze erschwert man ihm natürlich noch, indem man immer wieder neues Stroh, Kuhmist und/oder Konfetti auf den Marktplatz wirft. Erlösen kann ihn nur der Kuss einer Jungfrau – und die sucht man wohl in Hamburg zur heutigen Zeit vergeblich. Auch Jan war eine ganze Zeit lang nicht freigeküsst worden, erst nach drei Stunden hatten seine Freunde einer mitleidigen Passantin – einer Frau, die mit ihren zwei kleinen Kindern an der Alster Möwen füttern wollte – erlaubt, ihn auf die Wange zu knutschen. Dass sie offensichtlich keine Jungfrau mehr war, spielte nach drei Stunden Fegen und Trinken auch schon keine Rolle mehr. Nachdem er mit seiner Story fertig war, lag Mona ihm lange in den Armen – klar, er war ja immer noch betrunken, sie war wieder Single –, wer konnte es ihnen verdenken? Die Gruppe um das Geburtstagskind herum fing an sich zu zerstreuen, Mona und Jan hatten sich lange nicht gesehen und sich erst mal einiges zu erzählen, und ich checkte die Location. Die gesamte zweistöckige Agentur war als Party-Area eingerichtet, es gab zwei Dancefloors, einige Bars und viele loungige Sitzecken. In der Mitte führte eine breite Treppe nach oben, dort waren, wie ich an der langen Schlange von Frauen erkennen konnte, auch die Toiletten. Hip-Hop-Beats dröhnten durch die Räume, oben wurde, soweit ich wusste, eher Soul und Funk gespielt. So weit das Auge reichte, waren die Partygäste mit Getränken, guter Laune und gut sitzenden Outfits ausgestattet, und der Laden füllte sich weiter, ohne dass ich ein bekanntes Gesicht hätte ausmachen können.

Jan wurde schließlich von Freunden weggezerrt, so dass er von Mona ablassen musste, und ich war froh, wieder eine Ansprechpartnerin zu haben.

»Wollen wir uns mal was zu trinken holen?«, fragte ich, und wir begaben uns zu einer der Theken. Mona antwortete nicht, war ja auch eine rhetorische Frage gewesen.

Ich wartete gerade auf meinen Sekt auf Eis, als mir jemand

auf die Schulter tippte. Auf einen kleinen Flirt eingestellt, drehte ich mich lächelnd um – und fuhr erschrocken zusammen.

Tom, mein Wortchef, stand mit David, einem Nachrichtenredakteur, direkt hinter mir und funkelte mich grimmig an. »Was soll das?« fragte er schon recht ungehalten, bevor ich überhaupt Luft holen konnte, um Hallo zu sagen.

»Ich denke, du bist krank! Da kannst du doch nicht hier auf der Party rumtanzen! Wir waren heute total unterbesetzt, ich musste 'ne Doppelschicht schieben, hast du in deinem kleinen Hirn eigentlich auch mal an uns gedacht?«

Ach, du Elend! Damit hatte ich ja nun gar nicht gerechnet. Mir wurde schlagartig schlecht vor Schreck. Was war das bloß für eine Schnapsidee gewesen, heute mit Mona feiern zu gehen?

»Ähm … ich tanz ja hier gar nicht rum«, versuchte ich mich irgendwie aus der Affäre zu ziehen, einen genauen Plan hatte ich aber nicht. Und Tom machte nicht den Eindruck, als hätte er vor, mir irgendwie entgegenzukommen.

»Jan ist ein guter Freund von mir,« versuchte ich es noch mal. »Ich musste einfach kurz herkommen und will auch gleich wieder nach Hause.«

»Ja, wer's glaubt!«, meckerte Tom. Er sah so toll aus wie immer, war aber wütender, als ich ihn je erlebt hatte. Und ich war auch noch selber schuld.

»Hier, dein Sekt«, hörte ich da die Stimme des Barkeepers über die Musik hinweg. Ich legte ihm drei Euro hin und lächelte ihn nicht an, obwohl er mich freudig anstrahlte. Er konnte ja auch nicht ahnen, was sich hier gerade abspielte.

Toms Begleiter David quetschte sich neben mich und setzte noch einen oben drauf: »Find ich jetzt echt nicht besonders cool von dir, Sophie, weißt du?«

Jaja, ist ja gut, hab's kapiert. Tom betrachtete mich nur

weiter bitterböse. »Das wird noch ein Nachspiel haben, das kannst du mir glauben«, sagte er. Ich wollte nur noch weg. O nein, was hatte ich nur angerichtet!?

Geschockt schob ich mich durch die fröhlich tanzende Menschenmenge bis zum Rand des Raumes, wo ich mich mit weichen Knien an die Wand lehnte. Ich hätte heulen können! Meine ganze schöne Partystimmung war dahin, und Mona sah ich auch nirgends. Was würde Tom jetzt tun, vor allem, was *musste* er tun? David war ja Zeuge, und jetzt sah ich auch Sandra, Rike und Fabian aus der Redaktion. Die beiden verteilten gerade ein paar Bier unter den Kollegen, und – ich konnte es quasi von seinen Lippen ablesen – Tom erzählte ihnen, dass er mich, die vermeintlich Kranke, putzmunter und wohlauf getroffen hatte. Die Bestürzung auf den Gesichtern meiner Kollegen sprach für sich.

Ich musste hier schleunigst verschwinden, bevor es noch mehr böses Blut gab. Hoffentlich tratschte es Tom nicht dem Kaiser weiter … Vielleicht würden ja auch alle dichthalten und nicht petzen? Wenn ich wusste, dass sich jemand krankmeldete, der es eigentlich nicht war, behielt ich es jedenfalls für mich, solange es nicht zu häufig vorkam und ich nicht darunter zu leiden hatte. Da Tom aber meine Schicht hatte übernehmen müssen, hatte er alles Recht der Welt, sauer auf mich zu sein. Klar, dass er jetzt ein Fass aufmachte und die anderen noch auf seine Seite zog. Als Chef vom Dienst war er ja auch eine Art Autoritätsperson, keiner der anderen würde wagen, ihm zu widersprechen.

Mona kam auf mich zugehüpft, strahlte von einem Ohr zum anderen und schien sich blendend zu amüsieren.

»Da bist du ja«, schnauzte ich sie an, schnappte mir ihren Arm und zog sie hinter mir her Richtung Ausgang.

»Warum hast du mir denn nicht gesagt, dass Tom und die anderen auch herkommen?«, fuhr ich sie an, als wir draußen standen. Mona starrte mich verdutzt an, und ich erklärte ihr den Sachverhalt.

»Tom hat mich gesehen, ich hab 'nen Mega-Anschiss gekriegt, und er meinte, das wird ein Nachspiel haben!«, rief ich. Vor Aufregung und Verzweiflung fuhrwerkte ich in meinen Haaren herum, das hatte ich noch nie gemacht.

Mona zickte zurück; das liebe ich an ihr, dass wir uns angiften können, ohne uns hinterher böse zu sein.

»Bist du bescheuert? Hätte ich gewusst, dass die herkommen, hätte ich dich ja hier nicht hergeschleppt!«

Sie schien den Ernst der Lage genauso zu begreifen wie ich. Wir starrten beide vor uns hin.

Wahrscheinlich hatte einer der anderen auch von der Party gehört oder war sogar eingeladen gewesen, und so war eins zum anderen gekommen. Es nützte ja auch nichts, hier zu stehen und rumzulamentieren. Mona tat es leid, dass ich ihretwegen zu der Party gegangen war, mir tat es auch leid, aber Schuld hatte ich allein. Ich hätte ja nicht blaumachen müssen, dann wäre ja alles kein Problem gewesen, und ich könnte hier in Ruhe feiern.

Wir verabschiedeten uns, es war ja klar, dass ich jetzt nach Hause fuhr, und Mona blieb mit einem mulmigen Gefühl bei Jans Party und versuchte zu retten, was zu retten war, indem sie Tom und den anderen erzählte, dass ich eigentlich wirklich krank und nur ihretwegen mitgekommen war. Aber dass sie mich angeblich noch hatte überreden müssen, schien doch zu unglaubhaft für diejenigen, die mich kannten, so dass sie es bald wieder aufgab, mich zu verteidigen.

Ich fuhr direkt zu Jonas und erzählte ihm von der Misere. Ohne mit mir zu schimpfen, nahm er mich in den Arm und tröstete mich.

»Jeder macht mal Fehler, Süße«, sagte er, aber wir beide wussten, dass ich hier vielleicht einen Schritt zu weit gegangen war. Das Wochenende verging viel zu schnell, ich hatte fürchterliche Angst vor den Konsequenzen, die auf mich zukommen würden. Jonas kochte für mich, lud mich ins Kino ein, und wir sahen »Nur die Liebe zählt« – kurz, er tat alles, um mich aufzuheitern, aber mit jeder Minute, die verging, wurde mir mulmiger zumute.

Die Quittung für meinen Fehltritt bekam ich dann auch am Montag. Schon wieder Montag, schon wieder Angst vor einem Anschiss.

Um zwölf Uhr, pünktlich zu meiner Spätschicht, kam ich zur Arbeit, und alles war ruhig. Vor allem aber schwiegen die Kollegen, niemand sprach mit mir. Es herrschte Grabesstimmung. Mir war, als lauere etwas Böses, Gemeines, Dunkles hinter einem Busch, das nur darauf wartete hervorzubrechen und sich ein Opfer zu schnappen. Das Opfer war ich, so viel stand fest.

Und das böse Monster sprang brüllend hervor, als ich in mein persönliches Memo-Fach griff. »Frau Sophie Sonnenberg, im Hause«, stand mit der Maschine geschrieben auf dem weißen Umschlag mit dem Sender-Logo in der Ecke.

Aus den Augenwinkeln sah ich, dass die Kollegen mich beobachteten. Es redete immer noch keiner. In unserer sonst so lustigen, lebhaften Redaktion war es ganz still. Mona war in einem Meeting, so dass ich nicht mal kurz mit ihr sprechen konnte. Ich steckte den Brief ein und verdrückte mich aufs Klo. So ungut, wie meine Vorahnung war, wollte ich nicht, dass irgendjemand mitbekam, wie ich dieses offizielle Schreiben des Senders öffnete – vermutlich mein letztes, bis auf mein Zeugnis, das wohl noch kommen würde. Mit zitternden Fingern kramte ich mir eine Zigarette aus der Jackentasche, zündete sie an, zog den Rauch tief ein und fummelte den Brief auf.

… sehen wir uns gezwungen, das Beschäftigungsverhältnis mit Ihnen zum Ende des Monats aufzulösen. Für Ihre berufliche und private Zukunft … alles Gute …

So, jetzt hatte ich die Rechnung schwarz auf weiß. Die rosa Kachelwände des Klos verschwammen vor meinen Augen. Hatte ich das etwa Tom zu verdanken? Der hatte diese Woche Frühschicht und war schon weg, ich konnte ihn also nicht mal fragen. Oder wie war Kaiser darauf gekommen, dass ich am Freitag putzmunter auf der Party gewesen war? Vielleicht hatte mich ein anderer verpetzt? Vielleicht eine fiese Kollegin, die sich beim Programmdirektor beliebt machen wollte?

Wahrscheinlich hatte ich mich auch mal wieder versprochen – ein Hamburger Senator wurde bei mir zum Minister, die Hauptstadt von Frankreich hieß Frankreich, und den Gesundheitskonzern Fresenius hatte ich einfach mal zu »Fresen« abgekürzt … (das war aber nur, weil die Kopie des Börsenberichtes so unleserlich war!). Aber waren das alles Gründe, mich zu feuern? Zusammen mit meiner Krankmeldung und dem Besuch einer Party am selben Tag: Ja.

Ich rauchte meine Zigarette zu Ende, zitterte noch ein bisschen vor mich hin, warf die Kippe aus dem Fenster und blinzelte aufsteigende Tränen weg. Zum Heulen war es zu spät, es ließ sich ja nun nichts mehr ändern. Vielleicht konnte ich den Kaiser dazu überreden, mir ein gutes Zeugnis auszustellen, dann konnte ich damit später wenigstens bei meinen Kindern und Enkeln angeben. »Guckt mal, eure Oma hat mal moderiert!«

Als ich dreimal tief durchgeatmet hatte und etwas ruhiger an meinen Platz zurückging, waren die Kollegen wieder etwas lebhafter geworden. Ich ignorierte neugierige Blicke und hoffte, dass Monas Meeting bald aus war, damit ich mit ihr Kaffee trinken und die Lage in Ruhe mit ihr besprechen konnte. Als sich die Tür des Konferenzraums öffnete, Lachen und Gesprächsfetzen ertönten, stürmte ich auf Mona zu und zog sie auf den Flur. »Notfall«, keuchte ich. Kurz darauf saßen wir im *Balzac*, unserem Lieblingscafé. Auf dem Weg dahin hatte ich nichts gesagt, hier im Café, unbeobachtet von Kollegen, konnte ich meinen Gefühlen endlich freien Lauf lassen und fing hemmungslos an zu heulen. Die Aushilfe sah mich mitleidig an. Mona auch.

»Das glaube ich einfach nicht!« Mona hielt den Löffel ihrer Latte Macciato bewegungslos in der Luft, gleich würde sie ihn fallen lassen.

»Doch. Hier!« Ich schniefte und gab ihr den Brief, in dem schwarz auf weiß meine fristlose Kündigung stand.

Sie stellte die typische Frage: »Und was willst du jetzt machen?«

»Hm, ich wüsste da schon was …« Ich holte schluchzend Luft und erzählte ihr von *Hamburg aktuell*. Bis jetzt hatte sich das noch nicht ergeben, und ich hatte ja auch nicht gewusst, dass diese Bewerbung für mich jetzt so wichtig werden würde. »Man sagt doch: Wenn irgendwo ein Fenster zufällt, öffnet sich eine Dachluke oder so ähnlich.«

Konnten wir jetzt nur hoffen, dass ich dort angenommen wurde, sonst hatte ich wirklich bald ein großes Problem. Ich versuchte, das mulmige »Scheiße, ich bin gerade gefeuert worden«-Gefühl zu unterdrücken und das Beste aus der Situation zu machen. Fristlos gekündigt hieß, dass ich noch die drei Wochen bis Ende des Monats arbeiten durfte und natürlich mein Gehalt für April noch bekam, danach musste ich zusehen, wie es weiterging. Eine Zusage von *Hamburg aktuell* hatte ich ja noch nicht, aber ich würde alles daransetzen, dass ich dort genommen wurde und einen Neustart hinlegen konnte.

Wir liefen zurück zum Sender, Mona hatte noch viel zu

tun, ich bereitete meine Abendschicht vor und drückte mir selbst die Daumen, dass ich von der Nachrichtenagentur bald eine Zusage bekam.

Jonas erzählte ich am Telefon von meiner Kündigung, er war nicht ganz so überrascht, wie ich erwartet hatte, tröstete mich aber dennoch angemessen, indem er vorschlug, nach der Arbeit etwas Schönes zu kochen und auf mich zu warten. Nach der Arbeit fuhr ich kurz in meiner Wohnung vorbei, um einen Blick in meinen Briefkasten zu werfen. Leer. Keine Antwort von *Hamburg aktuell.* Wäre ja auch zu schön gewesen.

Gegen halb zwölf Uhr nachts tauchte ich bei Jonas auf. Kaum hatte ich seine Wohnung im zweiten Stock erreicht, fiel ich ihm auch schon heulend in die Arme.

»Was machst du denn auch für Sachen?«, murmelte er und streichelte meinen Kopf. Ich heulte ohne Unterlass, die ganze Nacht. Er hielt mich fest, murmelte beruhigend auf mich ein und küsste mich. Unter Schluchzern und Seufzern schlief ich endlich frühmorgens ein. Als ich am Vormittag aufwachte, ins Bad ging und in den Spiegel sah, erschrak ich fast zu Tode: Durch das stundenlange Weinen waren meine Augen so zugeschwollen, dass sie kaum noch zu sehen waren, und die Tränenflüssigkeit hatte bei mir eine Art Neurodermitis ausgelöst, so dass ich mit roten, schuppigen und verquollenen Augen in den Sender musste. Mein Leben konnte kaum noch schlimmer werden.

23

Ui, Wahnsinn, heute startet unser NEMO-Kurs, ich bin ja schon so aufgeregt. Nach den Babykursen *Pekip* und *Delfi* ist NEMO in Hamburg der neueste Schrei. Wie ich im Internet recherchiert habe, steht die Abkürzung dabei für ***Na**türlichkeit, **E**rkenntnis, **M**ut und **O**ffenheit* und soll den Babys die individuelle Entwicklung im Einklang mit der Natur erleichtern. Das klingt toll, allerdings ist es, wie wohl bei allen anderen Babykursen auch, nicht ganz so leicht, einen Platz zu bekommen. Im Grunde hätte ich Maja schon anmelden müssen, bevor ich wusste, dass ich mal Kinder haben möchte. Nur dadurch, dass sich eine andere Mutter kurz vor meinem Anruf in der Elternschule abgemeldet hat, weil sie doch lieber zum Pekip geht, dürfen wir nun offiziell zum ersten Treffen des NEMO-Kurses antreten.

Maja ist inzwischen süße drei Monate alt, aber nicht ganz so aufgeregt wie ich, lässt sich widerstandslos anziehen und meckert auch nicht, als ich sie in die Tragetasche lege und die vier Stockwerke runterschleppe. Ich denke, das macht ihr auch Spaß, so durch die Luft geschwenkt zu werden, vielleicht ein bisschen wie Schiffschaukel für Babys.

Nachdem ich jetzt vier Kilo abgenommen habe und mich abends regelmäßig auf dem Stepper quäle, fühle ich mich wieder wohler in meiner Haut und will auch meiner Süßen etwas Gutes tun. Ein bisschen hege ich auch die Hoffnung, bei dem Kurs mal eine nette Mami kennenzulernen. Mona hatte sich ja geweigert, mit mir zusammen schwanger zu sein, hatte mir einen Vogel gezeigt und gelacht. Vor allem fehlt ihr ja immer noch der Mann zum Babyglück, also war mein Vorschlag tatsächlich etwas unrealistisch gewesen. Schade, denn so richtig kann einfach niemand außer einer Mutter verstehen, wie sich durch ein schreiendes oder lächelndes oder spuckendes Bündel von dreitausendzweihundertvierzig Gramm alles verändert. Und andere Muttis kenne ich eben nicht, so dass ich das jetzt mal ändern will.

Die zwei dicken rothaarigen Zwillingsmädchen von über uns reißen mich noch im Treppenhaus aus meinen Gedanken, trampeln an uns vorbei und grüßen mal wieder nicht – dafür stampfen sie noch ein bisschen lauter, als sie mich sehen, einfach nur so, um mich zu ärgern, weil ich mich mal bei der Mutter beschwert hatte, dass ihre dicken Mädchen immer so laut sind. Da war ich aber noch nicht schwanger.

Inzwischen weiß ich: Kinder sind so! Da kann man gar nichts machen. Und beschwer dich niemals über Kinder in deinem Haus, falls du vorhast, selber eins zu kriegen, denn du bekommst es vom Schicksal (und von den Nachbarn) doppelt und dreifach heimgezahlt!

Auch über Majas zarte, leise Schreie haben sich doch schon Nachbarn aus dem Nebenhaus beschwert, eine absolute Unverschämtheit, wie ich finde! Sie hatte eben Bauchschmerzen, das ist ganz normal in dem Alter. Jaaa, auch nachts um vier! Völlig normal! Sie haben wohl keine Kinder, wie??? Jetzt freue ich mich, endlich auch diesen Satz herausschmettern zu können!

»Du polterst später aber nicht so rum, nicht wahr, Süße?«, flüstere ich Maja zu, die mich anstrahlt und mit ihren kleinen dicken Ärmchen rudert. Das heißt: »Ja, Mama, ich mache alles, was du willst!« auf Majisch, und ich liebe sie abgöttisch dafür.

Weniger liebe ich die sieben Stufen in den Keller, die ich jetzt den schweren Kinderwagen hochziehen muss, ächz. Wer hat bloß Mehrfamilienhäuser erfunden?, grübele ich, und nicht ganz zum allerersten Mal macht sich der Wunsch nach einem Eigenheim mit Garten und Parkplatz vor der Tür in mir breit. Aber nein, igitt, wie spießig!, wehrt sich mein altes Ich und meckert lautstark mit mir. Ach, was heißt spießig, das sind wir durch Hochzeit und Kind ja eh längst, dann können wir auch gleich noch aufs Land ziehen, hält mein neues Ich dagegen, als ich Maja in ihrer Hartschale im Kinderwagen befestige und mir dabei an den Schnallen gleich zwei mal die Finger klemme. Bis zur Elternschule, wo der NEMO-Kurs stattfindet, ist es ungefähr einen Kilometer durch den Stadtpark, ich hoffe nach einem Blick nach draußen inbrünstig, dass es nicht anfängt zu regnen, weil ich auch nach zwölf Wochen noch nicht weiß, wie ich Regenverdeck und Kinderwagen sinnvoll miteinander in Einklang bringe, und schiebe los.

Nach zwanzig Minuten bin ich zum Glück trocken an der Elternschule angekommen, es ist zehn Uhr morgens (also nach alter Zeitrechnung noch mitten in der Nacht), und Maja ist beim Spaziergang doch glatt wieder eingeschlafen. Ich könnte jetzt einfach umdrehen und keine neuen Erfahrungen sammeln – entscheide mich aber dann doch dafür, mir den Kurs mal anzuschauen, und nehme meine Schlafmaus samt Tasche behutsam aus dem Wagen.

Komisch, bin ich ganz alleine hier? Oder wo sind die anderen Kinderwagen? Ich gehe hinein und befinde mich in einer Art Kindergarten, mit vielen bunten Zeichnungen an den Wänden, Kinderstühlen und kleinen Tischen – wie bei *Alice im Wunderland* fühle ich mich. Mein Baby schläft friedlich, und ich bin voller Erwartungen. Da ich nicht genau weiß, wo der Raum sein soll, folge ich einfach dem Babygeschrei, komme ans Ende eines Flures, wo mir auf einer Tür ein warmgelbes Poster mit der Aufschrift »NEMO – Auf den Spuren der Natur« entgegenleuchtet; auf aufgeklebten Fotos sieht man glückliche nackige Babys. Ich zögere kurz, reiße mich dann aber zusammen und die Tür einfach auf.

»Hallo!«, sage ich freundlich in die Runde und bin, obwohl ich vom N wie Natürlichkeit wusste, doch etwas erstaunt, denn so wörtlich hatte ich das nicht genommen: Hier sind nämlich nicht nur die Babys, sondern auch die meisten der circa zwölf Mütter nackt! Jedenfalls oben rum. Aber na ja gut, ich will mal nicht so sein, ich bin ja auch nicht prüde, und jeder wie er – äh – sie will. Ich versuche, nicht zu doll auf die überpräsenten, prallvollen Mami-Brüste zu starren, setze mich beschämt auf den Linoleumboden und stelle die Tasche mit Maja darin neben mich.

Es dudeln leise Walgesänge aus einer Anlage (gehört das auch noch zur *Natürlichkeit*?), einige Babys liegen auf einer großen Gummimatte, andere werden noch ausgezogen, und wieder andere sabbern in bunte Tücher, während eine barbusige Mami mit einer Art Rassel mit Glöckchen dran vor zwei Babys herumklingelt, wobei ihre eigenen Glocken erheblich ins Schwanken geraten.

Die meisten der Säuglinge hier im Kurs machen ihrem Namen aber alle Ehre – und saugen! Natürlich an Mutters Busen. Da beschleicht mich die *Erkenntnis,* dass ich hier vielleicht die einzige Nicht-Still-Mami bin. Meine Güte, wenn die anderen das merken, dann bin ich dran, grübele ich vor mich hin. Sie werden sich wie die Hyänen auf mich stürzen, und ich darf bloß nicht erzählen, dass Maja fast niemals Muttermilch getrunken hat, bis auf einige winzige Tropfen, die sich melkmaschinenmäßig noch im Krankenhaus aus mir herauspressen ließen. Danach hatte ich das Stillen für mich aufgegeben, und als wir nach drei Tagen endlich zu Hause waren, erst mal gierig eine Zigarette geraucht und ein Glas Sekt getrunken. Willkommen zurück im Leben!, hieß es da. Aber jetzt heißt es ja: Willkommen bei NEMO!

»Hallo«, spricht mich da eine lange dünne Frau mit kurzen grauen Haaren an, die ganz in Batiktücher gehüllt zu sein scheint. Gott sei Dank, wenigstens ist *sie* nicht nackt! »Herzlich willkommen, schön dass du auch dabei bist, ich bin Elke«, sagt sie. Ich nicke und lächle.

»Wenn du möchtest, mach dich doch auch frei, das fördert unheimlich das Körpergefühl, so kannst du dich ganz mit deinem Kind vertraut machen, sei da einfach ganz ungehemmt! Heute wollen wir erst mal eine kleine Vorstellungsrunde machen und eure Babys dann ein paar ganz natürliche Erfahrungen machen lassen. Zum Beispiel wollen wir mit unseren eigenen Körpergeräuschen einen Regenguss simulieren und danach schwankende Bäume im Wind darstellen und dann noch alles, was ihr auch selber vorschlagt. Hier geht es vor allem auch darum, dass ihr euch ganz offen einbringt, mit allem, was ihr mit einem natürlichen Körpergefühl verbindet.«

Ich nicke wieder und lächle, mehr kann einfach niemand von mir verlangen. Nicken und lächeln, das wird mein Motto für heute. Jetzt schon tun mir die Wangen weh, als würde sie jemand nach hinten ziehen, aber ich lächle tapfer weiter.

»So«, ruft die Batikfrau, »jetzt scheinen wir vollzählig zu sein. Wollen wir uns dann mal alle vorstellen?«

Als ein Baby wie auf Kommando zu plärren anfängt, lachen einige. Ich nicht, weil ich Angst habe, Maja könnte von dem ganzen Durcheinander aufwachen, und die Mutter von dem Kind, das gerade dran ist mit schreien, lacht auch nicht. Prompt schält sie sich aus ihrem BH und nimmt sich das Baby zur Brust, im wahrsten Sinne. Es wird ruhiger, und ich werde nervös. Gleich merken sie, dass ich nicht stille! Heimlich versuche ich die Thermoskanne mit heißem Wasser und die Nuckelflasche mit Milchpulver, die ich für Majas kleinen Hunger zwischendurch eingepackt habe, mit meiner Jacke zu bedecken. Dann ziehe ich meine Strickjacke aus. Hier ist es aber auch wirklich warm, puh, schwitz. Also, mehr Freizügigkeit können sie aber nicht von mir erwarten!

Ich schaue mir die anderen Mütter an und zähle zwölf mehr oder weniger nackte Mamis mit ihren Kindern. Elke fordert sie als Erste auf, sich und ihren Sprössling vorzustellen. Dieser liegt nackig auf der blauen Turnmatte und fuchtelt wild mit Armen und Beinen, wobei er versucht, die Ecke eines Spucktuchs in seinen Mund zu stopfen. Vor Anstrengung hat er schon einen ganz roten Kopf.

»Ja, hallo erst mal …« (Das sagt sie wirklich, und ich glaube, es ist nicht als Rüdiger-Hoffmann-Parodie gemeint!) »Ich bin Nicole, und das hier ist Amadeus. Er ist jetzt vierzehn Wochen alt, kann schon ganz toll den Kopf halten und dreht sich auch schon alleine vom Bauch auf den Rücken. Auch der Osteopath hat gesagt, dass Amadeus motorisch schon wahnsinnig weit entwickelt ist, das hätte er bis jetzt wirklich nur selten gesehen … Ja, was soll ich noch sagen: Ich bin dreiundvierzig, Amadeus ist unser erstes Kind, und ich fühle mich auch total zur Mutter berufen. Also eigentlich möchte ich jetzt auch nicht mehr arbeiten, weil ich einfach denke, das Kind gehört ja zur Mutter. Ich bekomme ja kein Kind, um es abzugeben!« (Zustimmendes Gemurmel aus dem NEMO-Kreis – ich erschauere und checke schon mal meine Fluchtmöglichkeiten, die da wären: Tür oder Fenster.)

Sie ist noch nicht fertig. »Mein Mann findet auch, ich sollte jetzt lieber mal zu Hause bleiben, und dann wollen wir ja auch bald das zweite Kind. Ich finde so einen kurzen Abstand einfach wahnsinnig wichtig für die Kiddies, da haben die einfach mehr davon. Außerdem kann ich dann beide noch stillen, vielleicht sogar gleichzeitig, das wäre schön – ihr kennt ja bestimmt das Tandem-Stillen? (Zustimmendes

Gemurmel der anderen, ich dagegen werde blass. Zwei auf einmal? Ich erschauere.)

Nicole schwärmt weiter: »Ich persönlich finde es auch eine Befreiung, nicht mehr im Büro sitzen und Kundentermine einhalten zu müssen, sondern mich rund um die Uhr um meinen Amadeus kümmern zu können. Ach ja, und meine Heilpraktikerin sagte auch noch, er hätte jetzt schon hoch begabte Züge, nicht wahr, mein Schatz?«

Klein-Amadeus, der bestimmt mal ein großer Musiker werden soll, sabbert jetzt zufrieden an seinem Spucktuch rum und macht dabei eher keinen so hoch entwickelten Eindruck. Außerdem fängt er gerade an, auf die blaue Matte zu pullern, was die Mutter mit einem »Och wie schön, da lassen wir der Natur einfach ihren Lauf« quittiert, woraufhin die Kursleiterin aber flugs einen feuchten Lappen und eine Küchenrolle herauskramt und sie der Mutter mit dem Wort »Wegwischen« in die Hand drückt.

Na also, es geht doch. Ich verkneife mir ein Grinsen.

»Schläft dein Kind viel?«, flüstert mir jetzt die Mami zu, die links neben mir auf der blauen Matte sitzt. Sie ist ebenfalls bis auf die Unterwäsche ausgezogen, hat blaue Augen, eine Brille und kurze blonde Haare. Angezogen sähe sie bestimmt nett und normal aus.

»Ja, den ganzen Tag«, flüstere ich zurück und lächle sie an.

Sie scheint verwundert. »Wie, den ganzen Tag?«, hakt sie nach. »Mehrere Stunden am Stück?«

»Ja«, nicke ich, jetzt etwas zurückhaltender. Soll doch normal sein, oder? Es heißt ja nicht umsonst »Schlafen wie ein Baby«.

»Da müsstest du mal zum Arzt gehen und abklären lassen, ob sie nicht die Schlafkrankheit hat, das ist ja schon nicht ganz normal«, sagt die Mami mit der Brille und wendet sich von mir ab.

Ich bin erschüttert. Die Schlafkrankheit? Spinnt die? Wahrscheinlich ist sie einfach neidisch, tröste ich mich und lächle mein schlafendes Wonnekind an. Soll sie doch!

Die nächste Mami, die sich vorstellt, ist mit ihrer beigen Bio-Unterwäsche auch sehr hübsch angezogen. Nachdem ich mich einigermaßen an diese freizügige Runde gewöhnt habe, finde ich, sie macht eigentlich einen ganz netten Eindruck. Das ändert sich aber wieder, als sie den Mund aufmacht:

»Hallo, ich heiße Cordula, bin neunundzwanzig und von Beruf ›glückliche Hausfrau und Mutter‹.«

Die anderen Teilnehmerinnen quittieren diese Aussage mit freundlichen Blicken und anerkennendem Gemurmel, ich rolle mit den Augen. Das kann ich mir leider nicht verkneifen, ist wohl so eine Art Reflex.

Cordula fährt fort: »Auf unseren Thymian haben wir lange warten müssen, aber nach zwei Jahren hat es dann doch geklappt, weil wir nur noch bei Vollmond geherzelt haben, und das hat dann gefruchtet. Ich bin total glücklich darüber und stille natürlich auch, obwohl ich schon wegen meiner entzündeten Brust häufiger im Krankenhaus war. Die Schmerzen genieße ich aber und ertrage sie auch ohne Schulmedizin. Das ging früher ja auch, da haben die Frauen ihre Kinder auf dem Kartoffelacker bekommen und hinterher weitergearbeitet, also will ich mich mal nicht beklagen. Die Geburt war übrigens für mich das allerschönste Erlebnis, das ich je hatte …« (Hier muss ich kurz unterbrechen: Häh? Ich frage mich, was die arme Cordula Furchtbares erlebt haben muss, damit die GEBURT – Entschuldigung? – das Schönste in ihrem Leben gewesen sein konnte? Ich merke schon, das hier werden nicht meine Freundinnen …)

»Also, erst mal die Wehen, die waren ein Gottesgeschenk – jede Wehe bringt dir ja dein Kind näher, die habe ich dann auch richtig genossen und ganz bewusst veratmet. Viele wissen ja gar nicht, was ihnen da entgeht! Eine PDA wollte ich natürlich von Anfang an nicht, ich wollte dieses schönste Erlebnis einfach ganz unverfälscht genießen – und das war so unglaublich schön.« Die anderen zehn Frauen nicken und murmeln bestätigend: »Wunderbar!« Ich fühl mich wie im falschen Film! Geburt? Wunderbar? Die beiden Worte passen ja nun kaum zusammen, es sei denn in dieser Kombination: »Danke, dass die Geburt endlich vorbei ist, das ist wunderbar!« Und natürlich war es wundervoll, mein kleines Babylein im Arm zu halten, aber das ist doch auch klar.

Nach Amadeus und Thymian werden noch Fiete, Feodora, Vincent, Elvis, Ringo und Nova-Lillebi vorgestellt. Ein Kurs künftiger Akademiker, Künstler und Bundeskanzler. Was aus Thymian mal werden soll, erschließt sich mir nicht, vielleicht Koch? Jedenfalls fällt meine ungestillte, anscheinend dadurch auch völlig ungeliebte Maja ziemlich aus dem Rahmen. Sie ist einfach nach einer lustigen, pummeligen Biene benannt, die mutig durch die Welt brummt.

O herrje, jetzt bin ich dran. Jetzt muss ich meinen ganzen *Mut* zusammennehmen, um zu sagen, was ich zu sagen habe. Maja schläft immer noch und nuckelt brav an ihrem Schnuller. Von wegen, Schlafkrankheit. Na ja, ich sag ja: Jedes Kind entwickelt sich ganz individuell. Also, tief einatmen, und raus mit der Wahrheit:

»Ja, also, hallo, ich bin Sophie. Ich bin dreißig, Maja ist unser erstes Kind, ich bin verheiratet und Journalistin. Ich vermisse meinen Beruf und würde gerne bald wieder arbeiten.« Ungläubige, sogar erschrockene Blicke der ach so erfüllten NEMO-Mütter lasten auf mir. Sogar die Wale hören auf zu singen, entweder sind sie vor Schreck gestorben, oder die CD ist ganz schlicht zu Ende.

Ach nee, da fehlt ja noch was: »Und stillen hat bei mir nicht geklappt, finde ich aber auch nicht schlimm, Maja liebt ihr Fläschchen, trinkt brav und schläft damit seit vier Wochen auch endlich schön durch. Und die Geburt fand ich grauenhaft. Das Schlimmste, was ich je erlebt habe. Schon als ich wusste, dass ich schwanger bin, hab ich nach der PDA geschrien – leider konnte ich keine bekommen, weil Maja sich so schnell auf die Welt gedrängt hat, aber zum Glück waren die grauenhaften Schmerzen dann auch endlich vorbei. Die Schwangerschaft war auch das Allerletzte, ich musste die ganze Zeit kotzen. Und ein zweites Kind wollen wir auch nicht, ist mir einfach zu anstrengend. Maja kann sich übrigens auch bis jetzt weder vorwärts noch rückwärts drehen. Ach, entschuldige …«, wende ich mich, ganz in meiner neuen *Offenheit* aufgehend, an die erste Mutter, die sich vorgestellt hatte, Nicole. »Dein kleiner Amadeus isst gerade sein Tuch auf! Und was genau ist ein Osteopath? Und wo sind eigentlich eure Kinderwagen?« Ich lache ein bisschen, um dem Ganzen eine sympathische Note zu verleihen, aber das Lachen wirkt ziemlich unecht – was es ja auch ist –, und es lacht auch keine mit.

In diesem Moment, in das ungläubige und empörte Staunen hinein, höre ich das vertraute »Quack!«, das Maja macht, wenn sie aufwacht, kurz bevor sie Hunger kriegt und mit Schreistufe eins beginnt. Aber, trotz aller Offenheit: Ich bin doch nicht des Wahnsinns und fange hier an, vor allen Augen ein Fläschchen mit der bösen Kunstnahrung zu mischen! Zum Glück zeigt die kleine Schlafmütze, dass auch Flaschenkinder so richtig doll schreien können, und legt sich heftig ins Zeug. Ich raune der Leiterin über den Lärm hinweg ein »Tut mir leid, ich muss wohl mal füttern« zu und trage die krakeelende Maja samt Tasche raus. Im Vorbeigehen an den anderen höre ich noch: »Das arme Kind, ständig in dieser Tragetasche, das ist ja auch ganz schlecht für den Rücken …«

Mann, war das heiß da drinnen, ich hatte ja auch meine Sachen zum größten Teil anbehalten. Auf einem der Zwergenstühle gebe ich Maja ihre Flasche, halte sie noch ein bisschen im Arm und sage ihr, wie hübsch und süß sie ist. Das hört sie immer gerne. Und dass es auch okay ist, wenn sie später nicht studiert.

Dann schiebe ich sie, immer noch kopfschüttelnd, durch den Stadtpark zurück nach Hause. »NEMO, im Einklang mit der Natur …«, also wirklich, was es alles gibt. Vielleicht wird's beim Babyschwimmen besser, da gehen wir morgen hin.

24

Im Sender höre ich schon Gemurmel, als ich im Flur stehe, es verstummt abrupt, als ich die Redaktion betrete. Meine Sonnenbrille sieht schick aus, und ich werde sie heute nicht absetzen. Für kein Geld der Welt soll jemand meine schlimm verweinten Augen sehen.

»Aaah, Frau Sonnenberg, ich habe schon auf Sie gewartet. Kommen Sie doch mal eben in mein Büro.« O je, auch das noch. Der Kaiser hatte mir im Flur aufgelauert, jetzt gab es kein Entrinnen. Nach dem Brief folgte nun wohl auch noch die abschließende persönliche Gardinenpredigt, die ich mir gerne erspart hätte. Er sich vielleicht auch, aber nun ja, diese Suppe hatte ich mir ja selber eingebrockt.

Ich setzte mich in den mir schon bekannten, abgewetzten schwarzen Ledersessel, er seufzte und schloss die Tür. Dann seufzte er wieder.

»Also, Frau Sonnenberg, es tut mir ja leid, aber es ging nicht anders«, fing er an. Wieso entschuldigte er sich denn jetzt bei mir? War vielleicht alles nur ein Missverständnis?

»Ich bin ab morgen für drei Wochen im Urlaub, das heißt, heute ist unser letzter gemeinsamer Arbeitstag. Und ehrlich gesagt bin ich nicht gerade traurig darüber.«

Aha, daher wehte der Wind.

»Ich stelle Ihnen natürlich noch ein Zeugnis aus, und dann hoffe ich, dass Sie sich für die Zukunft mal ein bisschen zusammenreißen und sich überlegen, was Sie eigentlich wollen.«

Ja, da hatte er Recht. In dem Moment fiel mir ein, dass ich eigentlich dringend nach Hause musste, um in meinen

Briefkasten zu schauen. Jetzt wurde ich ganz zappelig, vielleicht hatte sich *Hamburg aktuell* ja schon gemeldet, und ich würde einer langen, düsteren Zukunft als Hartz-IV-Empfängerin entgehen?

Mit ein paar netten, aber ziemlich schnell abgehandelten Worten, dass er mir für die Zukunft nun alles Gute wünschte und ich hoffentlich aus meinen Fehlern lernen würde, entließ mich Herr Kaiser. Im wahrsten Sinne des Wortes. Als mir endlich klarwurde, dass es das hier nun wirklich war, flüsterte ich: »Danke, dass ich hier so viel lernen durfte«, stürzte tränenblind in die Redaktion und begann mit der anstehenden Arbeit. Zum Glück war heute viel zu tun. Bis zum Ende hatte ich noch drei Wochen Nachrichtenschicht, und es lief alles gut. Über meine Sonnenbrille lachten einige, das war mir aber egal, wenigstens sahen sie meine Augen nicht.

Die Zeit bis zum Feierabend schien überhaupt nicht zu vergehen. Als ich kurz nach elf Uhr abends mit fast hundert Sachen nach Hause fuhr, wurde ich auf der Hoheluftchaussee auch noch geblitzt, stellte meinen Golf vorm Haus ins Halteverbot und rannte zum Briefkasten.

Ja, da war er, der Brief! Mit zitternden Fingern riss ich das Kuvert von *Hamburg aktuell* auf und las:

Sehr geehrte Frau Sonnenberg,
vielen Dank für Ihre Bewerbung auf unsere Anzeige.
Aufgrund Ihrer aussagekräftigen und sehr angenehmen Bewerbungsunterlagen möchten wir Sie am 21.4.2004 zu einem Kennenlerngespräch einladen.
CvD Martin Marciewski erwartet Sie um 10 Uhr im Konferenzraum K 214. Sollte Ihnen der Termin nicht zusagen, melden Sie sich bitte telefonisch bei A. Zimmermann.

Nein, natürlich sagte mir der Termin zu! Wenn meine Berechnungen stimmten, hatte ich jetzt noch ganze zwei Wochen und zwei Tage Zeit, meine gesamte Arbeitseinstellung zu überarbeiten, fünf Kilo abzunehmen und jeden Tag Zeitung zu lesen. Das Bewerbungsgespräch würde ich auf jeden Fall zu meinen Gunsten entscheiden. Und dann: nie wieder krankmelden, nie wieder feiern und nie wieder Alkohol! Meinen jugendlichen Leichtsinn würde ich aufgeben und ein neues Leben beginnen. Zumindest nahm ich mir das ganz fest vor.

25

»Hebt die Babys jetzt hoooooch über eure Köpfe!«, ruft die Schwimmlehrerin Katrin, und alle Mütter in dem warmen Kinderbecken halten ihre kleinen Schätze so hoch sie können. Maja findet es super, und ich freue mich, dass es ihr gefällt. Jetzt ist sie vierzehn Wochen alt, hat die Dreimonatskoliken gut überstanden und ist ausgesprochen fröhlich. Ihren Schlafrhythmus hat sie, seit sie in ihrem eigenen Zimmer schläft, dem unseren auch angepasst, so dass wir nachts meistens acht Stunden schlafen können, und tagsüber trinkt sie im Vier-Stunden-Takt. So hatte ich mir das Mamidasein immer vorgestellt.

Nachdem die Erfahrung beim NEMO-Kurs vor zwei Wochen zwar sehr natürlich, aber doch nicht so ganz nach meinen Vorstellungen war, hatte ich gleich auf der Internetseite des *Hamburger Bäderlandes* geguckt, wann das nächste Babyschwimmen im Holthusenbad stattfindet. Zum Glück ist der Kurs am Mittwochvormittag nicht überfüllt, also durften wir gleich daran teilnehmen. Wir sind schon zum dritten Mal hier, und mir macht es mindestens genauso viel Spaß wie Maja. Im Badeanzug bin ich zwar auch keine Schönheit, aber ich kann mich ja im Wasser verstecken. Und die anderen Mütter sehen auch aus wie Mütter, das ist schon mal sehr sympathisch.

»Jetzt rufen wir alle ›huiiiiiii platsch‹ und lassen die Babys an unseren Händen ins Wasser plumpsen!«, ruft Katrin, und alle fünfzehn Mütter rufen im Chor »Huuiiii platsch!« und lachen dabei – klar, für Außenstehende und Kinderlose geben wir eine ziemlich merkwürdige Vorstellung, aber für Mamis und kleine Mäuse ist es einfach schön. Zu einem Lied, dessen Melodie ich unter »Zehn kleine Jägermeister« kenne, schieben und ziehen wir die Babys durchs Wasser.

»Die letzte Viertelstunde ist noch zum freien Schwimmen, dabei könnt ihr euch auch ein bisschen kennenlernen, und danach singen wir das Abschlusslied«, verkündet Katrin.

Gut gelaunt trage ich Maja durchs Becken und lasse sie im Wasser auf und ab hüpfen. Sie rudert mit Armen und Beinen und genießt das warme Wasser und die Nähe, und wir schäkern uns ein bisschen an. Zu süß, wie sie mich angrinst und dabei Glucksgeräusche macht.

»Na, wie alt ist sie denn?«, will eine andere Mami mit mir Kontakt aufnehmen.

»Vierzehn Wochen.«

»Oh, mein Oskar ist zwölf Wochen!«

So geht es hin und her: Wie alt bist du? Wo wohnt ihr? Wo warst du im Krankenhaus? Was hast du vorher gemacht? Und schließlich fragt sie, ob wir mal was zusammen unternehmen wollen. Die Mama von Oskar heißt Sarah, ist zweiunddreißig, Lehrerin, und sie verrät mir ein Geheimnis:

»Kannst du etwas für dich behalten?«

Ich nicke.

»Ich vermisse meine Arbeit«, gesteht sie mir flüsternd, während sie ihren Sohn durchs Wasser schwenkt.

»Oh – ich verrate es bestimmt keinem«, flüstere ich zurück, dann lächeln wir uns verschwörerisch zu.

Ich merke, wir verstehen uns. Klar lieben wir unsere Babys abgöttisch, das muss man niemandem erklären, aber ich hab nicht jahrelang studiert, um jetzt nur noch zu Hause zu sitzen und Wäsche zu waschen. Sarah ist da ganz meiner Meinung, und ich freue mich, endlich unter all den Müttern eine Gleichgesinnte gefunden zu haben.

Wir verabreden uns für den nächsten Tag zum Kaffeetrinken mit den Kindern in einem gemütlichen Bistro an der Alsterdorfer Straße, dem *Memorandum.* Wenn es schön bleibt, können wir draußen sitzen und Latte Macchiato löffeln, ein bisschen wie früher, finden wir beide. Voraussetzung ist natürlich, dass die Kinder mitmachen und im Kinderwagen schlafen.

Zum Abtrocknen, Umziehen, Kinder ausziehen, abtrocknen, wickeln, anziehen, drei Reisetaschen mit allen Schwimmsachen packen und Kinderwagen beladen brauchen wir circa zwei Stunden. Dann schieben wir unsere Wagen noch ein Stück zusammen durch den schönen frühlingshaften Tag, die Kastanien blühen und duften, Bienen summen durch die Luft, und wir plaudern noch ein bisschen über dies und das. Die Babys sind vom Schwimmen kaputt und schlafen, Sarah und ich bleiben an der Eppendorfer Hochzeitskirche stehen und nutzen die freien Minuten zum Klönen. Neben der Kirche fließt ein Alsterlauf, und überall ist der Frühling ausgebrochen. Die Luft riecht nach Autos, Erde, Blumen und Sonne. Sarah und ich verabschieden uns.

»Ich bin total froh, dass ich jemanden wie dich getroffen habe«, sagt sie und drückt mich kurz. Das finde ich lieb, und mir geht es genauso.

»Bis morgen!«, sagen wir, winken uns zu, dann schieben wir jeder wieder unserer Wege, und ich bin gespannt, wie es mit ihr weitergeht. Ich finde das Wetter so schön, dass ich noch eine Weile am Wasser spazieren gehen möchte, und lenke den Kinderwagen an der Kirche vorbei über die Brücke am Leinpfadcafé. Während ich Maja entspannt vor mir herschiebe, denke ich an Mona. Von ihr habe ich länger nichts gehört, genauer gesagt haben wir während meiner Schwangerschaft nur meinen Geburtstag am ersten Januar zusammen verbracht. Einen Tag nach Majas Geburt besuchte sie mich im Krankenhaus, danach hatten wir noch einmal kurz telefoniert. Alle meine Versuche, länger als zwei Minuten mit ihr zu sprechen, scheitern anscheinend daran, dass sie viel arbeitet und ich dagegen am Wochenende die spärliche Zeit, die Jonas zu Hause ist, als Familienzeit nutzen möchte. Außerdem kann ich nun gar nichts mehr spontan unternehmen, sondern muss selbst eine kurze Verabredung meist Wochen vorher mit Jonas absprechen. Abends weggehen oder sogar die ganze Nacht feiern? Wie soll das gehen? Ich bin froh, wenn ich nachts mal acht Stunden schlafen kann, damit ich am nächsten Tag die Kraft finde, alles an Haushalt und Kinderbespaßung wieder durchzustehen.

Da Jonas und ich auch keine einsatzbereiten Eltern haben, die rund um die Uhr zur Maja-Betreuung zur Verfügung stehen, müssen wir immer selber ran. Ich vierundzwanzig Stunden am Tag – Jonas so oft wie es geht. Er löst mich Gott sei Dank ab, wenn ich am Wochenende ohne Quengelkind einkaufen oder einfach mal alleine spazieren gehen und an der Alster lesen möchte.

Manchmal fällt mir dermaßen die Decke auf den Kopf, dass ich nicht weiß, wie es weitergehen soll. Hätte ich eine Freundin, die das auch alles so durchlebt wie ich, wäre es vielleicht ein bisschen einfacher. Maja ist ein absolut toller kleiner Schatz, keine Frage, aber so anstrengend hatte ich mir das alles nicht vorgestellt. Ständig ist man fremdbestimmt, und das ist für jemanden, der so freiheitsliebend ist wie ich, eigentlich nicht der richtige Job. Man wird ja auch nicht gewarnt, und selbst wenn, vergisst man es sofort oder sagt sich: »Das wird bei mir ganz anders!« Hielte man sich auch permanent nur vor Augen, wie anstrengend das Leben mit Kindern sein kann, würde ja niemand mehr welche bekommen. Das hat die Natur schon geschickt eingefädelt. Und obwohl ich natürlich auch gerührt und entzückt bin, wenn Maja mich anlacht oder meinen Finger greift, bin ich noch lange nicht bereit für ein zweites Kind. Wenn überhaupt.

Mit Mona kann ich über all so was leider überhaupt nicht sprechen, sie macht schon Würgegeräusche und stöhnt Igitt, wenn ich nur sage, dass ich Maja schnell wickeln muss. Das nervt auf Dauer, und ich habe sie schon oft gefragt, ob sie uns nicht mal besuchen möchte. Leider findet sie aber immer einen guten Grund, nicht kommen zu können oder das Telefonat schnell abzubrechen.

Vielleicht war ich ja früher auch so unsensibel Kindern und vor allem jungen Müttern gegenüber, habe ja auch nie behauptet, die perfekte Mutter zu werden, aber seit ich meine Tochter habe, ist mir erst bewusst geworden, wie toll Kinder sind. In der Schule müsste es ein Fach dafür geben, wie man mit Kindern umzugehen hat. Früher wurde so etwas von Generation zu Generation weitergegeben, bei uns leider oft nicht mehr, und ich muss mir alles selber beibringen. Meine Mutter zählt auch nicht zu den grauhaarigen, strickenden Omas, die ihren Enkeln im Schaukelstuhl Märchen erzählen, sondern zu denen, die mit ihren eigenen Freundinnen in Theatern und Bars das Leben genießen, solange es geht.

Während ich früher zu stolzen Müttern ziemlich unverschämt gesagt habe: »Oh, dein Kleiner ist aber ein ganz schöner Mops«, ärgere ich mich jetzt über genau solche Sprüche. Das Schicksal vergisst nichts, und alles kommt zu einem zurück.

Zum Beispiel trifft es mich, wenn eine Nachbarin, die ich auf der Straße sehe, fragt, ob ich noch schwanger bin, und sich dann nicht mal entschuldigt, wenn ich angesäuert auf mein drei Monate altes Kind deute – wenn eine andere behauptet, Maja sei aber nicht besonders hübsch (was natürlich nicht stimmt, ich finde, Maja ist das hübscheste Baby, das die Welt je gesehen hat! Ihr kleines Doppelkinn und die Segelöhrchen finde ich besonders ausdrucksstark und einfach zuckersüß!), oder wenn eine Kollegin von Jonas beim Anblick von Majas Foto scherzhaft fragt, ob es sich hier um einen kleinen Elefantenmenschen handelt. Haha. Sehr witzig. Selber Elefantenmensch! Besonders verletzt war ich im Krankenhaus, als Mona sie in den Arm nahm, an ihr roch, das Gesicht verzog und dann dreist behauptete: »Sie riecht aber nicht besonders gut, also jedenfalls nicht so, wie ich mir ein Baby vorgestellt habe!« Kinderlose können ja so grausam sein. Schwach und kaputt von der Geburt hatte ich ihr Maja aus dem Arm genommen und behauptet, ich sei müde und müsse jetzt wieder schlafen. Mona meinte das bestimmt nicht böse – sie wusste es einfach nicht besser.

Auch auf ihr Geburtsgeschenk, einen Cocktailshaker mit der Aufschrift »Hey Baby«, hatte ich nur einen kurzen Blick geworfen und ihn gleich nach unserer Ankunft zu Hause im Besenschrank versteckt. Seitdem habe ich Mona nicht mehr gesehen, und wir hatten auch nur einmal länger, ansonsten nur kurz telefoniert. In unserem längeren Gespräch erzählte sie mir von einer Party, auf der sie diesen und jenen getroffen hatte, und ich konnte mir all die Namen kaum merken und war auch nicht so richtig bei der Sache. Sie fehlt mir sehr. Irgendwas war passiert, dass wir auf einmal keine echte Nähe mehr haben. Ich frage mich, ob das jemals wieder der Fall werden würde und kann nur hoffen, dass Mona auch bald schwanger wird, wenn sie schon nicht von selbst mehr Verständnis für mich und meine Situation aufbringt.

Umso mehr freue ich mich jetzt auf mein Treffen mit Sarah, der Mama von Oskar, und bin gespannt, ob wir uns gut verstehen werden. Das mit Mona wird sich schon wieder einrenken. Irgendwie, irgendwo, irgendwann.

26

»Himmelstraße 7, hier ist es«, sagte ich zu Jonas.

Wir standen vor einem imposanten Altbau mit verschnörkelten Balkons in einer hübschen kleinen Kopfsteinpflasterstraße, die von alten Bäumen gesäumt war und direkt zum Stadtpark führte.

»Wow«, sagte er andächtig und legte den Kopf in den Nacken, um am Gebäude hochzusehen. »Schick!«

»Ja, hat deine Freundin gut ausgesucht, nicht?« Ich grinste und hakte mich bei ihm ein.

Jetzt hofften wir nur, dass die Wohnung, die wir uns ansehen wollten, auch so viel hermachte wie das Haus.

Bei *Hanseradio* hatte gestern ein Zettel am Schwarzen Brett gehangen: *Zweieinhalbzimmerwohnung in Winterhude sucht Nachmieter,* den ich mir gleich unter den Nagel riss, als niemand hinsah. Ansprechpartner war Chris aus dem Marketing, der wegen seiner neuen Freundin nach Berlin umzog und dringend einen Nachmieter suchte.

Beziehung hin, Freiheit her, nachdem Chris mir von der Wohnung vorgeschwärmt hatte, rief ich Jonas an, um ihm zu erklären, dass wir sie uns unbedingt ansehen mussten. Die Fakten sprachen für sich: Zweieinhalb Zimmer, Altbau, hohe Decken, Balkon, Badewanne und Einbauküche – besser ging es doch gar nicht! Und bezahlbar war sie mit siebenhundert Euro Warmmiete auch.

Zwar hatten wir noch gar nicht wirklich darüber gesprochen, dass wir zusammenziehen wollten, aber es bot sich ja nun an. Wink des Schicksals und so weiter. Außerdem beteuerte Jonas fast jeden Tag, dass er sein Leben mit mir verbringen wollte, dann konnte er auch jetzt gleich damit anfangen.

Jonas drückte bei Chris Marquardt auf die Klingel, es summte, und wir stiegen achtundneunzig Treppenstufen hinauf. Jonas zählte, ich schnaufte vor Anstrengung. Wenn wir diese Wohnung bekamen, brauchte ich mich jedenfalls nicht mehr beim Sport anzumelden.

Oben öffnete uns Chris, der uns gleich versprach, bei seinem Vermieter die Hand für uns ins Feuer zu legen, wenn wir uns entschieden, sie zu nehmen – und ganz danach sah es aus. Schon beim ersten Blick in den Flur, das schöne alte Parkett, die hohen, hellen Fenster und das große Badezimmer fielen Jonas und ich uns jubelnd in die Arme. Über das kleine, das halbe Zimmer sprachen wir nicht. Aber in meinem Kopf entstanden wie von selbst Gedanken von sonnengelben Wänden mit einer Tierbordüre, einem Babybett, einer Wickelkommode und einem Schaukelstuhl. Ich fühlte mich schon jetzt hier zu Hause und wie im siebten Himmel. Sollten wir diese Wohnung in der Himmelstraße bekommen, konnte mir nichts mehr passieren, dachte ich. Abends konnte ich vor Aufregung nicht einschlafen. Ich dachte an die neue Wohnung, die wir hoffentlich bekommen würden, und grübelte darüber nach, was aus meiner Karriere geworden war. Ich wusste es nicht.

Am nächsten Tag fuhr ich mit einem traurigen Gefühl in den Sender. Schon die ganzen Tage hatte ich mich mies gefühlt, wie vor einer Mathearbeit. Heute war es so weit. Der Tag X, mein letzter Arbeitstag, war gekommen.

»Ja, dann auf euch, äh, und macht so weiter wie bisher!«

Ich hob mein Glas und meine Kollegen auch, einige murmelten: »Alles Gute für dich!« und tranken. Schweigen breitete sich im Konferenzraum aus, bis Mona einen Schritt auf mich zutrat und mir ein Fotoalbum in die Hand drückte.

»Hier, wir haben dir noch eine kleine Erinnerung zusammengestellt«, sagte sie, und mir stiegen die Tränen in die Augen. Ich hatte mir fest vorgenommen, nicht vor meinen Kollegen zu heulen, kam aber einfach nicht dagegen an.

Es war so weit. Mein letztes Stündlein in diesem Sender hatte geschlagen. Jetzt blieb mir nur noch, meinen Schlüssel abzugeben und meine Sachen aus dem Spind zu holen. Mona und die übrigen Kollegen, auch Tom, hatten mich nach meiner letzten Frühschicht im Konferenzraum mit einem Brötchen- und Sektbuffet überrascht, und ich kämpfte die ganze Zeit schwer mit den Tränen. Also aß ich mit ihnen ein Brötchen, das ich kaum hinunterbekam, und spülte mit Sekt nach. Herr Kaiser hatte sich ja schon vor seinem Urlaub auf den Malediven von mir verabschiedet, ich wäre aber auch zusammengebrochen, wenn er jetzt hier gewesen wäre. Wie peinlich mir das Ganze war, brauchte ich ja wohl niemandem zu sagen.

Alle Kollegen hatten sich hier eingefunden, wir kamen auf fünfundzwanzig feste Mitarbeiter. Die Freien schwirrten irgendwo herum, ebenso die Praktikanten. Mona hatte vierzig Mettbrötchen mitgebracht und fünf Flaschen Sekt, war aber auch nicht davon ausgegangen, dass es ein rauschendes Fest zu meinem Ausstand geben würde. Bis auf ein bisschen Gemurmel, die Übergabe des Fotoalbums mit Bildern und Unterschriften aller Kollegen und einem trockenen Husten unserer Sekretärin war es auch eher eine stumme Veranstaltung gewesen.

»Mach dir nichts draus«, tröstete Mona mich, als wir in der Senderküche die restlichen Brötchen in Alufolie packten.

»Die meinen das nicht so. Es sind bestimmt alle traurig, dass du gehst, auch wenn sie es nicht sagen.« Das war lieb, überzeugte mich aber nicht. In der Redaktion tobte schon wieder das pralle Leben, ob ich nun dabei war oder nicht.

Wir hatten neue blonde, großbusige Praktikantinnen, die natürlich jetzt eine Weile von den Redakteuren hofiert werden mussten, bevor der nächste Praktikantinnenschub in ein paar Wochen anrückte. Es war doch immer das Gleiche. Mir war aber schon nicht mehr so mulmig zumute, immerhin saß ich nicht auf der Straße, sondern hatte in sechs Tagen, am Donnerstag, mein Vorstellungsgespräch bei *Hamburg aktuell.*

Eine der fünf Sektflaschen war noch zu, die nahm ich mit nach Hause. Ich verabschiedete mich von Mona mit Tränen in den Augen, und wir drückten uns lange. Bis hierhin hatten wir es zusammen geschafft, in zehn Jahren Freundschaft. Nichts würde uns auseinanderbringen.

Zu Hause auf der Couch erholte ich mich von meinem Abschied bei *Hanseradio.* Die Flasche Sekt hatte ich schon fast ausgetrunken, nebenbei guckte ich *Arielle, die kleine Meerjungfrau* auf VHS in meinem alten Videorekorder und ließ ansonsten meine Gedanken schweifen. Zur Feier des Tages, und um dem Sekt eine Grundlage zu bieten, hatte ich mich bei Penny mit Leckereien eingedeckt. Die leeren Packungen von Chocolate Chips, Gummibärchen, Sahnejoghurts, Erdnussflips und Ritter Sport Marzipan hatte ich dezent zur Seite geschoben, so dass ich gerade noch auf den Fernseher schauen konnte.

Ich liebte diesen Film, seit ich vierzehn war. Zum Schluss ist es so rührend, wie Arielle mit ihrem Prinzen Eric auf dem Hochzeitsschiff davonfährt und endlich den Segen ihres Vaters hat. Mir stiegen vor lauter Rührseligkeit, Sekt und Trauer um den verlorenen Job die Tränen in die Augen. Ich hatte mich wirklich in eine unmögliche Situation manövriert, jetzt musste ich mich furchtbar zusammenreißen, damit der nächste Job nicht auch in die Hose ging. Also, nicht weitergrübeln, sondern lieber alle Kräfte sparen und positive

Energien sammeln, redete ich mir selbst gut zu. Weil Erdnüsse als Nervennahrung jetzt gar nicht schlecht wären, schlurfte ich in die Küche und holte mir eine Dose aus dem Schrank. Mir war schon ganz schlecht, aber nach dem ganzen Süßkram brauchte ich jetzt was Deftiges.

Als ich gerade den Deckel aufriss und mir eine salzige Handvoll Köstlichkeiten in den Mund stopfte, klingelte es. O nein, Jonas! Ich hatte ganz vergessen, dass er gegen achtzehn Uhr Feierabend machen und gleich zu mir kommen wollte. Schnell sprang ich zurück zur Couch, warf den Restmüll, bis auf die Erdnüsse, unters Sofa, strich mir die strubbeligen Haare etwas glatt und wartete an der Tür auf ihn.

»Hallo, du Hübsche«, sagte er, als er die Treppe heraufkam, und küsste mich. Hübsch, na ja, vielleicht hatte er keine Kontaktlinsen drin.

Der Film war zu Ende, das Bild rauschte grau, und ich machte den Fernseher aus. Dann erschrak ich, weil eine verräterische Ecke einer Gummibärchentüte nicht ganz unterm Sofa geblieben war. Jonas guckte, wonach ich guckte, kniete sich hin und sah unters Sofa. O nein, mein ganzer Müll! Was würde er jetzt von mir denken?

Ich zog mir meine Kuscheldecke über den Kopf und versuchte, mich zu verstecken. Wenn ich dich nicht sehe, siehst du mich auch nicht – irgendwie war ich in dem Augenblick in meiner kindlichen Entwicklung auf der Stufe einer Vierjährigen stehen geblieben. Und es nützte auch nichts. Ich wusste, dass ich mich kindisch verhielt, aber ich konnte einfach nicht anders.

»Sophie!«, rief Jonas amüsiert. »Hey, Süße, ich weiß doch, dass du da drunter bist! Hör auf mit dem Quatsch.«

Er wollte mir die Decke wegziehen, aber ich ließ es nicht zu. Er fing an mich zu kitzeln, ich quietschte und lachte, und rief kichernd:

»Lass mich, ich bin depressiv!« Schade, wieso nahm er mir das jetzt nicht ab?

»Sophie, komm doch mal da raus, ich muss dir was erzählen!«, drängte er und küsste die Decke da, wo er wohl meinen Kopf vermutete, aber es war meine Schulter.

»Komm, wir duschen jetzt zusammen, dann gehen wir schön essen, und ich erzähl dir was Tolles, okay?« Ach, was war er lieb! Ich jedenfalls war zu schwach, um ihm zu widersprechen. Also tat ich alles, was er verlangte. Seufz. Auf Dauer hatte ich auch gar keine Lust mehr, depressiv zu sein, das war mir viel zu langweilig. Beim Essen konnte ich ihm von meinem Abschiedsbuffet erzählen, und dann war ich mal gespannt, was *er* noch zu berichten hatte. Und duschen mit ihm, das ließ ich mir natürlich nicht entgehen. Hehe.

»Was ist denn los?«, löcherte ich Jonas, während wir uns nach dem Duschen anzogen. Er antwortete nicht und grinste nur. Oh, wie ich Geheimnisse hasse!

»Jetzt sag's doch endlich, ich sterbe sonst!«, drohte ich auf dem Weg nach unten.

Bis zum Italiener, der zum Glück nicht weit weg von meiner Wohnung war, bohrte ich weiter, doch Jonas blieb stur. Das war auch etwas, das ich so an ihm bewunderte, dieser eiserne Willen! Der mir ja völlig fehlte. Aber einer von uns beiden musste den ja haben, sonst hätten wir auch kein gutes Paar abgegeben. Dass wir das aber waren, wusste ich einfach, auch wenn wir erst ein paar Wochen zusammen waren.

Ich musste mir sogar eingestehen, dass er jemand war, den ich vom Fleck weg heiraten würde – o Gott, vielleicht war es DAS? Er wollte mich bestimmt fragen, ob ich ihn heiraten würde! Deshalb die Heimlichtuerei! O nein, das ging mir jetzt aber doch ein bisschen zu schnell. Darüber müsste ich ja erst mal nachdenken! Übers Heiraten hatten wir ja nie gesprochen, nur, dass er sein Leben mit mir teilen möchte, hatte er gesagt, und dass ich seine Liebe, sein Leben, seine Hoffnung und seine Zukunft war.

Wie aufregend, er wollte mich fragen! Auf einmal war ich mir ganz sicher. Wir saßen an einem kleinen Zweierecktisch bei dem schicken Italiener im Eppendorfer Weg, der aus vier verwinkelten Souterrainräumen bestand und über und über mit Bildern von Promis geschmückt war, die dort auch schon mal gegessen hatten. Es war, wie es sich für einen Freitagabend gehörte, ziemlich voll, bis auf den kleinen Tisch bei den Toiletten waren alle Plätze besetzt.

Jonas saß mir gegenüber, zwischen uns stand eine Vase mit einer roten Rose, und er puhlte sich etwas unromantisch zwischen den Zähnen herum, noch immer ohne auf meine Drängeleien einzugehen.

Der Kellner kam und stellte einen Korb mit Weißbrot auf den Tisch. Jonas räusperte sich.

»Wir hätten gerne zwei Gläser Champagner, wir haben nämlich einen Grund zum Feiern!«

Ich konnte nicht sprechen. Himmel, er wollte mich wirklich gleich fragen! Hilfe, ich heirate!, schoss es mir durch den Kopf. Das hieß, ich brauchte ein Kleid, eine Kutsche, und ich musste die Kirche buchen ... Natürlich die wunderschöne Hochzeitskirche in Eppendorf von 1751, und dann könnten wir im Anschluss eine Alsterfahrt machen oder eine Ballonfahrt über Hamburg, oder wir heirateten in einem Zeppelin, auf dem unsere Namen stehen ... Mona als Trauzeugin müsste Rosa tragen, nee, nicht unbedingt, aber die Rosendeko auf den Tischen würde ein Traum aus Rosa, und auf der siebenstöckigen Hochzeitstorte prangten rosa Marzipanrosen ... In meinen Gedanken sah ich mich als perfekte Braut, mit einer wunderschönen, piekfeinen Hochsteckfrisur, und ich trug natürlich ein traumhaftes Kleid mit einer zehn Meter langen Schleppe, in Größe achtunddreißig … Na ja, gut, sagen wir Größe vierzig, sonst würde es jetzt unrealistisch.

Ich war so sehr mit meinen Hochzeitsvorbereitungen beschäftigt, dass ich meine Umgebung gar nicht mehr richtig wahrnahm. Verträumt schob ich mir ein Stück Weißbrot zwischen die Zähne. Der Kellner stellte zwei Gläser Champagner vor uns ab.

Ich, Sophie Sonnenberg, würde heiraten! Glücklich strahlte ich erst den Kellner, dann Jonas an. Der hob sein Glas, ich meins, und jetzt platzte ich fast vor Aufregung. O bitte frag mich, ja, frag mich jetzt, ich sage auch bestimmt Ja, gab ich Jonas mit meinem schönsten Lächeln telepathisch zu verstehen. Er räusperte sich wieder.

»Ähm, Sophie, mein Herz …«, fing er an. Das war ein toller Anfang für einen Antrag, ich war ja so stolz auf ihn! Gebannt hing ich an seinen Lippen.

»Wir haben uns erst vor ein paar Wochen getroffen, trotzdem habe ich das Gefühl, dich schon ewig zu kennen.«

Er sah mir tief in die Augen, und ich bekam Gänsehaut. Ja, das Gefühl, ihn schon ewig zu kennen, hatte ich auch.

»Obwohl ich ziemlich überrascht bin, dass es so ist, weil ich so was wie mit dir noch nie erlebt habe. Mit dir zusammen fühlt sich alles so einfach und richtig an.«

Er nahm meine Hand und drückte sie. Mir wurde ganz warm ums Herz, er war so unglaublich lieb. Ja, ich fand auch, dass sich alles so richtig anfühlte. Jetzt weiter im Text!

»Ich hab lange darüber nachgedacht, ob das, was wir jetzt vorhaben, wirklich gut für uns und unsere Beziehung ist, aber ich denke, es kommt auf einen Versuch an. Mehr als schiefgehen kann es nicht, und selbst dann würden wir sehen müssen, wie wir damit zurechtkommen.«

Ich wurde stutzig. Was faselte er denn da? Wieso sollte

unsere Ehe schiefgehen, und vor allem, wie sollte man denn dann damit zurechtkommen?

Ich stellte mein Champagnerglas ab, mir dauerte das jetzt hier zu lange, und griff wieder nach dem Brotkorb. Wenn ich aufgeregt bin, muss ich essen. So auch, wenn ich traurig bin, oder wenn mir langweilig ist. Aber vor allem, wenn ich aufgeregt bin.

Jonas grinste und sah mich erwartungsvoll an. Ich mampfte mit dicken Backen und stopfte mir ein Stückchen Brot nach dem anderen in den Mund. Komm schon, frag endlich, damit ich jubeln und dir um den Hals fallen kann! Langsam wurde ich ungeduldig.

»Ich denke aber, dass jetzt ein guter Zeitpunkt für den nächsten Schritt gekommen ist, und wollte dir hiermit feierlich verkünden …«

Was hieß denn hier feierlich verkünden? Ich musste das wohl mal selbst ein bisschen in die Hand nehmen.

»Milpff fu miff heiraten?«, platzte ich mit vollem Mund heraus, schluckte dann und wiederholte: »Willst du mich heiraten? Ich meine, ich möchte das nur wissen, weil ich dann planen kann, wie es hier weitergeht, aber du lässt mich ja total im Ungewissen!« Ratlos sah ich ihn an.

Er lachte. »Ja, mein Herz, ich will dich sicher mal heiraten, aber nicht jetzt! Jetzt hör doch mal zu!«

Wie, es ging gar nicht ums Heiraten? Warum machte er denn dann so einen Aufstand?

Endlich rückte Jonas mit seiner Neuigkeit heraus:

»Wir haben die Wohnung!«

Wie, *die Wohnung*? Ach so, die Wohnung in der Himmelstraße! Die hatte ich fast vergessen. War aber auch ein bisschen viel gewesen in der letzten Zeit. Erst langsam begriff ich, was das hieß. Die Nachricht brauchte ungefähr zwei Sekunden, bis sie mich wirklich erreichte. Ich schluckte.

»Wir haben die Wohnung?«, kreischte ich, und die anderen Besucher des Restaurants sahen sich erschrocken nach mir um. In der Küche hörte ich etwas scheppern. Jetzt konnte ich Jonas ja doch um den Hals fallen und jubeln, und der Champagner war auch gerechtfertigt. Okay, es war nicht gleich eine riesige Hochzeit, aber eine schicke Wohnung, in der wir gemeinsam die nächsten Jahre verbringen konnten, war auch nicht schlecht und mit Sicherheit ein Schritt in die richtige Richtung.

»Der Vermieter hat mich heute gleich angerufen und meinte, wir könnten zum ersten Juni einziehen, dann haben wir jetzt sechs Wochen Zeit, um auch Nachmieter für unsere Wohnungen zu finden«, erzählte Jonas, als ich aufgehört hatte, ihn abzuknutschen, und mich wieder auf meinen Platz gesetzt hatte. Wow, das ging ja schnell! Gestern erst hatten wir uns die Wohnung überhaupt angesehen, und heute gab es schon grünes Licht dafür – jetzt hatten wir wirklich einen Grund anzustoßen.

Auf uns, auf die Himmelstraße, auf ein neues Leben! Prost! Wir redeten aufgeregt darüber, wie wir alles einrichten würden – vielmehr redete ich darüber, und Jonas hörte zu –, und ich erzählte auch, wie erwachsen ich mich jetzt fühlte. Richtig »angekommen« bei mir.

Sechs Tage hatte ich nun noch Zeit, um mich auf mein Gespräch bei *Hamburg aktuell* vorzubereiten, und dann würde ich gut mit Wissen ausgerüstet dort auftauchen. Wow, das war eine ganz neue Erfahrung. Ich würde mit meinem Freund zusammenziehen und mich verantwortungsvoll auf ein Vorstellungsgespräch vorbereiten, in dem ich mich seriös und kompetent gab. Nach der Pleite bei *Hanseradio* hatte ich endlich aus meinen Fehlern gelernt. Tschakka! Neues Leben, ich komme!

27

Maja ist krank. Sie hat hohes Fieber, richtig über vierzig, wir sind die letzten drei Tage täglich beim Arzt gewesen, unsere U 5, die fünfte Vorsorgeuntersuchung, mussten wir absagen, weil Maja hustet, bis sie brechen muss. Damit wird ihre nächste Impfung um zwei Wochen verschoben, was für mich eine gewisse Gnadenfrist bedeutet. Dem Arzt zusehen zu müssen, wie er eine zentimeterlange Nadel in dein Kind stößt, das natürlich vor Schreck und Schmerz sirenenartig anfängt zu heulen, ist ja weder für mich noch für sie eine besonders schöne Erfahrung. Bis dahin bleibt uns also noch etwas Zeit, jetzt muss ich erst mal zeigen, wie ich mich als Krankenschwester so mache. Draußen ist der Hochsommer ausgebrochen, die Nachbarn grillen und lachen im Hof, in unserer Wohnung sind dreiunddreißig Grad, und Maja hat eine fette Bronchitis, die sich zur Lungenentzündung auswächst, wenn wir sie nicht in den Griff kriegen.

Vielleicht war das mit dem Babyschwimmen neulich, als sie so doll Schnupfen hatte, doch keine so gute Idee. Sarah, die Mama von Oskar, wollte aber auch kommen, obwohl ihr Kleiner etwas erkältet war, und ich hatte mich so gefreut, sie wiederzusehen. Sie ist wirklich eine ganz Liebe, und wir können viel zusammen lachen. Außerdem dachte ich, Schwimmen wäre wie Sauna, man soll ja auch in die Sauna, wenn man erkältet ist. Oder gerade dann nicht?

Jedenfalls sind Jonas und ich Tag und Nacht wach, ständig in Alarmbereitschaft, um mit Maja wieder zum Arzt oder notfalls nachts ins Krankenhaus zu fahren. Ich kühle ihre kleine Stirn mit kalten Tüchern, mache ihr von ein Uhr bis halb fünf morgens Wadenwickel und flöße ihr Nurofensaft ein, damit das Fieber von vierzig Komma acht wieder unter vierzig sinkt. Sie lacht gar nicht mehr, sieht mich nur aus großen glänzenden Augen an und weint viel. Ich habe sie nur noch auf dem Arm, trage sie durch die Wohnung, stehe mit ihr am Fenster, singe, erkläre ihr die Welt. Inhalieren will sie nicht, schlafen kann sie nicht, ich weiß nicht, was ich noch machen soll. Da sie jetzt gerade erst sechs Monate alt ist, möchte ich auf Antibiotika verzichten. Sollte es zur Lungenentzündung kommen, wäre das aber laut Constantin, unserem Arzt, den ich inzwischen duze, die einzige Alternative.

So erschöpft war ich in meinem Leben noch nicht. Am vierten Tag sinkt das Fieber, ihre Atmung normalisiert sich. Jetzt brauche ich Urlaub, und das sage ich Jonas. Er macht auch nicht gerade einen gesunden Eindruck, überhaupt sind wir beide in den letzten sechs Monaten um mindestens sechs Jahre gealtert. Ich sehe einfach nur noch fertig, verbraucht und elend aus, habe graue Haut und Falten am Hals und das Schlimmste daran: Es ist mir egal! Ich bin nur froh, wenn mein Kind gesund ist, unter seinem Entchenspielbogen auf der Krabbeldecke liegt und lacht.

Trotzdem würde uns ein verlängertes Wochenende an der Nordsee bestimmt guttun. Ich will noch warten, bis Maja vollends gesund wird, und dann in einem kleinen Häuschen am Strand den Sonnenuntergang genießen, am liebsten mit einem Glas Wein in der Hand. Das hab ich mir jetzt wirklich verdient. Für den nächsten Monat, August, bekommen wir natürlich nichts mehr, da wir mitten in der Feriensaison stecken. Mit ganz viel Glück und nach viel Telefoniererei erwische ich in St. Peter-Ording eine Zimmervermittlung, die zufällig für Ende September noch ein Häuschen frei hat.

Noch fünf Wochen, dann starten wir unseren ersten Familienurlaub. Ich bin ja mal gespannt.

28

»Viel Glück für heute, mein Herz«, sagte Jonas, als er sich am Mittwochmorgen verabschiedete, um zur Arbeit zu fahren. Ich streckte mich gemütlich im Bett aus und dachte, wie schön es war, dass ich jetzt mal freihatte. Dann setzte ich mich alarmiert auf.

»Wieso viel Glück für heute?«, fragte ich leicht misstrauisch.

»Du hast doch heute dein Vorstellungsgespräch! Mensch, Sophie, das kann doch nicht wahr sein, dass du das vergessen hast!?«

»Nein, da hast du was verwechselt.« Ich schüttelte vehement den Kopf.

»Das Gespräch ist morgen, nicht heute! Heute wollte ich mich noch mal richtig vorbereiten! Ich bin ganz, ganz sicher, dass das Gespräch …« Moment mal. War ich wirklich so sicher?

»Scheiße«, fluchte ich und warf die Bettdecke von mir und meine Füße auf den Boden, rannte in die Küche und suchte in meiner Tasche nach dem Brief mit der Einladung zum Gespräch, hier war er. Triumphierend hielt ich ihn Jonas hin.

»Schau, hier steht es: am 21.4. um zehn Uhr.«

»Ja,« Jonas nickte, »das ist heute. 21.4., richtig.« Dann deutete er noch auf meinen Kalender, der an der Wand hing, ein Werbegeschenk meiner Bank, und tatsächlich war dort der 21. ein Mittwoch, nicht wie ich immer dachte, der Donnerstag.

Es war neun Uhr. Um zehn sollte ich an der Palmaille in Altona sein, um einen guten Eindruck zu machen.

»Nein!«, wimmerte ich, »ich dachte morgen! Wie soll ich mir denn jetzt noch die Beine rasieren, die Haare kuren, alle Zeitungen der letzten Tage lesen und mich richtig vorbereiten? Ich flipp aus! Ich muss das absagen!«

Jonas beruhigte mich, verdrehte aber auch die Augen.

»Ich dachte, als du neulich beim Essen davon gesprochen hattest, wie du dich vorbereiten willst, dass du das metaphorisch meinst! Natürlich ist heute das Gespräch, also los, hopp, hopp, anziehen, und dann wird das schon! Hauptsache, du tauchst da pünktlich auf! Und denk dran, versuch ein bisschen seriös rüberzukommen, ja, Süße?« Er küsste mich. »Tut mir leid, ich muss echt los, sonst krieg ich Ärger. Viel Glück! Sehen wir uns heute Abend?«

»Ja, ich denke schon«, sagte ich abwesend und fing an, in Windeseile meinen Kleiderschrank zu inspizieren. Jonas seufzte und schloss die Tür hinter sich, das bekam ich aber nur so am Rande mit. Viel wichtiger war jetzt: Was zieh ich bloß an? Natürlich war mein Schrank randvoll, es befand sich aber nichts zum Anziehen darin.

Panisch warf ich ein Stück nach dem anderen hinter mich auf einen Haufen. Zu klein, zu groß, zu eng, blöder Ausschnitt, falsche Farbe (wann zum Teufel hatte ich mir ein Top in Lila gekauft?), das war für die Weihnachtsfeier, den Rock konnte ich nur mit Stiefeln anziehen, blöd, und das letzte Teil bekam den Titel: »Igitt – das hab ich noch?« Ich hatte keine Ahnung, welche von all diesen Klamotten mir noch passten und dann auch noch der Situation angemessen sein könnten.

Aber ging es nicht sowieso eher um die inneren Werte? Irgendwas musste ich jetzt anziehen, egal, was, zack, zack! Ich zerrte einen uralten grünen Rock mit kaputtem Reißverschluss aus dem Riesenhaufen, dazu ein schwarzes Stretch-T-Shirt ohne Ärmel, mit einem riesigen V-Ausschnitt, Marke

»Eng-aber-wird-schon-gehen«. Dann quetschte ich mich vorsichtig hinein, hielt die Luft an und zog den Bauch ein – wunderbar, das sah doch toll aus. Zumindest wenn ich so blieb und mich nicht bewegte. Haare hoch zum Pferdeschwanz gebunden – fertig war die Fernsehreporterin! Ach nein, noch Schuhe! Schnell in die schwarzen Ballerinas geschlüpft – jetzt ging es, zumindest äußerlich. Ich hetzte noch ein paar mal hin und her durch die Wohnung, flüsterte: »Scheißescheißescheiße«, suchte meine Tasche, meinen Schlüssel, mein Portemonnaie, meine Sonnenbrille und mein geliebtes Schminktäschchen zusammen, ohne das ich nie aus dem Haus ging, (ich finde, es sollte sogar mal einen Film geben mit dem Titel »Nicht ohne mein Schminktäschchen«) beschloss, mich im Auto zu schminken, und dann war ich auch schon unterwegs und klapperte meine zwei Stockwerke runter.

9.25 Uhr, noch fünfunddreißig Minuten bis zum Termin, jetzt musste ich aber Gas geben, und zwar im wahrsten Sinne des Wortes, nix da mit metaphorisch – wie kam Jonas bloß auf so einen Quatsch? Wenn ich sage, ich will mir die Beine rasieren, meine ich das auch so, wofür sollte das denn wohl eine Metapher sein? Kopfschüttelnd rannte ich aus dem Haus und versuchte mich zu erinnern, wo ich mein Auto abgestellt hatte. Bis zur Palmaille würde ich bestimmt eine halbe Stunde brauchen, ich könnte es also schaffen. Jonas hatte mir erzählt, dass das Büro wohl mit Elbblick wäre. Als ob das wichtig fürs Arbeiten wäre, ob man auf die Alster, die Elbe, oder sonst ein Gewässer guckt. Okay, wenn man seine Kündigung erhält, kann man bei Regen und Sturm melancholisch draufstarren und/oder sich überlegen, ob man sich mit Steinen an den Füßen hineinstürzen möchte, aber ansonsten ist es doch egal. Mir fiel wieder ein, wo ich geparkt hatte, und ich schlug mir vor den Kopf. Mein Golf stand fast zwei Kilometer von meiner Wohnung entfernt am Eppendorfer Baum.

Schön war die gesamte Gegend ja, nur leider etwas unterversorgt mit Parkmöglichkeiten. Ein absoluter Nachteil, wenn man in der Stadt wohnt und ein Auto nutzen möchte. Bei herrlichstem Frühlingswetter, achtzehn Grad und blauem Himmel, trabte ich los Richtung Auto.

Für eine unsportliche Journalistin, die die letzten anderthalb Jahre ihre Tätigkeiten darauf beschränkt hatte, mit dem Golf zur Arbeit zu fahren und höchstens mal zu Fuß ins *Balzac* zu gehen, um sich einen kalorienreichen Karamel Macchiato zu gönnen, und am Wochenende mal etwas zu tanzen, wurde dieser kurze Weg zum Marathon. Ich rannte und keuchte, hustete und prustete, schnaufte und schwitzte, und als ich endlich nach gefühlten siebenundzwanzig Minuten beim Auto ankam, wäre ich am liebsten direkt wieder nach Hause gefahren, um zu duschen. Der Rock war mir beim Laufen fast über die Hüften gerutscht, das T-Shirt hing mir unter den Achseln und ich hoffte, meine Atmung beruhigte sich zumindest, bis ich beim Termin war.

Der Verkehr war einigermaßen normal, ich raste wie eine Irre durch die Stadt, überholte links und rechts, hupte, fluchte, bremste und wechselte Spuren, ohne zu blinken. Jaja, schon klar, ich hätte hier kein Fahrsicherheitstraining bestanden, aber ich hatte mir dermaßen in den Kopf gesetzt, diesen Job jetzt zu bekommen, dass ich wenigstens einigermaßen pünktlich auftauchen wollte. Also Platz da! Jetzt komm ich! Hui!

Um Punkt zehn hielt ich schließlich vor einem grauen, völlig unattraktiv aussehenden Klotz von Bürogebäude, fand sogar schnell einen Parkplatz, nahm mir dann aber noch mal eine halbe Minute Zeit, um mich nachzupudern und die Schwitzspuren zu entfernen, strich meinen Rock glatt, und ging – jawohl, ging! – in Richtung Eingangstür. Nichts macht einen schlechteren Eindruck, als zu einem Bewerbungsgespräch zu rennen! Das konnte ich mir also gerade noch verkneifen. Mein Täschchen an mich gedrückt, betrat ich die klimatisierte Vorhalle von *Hamburg aktuell* und anderen Hamburger Firmen, die mir aber alle nichts sagten. Anwaltskanzleien und Grafikdesigner hatten sich hier eingemietet, und von den oberen Etagen hatte man bestimmt einen tollen Blick auf die Elbe. Ich steuerte, hoffentlich ohne hektisch zu wirken, auf den Empfang zu. Dort saß eine ganz normale Empfangsdame mit einer strengen Nana-Mouskouri-Brille, die mich bestimmt gleich wieder vergessen würde, wenn ich gesagt hatte, wer ich war und was ich wollte.

»Hallo, ich bin Sophie Sonnenberg und habe um zehn ein Vorstellungsgespräch bei *Hamburg aktuell*«, sagte ich so freundlich und ruhig wie möglich.

Die Empfangsdame musterte mich kurz, griff zu einem ihrer vielen Telefonhörer, wählte eine kurze Nummer und sagte: »Sie wäre dann jetzt da.« Dann funkelte sie mich böse an und deutete mahnend auf die große Uhr, die über den Fahrstühlen hing und zehn Minuten nach zehn zeigte.

»Ja, ist gut, ich schick sie hoch.« Sie legte den Telefonhörer auf. »Fünfter Stock, bitte. Sie sind aber ganz schön spät!«, meckerte sie mich an. Huch, so viel zu spät war ich ja nun nicht. Ich wurde etwas kleinlaut und sah sie unschuldig an.

»Ich wusste nicht, was ich anziehen sollte«, versuchte ich ihr meine missliche Lage zu erklären. »Ich meine, sehen Sie nur, ich musste schließlich diesen scheußlichen Rock und das schwarze T-Shirt anziehen, ich hatte nichts anderes. Das liegt nämlich daran, dass ich gerade keinen Job und kein Geld habe und mir nichts Neues kaufen kann, und deshalb bin ich ja hier, um wieder zu arbeiten, damit ich mich neu einkleiden kann.«

Schade, »ehrlich währt am längsten« zog hier anscheinend nicht. Dass ich den Termin fast komplett verpasst hätte, brauchte sie nun wirklich nicht unbedingt zu wissen.

Die Dame rollte mit den Augen und deutete mit einem langen manikürten Zeigefingernagel auf den Fahrstuhl.

»Fünfter Stock bitte, Martin Marciewski erwartet sie in K 214.«

Ich fuhr mit klopfendem Herzen hoch – irgendwie immer noch außer Atem von der Rennerei zum Wagen und der stressigen Autofahrt hierher – und stand dann in einem langen Flur, vor der Tür mit einem kleinen Schild: *Hamburg aktuell – K 214*. Hier würde sich meine Zukunft entscheiden.

Jetzt war ich doch richtig nervös und bereute, dass ich mir die letzten zwei Wochen keine richtige Rede für das Bewerbungsgespräch überlegt habe. Ganz abgesehen davon, dass ich mich zudem in Sachen Politik, Wirtschaft oder Sport auch nicht vorbereitet hatte. Klar hatte ich jeden Tag Zeitung gelesen und im Internet gesurft, die Zeit dafür hatte ich ja nun – aber da ich eher auf Klatsch und Tratsch stand, hatte ich doch lieber gelesen, was Robbie Williams so machte und wie es David Beckham ging.

Mutig klopfte ich nun an und betrat dann die Höhle des Löwen. Martin Marciewski sah aber nun gar nicht aus wie ein Löwe, bis auf die blonde, aber recht kurze Mähne – ansonsten machte er den Eindruck eines ganz normalen Typs Mitte dreißig, mit heller Haut, die im Sommer bestimmt eher rot als braun wurde, leichten Sommersprossen und einem sommerlichen Hemd. Der Konferenzraum wirkte dagegen gar nicht sommerlich, sondern sehr kühl, die Klimaanlage gab wohl ihr Bestes, und die Teppich- und Wandfarben in Blau und Grau verstärkten das etwas ungemütliche Ambiente.

Marciewski thronte hoheitsvoll am Ende des langen weißen Konferenztisches, so dass ich nicht recht wusste, ob ich mich in Türnähe ans andere Ende oder zu ihm an den Kopf der langen Tafel setzen sollte. Vielleicht war es auch Strategie, so was wie »Psychologie im Bewerbungsgespräch« … Mist, auch dazu hätte ich eigentlich etwas lesen sollen. Ach was, egal, dachte ich, und schritt beherzt zur Tat.

Herr Marciewski sah mir recht freundlich in die Augen. »Aaah, Frau Sonnenberg, da sind Sie ja!« Er machte aber keinerlei Anstalten aufzustehen, sondern wartete anscheinend, bis ich bei ihm angelangt war.

Jetzt bloß einen guten Endruck machen, nicht stolpern und nicht zu tief einatmen, sonst platzt mein T-Shirt, dachte ich noch. Ich schritt also, so schnell mein enger Rock und die flachen Ballerinas das zuließen, hoheitsvoll über den dicken Teppich, beugte mich über die Tischkante, streckte dabei meinen rechten Arm nach links in Richtung Chef, um ihm die Hand zu geben.

Mein fröhliches »Hallo, Herr Martinski« und ein langes ratschendes Geräusch waren gleichzeitig zu hören. Mein BH-Träger riss in dem Moment, als ich meine Hand ausgestreckt hatte. Wahrscheinlich war er der ungeheuren Belastung beim kleinen Spurt zum Auto nicht gewachsen gewesen, er war ja auch nicht mehr der jüngste – und die nächste Sekunde verging in Zeitlupe: Schwubbeldiwupp plumpste meine rechte Brust aus ihrem nun nicht mehr gesicherten Körbchen, und das genau auf Augenhöhe des Chefs vom Dienst!

In wenigen Sekundenbruchteilen wurde ich gleichzeitig hochrot, kalkweiß, schwitzte und fror, dann fiel mir erst ein, die nackte Brust wieder ins T-Shirt zurückzustopfen. Jetzt irgendwas sagen, dachte ich panisch – Hilfe, Sophie, mach irgendwas! Egal, was, rette dich! Dann sagte ich munter: »So, das hat ja super geklappt, Sie ahnen nicht, wie lange ich dafür geübt habe!«

Herr Marciewski sah mich an, wie die sprichwörtliche Kuh,

wenn's donnert. Dann fing er ungläubig an zu lachen. Er lachte und grölte, bis er fast hintenüber vom Stuhl kippte. Ich setzte mich derweil mit weichen Knien auf den Stuhl neben ihm, weil mir nämlich gar nicht nach Lachen, sondern eher nach Weinen zumute war. Dann musste ich aber doch grinsen angesichts der Absurdität dieser Situation und prustete los, bis wir beide so lachten, dass wir uns kaum noch auf den Stühlen halten konnten.

Als Herr Marciewski – dessen richtiger Name mir jetzt auch wieder einfiel – wieder Luft kriegte, sagte er: »Gratuliere – Sie haben den Job!« und wischte sich eine Lachträne aus dem Augenwinkel.

Dann sprachen wir übers Geschäftliche.

»Ich kann als Freie zum ersten Juni anfangen, und dann guck ich mir das mal alles in Ruhe an und bleibe sowieso erst mal hinter der Kamera«, erzählte ich Jonas eine Stunde später am Handy, mit vor Freude ganz hoher Stimme, während ich wieder nach Hause fuhr.

»Der war total begeistert von mir und meinte, so was Erfrischendes hätte er ja lange nicht erlebt!«, kicherte ich. Dass ich in meinen viel zu engen Klamotten förmlich aus allen Nähten geplatzt war, verschwieg ich lieber, das musste mein Schatz nicht unbedingt wissen.

»Hey, das ist super!«, freute er sich mit mir. »Und was genau ist jetzt deine Aufgabe?«

»Och, so 'n bisschen Recherche, schätze ich, aber das erklären die mir dann schon genau. Jetzt habe ich jedenfalls noch über einen Monat Zeit, mich wirklich auf die Arbeit vorzubereiten.« Ich freute mich auf einen Monat Urlaub. Der Mai war in Hamburg immer besonders schön – wenn es nicht gerade regnete. Ich plante schon, an der Elbe lange Spaziergänge zu machen und auch mal joggen zu gehen.

»Wie lief denn das Gespräch, hat alles gut geklappt?«, wollte Jonas wissen.

»Hm?«, machte ich nur. »Du, ich hör dich gar nicht mehr, ich meld mich später wieder, okay?« Dann legte ich auf und fuhr nach Hause. Jetzt hieß es Zeitungen lesen, Politiker auswendig lernen und die *dpa* checken. Wäre ja gelacht, wenn ich diese einmalige Chance jetzt nicht nutzen würde.

29

»Jetzt halten Sie sie doch mal richtig fest!«, meckerte mich die Sprechstundenhilfe des Vertretungskinderarztes an, bei dem ich heute Maja zur U 5 vorstelle. Leider ist Constantin, unser Arzt, im Urlaub, und ich muss in eine Vertretungspraxis. Ich versuche Maja, die aus Leibeskräften schreit und sich windet, so gut es geht auf dem Arm zu halten, so dass die Sprechstundenhilfe mit dem Wattebausch Majas Bein desinfizieren kann. Keine Chance. Meine Tochter zappelt dermaßen, dass ich sie nur mit roher Gewalt festhalten könnte, und das will ich nicht. Die erste Spritze hat Maja eben bekommen. Zuerst war sie noch ganz vertrauensselig und lächelte mich an, aber als die Nadel in ihr Beinchen stach, schien sie erst überrascht, dann fing sie vor Empörung und Schmerzen an zu brüllen. Verständlich, dass sie diese Prozedur nicht auch noch an ihrem anderen pummeligen Beinchen vornehmen lassen will, ich kann sie mehr als verstehen. Ich versuche sie also zu trösten und mehr mich als sie davon zu überzeugen, dass alles in Ordnung und völlig notwendig ist. Jetzt kann ich Impfgegner auch wirklich verstehen. Trotzdem will ich nicht, dass Maja sich eine immer noch potenziell tödliche Krankheit wie Tetanus, Diphtherie, Keuchhusten, Kinderlähmung, Hepatitis B oder eine Pneumokokken-Infektion zuzieht. Deshalb lieber zweimal pieksen, so weh es Maja und meinem sensiblen Herzen auch tut. Mein Baby ist nach der zweiten Spritze völlig erschöpft.

Ich verstehe ehrlich gesagt überhaupt nicht, warum der Kinderarzt, den wir hoffentlich heute auch noch zu Gesicht bekommen werden, die Untersuchung zur Früherkennung erst nach dem Impfen vornimmt. Vielleicht hatte er eben noch eine Runde Golf vor sich und musste jetzt erst schnell in die Praxis in der Alsterdorfer Straße eilen, wer weiß es schon? Unglücklicherweise erkenne ich in dem Schluchzen meiner Tochter auch deutliche Hungeranzeichen. Die Sprechstundenhilfe, stark geschminkt und mit langen schwarzen Rastazöpfen, hantiert mit manikürten Krallen noch an irgendwelchen Geräten herum, und ich frage sie nach einem Blick auf meine Uhr:

»Ich müsste meine Tochter jetzt erst mal füttern, sie bekommt gleich richtig Hunger, das ist doch okay, oder?«

Die Arzthelferin, auf deren Ansteckschild *J. Berger* steht, sieht verwirrt von ihrer Arbeit auf.

»Aber ich müsste das Kind jetzt wiegen und messen«, sagt sie.

Aha, das fällt ihr ja früh ein. Ich vergewissere mich, ob hier alles chronologisch richtig ist oder ob sie sich in der Reihenfolge vertan hat.

»Sie sind aber schon sicher, dass die Impfung am Anfang gemacht wird?«, frage ich skeptisch.

»Natürlich, das machen wir hier immer so«, meckert mich die J. Berger an.

Als Maja ebenfalls zu meckern anfängt, reiche ich sie Frau Berger. »Dann bitte schön!« Während sie versucht, mein Kind, das an einen zappelnden Tintenfisch erinnert, auf die Waage zu legen, fange ich an, mit heißem Wasser aus meiner Thermoskanne ein vorbereitetes Milchfläschchen zuzubereiten. Maja wird, nackig wie sie ist, auf das Metall gelegt, J. notiert achttausendsechshundert Gramm, dann legt sie Maja auf den Untersuchungstisch und versucht sie zu messen. Ich schüttele das Fläschchen, damit sich das Milchpulver auflöst und spreche Maja gut zu: »Du bist gleich fertig, mein Schatz, die junge Dame will jetzt nur noch mal sehen, wie groß du schon bist! Hör doch bitte auf zu zappeln, Süße, sonst kriegen wir das nicht hin.«

Hier läuft irgendwas nicht rund. Bis vor einer Woche war Maja noch krank, an der Lungenentzündung sind wir knapp vorbeigeschlittert, und jetzt schon wieder diese Strapazen, langsam hab ich die Nase voll davon. Auch wenn ich weiß, dass wir hier ja gleich wieder raus sind, ist mir dieses ganze Theater einfach zu viel.

Die junge Frau Berger guckt mich böse an. »Sie müssen sich schon zurückhalten, sonst kann ich sie nicht messen!«, zischt sie giftig.

Und so was arbeitet beim Kinderarzt! Ich bin empört, zische zurück: »Das hätten Sie wohl gerne!« und wende mich wieder meinem Kind zu, das jetzt etwas leiser weint und mich vorwurfsvoll und verwirrt anschaut. Sie versteht ja auch gar nicht, was hier vor sich geht.

Am liebsten will ich Maja nur noch nehmen und abhauen, aber vorher muss ich sie noch füttern, und der gute Onkel Doktor will sie ja auch noch untersuchen. Ich schwitze in meinen Sommersachen, mein T-Shirt klebt an meinem Rücken, und ich bekomme leichte Kopfschmerzen. »Achtundsechzig Zentimeter«, verkündet J. Berger.

Na super, das hätten wir dann wohl auch.

Ich hebe Maja, ohne auf J. zu achten, vom Untersuchungstisch, drücke sie fest an mich und fange fast an mitzuweinen. Ich bin so eine Heulboje. Maja beruhigt sich kaum, wahrscheinlich übertrage ich meine Anspannung auf sie. Zitternd ziehe ich ihr eine neue Windel und den Body an und nehme sie dann auf den Schoß, um ihr endlich die Milch zu geben, nach der sie schreit. Ist halt Pech, dass sie ausgerechnet jetzt Hunger bekommt, aber so ist das eben mit Kindern. Maja hört auf zu weinen, als sie ihre Flasche erkennt, trinkt gierig, und ich beruhige mich auch endlich.

J. Berger sieht uns vorwurfsvoll an und sagt: »Ich würde Sie dann bitten, Ihr Kind nächstes Mal VOR oder NACH der Untersuchung zu stillen, wir haben ja hier auch einen Plan, an den wir uns halten müssen.«

Ich starre sie an und fühle mich wie bei *Verstehen Sie Spaß?*. Wo ist denn bloß die Kamera? Nur, dass ich es im Moment wirklich nicht witzig finde.

Leise und deutlich, um Maja nicht zu erschrecken, sage ich: »Erstens: *Stille* ich nicht, wie man sieht. Zweitens: Haben Sie selber Kinder?«

J. Berger ist mir in dem kleinen Untersuchungszimmer eindeutig zu nah. Dass wir uns nicht leiden können, lässt sich nun wirklich nicht leugnen. Ohne mit der Wimper zu zucken, sagt sie:

»Ich wüsste nicht, was Sie das angeht, aber Nein, ich habe keine Kinder.«

»Dann versuchen Sie doch mal später, Ihre Kinder nach Plan zu füttern, und dann sagen Sie mir bitte Bescheid, wie das geklappt hat!« Ich lächle sie künstlich an. Sie lächelt genauso künstlich zurück und erwürgt mich mit ihren Augen, bevor sie aus dem Raum geht. Endlich! So eine Schlange!

Als Maja fertig getrunken hat, sieht sie ziemlich erschöpft aus. Da nehmen wir uns beide nichts. Ich halte sie noch etwas im Arm, dann betritt der Arzt das Zimmer. Er ist jung, aber nicht zu jung, um ein guter Arzt zu sein, lächelt mich freundlich an und sagt sehr liebevoll zu Maja: »Na, wen haben wir denn da? Ist das eine süße Maus!« Ich kann die Tränen nicht mehr zurückhalten. Ich kenne diesen Mann nicht und werde nie wieder hierher in seine Praxis kommen, das schwöre ich mir, aber im Moment ist *er* der einzige Halt, den ich habe. Schluchzend berichte ich ihm, dass seine Sprechstundenhilfe J. Berger sich wirklich unmöglich benommen und mich angemeckert hat und dass ich ja nichts dafür kann, wann Maja Hunger bekommt, und dass ich das blöd finde, wenn sie geimpft wird und Schmerzen hat, und dass ich eigentlich nicht so eine Heulsuse bin, aber eigentlich doch. Schnief.

Er sieht mich mitleidig an, reicht mir ein Taschentuch und sagt die Worte, die für jede Mutter die allerschönsten sind: »Sie machen das ganz toll mit Ihrer Tochter. Die kann froh sein, so eine fürsorgliche Mutter wie Sie zu haben.« Ich liebe ihn! Nein, ich liebe natürlich Jonas, aber dieser Arzt versteht sein Handwerk. Ohne zu zögern reiche ich ihm Maja, wische mir die letzten Tränen ab, lächele, und er fängt mit seiner Untersuchung an. Maja muss ein bisschen spucken, von der Milch, als Dr. Krause sie auf den Bauch dreht, aber ansonsten ist alles in Ordnung. Sie fängt sogar an zu lachen, als der Arzt mit ihr schäkert, und plappert munter vor sich hin. Im U-Heft wird eingetragen, dass sie gesund und munter ist, und dann dürfen wir die Praxis verlassen.

Mehr als zuvor freue ich mich jetzt auf unseren Urlaub an der Nordsee. Den haben wir uns wirklich verdient.

30

»Wie heißt unser Bundeskanzler?«, fragte Jonas mich einen Tag vor unserem Umzug, als wir die letzten Kartons in meiner Wohnung packten.

»Sehr witzig«, antwortete ich und schlug ihn leicht mit einer Fliegenklatsche, die ich in den Untiefen meiner Küchenschränke gefunden hatte. Was hier alles zum Vorschein gekommen war! Rigoros hatten wir ausgemistet und alles weggeworfen, wofür in der neuen Wohnung in der Himmelstraße, im neuen Leben, kein Platz sein würde. Und Gemüsebrühe, haltbar bis August 1999, brauchten wir wirklich nicht.

»Was ist die *Agenda 2010*?«, löcherte Jonas weiter. »Wie setzt sich der Bundestag zusammen?«

»Ach, lass mich, ich weiß das alles, wenn's drauf ankommt, aber jetzt kann ich es so schlecht erklären«, wand ich mich aus der Affäre. Natürlich wusste ich alles, unser Bundskanzler hieß Gerhard Schröder, die *Agenda 2010* war sein Reformkonzept zur Verbesserung der deutschen Wirtschaft, und Entschuldigung, die Sitzverteilung der Parteien im Bundestag wusste ich mal gerade nicht auswendig. Wir hatten seit letztem Jahr eine rot-grüne Koalition, das zu wissen sollte ja wohl reichen.

Fünf Wochen hatten Jonas und ich meine Arbeits-Auszeit genossen, ich hatte, wie ich es mir vorgenommen hatte, viel Zeitung gelesen, war spazieren gegangen, hatte mich mittags zum Lunch mit Mona getroffen, abends mit Jonas an der Elbe gesessen und den ganzen Tag Nachrichten gehört, abends sogar *Tagesthemen* und *Heute Journal* geschaut. Ich wusste einfach alles.

»Das sagst du nur, weil du es gar nicht weißt«, feixte Jonas. Frechheit! Ich schlug ihn mit der Fliegenklatsche auf den Po.

»Pass bloß auf, wenn du mich weiter so ärgerst, setzt es was!«, drohte ich spielerisch.

»Au ja, da steh ich drauf!« Er grinste, und wir fingen an, lustiges »Gleich-setzt-es-was-mit-der-Fliegenklatsche-Fangen« durch meine Einzimmerwohnung zu spielen. Jonas versuchte, sich vor mir hinter Kartons zu verstecken, und ich tat so, als wolle ich ihm den Hintern versohlen. Nach kurzem Rumgealber nahm er mir die Klatsche aus der Hand – was für ihn ein Leichtes war –, hielt meine Hände fest und küsste mich.

»Ich freue mich schon so auf alles mit dir!«, sagte er.

Ich freute mich auch. Das Bett war schon auseinandergebaut, und wir ließen uns auf die Matratze fallen.

Der Umzug in die Himmelstraße am nächsten Tag verlief problemlos, Mona und einige Freunde von Jonas halfen uns, alles in den vierten Stock hinaufzuschleppen. Am Freitag und Samstag war schon fast alles an Ort und Stelle geschoben, aufgebaut und eingeräumt. Sonntagabend genossen wir Pizza vom Bringdienst und sahen uns immer noch leicht ungläubig in der neuen Wohnung um. Alles meins?, dachte ich und beobachtete heimlich Jonas, der ein großes Stück von seiner Thunfisch-Pizza abbiss. Wann würde ich anfangen, ihn eklig zu finden, es nicht mehr ertragen, wie er aß, saß, lachte, atmete? Niemals, beschloss ich.

Dienstagabend erzählte ich Jonas in unserer neuen Küche von meinem ersten Tag bei *Hamburg aktuell.*

»Wenn ich nicht eh schon so heiß auf diesen Fernsehjob gewesen wäre, hätte ich jetzt auf jeden Fall Blut geleckt!« Ich strahlte ihn an.

Passenderweise leckte Jonas gerade sein Nutella-Messer ab,

hielt kurz inne und leckte dann weiter. Ich schwärmte richtig von meiner neuen Arbeit.

»Mit der Kamera unterwegs zu sein, Leute zu interviewen, Bilder zu schneiden und Musik zum Unterlegen auszusuchen, das macht so Spaß, und ich finde es so viel abwechslungsreicher als nur im Studio zu sitzen. Außerdem hab ich mit Martin Marciewski ausgehandelt, dass ich, außer im absoluten Notfall, immer erst um zehn Uhr anfangen muss!« Darüber freute ich mich ganz besonders. Ätsch, früher Vogel, ich hab gewonnen! Wer zuletzt lacht, lacht am besten!

Morgen sollte ich wieder um zehn da sein, dann durfte ich nach der Konferenz schon mit einem Team rausfahren.

»Und wann darfst du dann vor die Kamera?«, wollte Jonas wissen.

»Öhm, na ja, darüber haben wir jetzt nicht direkt gesprochen«, murmelte ich. Ehrlich gesagt, hatte Marciewski wohl nicht mal in Erwägung gezogen, mich vor der Kamera einzusetzen.

»Na, Hauptsache, ich kann die Beiträge dort sprechen, das reicht mir erst mal.«

Aber Jonas hatte schon Recht. Warum arbeitete ich bei einer Agentur für Fernsehnachrichten, wenn ich nicht zu sehen war?

Vielleicht konnte ich ja auch mal was Tolles für »Fünf vor Zwölf« machen, dem großen TV-Nachrichtenmagazin der Privaten. Lispeln konnte ich ja, und blond war ich auch, zumindest strähnchenweise, also wäre ich dafür die perfekte Besetzung.

»Was hast du gesagt?« Ständig hörte ich ihm nicht richtig zu und war mit meinen Gedanken woanders. Waren das schon meine neuen Starallüren?

»Ob wir uns Freitagabend wieder an der Elbe treffen wol

len, an unserem Platz?«, fragte Jonas, anscheinend zum zweiten Mal. »Morgen habe ich Bandprobe«, fügte er hinzu.

»Ja, gerne«, sagte ich.

Wir aßen weiter Nutellabrote und sprachen über dies und das, bis das Telefon klingelte. Mona. Sie hatte wieder jemanden kennengelernt, einen Tischler namens Tarek, und berichtete mir haarklein von ihrem ersten Treffen.

Ich hörte ihr zwar zu, war aber in Gedanken bei meiner Arbeit. Ich stellte mir vor, wie ich als Reporterin große Berühmtheiten interviewte, zum Beispiel Gerhard Schröder, Franz Müntefering oder Harald Schmidt. Nach einer Stunde Geplauder mit Mona gab ich vor, müde zu sein, obwohl ich hellwach und aufgeregt war, und ging zu Jonas ins Bett. In dieser Nacht träumte ich von roten Teppichen, VIP-Partys und Fernsehpreisen für fantastische Reportagen.

Der Sand, der mir in die Flipflops krümelte, war noch warm, als ich drei Tage später gut gelaunt und mit einer Flasche Sekt ausgerüstet am Elbstrand entlanglief. Hier unterhalb des Jenischparks waren ziemlich viele Leute unterwegs, Grillgeruch lag in der Luft, überall saßen Grüppchen, lachten, aßen und tranken, alle wollten den schönen Juniabend ausnutzen – aber ich traf niemanden, den ich kannte. Nicht mal Jonas. Wo blieb er bloß? Wir hatten doch gesagt, an unserem Platz, und genau da stand ich nun, in einer kleinen Geheimbucht, die noch ein bisschen hinter dem Grillstrand lag, wo die vielen Hunde liefen, und wartete auf ihn. Jetzt schon bestimmt fünf Minuten lang. Total blöd. Nachdem ich zwei großen Containerschiffen zugesehen hatte, die Richtung große weite Welt an mir vorbeiglitten, zog ich mein Handy aus der Tasche, rief Jonas an, ließ mehrmals klingeln und legte genervt wieder auf. Ich wäre ja nicht ich, wenn ich jetzt lange und dauerhaft gut gelaunt geblieben wäre. Also wirklich.

Der Sand in meinen Latschen war auch gar nicht mehr warm, sondern kalt und klebte mir zwischen den Zehen, so dass ich die Schuhe lieber gleich in die Hand nahm und barfuß am Strand stand. Von der sommerlichen Wärme des Tages waren vielleicht noch zweiundzwanzig Grad übrig, aber hier im Schatten war es doch deutlich kühler. Und ich hatte ja auch keine Jacke mitgenommen, jedes Mal vergaß ich, dass das Hamburger Wetter mindestens so launisch war wie ich, und von jetzt auf gleich von Sonne auf Gewitter umschwenken konnte.

Wenn doch nur Jonas hier wäre, dachte ich, etwas enttäuscht darüber, dass er mich warten ließ. Wieder rief ich ihn auf dem Handy an, bis die Mailbox ansprang. Ich sprach ihm aber nichts drauf, er konnte sich ja sicher denken, was ich wollte. Überhaupt eine dämliche Idee, getrennt hierherzufahren, dachte ich. Ich hätte ihn auch nach der Arbeit in der Stadt abholen oder wir hätten uns erst zu Hause treffen können.

Um meine Laune noch zu verschlechtern, umkreisten mich jetzt ein paar Wespen. Wer es noch nicht weiß: Wespen sind das allerekligste Getier auf Gottes schöner Erde, schlimmer als Spinnen und Maden zusammen. Und sie kamen in Scharen! Brrrrummmm umschwirrten sie mich, stießen immer wieder auf mich nieder, entfernten sich kurz, um dann wieder anzugreifen. Panik durchschoss mich. Ich fing an, vor den Wespen wegzulaufen, kam aber nicht weit, bevor ich stolperte und in den Sand stürzte. Meine Flipflops setzte ich jetzt als Wespenklatschen ein und donnerte sie mindestens zweien vor den verdutzt aufsummenden Kopf. Wahrscheinlich hatten sie aber untereinander eine Art Funk, mit der sie nun Verstärkung anforderten – wo sich vorher nur so drei bis vier Wespen ein bisschen mit mir amüsieren wollten (»hey, guckt mal, die können wir bestimmt ein bisschen ärgern, schwirr!«), umsausten mich jetzt bestimmt zwanzig, dreißig der gelb gestreiften Flugmonster. Ich hatte solche Angst, dass mir eine von ihnen in den Haaren hängen, in meinen Ausschnitt oder unter den Rock fliegen und mich stechen könnte, dass ich anfing zu heulen und weiter um mich fuchtelnd versuchte, ihnen zu entkommen.

Nach mehreren abgewehrten Wespenstichen beschloss ich, dass es so nun nicht den ganzen Abend weitergehen konnte. Ich rief verzweifelt um Hilfe, schrie laut auf und hüpfte herum, weil ich meinte, eine der Wespen an meinem Po unter meinem Kleid gefühlt zu haben! Endlich hörte ich laute und schnelle Schritte im Sand.

»Sophie!«, rief Jonas. Mein Retter! Mein Schatz! Mein Wespenflüsterer!

»Hilf mir«, schluchzte ich und wandte mich ihm zu. Er kam näher – unbewaffnet wollte er den Kampf mit den Killerinsekten aufnehmen.

»Ruuuuhig«, rief er beschwörend, allerdings meinte er nicht die Wespen, sondern mich, wie ich angesäuert feststellte.

»Entschuldigung, ich bin kein Pferd«, schnaubte ich ihn an. Als er so nah war, dass er mich in den Arm nehmen konnte, tat er das umgehend, strich mir die verschwitzten Haare aus dem Gesicht und hielt mich einfach fest.

»Die verschwinden, wenn wir uns nicht bewegen. Du Dummi, man muss doch ruhig bleiben, wenn Wespen in der Nähe sind«, sagte er und fügte besorgt hinzu: »Die wittern doch deine Angst.« Tatsächlich, die Wespen verzogen sich. Vor Jonas hatten sie offensichtlich Respekt. »Sophie Sonnenberg nicht mehr umkreisen«, funkte die Oberwespe den anderen zu. »Retter kennt sich mit Wespen aus!« »Aye, aye, Käpt'n«, antworteten die Angreifer und schnurrten davon, aufs nächste Opfer zu.

»Woooohooo«, fing ich an zu schluchzen und bekam sofort einen heftigen Schluckauf, während meine Wimperntusche Abdrücke an Jonas Schulter hinterließ. »Woo wahaarst du denn?«, schluckaufte ich und klammerte mich an ihn. Jetzt wollte ich nur noch Ruhe, Sekt und was zu essen.

Da fiel mir noch was anderes ein: »Wo warst du eigentlich so lange?«, fing ich an zu meckern. »Hier ist doch unser Platz, hier bei der Weide!«

»Ach Quatsch«, entgegnete er, unser Platz ist doch da drüben, eine Bucht weiter! Da sind wir doch hingegangen, weil hier zu viele Leute und Hunde waren, da sind doch auch die ganzen Steine, auf denen wir gesessen haben …« Ach ja, jetzt, wo er das so sagte

»Dahinten hab ich unsere Decke und unser Essen hingelegt«, sagte er, und ich war erst mal einfach nur froh, dass die ganze Aktion jetzt ein angenehmes Ende fand.

Auf der Decke machten wir es uns gemütlich. Jonas gab mir seine Strickjacke, und ich zog sogar seine leicht verschwitzten Socken an, damit ich nicht mehr so fror, und kuschelte mich an ihn, mit Blick aufs Wasser. Dann tranken wir den Sekt, aßen die leckeren fettigen Croques, die er mitgebracht hatte und die natürlich inzwischen kalt waren, und sprachen über uns, Gott und die Welt, über alle, die wir kannten, und über meinen neuen Job.

Jonas hatte sein Handy übrigens deshalb nicht gehört, weil er es während einer Besprechung am Nachmittag auf lautlos geschaltet und danach nicht wieder umgestellt hatte. Auf mich aufmerksam geworden war er nur durch meine Schreie. Wow, sogar an Kerzen hatte er gedacht, freute ich mich, als Jonas drei Teelichter aus seinem Rucksack kramte. Was hab ich nur für ein Glück mit meinem Schatz, dachte ich und sagte ihm das auch gleich.

»Schön mit dir«, flüsterte ich in sein Ohr, und wir küssten uns ein bisschen. Und dann noch ein bisschen länger. Bis Jonas sich von mir löste, mich ansah und einen ganz komischen Blick bekam. Mit ganz leuchtenden Augen. Himmel, o nein, ich wurde ganz aufgeregt, bevor ich überhaupt wusste, was ich denken sollte. Er sah mich an, und bevor er etwas sagen konnte, fing ich schon wieder an zu heulen wie ein Baby. Dann kniete er sich vor mich in den Sand, was doof aussah, da ich ja ebenfalls im Sand saß. Hm, wie, aber wo ist die Rose? Warum hat er keinen Smoking an? Und wo ist das Herz aus Teelichtern, das eigentlich um uns leuchten sollte? DAS soll mein Antrag sein? Ich hörte schlagartig auf zu weinen.

Jonas setzte nun zum Sprechen an, und es klang wie ein Bewerbungsschreiben: »Liebe Sophie … äh … mein Herz schlägt nur für dich. Ich liebe dich. Willst du?«

Ich wusste natürlich genau, worum es hier ging, aber so sollte er mir nicht davonkommen! Herrje, da hätte er aber vorher mal besser recherchieren müssen, wie so was funktioniert. Ein bisschen rollte ich innerlich die Augen. Vermutlich konnte man es mir auch äußerlich ansehen.

»Will ich *was,* mein Schatz?«, flötete ich, extra freundlich. Immerhin war das hier mein erster Antrag, den ich auch gedachte anzunehmen. Ist ja nicht so, dass ich nicht schon vorher gefragt worden wäre. Aber na ja, waren halt nicht die Richtigen gewesen. Aber das hier war ernst. Ich wurde sofort etwas reumütig, dass ich nicht netter war, und wollte jetzt aber auch eine richtige Rede von ihm hören. Wenigstens einen richtigen Satz. Also wirklich! Das konnte doch so schwer nicht sein. Jonas fing an zu schwitzen. Hihi, kicherte ich in mich hinein. Leicht würde dieser junge Mann es mit mir sicher nicht haben. Aber ich würde ihn auch nie verlassen, soviel stand mal fest.

»Äh, willst du mich denn heiraten?«, flüsterte er und sah

mich unglaublich lieb an. Ich fing schon an zu strahlen – wollte ihn aber noch ein bisschen ärgern.

»Warum?«, fragte ich.

»O Mann, Sophie, weil ich dich liebe, weil du meine Sonne bist, meine Hoffnung, mein Leben, mein Tag und meine Nacht, meine Gegenwart und meine Zukunft, du bist eben alles für mich! Ohne dich will ich nicht leben! Reicht das jetzt endlich?« Er stöhnte. Dann schien ihm noch etwas einzufallen.

»Scheiße«, fluchte er und fing an, in seinen Hosentaschen zu kramen. »Warte mal kurz.«

Ich sah ihm aufmerksam und neugierig zu. Was wird denn das?, dachte ich leicht amüsiert.

»Guck mal weg«, sagte er, und ich tat ihm kichernd den Gefallen. Als ich es rascheln hörte, warf ich natürlich doch einen Blick zur Seite, auf das, was er da so veranstaltete.

Jonas war dabei, den kompletten Inhalt seiner Hosentaschen leer zu räumen und warf dabei alles auf die Decke. Leere und volle Fisherman's-Tütchen, zerknautschte Zigarettenpackungen, alte Kontoauszüge … So langsam fragte ich mich, was das wohl sollte.

»Jonas, Schatz, alles okay?«, fragte ich.

Zur Antwort kam nur: *»Der Ring!«*

»Wie, der Ring?«, fragte ich dämlich nach.

»Sophie, der Ring ist weg!« Jonas fluchte und tat mir ganz aufrichtig leid.

»Ach, ist doch nicht so schlimm«, tröstete ich ihn.

»Was brauch ich 'nen Ring, wenn ich dich haben kann?«

Er suchte noch eine Weile und kramte und suchte, und ich dachte: Will ich einen Mann heiraten, der so ein Idiot ist, dass er den Verlobungsring verliert? Der vor Nervosität keinen zusammenhängenden Satz herausbringt? Und natürlich wusste ich die Antwort: JA, KLAR! Denn er war wie ich, war mein seelisches Spiegelbild. Er wollte auch immer alles perfekt machen, und dann vermasselte er alles. Dafür liebte ich ihn. Und meistens vermasselte er ja nichts, sondern es lief wunderbar. Mit ihm wollte ich Kinder, ein Haus, zusammen alt werden und Händchenhalten.

Wir passten zusammen wie Faust aufs Auge, Arsch auf Eimer, Topf auf Deckel, also, Sie wissen schon, wir waren wie Ernie und Bert. Ich nahm seine Hand, und sagte:

»Jetzt lass doch mal, ist doch egal mit dem Ring. Ja, ich will dich heiraten. Vielleicht lassen wir uns noch ein bisschen Zeit damit, aber grundsätzlich steht dem nichts im Weg. Du bist nämlich auch mein Leben und meine Liebe, und ich will nie wieder ohne dich sein!«

Dann küssten wir uns wieder, und machten noch andere Sachen, knutschten, verschmolzen miteinander, und da es schon langsam dunkel wurde und hier niemand war, hörten wir nicht auf, bis wir mit dem Sachen machen fertig waren. Dann lagen wir Arm in Arm auf der Decke.

»Du darfst dir morgen einen neuen Ring aussuchen«, versprach Jonas. Und alles war gut.

Zu Hause kritzelte ich nur noch »Bin verlobt« in mein Tagebuch, dann schlief ich glücklich mit Jonas an meiner Seite ein.

31

Ich steige aus dem Auto und atme tief die herbe salzige Seeluft ein. Endlich mal wieder am Meer, endlich etwas Sonne tanken und endlich zur Ruhe kommen.

In St. Peter-Ording ist wunderbares Wetter, Jonas und ich sind voller Vorfreude auf unser langes Wochenende, das erste im September, und auch Maja hat die Autofahrt hierher gut gemeistert, indem sie friedlich geschlafen hat.

Das Ferienhäuschen hinterm Deich in St. Peter sieht rustikal und gemütlich aus, ein hübsches Reetdach über nostalgischem Fachwerk und ein paar verblühte Kletterrosen unterstreichen den romantischen Charakter. Hier können wir es doch bis Montag aushalten.

Jonas und ich haben, seit Maja auf der Welt ist, viel zu wenig Zeit miteinander verbracht. Darüber haben wir erst gestern wieder gesprochen, und das ändern wir ja nun auch gerade. Maja wacht auf, ist aber lieb und ausgeglichen, wir wollen erst die Sachen auspacken, und dann zum Strand. Apropos Sachen …

»Sag mal, der Kofferraum kommt mir gar nicht so klein vor wie sonst, woran kann das denn liegen?«, frage ich Jonas, als ich in der einen Hand Maja in ihrem Maxi-Cosi halte und in der anderen meine diversen Taschen.

»Kommt mir auch so vor«, sagt mein Mann, und wir sehen uns eine Weile nachdenklich an. Dann fällt es mir ein. Aber das kann nicht sein, so blöd kann man doch gar nicht …

»AAAAAHHHHRRRGG«, kreische ich und deute mit dem Finger auf den Kofferraum, so dass Maja sich erschreckt und anfängt zu weinen.

»Schschschsch«, mache ich beruhigend zu ihr, während Jonas gleichzeitig ruft: »Der Kinderwagen!« und sich vor den Kopf schlägt. Das hätte ich auch am liebsten gemacht, ihm vor den Kopf gehauen, aber ich habe ja die Hände voll. NEIN! Wie dämlich von uns! Dumm und dümmer fahren an die Nordsee, na Prost Mahlzeit! Urlaub mit Baby ohne Kinderwagen – wie soll das denn funktionieren? Ich bin ja auch nicht grundsätzlich gegen Tragehilfen wie Tücher, Ergo Carrier und Co, aber ich liebe doch meinen Kombikinderwagen, und gerade für den langen Weg zum Strand hätte man den doch gut gebrauchen können! Wer St. Peter kennt, weiß, wovon ich spreche. Die Holzbrücke zum Meer ist ungefähr sieben Kilometer lang (gefühlt), und man braucht circa drei Stunden (realistisch). Zum Glück befindet sich an ihrem Ende ein Restaurant auf Stelzen.

Weiter als bis dahin hatten Jonas und ich es auch ohne Baby und Millionen Klamotten noch nie geschafft, weil ich immer von dem langen Marsch auf den Holzbohlen so erschöpft bin, dass ich erst mal einen Kaffee und ein Stück Kuchen brauche. Aber das vergesse ich jedes Mal und schwärme nach jedem Wochenende: »Oh, da müssen wir unbedingt bald wieder hin, ja? Versprichst du mir das?« Einmal wollten wir statt am Meer lieber in der Therme schwimmen gehen, und es dauerte Stunden und Tage, bis ich mich dafür bereit fühlte, mich der Welt in meinem neuen orange gestreiften Badeanzug zu präsentieren – und als wir endlich ankamen, war die Therme wegen Renovierungsarbeiten geschlossen. Natürlich folgten daraufhin eine enorme Auseinandersetzung (denn meiner Meinung nach hätte Jonas das ja wissen müssen), viele Tränen und ein langer Versöhnungsabend.

»Na ja«, sagt Jonas jetzt. »Ich kann ja die Sachen tragen, und du trägst das Kind.«

Ja, so machen wir das. Was würde ich alles für ein Tragetuch geben! Jetzt muss ich sie in der schweren Autoschale zum Strand schleppen …

Ich habe einfach Angst, wenn ich sie ungesichert trage, dass sie mir runterfällt. Wahrscheinlich traue ich mir generell nicht viel zu. Aber sicher ist sicher.

Also packen wir erst alle restlichen Klamotten ins Häuschen, dann ein paar Sachen für den Ausflug zum Meer (Sonnenschirm, Decken, Handtücher, Windeln, Fläschchen, Thermoskanne, Milchpulver, Feuchttücher, trockene Tücher, Spielzeug und Bücher sowie Klamotten für Maja zum Umziehen und Badesachen für uns); ich klemme mir den Maxi-Cosi samt Kind unter den Arm, Jonas hängt sich zwei Taschen um die Schultern, und so ausgerüstet marschieren wir los, wie Maria und Josef auf dem Weg nach Bethlehem, um endlich etwas Meeresrauschen, Sonnenschein und vielleicht die ein oder andere Muschel zu Gesicht zu bekommen. Nur dass ich nicht mehr schwanger bin, versteht sich, und Maria und Josef sicher auch keine Muscheln suchen wollten, aber ähnlich bepackt werden die beiden wohl auch gewesen sein.

Wir kommen wieder genau bis zum Pfahlbau, nachdem wir auf dem Steg mindestens achtzehn Mal unsere Sachen absetzen und unsere Arme ausschütteln mussten. Ächz, was ist dieses Kind schwer! Nicht nur das, jetzt weht auch noch ein frischer Wind, so dass sich der bis dahin noch spätsommerliche Septembertag zusehends in einen frühherbstlichen verwandelt. Die steife Brise zieht und zerrt an mir, und die Einzige, die nichts vom Urlaub mitbekommt, ist Maja, die schläft nämlich wieder wunderbar in ihrem kleinen Körbchen.

Im Restaurant *Zur blauen Möwe* suchen wir uns einen Platz am Fenster, damit wir das Meer wenigstens mal gesehen haben. Da aber gerade Ebbe ist, klappt nicht mal das, nur in weiter Ferne sieht man etwas glitzern, wenn man genau hinschaut. Na ja. Auch nicht so schlimm, da es inzwischen ch fast dunkel ist. Wir können uns ja einbilden, dass das Restaurant direkt am Meer steht. Wenigstens höre ich noch ein entferntes Rauschen. Ach nee, das ist die Dunstabzugshaube in der Küche. Um den Urlaub, unseren ersten mit Maja, einzuläuten, gönne ich mir ein Glas Rotwein.

»Das ist doch schon mal ganz gut gelaufen, oder?« Ich proste Jonas zu, der an seinem Bier nippt und nichts sagt.

Auf dem Rückweg fängt es an zu regnen, und wir haben noch zwei Kilometer bis zu unserem Häuschen vor uns. Maja weint und schreit in ihrem Sitz, und die anderen Urlauber, die mit uns zusammen in Scharen den Strand verlassen, sehen uns vorwurfsvoll an. Nur ein junges Paar, das ähnlich beladen ist wie wir, seine zwei Kinder und sämtliche Strandsachen aber auf einen Bollerwagen und einen Buggy verteilt hat, lächelt mitleidig, vielleicht aber auch schadenfroh. Als wir durchnässt im Ferienhaus ankommen, ziehe ich Maja sofort um – nicht, dass sie gleich wieder krank wird –, füttere sie und lege sie ins Reisebett. Dort schläft sie, dem Himmel sei Dank, sofort ein und nuckelt seufzend an ihrem Schnuller.

Jonas wirft die elektrische Sauna an, ich kümmere mich ums Abendbrot und um das Kaminfeuer, und draußen tobt ein Gewitter, das es in sich hat. Nach der Sauna machen wir es uns auf der Couch vor dem kleinen Kaminofen gemütlich. Jonas massiert meine Füße, und ich strecke mich wohlig aus.

Endlich kommen wir mal wieder an einen Punkt, an dem wir feststellen, dass das Leben an sich und besonders für uns gar nicht so schlecht ist. Den Gedanken daran, dass ich eigentlich bald wieder anfangen wollte zu arbeiten, habe ich in den letzten Wochen weit von mir geschoben, aber ausgerechnet an diesem gemütlichen Abend fühle ich, wie er leise wieder im Hinterkopf anklopft. Jetzt nicht, komm später wieder, denke ich, und nicke sanft ein, während draußen der Regen prasselt und drinnen das Feuer im Ofen knistert.

32

Konzentriert starrte ich auf den Bildschirm und nippte dabei an meinem braunen Plastikbecherkaffee aus dem Automaten. In der stickigen Schnittkabine von *Hamburg aktuell* roch es immer nach Kaffee. Robert, ein Redakteur, mit dem ich oft zusammenarbeitete, schnitt gerade meine Umfrage: »Wie verbringen *Sie* den heißesten Herbst seit tausend Jahren?«

Meine Kollegen hier waren alle nett, Robert und ich waren auch vom Humor her auf einer Wellenlänge, und mit allen konnte man gut auskommen. Ich war stolz, diese Agentur mit aufbauen zu dürfen, *Hamburg aktuell* hatte auch schon beständige Kontakte zu den großen Fernsehsendern, Marciewski machte einen guten Job und war ein loyaler Chef. Und wie besprochen wurde ich als Reporterin eingesetzt, blieb aber hinter beziehungsweise neben der Kamera, nur gelegentlich war meine Stimme zu hören.

Das Umfragen-Einholen war beim Fernsehen nicht anders als beim Radio. Man musste einfach immer ganz viele Leute nerven und ausfragen, und wenn einem das nichts ausmachte, dann war das gut. Um trotzdem bald auch vor der Kamera zu stehen, hatte ich mir einen Plan überlegt, und langsam wurde es Zeit, ihn in die Tat umzusetzen. Wenn das gelang, würde ich damit zwei Fliegen mit einer Klappe schlagen.

Meine Hochzeitsplanung lief auf vollen Touren, ich hatte gleich nach Jonas' Antrag ein Datum gefunden: Am 5.5.2005 sollte unsere Traumhochzeit stattfinden. Dass da ausgerechnet Himmelfahrt und somit die meisten Ämter geschlossen waren, war mir doch egal! Ich wollte diesen Tag, und ich würde ihn auch bekommen, schwor ich mir. Immerhin konnte eine Ehe, die am 5.5.2005 geschlossen wurde, nur unter einem guten Stern stehen. Ich glaubte an die Kraft der Zahlen und wollte alles dafür tun, das Schicksal positiv zu beeinflussen, damit Jonas und ich an diesem Tag heiraten konnten. Fünf war außerdem meine Lieblingszahl, und allein das musste uns dann ja Glück bringen. Vielleicht mochte sich das für Außenstehende abergläubisch anhören, ich war jedenfalls davon überzeugt, dass es stimmte. Dafür war ich auch bereit, einiges auf mich zu nehmen, zum Beispiel einen Gang zum Chef. Ich hatte nämlich eine Idee, die ich ihm unterbreiten wollte. Und dann könnte ich ganz einfach Arbeit und Vergnügen, Karriere und Kirche miteinander verbinden.

»Herr Marciewski?«, fragte ich zaghaft in dessen Büro hinein, nachdem ich mich bei seiner Sekretärin vergewissert hatte, dass er im Lande, im Hause und sogar am Platze war, wie es immer so schön gestelzt hieß. Marciewski blickte vom Sportteil seiner Zeitung hoch.

»Ja, Frau, äh, Frau …?«, sagte er.

»Sonnenberg«, half ich ihm auf die Sprünge. War ja auch zu viel verlangt, dass er sich die Namen all seiner vierzehn Mitarbeiter merkte. Ich setzte mich ihm gegenüber auf den Untergebenensessel.

»Ich hätte da mal einen Themenvorschlag, über den wir noch nicht gesprochen haben«, fing ich an. Er wartete und guckte mich aufmunternd an.

»Der 5.5.05 ist doch sicher ein begehrtes Hochzeitsdatum, so wie dieses Jahr der 4.4.04, und so weiter«, sagte ich, und er nickte zögerlich.

»Da ist zwar nächstes Jahr laut Kalender Himmelfahrt, aber vielleicht finden wir ja ein Pärchen, das wir begleiten können, das trotzdem genau an diesem Tag heiratet. Sozusagen unter dem Motto ›allen Widrigkeiten der deutschen Bürokratie zum Trotz haben wir uns hier zusammengefunden‹.«

Hier lachte ich ein bisschen, was aber an meinem Chef vorbeiging. Trotzdem hörte er interessiert weiter zu. »Dann könnten wir eine schöne Hochzeitsreportage machen!«, fügte ich freudig hinzu.

»Und an wen hatten Sie da bei dem Pärchen gedacht?«, fragte er mich, wohl ahnend, dass ich irgendwie noch mehr davon haben sollte als nur einen Auftrag.

»Ja, da würde ich mich quasi im Selbstversuch zur Verfügung stellen«, sagte ich forsch. »Ich meine, nicht nur als Reporterin. *Hamburg aktuell* könnte exklusiv meine Hochzeit filmen, und ich berichte live von meinem eigenen Jawort … Was halten Sie davon?«

Marciewski schwenkte den Kopf hin und her, was sowohl Ja als auch Nein, aber vor allem *Jein* heißen konnte.

»Ich überlege es mir, aber es klingt schon mal ganz gut«, sagte er und nahm seine Zeitung wieder auf. Das hieß, das Gespräch war beendet.

Ich ging wieder an meine Arbeit, musste ja noch eine Umfrage zum Thema »Haben Sie schon mal einen Mann mit Schnurrbart geküsst?« schneiden. Perfekt, dachte ich. Mein großer Tag wird ans Fernsehen verkauft, ich heirate, werde fantastisch aussehen und alle werden mich lieben! Andere Möglichkeiten blendete ich aus. Jetzt fehlten nur noch ein superwitziger Standesbeamter, ein eloquenter Pfarrer und eine fantastische Location für die Feier. Obwohl ich nicht der »Yes, gimme five«-Typ war, der andere abklatschte, dachte ich: »Strike«, und hüpfte pfeifend in die Schnittkabine. Ich würde meinen Auftritt und Jonas eine fabelhafte Hochzeitsüberraschung bekommen, so viel war sicher.

»Und deshalb sterben die Honigbienen in Schleswig-Holstein langsam aus«, beendete der circa hundertjährige Naturschützer vom NABU im Barmstedter Rathaussaal seinen monotonen Vortrag. Mit nur acht anderen Journalisten hatte ich diesen Termin über mich ergehen lassen müssen, Kaffee getrunken und Kekse geknabbert. Dabei hatte ich viel Wichtigeres zu tun! Meine Hochzeit musste endlich perfekt vorbeireitet werden. Ich kritzelte mir Notizen auf den Block, nickte Kameramann Ralf zu, dass wir fertig waren, und wir fuhren durch den Regen wieder zurück nach Hamburg.

Neben meiner normalen Arbeit (zum Beispiel der PK zur Krisensitzung bei den Bienenfreunden Barmstedt, einer Umfrage zum Thema »Schokoosterhasen – jetzt schon zu Weihnachten?« und ein Beitrag zum Thema »Das Mysterium des Mistelzweiges«) musste ich langsam meine Hochzeitsliste abarbeiten.

Auf meiner standen sechsunddreißig Punkte. »Termin bestimmen« war der erste, »Nicht die Nerven verlieren, JA sagen« der letzte. Dazwischen türmten sich alle möglichen Aufgaben wie Standesamt und Kirche buchen, Trauzeugen bestimmen, das Catering bestellen, Gästeliste und Sitzordnung erstellen, Brautstrauß auswählen, Ringe kaufen, Ringe nicht verlegen, Kleid und Hochzeitsanzug kaufen oder schneidern lassen, Ehegespräch mit Priester und Standesbeamten und, und, und …

Der Termin stand fest, Jonas sagte zu allem Ja und Amen, und ich war immer gespannter, wie er auf die Fernsehreportage reagieren würde, deren Star *er* ja sein würde. Klar fiel es mir schwer, den Mund zu halten, andererseits war ich auch ganz sicher, das Richtige zu tun. Er hatte immerhin schon ein paar Mal gesagt, dass er, obwohl er seine Arbeit hinter den Kulissen des Theaters liebte, auch gerne auch mal im Mittelpunkt stände. Das war ihm auch nicht zu verdenken. Mit seiner Band hatte er bis jetzt keine richtigen Erfolge zu feiern, und auch dass er das Video eines Auftritts bei *youtube* eingestellt hatte, ließ die Plattenbosse nicht gerade Schlange stehen. Da konnte ihm ein bisschen Werbung in eigener Sache, die er in meiner Reportage ja bekommen würde, nur guttun.

Als Erstes kümmerte ich mich intensiv um unsere Location.Nach einigen deprimierenden Anrufen bei Hamburger Standesämtern, die alle ausnahmslos am 5.5.05. geschlossen sein sollten, fand ich immerhin eines, in dem die Verliebten auch an diesem Feiertag getraut werden sollten – allerdings erklärte die Standesbeamtin genervt, sie sei schon seit einem halben Jahr ausgebucht, es werde zugehen wie am Fließband, und nein, (hier fing sie fast an zu kreischen) auch fürs Fernsehen könnte sie da NICHT noch jemanden reinbuchen! Bitte? Die war ja jetzt schon total unentspannt! Dabei war es bis zum Termin ja noch ein halbes Jahr hin, und *sie* sollte ja nicht mal heiraten, sondern nur alle anderen trauen. Da hatte ich doch wesentlich mehr Grund, aufgeregt zu sein, vor allem da ich bisher weder Kleid noch Ort noch Standesamt oder Kirche hatte.

Hätte ich nur ein Thema und einen Ort für eine Reportage gesucht, wäre ich hier genau richtig gewesen: »Für die einen der schönste Tag im Leben – für Standesbeamtin Ursula P. ein Alptraum, der mit einem Nervenzusammenbruch endet« Herrlich, das wäre super für die Privaten. Wir könnten die Standesbeamtin am Ende des Tages filmen, wie sie schluchzend und zitternd zusammenbricht, vom Notarzt eine Spritze bekommt und immer wieder murmelt: »Dann tauschen Sie jetzt bitte die Ringe … Wir haben uns hier zusammengefunden … Sind Sie gewillt, aus freien Stücken …« Hier folgte ein ohrenbetäubendes Schluchzen: »Ich kann es nicht mehr hören … Ja, Ja, natürlich sagen alle JA und das heute im Viertelstundentakt! Und hat mich schon mal Jemand, buhhuhu, ich meine, hat mich schon mal jemand gefragt?? NEIN!« Hier bricht die Verzweifelte vollends zusammen, sinkt dem Sanitäter in die Arme, der sie behutsam auf die Trage legt, wo sie schließlich weinend in den Krankenwagen geschoben wird. Zoom auf die Tränen, und dann Schwenk auf die glücklichen, frisch verheirateten Pärchen vorm Standesamt, eine Braut winkt lachend in die Kamera und wirft ihren Brautstrauß … Und die Braut bin ich …

»Sophie?« Wer störte mich in meinen Gedanken? »Wie weit bist du mit den Bienenfreunden? Kriegst du das bis um 13.30 Uhr fertig?«, fragte mich Alex, ebenfalls eine freie Mitarbeiterin. Ich erschrak und verschob meinen schönen Traum auf später. Genauso wie die Hochzeitsvorbereitungen – das hatte ja nun wirklich noch ewig Zeit. Meinen Job nahm ich so ernst und führte ihn gewissenhaft aus, dass mir wenig Zeit für Träumereien blieb.

33

Natürlich ist Maja mit ihren acht Monaten noch ein bisschen klein fürs Klettergerüst, aber die plötzliche Herbstwärme und das schöne Wetter will ich heute ausnutzen, um ihr jetzt schon mal zu zeigen, was sie nächstes Jahr so alles erwartet. Wir schieben durch den herbstlich leuchtenden Stadtpark, ich genieße die frische Luft, Maja sitzt inzwischen im Kinderwagen, dessen Lehne ich hochgestellt habe, und betrachtet staunend die Blätterkronen über uns und den mit Bucheckern und Blättern übersäten Waldboden. Ich bin von einer friedlichen, ruhigen Stimmung erfasst, alles ist jetzt irgendwie langsamer als im Sommer. Ich mag Hamburg im Herbst, ich mag den Nebel, der sich bis mittags auf den Wiesen und an der Alster hält, und die Sonne, die sich durch dicke Wolken doch immer einen Weg bahnt. Morgens ist es jetzt schon so frisch, dass wir uns in Mützen und Schals hüllen müssen, wenn wir beim Bäcker Brötchen holen, ab mittags kann man aber wieder im T-Shirt nach draußen, bevor es ab siebzehn Uhr meistens wieder kalt wird.

Ich versuche mit Maja genau die richtige Wärmephase abzupassen und bin gegen 15.30 Uhr mit ihr auf dem Stadtpark-Spielplatz. Auf einer Bank mache ich es mir gemütlich, setze Maja vor mir in den Sandkasten, von wo aus sie staunend ihre Umgebung betrachtet und anfängt, sich so viel Sand wie in ihre kleine Hand passt, auf einmal in den Mund zu schieben. Nachdem ich ihr ein Förmchen zum Anlutschen gegeben habe, lässt sie den Sand endlich Sand sein und ich lasse meinen Blick schweifen. Ich fühle mich heute unglaublich gütig und ruhig, mit mir und der Welt im Reinen, denke: »Wie lieb die ganzen Kinder hier sind, wie schön sie spielen«, sehe kleine blonde Mädchen schaukeln und entzückende Jungs rutschen, und die Welt ist in Ordnung.

Da hat das Universum bestimmt ganz laut gelacht, in die Hände geklatscht und mir einen kleinen Streich gespielt. Mitten in meinen liebevollen Gedanken an Glück und Freude verbreitende Kinder höre ich Maja brüllen, sehe ein viel größeres Kind wegrennen und registriere die Zusammenhänge erst, als ich in Majas tränenüberströmtes Gesicht sehe.

Nachdem ich meine Süße erschrocken in den Arm genommen und getröstet habe, bis sie nur noch trocken schluchzt, reibe ich ihr das letzte Dreck-Tränen-Gemisch vom Gesicht, und steuere wutentbrannt auf die Mutter des Sandwerfers zu.

»Entschuldigung, hallo, aber ihr Kind hat gerade mein Baby mit Sand beworfen«, sage ich zu der ziemlich müde aussehenden, rauchenden Mutter, die alles zwischen fünfundzwanzig und fünfundvierzig sein kann.

»Ach ja? Das macht der immer so«, antwortet sie gelangweilt und pustet Rauch in Majas Richtung – schnell drehe ich mich mit ihr zur Seite, raus aus der Rauchwolke.

»Wie bitte?«, frage ich, völlig perplex.

»Ja, der Tschastin, der macht das so. Das ist seine Art der Kontaktaufnahme, sagt die Frau vom Jugendamt.«

Aha. Na dann schöne Grüße ans Jugendamt, und ich zeig dir gleich mal meine Kontaktaufnahme!

»Der meint das nicht so«, fügt sie noch hinzu.

Na, ach, dann bin ich ja beruhigt! Ich gucke ungefähr so gefährlich wie der Stier mit den blutunterlaufenen Augen von *Findus und Pettersson* in *Eine Geburtstagstorte für die Katze* und möchte mich auch gerne mit gesenkten Hörnern auf die Tschastin-Mutter stürzen, kann ihr ja aber andererseits nicht Sand in die Augen streuen oder mit einem Schäufelchen auf sie einschlagen. Obwohl genau das jetzt angebracht wäre.

Sie guckt wieder weg, an mir vorbei. Tschastin quält ein kleineres Kind und einige Enten gleichzeitig, indem er dem Kind den Sandeimer wegnimmt und ihn in den nahe gelegenen Ententeich wirft. Super Typ, der Tschastin. Aber eigentlich tut er mir leid, deshalb verzichte ich darauf, seiner immer noch desinteressierten Mutter ebenfalls ihre Tasche wegzunehmen und sie in den Teich zu werfen, ihr einen Eimer Sand ins Gesicht zu schütten oder ihr mit einer Spielzeugschaufel eins überzubraten. Deshalb schreie ich sie noch ein bisschen an, was mit: »Das kann ja wohl nicht Ihr Ernst sein!« anfängt, und mit: »Ich glaub, ich spinne, Sie sollten sich hier mal lieber um Ihr Kind kümmern!« aufhört und gehe schnell nach Hause, bevor sie ihrerseits zu infantilen Methoden greift. Wer weiß, ob sich der Junge nicht das Verhalten von seiner Mutter abgeguckt hat …

Was ist das eigentlich für ein Phänomen, denke ich, als wir so durch den dunkler werdenden Stadtpark schieben, dass die anderen Mütter alle so anders sind als ich? Bis auf Sarah, die Mama von Oskar, habe ich noch keine Gleichgesinnten getroffen. Leider hat sie schon wieder angefangen zu arbeiten, und Oskar ist jeden Tag acht Stunden in der Kita, deswegen sehen wir uns auch nur noch selten. Ich dagegen gewöhne mich langsam daran, »nur« Mutter zu sein, und möchte meine Maus nicht länger als unbedingt nötig alleine lassen.

Nach meiner aufschlussreichen NEMO-Erfahrung und dem Babyschwimmkurs hatte ich es noch mit Babymassage, Ernährungskursen und einem Erste-Hilfe-Seminar versucht – zwar weiß ich jetzt alles über die Motorik des Babys und den Einstieg ins Brei-Zeitalter, stoße aber nirgends auf Gleichgesinnte. Bis auf die Tatsache, dass wir alle Mütter sind, haben wir einfach nicht viel gemeinsam. In den Kursen traue ich mich normalerweise nicht, mit den anderen zu sprechen. Zwar halte ich mich an alle Regeln, gebe Maja außer ihrem Mittagsbrei höchstens mal eine Dinkelstange zum Ansabbern, und immer bekommt sie zwischendurch nur Wasser (natürlich abgekocht) oder Kräutertee zu trinken, aber irgendwie finde ich weder zu den Öko-Muttis noch zu den rauchenden Teenagern richtigen Kontakt.

Vielleicht liegt es daran, dass ich beides bin, grübele ich, während der Wind einzelne Blätter um mich herumweht und ich mir meinen Schal enger um den Hals binde. Ich trinke genauso gerne Yogitee wie Bier, rauche immer noch gelegentlich, verabscheue es aber, mir auf dem Spielplatz oder generell vor Kindern eine anzuzünden. Gestillt habe ich nicht, bin aber auch nicht vehement dagegen. Häufig kann ich mich über andere Frauen auch nur wundern; Justins Mutter wird also schon vom Jugendamt beaufsichtigt, das ist ja immerhin ein Anfang.

Je mehr Mütter ich kennenlerne, desto mehr wunderliches Verhalten begegnet mir. Gleichzeitig, während ich mich mit ihnen vergleiche, kommt mir der Gedanke, dass vielleicht ich diejenige bin, die wunderlich wird. Maja fängt zum Beispiel an, alleine zu sitzen, und sie redet immer mehr vor sich hin, auch *Mammam* und *Pappap*. Und sie hat schon zwei Zähne, ich bin ja so wahnsinnig stolz! Habe hundert Fotos von ihren zwei kaum erkennbaren Schneidezähnchen gemacht, sie entwickeln lassen, das Datum dazu geschrieben und die Fotos mit einem albernen kleinen Gruß an jeden verschickt, den ich kenne. Wunderlich? Nicht in der Welt der Mütter. Da gibt es nichts, was es nicht gibt. Außer einer guten Freundin für mich.

Mit Mona hat es sich immer noch nicht wieder eingerenkt. Der Kontakt war ja schon etwas abgeflaut, als ich den Job gewechselt habe. Aber als ich schwanger wurde, war es schon fast vorbei. Und immer weniger Verbindung hatten wir miteinander, als Maja auf der Welt war. Obwohl ich mich so bemüht hatte! Und obwohl wir uns noch bei meiner Hochzeit geschworen hatten, dass wir für immer Freunde bleiben würden.

Ach ja, meine Hochzeit. Ich erinnere mich. Und der Polizist, den ich fast über den Haufen gefahren hätte, erinnert sich bestimmt auch noch. Und auch alle, die an dem Tag ferngesehen hatten. Wenigstens war meine Hochzeit im wahrsten Sinne des Wortes zu einem »unvergesslichen Ereignis« geworden.

34

Noch vier Wochen und zwei Tage bis zur Hochzeit, und ich hatte a) keinen Plan, b) keine Nerven und c) viel zu viel gegessen, um noch in mein Kleid zu passen! Da waren sie wieder, meine drei Probleme. Ach herrje, nun hieß es ruhig bleiben, Diät machen, ich dachte, ich werd wahnsinnig.

Es war April, die Luft lau und mild, mit gelegentlichen Schneefällen, und wenn es nachts viel geregnet hatte, musste ich morgens mit einer Suppenkelle literweise Wasser aus meinem alten kaputten Golf schaufeln, bevor ich zur Arbeit fuhr, aber sonst war alles in Ordnung. Was? Meine Hochzeit? Ach, stimmt ja, also, es war gar nichts in Ordnung.

Ich hatte mich im Sender von allen anderen Arbeiten befreit, um mich komplett auf die Hochzeitsreportage vorzubereiten; gleichzeitig musste ich mich ja aber auch noch privat auf meine Hochzeit vorbereiten. Inzwischen hatte ich einen gutmütigen Standesbeamten in Pinneberg aufgetrieben, der extra unseretwegen seinen Vatertag opfern würde. Nachdem ich natürlich erst alle anderen Kreise um Hamburg abtelefoniert hatte, blieb uns dann doch nur die Kreisstadt übrig. Allein schon das hatte bei mir zu einem Tobsuchtsanfall geführt.

»Wer will denn in Pinneberg heiraten?«, hatte ich Jonas angeschrien, als ich ihm davon erzählte.

»Ich find's nicht schlimm«, sagte er. Nee, klar, er kam ja auch von da. Und seine Eltern freuten sich natürlich riesig! Umso schlimmer, dass weder mein Verlobter noch unsere Verwandtschaft und auch nicht die hundert eingeladenen Gäste wussten, was ich vorhatte, nämlich, eine Reporter-

Braut zu sein. Eine Braut mit Mikro und Kamerateam, die der Welt von diesem denkwürdigen Tag berichten würde. Konnte ich nur hoffen, dass Jonas sich über diese Überraschung genauso freute, wie ich es mir wünschte.

Ich schob jeden noch so leisen Zweifel beiseite und übte heimlich weiter meine Texte wie: »Die Sonne strahlt so wie die Hochzeitsgesellschaft, eine angespannte Vorfreude liegt spürbar in der Luft ... Um Sie nicht länger auf die Folter zu spannen, werde ich gleich mal in die Kirche zu meinem Schatz gehen und ihn fragen, wie er sich fühlt, an diesem seinem schönsten Tag. Im Moment wartet er am Altar auf mich, und ich hoffe, er freut sich dann gleich, wenn er mich in meinem Kleid sieht! Also los geht's, wir gehen mal in die Kirche ...« und dann mein Einzug mit dem Kamerateam zum Hochzeitsmarsch.

Ach genau, die Kirche. Die war wiederum in Harburg, also südlich der Elbe gut eine Autostunde vom Standesamt entfernt. Keine Chance, in Winterhude getraut zu werden, wie ich es eigentlich vorgehabt hatte. Feiern wollten wir dann danach in der Hamburger Innenstadt an der Alster, in einem Yachtclub – das hatte zum Glück geklappt, weil Jonas jemanden kannte, der den Chef kannte, und dadurch hatten wir den Laden für den Tag bekommen. Wie wir das bezahlen sollten, darüber hatten wir uns noch keine Gedanken gemacht. Aber wir würden ja hoffentlich genügend Geldgeschenke zusammenbekommen.

Mein Traumkleid hatte ich schon vor einigen Wochen gefunden, es war cremefarben, machte unglaublich schlank, hatte durchsichtige Ärmel, die an den Handgelenken mittelalterlich weit wurden und deren bestickte Säume fast bis zum Boden hingen. Das Dekolleté war mit wunderschönen Perlen bestickt, und die Schleppe war bestimmt vier Meter lang.

Inzwischen war es sogar von Größe vierzig auf achtunddreißig geändert worden, weil ich – tadaa – sechs Kilo abgenommen hatte. Wenn ich nicht aufpasste, würden wir aber bald noch ein weißes Tischtuch einnähen müssen, weil ich vor Aufregung nur am Futtern war. Chips, Nicnacs, Erdnüsse pur – ich brauchte jetzt einfach Nervennahrung.

In Gedanken ging ich noch mal meine Liste durch. Hundert Einladungen waren verschickt, samt der zweiseitigen Wegbeschreibungen, die Locations geplant, das Beratungsgespräch mit dem Pastor hatten wir schon hinter uns, dem Standesbeamten hatte ich eine Rede geschrieben, an die er sich auch bitte halten sollte, das Buffet war bestellt, die Deko hatte ich schon ausgesucht. Alles sollte mit roten Rosen und Efeu berankt werden – Rosen für die Liebe und Efeu für die Ewigkeit, so stellte ich mir das vor.

Für die Hochzeitstorte hatte ich mir etwas ganz Tolles überlegt, bei einem stadtbekannten Konditor hatte ich eine Marzipantorte in Auftrag gegeben, die Form und Farbe einer dreistöckigen rosa Villa hatte. Mit Türmchen oben drauf. Es sollte die perfekte Hochzeit werden – aber irgendwie kam dann alles durcheinander.

Eine Woche vor dem großen Tag nahm die Katastrophe ihren Lauf. Vielleicht wundern Sie sich nicht, wenn ich sage, dass ich seitdem bundesweit bekannt bin als »Die Braut, die sich was traut«. Oder vielleicht auch nur hamburgweit. Wer weiß es schon so genau.

Es fing damit an, dass ich einen Termin bei meiner Hochzeitsfriseurin hatte, um mir goldblonde Strähnchen machen zu lassen. Ich war die einzige Kundin, was bei meinen letzten Besuchen immer öfter vorkam, dachte mir aber nichts dabei. Entspannt saß ich im Friseurstuhl, las meine *Gala* und wartete darauf, dass die Alufolie mir endlich mal vom Kopf genommen wurde, damit ich nicht mehr so unglaublich dämlich aussah. Man fühlt sich ja nicht als Mensch, wenn man diese Streifen auf dem Kopf hat. Man hört nichts, man sieht nichts, und ich habe auch immer Angst, dass mich bei der Gelegenheit ein Blitz trifft, oder noch schlimmer, dass ich meinen Ex treffe, während ich gerade aussehe wie Galaktika vom fernen Stern Andromeda.

Frau Meyer, die Friseuse, hatte aufgehört zu telefonieren und schlurfte auf mich zu.

»So, min Deern, dann wollen wir mal schauen … Joa, is schon fast guuut, doa muss nur noch 'nen büsch'n Wääääme dran«, gab sie in plattestem Hamburger Slang von sich. Aber ich muss sagen, die Strähnchen von ihr waren bis jetzt immer super. Ich bekam noch mal »Wärme«, also die Trockenhaube, und Frau Meyer verschwand wieder in ihrem Séparée zum Kartenlegen, oder wohin auch immer. Mit dem Starten der Warmluft fing aber meine Kopfhaut furchtbar an zu jucken. Nach zwei Minuten konnte ich es kaum mehr aushalten. Aua, wie schlimm, ich wollte mich kratzen, kam aber nicht an die Stellen, da die heiße Luft mich fast verbrannte.

Was sich jetzt gerade auf meinem Kopf zusammenbraute, ging auf keine Kuhhaut. Es brutzelte und knisterte, irgendeine chemische Reaktion vollzog sich da oben, und ich wusste nicht, was ich tun sollte, außer beten und um Hilfe rufen, also rief ich lauthals: »Frau Meyer!«, aber sie kam nicht. Ich hatte das Gefühl, fast zu verbrennen, mein Kopf glühte, meine Wangen wurden rot, ich schwitzte. Zu gerne hätte ich die Hitzequelle einfach beiseitegeschoben, aber ich kam nicht dran, so sehr ich mich wand und drehte.

Der Friseurstuhl war einer von der festgeschraubten Sorte, so dass ich nur nach unten in meinen Sitz rutschen und hilflos weiter nach ihr rufen konnte, während mir schier der Kopf verbrannte. Weiter kam ich nicht, der Spiegeltisch des

Friseurladens mit Fußstütze engte mich ein, und so hing ich halb in dem Sitz, halb auf dem Fußboden, während die Hitze der Wärmehaube mich weiter grillte.

Die Folien runterreißen konnte ich ja auch nicht einfach, wer wusste, was ich meinem Haar damit antäte! Letztendlich bin ich dann vielleicht ganz kahl und muss bei meiner Hochzeit eine Perücke tragen, Gott bewahre! Dann sähe ich aus wie Tina Turner, es gibt ja kaum etwas Furchteinflößenderes. Mit all meiner Kraft rief ich: »FRAU MEYER, ES BRENNT!«, und tatsächlich kam sie auch endlich angewitscht. Im Salon roch es verkokelt, und ich ahnte Schlimmes. Frau Meyer auch.

»Geben Sie mir Beruhigungsmittel, Tropfen, Drogen, irgendwas«, schrie ich die Apothekerin an, schniefte und wischte mir die Tränen weg, nachdem ich den ersten Schock über das, was vom Haar übrig blieb, verwunden hatte. Was heißt verwunden, verschwunden trifft es besser, denn das war mit meinem schönen, dunkelblonden Haar passiert. Ich hatte nur noch strohige, gelbe Stummel auf dem Kopf und fühlte neben der brennenden Kopfhaut fast auch noch Phantomschmerzen. Frau Meyer hatte offensichtlich eine zu starke Blondierung genommen und dann auch noch die Hitze viel zu hoch eingestellt, und das war das Ergebnis! Ich bettelte am Apothekentresen um Drogen, um meinen Schmerz zu betäuben.

»Tja, da kann ich Ihnen kaum helfen«, sagte die junge, freundlich aussehende Apothekerin in ihrem weißen Kittel. Ich konnte genau erkennen, dass sie sich das Lachen verkneifen musste, die dämliche Schrulle, die sollte sich mit ihren hüftlangen braunen Locken mal in meine Lage versetzen!

»Was ich Ihnen empfehlen kann, sind die Bachblüten-Notfalltropfen, die kann ich Ihnen zur Beruhigung geben, und die Schüssler Salze Nummer fünf für inneren Ausgleich.« Sie kicherte verstohlen.

Jaja, gib her, Alte, dachte ich und freute mich schon auf die sieben Bier, die ich mir heute Abend reinschütten würde. Aber irgendwas Legales für tagsüber brauchte ich ja auch noch, in einer Woche war schließlich die Hochzeit und ich hatte noch jede Menge vor. Zuallererst würde ich, wenn ich zu Hause war, im Internet einen Killer engagieren, den ich auf Frau Meyer ansetzte. Und dann musste ich mal sehen, was man mit meinen Haarresten anfangen konnte. Vielleicht war eine Haarverlängerung gar keine schlechte Idee … Wäre ich nicht im totalen Schockzustand gewesen, hätte ich vielleicht sogar über das Groteske der Situation lachen können.

»Nehmen Sie die Notfalltropfen niemals zusammen mit Alkohol ein«, warnte mich die Apothekerin noch. Ich versprach, den Ratschlag zu beherzigen, vergaß ihn jedoch sofort wieder. So ein Quatsch, dachte ich, was sollten die pflanzlichen Tropfen schon für eine Wechselwirkung mit Alkohol haben? Kaum hatte ich die Apotheke verlassen, schüttete ich mir gierig zehn der Tropfen auf die Zunge, und zur Sicherheit gleich noch mal zwanzig. Jetzt wollte ich erst mal nach Hause und überlegen, was nun weiter zu tun wäre.

Als ich im Spiegel vorhin Frau Meyers Gesicht gesehen hatte, das in den Tönen weiß, blass und leichenblass changierte, während sie die Folien löste, war ich schon äußerst ängstlich – aber als sie auch noch überrascht: »Holla, die Waldfee« sagte, stellte ich mich auf eine Katastrophe ein. Was ich dann allerdings auf meinem Kopf sehen musste, nachdem Frau Meyer die Folienstreifen entfernt und meine Haare zehnmal gewaschen und gekurt hatte, war noch tausendmal, millionenmal grauenhafter. Ein Alptraum!

Mein Haar bildete eine Art strubbeligen Heiligenschein in einem pipifarbenen Hellgelb rund um meinen Kopf, während mein Gesicht und meine Kopfhaut darunter rot leuchteten.

Frau Meyer schnippelte noch die abgebrochenen Enden gerade, damit hatte ich wenigstens eine Art Bubikopf, so ab über den Ohren. Eine schicke Hochsteckfrisur zur Hochzeit konnte ich mir jetzt wohl komplett abschminken. Der Schock saß tief, und mein Kopf brannte. Meine zukünftige Exfriseurin rieb die schmerzenden Stellen mit einer Lotion ein und entschuldigte sich auf ihre Art.

»Ist doch gar nicht so schlimm, jetzt sehen Sie auch gleich viel jünger aus«, meinte sie.

Ich weiß, das musste sie sagen, aber Geld habe ich ihr dafür nicht gegeben. Und statt den Killer zu engagieren, wollte ich sie lieber bei der Friseurkammer anzeigen. Hoffentlich bekam sie dann ihre Lizenz entzogen. Strafe muss sein.

Jonas holte uns zwei weitere Flaschen Bier aus dem Kühlschrank. Wir saßen am Küchentisch, und ich schluchzte nicht mehr so laut und nicht mehr so oft. Nur manchmal musste ich noch tief Luft holen und dabei gaaanz laut seufzen.

Natürlich hatte ich mich gleich heulend auf ihn gestürzt, als er nach Hause kam, wobei ich ignorierte, dass er anfangs erschrocken vor mir zurückwich, und ihm dabei als Andenken an den heutigen Abend viele Mascaraflecken auf seinem T-Shirt hinterlassen. Um mich zu trösten, schlug er vor, auf den Schock erst mal einen zu trinken. Dafür kletterte er sogar auf einen Stuhl und holte seinen teuren Whiskey vom Schrank, der nur für »ganz besondere Anlässe« gedacht war. Und für Schocksituationen wie diese hier. Nach zwei Whiskey und drei Bier kam endlich wieder etwas Ruhe in mein

Seelenleben. Ich weiß, Alkohol ist auch keine Lösung, aber manchmal eben doch.

»Was hältst du denn davon, wenn du morgen zu einem vernünftigen Friseur gehst und das wieder richten lässt?«, fragte Jonas mich.

Ich knibbelte am Schild von meinem Beck's Lemon. »Zu wem soll ich denn gehen, der *das* wieder hinkriegt?«, schnaubte ich, wenig optimistisch. »Am besten, ich besorg mir gleich 'ne Perücke!«

»Ach was, das wird schon wieder«, erwiderte Jonas gelassen. »So was passiert eben, Süße, das kriegen wir schon wieder hin«, versuchte er, mich aufzumuntern. »Jetzt hast du halt noch die eine Nacht diese … äh … Frisur«, er deutete auf das unmögliche gelbe Gestrüpp auf meinem Kopf, »und morgen lässt du das wieder reparieren.« Dann zog er mich von meinem Stuhl hoch, gab mir einen Kuss und nahm mich in den Arm.

»Hat doch auch was!«, meinte er grinsend und wuschelte mir durch die viel zu kurzen, viel zu gelben Haare. Ich legte meine Arme um seinen Hals, sah ihn an und versuchte zu lächeln. Um ein Jota fühlte ich mich schon besser. Natürlich sah ich aus wie ein gelber Mopp, aber ich hatte den liebsten Freund der Welt, der bald mein Mann sein würde.

»Ich glaub, ich liebe dich ein bisschen«, sagte ich und küsste ihn. »Oder ein bisschen mehr?«

Noch ein Kuss, und als er sagte: »Ich würde dich auch mit diesen Haaren heiraten«, küsste ich ihn noch mal. Vom ganzen Alkohol, den Notfalltropfen und der Aufregung war mir ganz schwummerig. Aber jetzt würde alles gut werden.

Bei Uwe Wulz, einem Starfriseur in Hamburg, oder nein, Entschuldigung, eher einem »Hair Stylist and Make-up Artist formally known as Friseur«, ließ ich mir am nächsten Tag meinen Unglücksfall auf dem Kopf wieder herrichten, so dass es wieder als Haar erkennbar war. Ich sprach am Telefon von einem »Notfall«, hätte aber nicht damit gerechnet, wirklich wie einer behandelt zu werden. Als ich im Salon ankam und an der Garderobe meine Mütze abnahm, die die Scheußlichkeit auf dem Weg dahin verdecken sollte, hätte man eine Stecknadel fallen hören können.

Die Föhne wurden sofort ausgeschaltet, Gespräche verstummten, Friseure und Kunden starrten mich entsetzt an, einer Frau traten die Augen fast aus dem Kopf – so sehr entsetzte sie mein verkorkster Anblick. Ich hätte gleich wieder heulen können, verkniff mir aber die Tränen und ging erhobenen Hauptes zum Tresen.

»Sophie Sonnenberg, ich hatte vorhin wegen des Notfalls angerufen,«, sagte ich selbstbewusst zu der in Schwarz gekleideten Schwarzhaarigen, die sich nicht wesentlich von den anderen Friseurinnen unterschied. Alle hatten schwarze Haare und liefen in schwarzen Klamotten rum. Bei den meisten – Männlein wie Weiblein – waren auch die Fingernägel schwarz lackiert.

»O ja, ich sehe schon, da muss wirklich schnell gehandelt werden«, murmelte die kaum Fünfzehnjährige und schaute auf ihren Terminkalender. Und mit einem »Meine Güte, wer hat Sie denn so zugerichtet?« führte sie mich kopfschüttelnd an meinen Platz.

Meine spärlichen Haarüberreste wurden dunkelblond übergefärbt, dann verlängerten zwei Friseurinnen das ganze mit Echthaar, das in sich hellblond gesträhnt war, so dass meine Haarpracht nach vier Stunden dunkelblond mit hellen Lichtreflexen schimmerte, genauso, wie ich es mir gewünscht hatte, nur länger und viel seidiger als meine echten Haare. Begeistert schwenkte ich meine lange Mähne hin und her – damit hätte ich locker jeden Pantene-Pro-V-Wettbewerb gewonnen. Na bitte, wer sagt's denn. Warum nicht gleich so?

Einen Tag später ging ich zum Brautladen, um mein Kleid abzuholen. Zu Hause saß es wie angegossen, ja, fast wie aus Zement um mich herum gegossen: Ich konnte weder meine Arme bewegen noch tief Luft holen. Schon normales Atmen fiel mir schwer. Frustriert hängte ich das Kleid außen an die Schranktür. Dort wachte es über mich und schrie mir zu, wenn ich vor Aufregung nachts nicht schlafen konnte: »Nimm ab! Du musst noch abnehmen!« Es erinnerte mich permanent daran, die nächsten Tage eine absolute Nulldiät zu halten.

Das klappte natürlich nicht. Je nervöser ich wurde, desto mehr aß ich. Und ich wurde immer nervöser, weil ich ja auch meine Reportage noch üben musste. Das wiederum tat ich heimlich, und Jonas gegenüber hatte ich nun doch ein etwas schlechtes Gewissen, da ich ihm die Reporterstory immer noch verheimlichte. Da konnte ich mir jetzt noch so oft sagen, dass es eine tolle Überraschung werden würde – wer wusste schon, wie er das alles fand? Schließlich war es unsere Hochzeit, der schönste Tag unseres Lebens und eine ziemlich intime Angelegenheit. Na gut, es waren hundert Leute eingeladen, so intim war's dann doch nicht, aber dass wir uns vor der ganzen Nation das Jawort geben sollten, hätte ich fairerweise wohl mit ihm absprechen sollen. Aber wo bliebe dann die Überraschung?

Außerdem, wenn ich es ihm jetzt sagen würde und er es nicht wollte: Niemals hätte ich die Reportage wieder abgeben können. Ich machte meinen Job gut, und so sollte es bleiben. Jonas würde schon Verständnis aufbringen, da war ich mir ganz sicher. Er liebte mich doch so wie ich war, mit all meinen verrückten Ideen! Und es war ja auch wirklich gut gemeint von mir. Also schob ich den Gedanken an die Reportage ganz weit weg, schüttete mir täglich dreißig Notfalltropfen auf die Zunge und schmiss gleichzeitig drei Baldrian ein, so dass ich während meiner Umfragen auf der Mönckе bergstraße fast einschlief und fieberte trotzdem dem großen Tag entgegen.

Die Dinge nahmen ihren Lauf. Mir blieb nichts anderes mehr übrig, als abzuwarten und joggen zu gehen, damit sich mein Kleid überhaupt noch schließen ließ. Nach der Arbeit ließ ich mir einen Massagetermin geben, damit ich vier Tage vor dem Jawort schön entspannt wäre und die übrigen Vorbereitungen wie Ganzkörperpeeling und Intimrasur im Salon Yvette sowie die letzte Anprobe des Kleides noch überstehen konnte. Ab Donnerstag hatte ich dann zweieinhalb Wochen Urlaub; nach der Hochzeit wollten wir am Samstag in die Flitterwochen nach Schottland fliegen. Um die genaue Urlaubsplanung hatte Jonas sich gekümmert. Ich hatte nur erwähnt, dass ich an einem kulturellen Erholungsurlaub interessiert sei, was so viel hieß wie »essen und schlafen, und wenn man beim Blick aus dem Fenster noch eine alte Burg sieht, ist das auch gut«.

So weit war ich nun fertig mit allem, auch Jonas hatte seinen Anzug, den wir zusammen ausgesucht hatten. Unfairerweise, wie es bei vielen Männern mit einer guten Figur üblich ist, musste er weder diäten noch zusätzlichen Sport machen. Er sah einfach wie immer fantastisch aus. Mona war als meine Trauzeugin aufgestellt, und wir telefonierten wieder etwas öfter. Sie erzählte mir, wie es im Sender so lief, und ich laberte sie mit meinen Hochzeitsvorbereitungen voll. Wahrscheinlich konnte sie es schon nicht mehr hören, aber da musste sie jetzt durch.

Ich konnte schon nicht mehr zählen, wie oft sie am Telefon zu mir sagte: »Schatzi, beruhige dich!«, und: »Du machst dich doch nur selber verrückt!« Recht hatte sie, aber ich konnte es nicht ändern. Ich würde heiraten – wenn nun nichts mehr dazwischenkam.

35

Immer öfter sehne ich mich jetzt nach einem kleinen Häuschen, danach, aus der Stadt herauszukommen und einem vielleicht nicht so anstrengenden Vierhundert-Euro-Job. Als TV-Reporterin will ich auf keinen Fall mehr arbeiten, ich hatte Marciewski bei meinem Abschied gebeten, mir ein Jahr Bedenkzeit zu geben. Maja wird in drei Monaten ein Jahr, und ich vermisse Fernsehen oder Radio wirklich nicht mehr so wie noch am Anfang der Babyzeit.

Wie sehr man sich als Mami verändert, kann man ja auch wirklich erst verstehen, wenn man selbst so weit ist. Die Hormone scheinen eine Art Gehirnwäsche mit einem durchzuführen, man tut Dinge, von denen man nie geglaubt hätte, dass man auch nur ansatzweise darüber nachdenken könnte. Weil es ja einfach viel zu uncool ist, aufs Land zu ziehen oder mit den Schwiegereltern in den Urlaub zu fahren oder nicht mal mehr an Silvester auf eine Party zu gehen! Party? Action? Hab ich zu Hause. Früher habe ich am Wochenende nachts nicht geschlafen, dafür aber tagsüber. Das war cool. Heute schlafe ich nachts nicht mehr, dafür tagsüber auch nicht! Eigentlich viel cooler – aber interessiert das wen? Nö. Wenn ich meinen wenigen Bekannten von früher von Majas Zähnen am Telefon erzähle, höre ich schon laut und deutlich, wie ihre Gedanken abdriften; es ist das Geräusch des Weghörens. So eine Art Desinteresse, das man fühlen kann.

Dass mit dem erfolgreichen Durchbruch der Zähnchen aber meine Laune steht und fällt, verstehen Kinderlose selten. Falls Sie keine Kinder haben, erkläre ich das jetzt mal in wenigen Worten: Zähne kommen gut durch = kein Durch fall = keine Krankheiten = gut gelauntes Baby = Schlafphase nachts circa acht Stunden = fröhliche Mami.

Das Gegenteil ist der Fall, wenn das Kind zahnt.

Zähne machen Ärger = Baby weint vor Schmerzen = Mami streitet sich nachts mit Papi, weil Papi zur Notapotheke muss um Osanit und Dentinox zu besorgen = Baby hat trotzdem schlechte Laune und muss in der Wohnung herumgetragen werden = Baby schläft nur während dieser Schaukelbewegung = Mami schläft nicht UND hat ein schlechtes Gewissen wegen des nächtlichen Streits UND ist todmüde und muss wegen des Zahnungsdurchfalls auch noch dreimal am Tag Wäsche waschen, während Baby durch die Wohnung rollt, Kabel unterm Regal hervorzieht und an den Steckern knabbert = Mami bekommt fast einen Herzinfarkt und steckt Baby in den Laufstall = Mami hat ein schlechtes Gewissen, holt Baby wieder raus und fürchtet die nächste Nacht …

Na ja, gut, ich will niemanden langweilen. Und wenn Sie Kinder haben, kommt Ihnen das alles vielleicht bekannt vor.

Wenigstens kann ich mir zugutehalten, dass ich niemals über die Windelinhalte meiner Tochter gesprochen habe. Wirklich, *niemals*! Das finde ich so was von eklig, vor allem, was geht das andere Leute an? Hab ich nie was drüber gesagt. Außer zu meiner Mutter, aber die wollte das auch wissen. Und zu meinen Schwiegereltern. Und als Maja wochenlang diesen Durchfall hatte, das hab ich dann halt schon einigen Leuten erzählt, das war auch echt schwierig, man muss das ja als Mutter auch irgendwie verarbeiten. Der Body von oben bis unten voll, immer wieder, das muss man sich mal vorstellen.

Überhaupt füllen Windeln einen sehr, sehr großen Teil des neuen Lebens aus. Pipi und AA sind der ständige Begleiter einer jeden Mutter. Oder Babykotze. Und, ich sage nur: Gehirnwäsche! Es ist alles gar nicht so schlimm, weil es das eigene Kind ist. Super, wie die Natur das macht.

Unsere Familienkutsche, den Golf-Kombi, hatten wir ja schon kurz nach Majas Geburt gekauft, und jetzt suchen wir tatsächlich ein Haus, mit Garten natürlich. Ich halte das hier in der kleinen Wohnung in der Himmelstraße, mit den achtundneunzig Treppenstufen, den lauten Nachbarn und dem ewigen Baulärm im »wachsenden Winterhude« nicht mehr aus. Baustellen, so weit das Auge reicht. Ich muss den Kinderwagen auf schmalen Brettern über Baugruben balancieren und bekomme dabei jedes Mal eine Herzattacke. Parkplätze fehlen an jeder Ecke, ich mag nicht mehr die Einkäufe und mein Kind vier Stockwerke hochtragen. Und was, wenn wir später mal doch noch ein zweites wollen? So furchtbar abgeneigt bin ich dem nämlich nicht mehr. Maja braucht ja auch jemanden zum Spielen. Und dafür ist die Wohnung dann viel zu klein. Und wo sollen die Kinder rumlaufen? Landluft ist ja sooo viel gesünder als Stadtparkluft. Jonas sieht es zum Glück genauso, also mache ich mich auf die Suche nach unserem Traumhaus. Es darf auch gerne so romantisch sein wie unsere rosa Hochzeitstortenvilla. Mit Türmchen obendrauf.

36

Ich lag auf der Couch und versuchte trotz meines geschwollenen Gesichtes einigermaßen verständlich zu sprechen. »Jooooonas«, rief ich jammerig, »ich brauche einen neuen Lappen!«

Jonas schlurfte ins Badezimmer und kam mit einem weiteren warmen Waschlappen ins Wohnzimmer. Dann setzte er sich neben mich und hielt meine Hand, während er den warmen Lappen auf meine Stirn legte. So ganz allmählich ließ die Gesichtslähmung nach meiner Massage nach, und ich konnte wieder einigermaßen schmerzfrei sprechen. Ja, richtig, eine Gesichtslähmung. Ich erläutere das kurz, und dann sprechen wir bitte nicht mehr darüber.

Um mir kurz vor der Hochzeit noch eine kleine Entspannung zu gönnen, hatte ich mich gestern bei einer russischen Physiotherapeutin namens Natascha zu einer Ganzkörpermassage eingefunden. Nackt auf dem Bauch liegend, mit einem Handtuch auf dem Rücken und beplätschert von leiser Vogelgesangdudelmusik, konnte ich endlich, nach vielen Wochen Aufregung und Stress, ein klein wenig relaxen. Als Natascha mich fragte, ob ich auch eine Kopfmassage wünschte, konnte ich vor lauter Wohlgefühl kaum Nein sagen. Also drückte und knetete sie meinen Kopf, bis sich die Extentions fast lösten und mir ganz schwindelig wurde. Das wollte ich ihr sagen, aber mein Mund gehorchte mir nicht mehr!

»Öööhm, maff… maffen wie, iff meime, meim Koppff, biffe auffhööen!«, bekam ich gerade noch heraus. Natascha zog erschrocken ihre Hände zurück, murmelte: »O njein, njicht schon wieder, Entschuuuldigung« in ihrem eigentlich ganz süßen Akzent – aber da ich nicht sprechen konnte, fand ich sie im Moment weniger süß. Fragend und entsetzt sah ich sie an, soweit meine gelähmten Muskeln einen erstaunten Gesichtsausdruck zuließen, während ich mich halb aufrichtete und mich dabei gleichzeitig noch kurz für meinen Hängebusen schämte.

»Daaas kann sein eine Gesjichtslähmung …«, gestand die Physiotherapeutin. »Iist njicht schlimm, koomt ööfters vor«, beruhigte sie mich. Nee, ist klar, ist nicht schlimm. Fühlte sich auch fast gar nicht doof an. Wären wir jetzt in einem Comic, hätten sich rund um meinen Kopf diverse Fragezeichen eingefunden, danach wäre ich wie Bert aus der Sesamstraße einfach nach hinten gekippt. Aber jetzt lohnte es sich kaum, von der Liege zu kippen – ich musste was tun! Übermorgen war schließlich meine Hochzeit!

»Umm mamm heht daff wiewer wech?«, bekam ich mühsam heraus.

»Müüste morgen wiederr ijn Ordnung sein«, sagte Natascha, völlig ungerührt. Dabei räumte sie ihre Massagehandtücher weg, hielt mir die Hand hin und sagte: »Funfundzwaanzig Euro, biite.«

Na, die würde noch was von mir zu hören kriegen, wenn ich wieder sprechen konnte. Ich zog mich an, gab ich ihr das Geld und fuhr mit meinem steifen Gesicht nach Hause. Dort legte ich mich aufs Sofa und auf meinen Kopf einen warmen Lappen, wie Natascha mir empfohlen hatte. Anscheinend hatte sie ein paar Nervenenden zu fest gedrückt, das sollte sich mit viel Wärme wieder regulieren lassen. Seufzend und stöhnend vor Elend lag ich vorm Fernseher und hoffte, dass mein Leben bald vorbei war.

Aber das fing ja nun gerade erst an, und Jonas spielte darin die Hauptrolle. Da die Lähmung zum Glück, wie Natascha vorhergesagt hatte, nur kurzzeitig anhielt, konnte ich schon, als Jonas abends nach Hause kam, wieder einigermaßen sprechen; und da es nicht schmerzhaft gewesen war, auch ein bisschen darüber lachen.

So was passierte aber auch nur mir! *Die gesammelten Katastrophen der Sophie Sonnenberg.* Und morgen war mein Hochzeitstag. Juhu! Ich hatte so eine Vorahnung, dass es nicht so ganz der glücklichste Tag meines Lebens werden sollte ...

Hey, hey, hey, hier kommt Sophie ...
Vorhang auf – für meine Horrorshow!

Jonas und ich hatten uns dagegen entschieden, die Nacht getrennt zu verbringen, und fuhren nun ganz klassisch zu zweit, eine Stunde vor der Zeremonie, die für zehn Uhr angesetzt war, mit meinem alten Klappergolf nach Pinneberg. Das Auto war festlich mit Rosen und Efeu geschmückt, aber leider hatten wir den Verkehr auf der A 23 unterschätzt – immerhin war Vatertag, Himmelfahrt, und alle Welt wollte fürs verlängerte Wochenende an die Küste. Da saß ich nun, in meinem Kleid, das jeden Moment zu platzen drohte, und hoffte, dass sich nicht mein Brautkleid, sondern der Stau bald auflösen würde. Ich bat Jonas, mir den Reißverschluss hinten herunterzuziehen, was, da wir ja alleine im Auto waren, auch nicht weiter negativ auffiel. Auf dem Schoß umklammerte ich meinen Brautstrauß, der nicht, wie bestellt, aus dunkelroten Rosen und Efeu bestand, sondern aus einer apricotfarbenen Calla mit viel Schleierkraut. Offenbar hatte die Floristin meinen wunderschönen Strauß eine Stunde vorher einer anderen Braut mitgegeben, die ebenfalls das Glück hatte, heute getraut zu werden. Tja, Pech für mich, Glück für sie, nun hatte sie meine Rosen und ich die hässliche Calla.

Zehn vor zehn, und wir kamen immer noch nicht voran. Vor, neben und hinter uns hupten, grölten und johlten uns fremde Menschen zu, die uns als Hochzeitspaar identifizierten, was dank meines Schleiers, den ich mir vors Gesicht gezogen hatte, auch nicht weiter schwer war. Wir versuchten krampfhaft wie ein glückliches Pärchen zu wirken, das gerade auf dem Weg zu seiner Hochzeit war.

»Mann, du Arsch, jetzt fahr doch da in die Lücke!«, schrie Jonas aber einen Augenblick später und verdarb damit den guten Endruck, den unsere Staunachbarn bis dahin von uns hatten.

Ich hielt mir weiter den Schleier vors Gesicht. Jetzt bloß nicht die Maske fallen lassen, dachte ich. Zu allem Überfluss verschmierte auch schon mein Make-up, da es für Mai ungewöhnlich warm war. Um nicht zu sagen: Es war heiß und kaum zum Aushalten! Bestimmt siebenundzwanzig Grad!

Die Schminke troff mir inzwischen schon in Streifen übers Gesicht, so sehr schwitzte ich vor Angst, Ärger und Anspannung. Außerdem war mir schlecht, aber das passte ja zur Situation, war also bestimmt kein Grund, sich darüber auch nur ansatzweise Gedanken zu machen. Klar hatte ich in der letzten Zeit öfter die Pille vergessen als sonst, aber da ich noch nie schwanger geworden war, würde ich es jetzt ja sicher auch nicht sein. Das hätte mir ja gerade noch gefehlt.

Mir kam nun in den Sinn, wie sauer Marciewski wohl sein würde, wenn wir so viel zu spät kämen, dass ich meinen ersten Aufsager nicht mehr machen konnte. Gleichzeitig brachte mich die Sorge fast um, dass Jonas von seiner Hochzeitsüberraschung gar nicht angetan sein könnte. Mit dem Sender war abgemacht, dass ich vor und nach dem Standesamt, sowie vor und nach der Kirche jeweils berichten sollte, wie mir zumute beziehungsweise wie glücklich ich gerade sei, und wie die Planung bis jetzt verliefe.

Der Beitrag sollte dann zusammen mit den Highlights der hoffentlich sehr romantischen Zeremonien und einigen Stimmen der anwesenden Gäste auf eine Länge von fünfzehn Minuten geschnitten und heute Abend an einen Privatsender überspielt werden, der sich wegen des Feiertags-Nachrichtenlochs schon darauf eingestellt hatte, ihn auch zu senden. Man nimmt, was man kriegt, lautete das Motto.

Nur musste Jonas auch mitspielen und sich ganz als glücklicher Ehemann präsentieren, als den ich ihn eingeplant hatte. Wochen und Monate hatte ich mir fast überhaupt keine Sorgen gemacht – ja, bis jetzt, bis ich auf einmal darauf kam, dass es vielleicht gar nicht soo nett von mir war, ihn auf einem vergoldeten Silbertablett der Öffentlichkeit zu präsentieren, die aus weit mehr Zuschauern bestand als zur Hochzeit eingeladen waren. Wenn wir Pech hatten, waren es Millionen!

Ach was, schob ich meine Zweifel mal wieder gekonnt in ihre staubige Ecke, aus der sie hervorgekrochen waren. Jetzt mal halblang. Hätte er keinen Hang zur Selbstdarstellung, wäre er ja nicht Sänger einer Band und am Theater tätig. Immer wieder mal hatte er sich im Suff darüber beschwert, dass immer die Schauspieler den ganzen Ruhm ernteten, die Regisseure und Bühnenbildner im Hintergrund agierten und dass seine Arbeit so überhaupt nicht gewürdigt wurde. Er würde sich ganz bestimmt freuen, dass so viele ihn heute, an seinem hoffentlich schönsten Tag, sehen würden und es genießen, auch mal die Rampensau zu geben.

Hm, Jonas als Rampensau?, hielt mein vernünftiges Ich wieder dagegen. Dabei musste man ihn nur mal ansehen. Diesen Leckerbissen von Mann der Öffentlichkeit vorzuenthalten kam einer Straftat gleich. Ich warf einen verstohlenen Seitenblick auf meinen Schatz, der murmelnd vor sich hin fluchte. Die Ausfahrt Pinneberg-Nord befand sich in Sichtweite, allerdings war die Fahrbahn vierspurig mit Autos vollgestellt, so dass wir den Stau nicht mal auf dem Seitenstreifen überholen konnten. Trotz der verfahrenen Situation sah Jonas in seinem schwarzen Schattenstreifenanzug zum Anbeißen aus, der Anstecker aus einer roten Rose mit einer Efeuranke an seinem Revers war wunderbar, auch wenn er überhaupt nicht zu meinem grauenhaften Strauß passte – er war und blieb der schönste Mann, den ich je gesehen hatte. Und genau den wollte ich gerne präsentieren! Wenn ich ihm zudem damit einen Gefallen tun konnte, bitte schön, dann war es sogar eine gute Tat.

Leider standen wir weiterhin im Stau, und es war egal, wie wir aussahen. Nein, es reichte, ich konnte das jetzt einfach nicht mehr für mich behalten. Ich musste ihn endlich zumindest vorwarnen.

»Äh, ich … ich meine nur … Wie fändest du das, wenn …«, fing ich an. In dem Moment wurde allerdings eine Lücke auf der rechten Spur frei, Jonas gab Gas, zog mit Warnblinklicht und lautem Gehupe auf dem Standstreifen an allen vorbei, und wir hatten sogar die Staumeute auf unserer Seite, zumindest, als sie meinen weißen Schleier sah, der aus meinem weit geöffneten Fenster flatterte. Unter Gehupe und Gekreisch und »Viel Glück«-Rufen verließen wir die Autobahn. Mir war allerdings weder nach Johlen noch nach Kreischen zumute, sondern einfach nur hundeelend. Das Gefühl, gleich kotzen zu müssen, wurde nicht besser, sondern immer schlimmer.

Mit quietschenden Reifen hielten wir eine halbe Stunde zu spät, also um halb elf, auf dem Parkplatz vorm Pinneberger Rathaus. Der rote Backsteinbau wirkte vertrauenerweckend, nur die vielen Menschen davor ängstigten mich. Im kurzen Überblicken kam mir auch niemand vertraut vor.

Jonas wollte gerade aussteigen, als ich ihn am Ärmel seines Anzugs festhielt. In Windeseile stürzten nun schon die ersten Freunde und Gratulanten auf unser Auto zu. Schnell, viel Zeit blieb mir nicht.

»Hör zu, Schatz, egal, was jetzt passiert – ich liebe dich!« Mein gehetzter Tonfall ließ Jonas verwundert innehalten. Er drehte sich zu mir um, die Hand auf dem Türgriff. Ich sprach schnell weiter.

»Du wirst dich gleich sehr wundern, aber es ist …« Mir stiegen Tränen in die Augen, ich sprach mit tränenerstickter Stimme weiter – jetzt klang ich wie Veronika Ferres in ihrer schlimmsten Rolle: »Es sollte dein Hochzeitsgeschenk sein, aber ich bin mir jetzt gar nicht mehr sicher, ob es dir gefällt!«, schniefte ich.

In dem Moment wurde die Fahrertür von außen aufgerissen, Ole, Jonas' Trauzeuge, zog Jonas aus dem Golf, schlug ihm auf die Schulter und johlte: »Na, ihr seid ja früh dran, hattet wohl noch was zu erledigen, hahahaha!«

Richtig böse schien niemand zu sein, allerdings hatten wir den Standesbeamten auch noch nicht gesehen.

In aller gebotenen Hast stürzte und stolperte ich aus dem Auto, verhedderte mich gekonnt in meiner Schleppe und plumpste vor versammelter Mannschaft in den Dreck. Den umstehenden Gästen – beim Aussteigen sah ich meine Mutter und meine Tante – entfuhr ein erschrockenes »Oh!«, als ich wenig ladylike aus dem Auto fiel, aber bevor mir jemand helfen konnte, hatte ich mich schon wieder aufgerappelt. Staub und Birkenpollen verzierten von nun an den Saum meines Kleides, und ich konnte mich nur noch mit dem Gedanken retten, dass es nun bestimmt nicht mehr schlimmer werden konnte. Bevor meine Mutter mich begrüßen konnte, stürzten sich schon meine Kollegen von *Hamburg aktuell* auf mich, Martin Marciewski und Kameramann Ralf. *Drehend!* Mein kleiner Ausflug in den Dreck war also schon im Kasten. Wunderbar. Marciewski grinste mich an, sagte »Schön, dass Sie auch schon da sind!« und versah mich schnell mit Mikro und Sender. Jonas wusste kaum, wie ihm geschah, schon war er ebenfalls verkabelt – flehend streckte ich ihm meine Hand entgegen.

»Schatz …«, ich konnte ja nicht sagen: Es ist nicht so, wie du denkst! »Schatz, alles Gute zur Hochzeit!«

Er sah mich erst verwundert an, dann schien er zu begreifen. »Was …? Wir werden gefilmt? Du hast unsere Hochzeit verkauft?«, fragte er fassungslos. »Das glaub ich ja jetzt nicht! Und du wusstest das und hast mir nichts gesagt?«

»Ich hab doch gerade versucht, dir davon zu erzählen! Ich dachte wirklich, du freust dich …«, meinte ich kleinlaut. »Es sollte eine Überraschung zum großen Tag sein!« Ich starrte auf den Boden und wühlte mit meinem eh schon schmutzbesudelten Brautschuh in einem kleinen Blätterhaufen. Tolle Überraschung! Ging wohl voll daneben. Ich wäre jetzt so gerne mit Jonas kurz verschwunden, um das in Ruhe mit ihm zu besprechen. Von allen Seiten stürmten aber nun Menschen auf uns zu – Eltern, Freunde, Kollegen – und rissen uns auseinander. Ich sah Jonas, der immerwährend den Kopf schüttelte, als würde er gerade vergeblich versuchen, aus einem Traum zu erwachen.

»Mensch, da seid ihr ja endlich, der Standesbeamte ist schon nach Hause gegangen, jemand hat sich auf den Weg gemacht, ihn zurückzuholen … Jetzt kommt mal, wir wollen doch anfangen!«, wurde von allen Seiten geschrien und gerufen. Unsere Freunde, vor allem meine ehemaligen Radiokollegen und die Freunde von Jonas, hatten sich aus lauter Langeweile die Wartezeit schon mit diversen alkoholischen Getränken, die eigentlich hinterher zum Anstoßen gedacht waren, schön getrunken. Schließlich war ja auch Vatertag, da konnten Pflicht (unsere Hochzeit) und Vergnü gen (Saufen) miteinander verbunden werden. Meine Mutter fingerte in meiner Frisur herum, ich versuchte, sie abzuwehren und musste gleichzeitig noch Mona Rede und Antwort stehen.

»Wo wart ihr denn bloß?«, wollte Mona wissen, die in ihrem dunkelroten Kleid und mit einer Orchidee im Haar zum Anbeißen aussah.

Ich seufzte. »Standen im Stau. Jonas ist ziemlich sauer, glaub ich«, raunte ich ihr zu, bevor ich mich von ihr, meiner aufgeregten Mutter und der anderen Meute ins Trauzimmer schieben ließ, wo sich nun nacheinander alle Gäste wieder drängelnd einfanden.

Mona, meine Trauzeugin, saß an meiner Seite und hielt meine Hand, was Jonas weiterhin nicht tat. Ole saß neben ihm, er war verantwortlich für die Ringe.

»Liebes Brautpaar, liebe Trauzeugen, meine sehr verehrten Damen und Herren«, fing Herr Pitzek, der Standesbeamte, an und strich sich das verschwitzte Haar zurück. »Wir haben uns hier an diesem denkwürdigen Tag zusammengefunden, um zwei junge Menschen in die Ehe zu geleiten. Bevor ich diese Zeremonie kraft des mir von der Stadt Pinneberg verliehenen Amtes durchführe, möchte ich einige Worte über die Bedeutung der Ehe verlieren.« Er machte eine schöpferische Pause.

So weit, so gut. Wir waren da, wir waren angekommen, es hatte begonnen. Einige der Gäste raschelten mit ihren feinen Kleidern und machten »Schsch!« wie im Theater. Meine Mutter und sämtliche weiblichen Verwandten heulten jetzt schon und reichten sich gegenseitig Tempotaschentücher.

Mein Kleid war versaut, mein Brautstrauß sah aus wie ein Riesenphallus, ich war verkabelt und Jonas war offenbar stinksauer. Dabei hatte ich es doch wirklich nur gut gemeint! Er sollte auch mal seine fünfzehn Minuten Ruhm bekommen, von denen er so oft gesprochen hatte. Ich wollte ihm die Möglichkeit geben, auch einmal gesehen, wirklich wahrgenommen zu werden, so wie *ich* ihn sah, wie ich seine Seele sah. Er war mein Ein und Alles, der wunderbarste Mensch, den ich je getroffen hatte, rein und gut, so wie Menschen sein sollten. Er war fleißig, vernünftig, immer lieb, stark genug für eine egoistische Chaosfrau wie mich, und er fand immer die richtigen Worte. Mit der Hochzeitsreportage hatte ich der Welt zeigen wollen, wie stolz ich auf ihn war. Hoffentlich verstand er das nun, so wie er mich doch eigentlich immer verstand …

Hinten im Raum war eine Kamera fest installiert worden, um uns herum schwirrte Ralf, der seinen Job super machte, mir im Moment aber ein bisschen auf den Keks ging. Vor allem, als er sich vor uns auf den Boden legte und von unten filmte. Das wäre vielleicht nicht nötig gewesen … Die Gäste waren vom Fernsehteam wenig beeindruckt. Schließlich wussten ja alle, dass ich bei *Hamburg Aktuell* arbeitete, und kamen meist selbst aus verschiedenen Medienbereichen.

Jonas sah starr gerade aus, ich umklammerte Monas Hand und warf ihr bedeutungsvolle Blicke zu, die hießen: »Hier läuft nicht alles optimal«, aber das hatte sie ja schon mitbekommen.

»Was heißt Ehe?«, legte Herr Pitzek los. »Ehe bedeutet, sich gegenseitig zu ehren, zu respektieren und vor allem, einander zu vertrauen.« (Hier wurde mir heiß, weil ich Jonas, zumindest aus seiner Sicht der Dinge, schamlos hintergangen hatte). »Ehe heißt, aufrichtig zu sein, sich dem anderen anvertrauen zu können, egal, was auch kommen mag. Vertrauen und Liebe sollten die Grundlage jeder Eheschließung darstellen, denn das ist das Wichtigste, wenn man den Schritt wagt, der einen mit einem geliebten Menschen für immer verbinden soll …«

Ich hörte nicht mehr hin, da mir von der ganzen Aufregung auf einmal furchtbar übel wurde. Mein Magen rumorte, und ich zwang mich, es zu ignorieren. Ich tastete nach Jonas' Hand, um mich zu vergewissern, dass er mich trotz allem liebte, aber er entzog sie mir. Auweia, konnte der finster gucken! So kannte ich ihn gar nicht. Ob er mich jetzt wohl überhaupt noch heiraten wollte? Oder fühlte er sich so schlimm hintergangen, dass er gleich Nein statt Ja sagte?

Während Herr Pitzek redete und redete, beschloss ich, ihn einfach vorher zu fragen. Unter uns sozusagen. Ich hielt es nämlich nicht mehr aus.

»Willst du noch?«, flüsterte ich leise zu ihm rüber. Er schaute mich ganz verdutzt an, sagte aber nichts.

»Schatz, was ist, willst du mich noch heiraten?«, fragte ich wieder so leise wie möglich, und er schüttelte den Kopf! Ich war fassungslos. Was meinte er damit? Dass er mich nicht verstanden hatte? Dass wir später darüber reden würden? Ich wollte nun gerade noch einmal ansetzen, als der Standesbeamte uns unterbrach.

»Wenn ich jetzt den Trauzeugen um die Ringe bitten dürfte?« Ole kramte die Ringe hervor, wir standen alle auf, und ich war noch nie in meinem Leben so aufgeregt gewesen. Fast hätte ich mich wirklich übergeben, aber das hob ich mir für später auf. Wie viel später, das ließ ich das Universum entscheiden. Es sollte sich recht schnell entscheiden:

»Wollen Sie, Sophie Sonnenberg, Jonas Ahorn aus freien Stücken heiraten und ihm treu bleiben, ihn lieben und ehren in guten wie in schlechten Zeiten, so antworten Sie mit Ja!«

Als ich »Ja!« piepste, hörte ich daraufhin meine Mutter laut aufschluchzen. Na, von wem ich die Heul-Gene hatte, war wohl klar.

Der Kameramann kam nun immer näher, und meine Körpertemperatur sank auf gefühlte fünfundzwanzig Grad. Mir brach überall der Schweiß aus. DAS war bestimmt keine schöne Aufnahme.

»Und wollen Sie, Jonas Ahorn, Sophie Sonnenberg aus freien Stücken heiraten und ihr treu bleiben, sie lieben und ehren in guten wie in schlechten Zeiten, so antworten Sie bitte ebenfalls mit Ja!«

Jonas sah mich lange an. Und sagte nichts. Die Spannung stieg, alle warteten darauf, dass er doch bitte endlich Ja sagte! So ein kurzes Wort, das konnte doch nicht so schwer sein! Dann wandte er sich an den Standesbeamten und sagte laut: »Ich möchte mit Sophie unter vier Augen sprechen!«

Ich konnte es kaum glauben. Er nickte mir zu, ihm nachzukommen und ging auf die Tür des Trauzimmers zu. Alle Gäste fingen nervös an zu murmeln, Jonas hielt den Kameramann kurz fest und flüsterte ihm etwas zu, und ich trat ihm hinterher auf den Gang hinaus; dabei warf ich den Gästen entschuldigende Blicke zu. Meine Schleppe blieb fast in der Tür stecken, aber dann stand ich endlich samt Kleid im Flur des Rathauses. Verdattert, verletzt und ziemlich verzweifelt sah ich meinen Schatz an.

Was war denn hier bloß los?

»Ich möchte dir gerne etwas sagen«, fing er an. Mir sank das Herz in die Füße, und dann schnellte es wieder an seinen Platz, wie am Bungee-Seil.

»Ich liebe dich sehr, meine Sophie«, sagte er ruhig und drückte meine Hand. Ui, *meine Sophie,* sagte er immer, wenn es ernst wurde. Tränen traten mir in die Augen, und ich schluckte verkrampft den dicken Kloß in meinem Hals hinunter. »Aber, Süße, ich möchte nie, nie wieder so eine Überraschung erleben wie mit dieser Fernsehgeschichte!«

Ich nickte nur; da konnte ich ihn doch sehr gut verstehen. »Es tut mir leid«, flüsterte ich. Er schien das kaum zu hören.

Ohne auf meine Entschuldigung einzugehen, fuhr er fort:

»Weil ich dich liebe, sage ich heute Ja. Ja zu dir und Ja zu einem gemeinsamen Leben und Ja zu einem Haufen Kinder. Aber ich möchte klarstellen, dass ich sehr an deiner Liebe zweifele, wenn du mir noch einmal eine so wichtige Sache verschweigst! Ich möchte, dass wir uns wirklich vertrauen, und auch wenn ich weiß, dass du damit Probleme hast, kann ich dich nur bitten: Tu es, wenn du mich liebst.«

Ich erwiderte geknickt: »Ich dachte, du freust dich!«, und ließ nun meinen Tränen freien Lauf. Auch meinen Gefühlen, und allem, was sich monatelang in mir angestaut hatte. Schniefend erklärte ich ihm meine Beweggründe.

»Ich wollte dir doch wirklich eine Freude machen! Schatz, du sagst so oft, dass du auch mal deine fünfzehn Minuten Ruhm ernten möchtest und dass du immer hinter den Kulissen arbeitest und dich niemand richtig sieht. Ich wollte, dass dich alle so sehen, wie ich dich sehe! Ich liebe dich so sehr und wollte es allen zeigen!« Kleinlaut schob ich noch ein »Ich hoffe, du verstehst mich …« hinterher.

Jonas sah mich an, irgendwie zärtlich, fand ich. Ach ja, er war ja in mich verliebt. Warum auch immer.

»Süße«, sagte er und schüttelte wieder den Kopf. »Ach meine süße Sophie.«

Ich warf mich in seine Arme, schniefte noch einmal, er küsste meine Tränen weg und lächelte mich an. Alles war wieder gut. O je, das wäre wohl fast schiefgegangen.

Ich holte tief Luft, in mir löste sich ein Felsbrocken, den ich seit der Planung der Reportage mit mir herumgetragen hatte. Ich hasste es doch, Geheimnisse vor ihm zu haben. Das würde mir jedenfalls nicht noch mal passieren! Auch wenn ich es gut gemeint hatte – aber gut gemeint ist das Gegenteil von gut, oder?

Beim erleichterten Durchschnaufen hoffte ich, dass mein enges Kleid noch eine Weile der Belastung standhalten würde. Jonas drückte mich noch einmal fest an sich, und wir küssten uns lange, wieder versöhnt und bereit für eine lange, wundervolle und vor allem ehrliche Ehe.

»Wären Sie dann bereit für die Eheschließung, oder sollen wir das Ganze absagen?«, ließ sich nun Herr Pitzek vernehmen, seinen Kopf durch die Flügeltür des großen Saales gestreckt. Wir konnten deutlich verstörtes Gemurmel aus dem Trauzimmer hören.

Jonas und ich lösten uns verlegen voneinander, ich fühlte mich, als würde ich aus einem Traum erwachen und musste erst mal kurz ordnen, wo ich eigentlich war. Ach ja, die Hochzeit! Ich nahm Jonas an der Hand, sagte: »Na, dann lass uns doch jetzt mal heiraten gehen!« und konnte endlich wieder lächeln.

Seite an Seite schritten wir wieder in den Saal; dort sahen alle drein, als ob wir die Hochzeit nun platzen ließen, aber wir lächelten den Gästen aufmunternd zu. Herr Pitzek bat uns an die Plätze, und ich weiß nicht genau, wie viele von Jonas' Kolleginnen insgeheim enttäuscht waren, als der Standesbeamte seine Frage wiederholte und Jonas ihm strahlend und deutlich mit JA antwortete.

Endlich waren wir vermählt, mussten nur noch unsere Trauungsurkunde unterschreiben, und dann waren wir entlassen. Ich fiel Jonas, meinem Mann, zitternd um den Hals, dabei riss mein Kleid unter dem rechten Arm ein, ich weinte und lachte gleichzeitig, freute mich riesig, küsste ihn, ignorierte die Kameras und die Gäste – und dann rebellierte mein Magen endgültig.

37

Weihnachten wollen wir bei meinen Schwiegereltern verbringen. Majas erstes Weihnachtsfest, wie aufregend. Und unser erstes als Familie. Mir wird schon Wochen vorher ganz heimelig ums Herz. Als ich bei H&M auch noch eine kleine Weihnachtskombi für sie finde, in der sie aussieht wie eine Miniweihnachtsfrau, schießen mir schon an der Kasse wieder die Tränen in die Augen.

Hört das denn nie auf, dieses Geheule? Was sind das bloß für dämliche Heul-Hormone, denen man nach einer Geburt ausgesetzt ist? Maja ist schon fast ein Jahr alt, und ich fange immer noch wegen jeder Kleinigkeit an zu flennen – bleibt das jetzt für immer so? Du lieber Gott, ich hoffe nicht. Heimlich, damit Maja mich nicht weinen sieht, wische ich mir die Tränchen weg. Warum habe ich sie nicht schon viel früher bekommen, wir hätten viel mehr Zeit miteinander verbringen können! Zu Weihnachten werde ich eh immer sentimental, aber so eine Tränenschleuder wie in der letzten Zeit bin ich noch nie gewesen.

Heiligabend treffen wir pünktlich um fünfzehn Uhr in Pinneberg bei meinen Schwiegereltern ein. Mit denen habe ich wirklich Glück gehabt. Selbst wenn Jonas der komplette Idiot wäre – ich hätte ihn allein wegen seiner Eltern geheiratet.

»Küsschen, Küsschen, Hallo, Hallo!«, ruft Opa Klaus schon laut an der Tür, lange bevor wir aus dem Auto gestiegen und Reisebett, Wäschekorb mit Geschenken, Wäschekorb mit Majas Spielsachen, diverse Taschen mit dem Nötigsten und noch weitere Tüten mit allerlei Kleinkram in den schmalen Flur schieben können.

»Maja-Mausi!« Opa Klaus, der eine Weihnachtsmannmütze trägt, reißt mir das Kind auch schon begeistert vom Arm, kaum dass ich einen Fuß auf die Stufen des Mittelreihenhauses setzen kann. Maja-Mausi quittiert die Bemühungen ihres heiß geliebten Opas mit einem quietschenden: »Dada!«, zieht ihm strahlend die Brille vom Kopf und schleudert sie gekonnt in hohem Bogen auf den Plattenweg. Das heißt wohl bei ihr: »Ich hab dich auch lieb!«

Mich kneift sie inzwischen immer unsanft ins Gesicht, schnullert dagegen aber auch liebevoll an meiner Wange, wenn ich sie lasse. Diese ersten, zarten Sabberküsse werden mir ewig in Erinnerung bleiben. Einmal bekam ich sogar einen Knutschfleck auf der Wange, weil sie mich so abgesaugt hat. Wann Jonas das letzte Mal an mir geschnullert, geschweige denn mir einen Knutschfleck hinterlassen hat, weiß ich dagegen nicht mehr so genau. Äh, das muss … also warten Sie mal, da muss ich mal in meinen Kalender gucken. In den vom letzten Jahr, meine ich. Als Sex noch wild, leidenschaftlich und mit Knutschen verbunden war und nicht mit den Worten: »Machst du danach noch ein Fläschchen?« anfing.

Die Bescherung verläuft ohne Zwischenfälle. Maja ist erst so aufgeregt über all das bunte Geglitzer, dass sie quietschig und aufgedreht ist, pünktlich zum Weihnachtsessen fällt sie aber mit dem Kopf auf die Tischplatte, so dass ich sie für den Rest des Abends in ihr Reisebettchen lege.

Als wir in trauter Runde schließlich zusammensitzen – jeder glückselig über die Geschenke, den Abend, die Stimmung – kommt meine Schwiegermutter auf ein sehr unangenehmes Thema zu sprechen: unsere Häusersuche. In Ermangelung von ungefähr einer Million Euro müssen wir uns ja nach Häusern umsehen, die wir tatsächlich bezahlen können – und das schränkt die zur Auswahl stehenden

Bauten dann doch erheblich ein, da sie selten unseren Ansprüchen genügen.

Als ich Jonas das erste Mal ernsthaft gefragt habe, ob wir nicht ein Haus kaufen wollen, war er von der Idee nicht ganz so begeistert, wie ich mir das vorgestellt hatte. Und über den Vorschlag, in einer rosa Traumvilla mit Türmchen an der Alster zu leben, hatte er sogar laut gelacht! Danach stellte ich mich stur und druckte ihm lediglich schöne Häuser in schicken und teuren Gegenden wie Hamburg-Alsterdorf und Winterhude von *ImmobilienScout24* aus, die ungefähr zehnmal zu teuer, aber wirklich wunderwunderschön waren. Jugendstil! Mit Garten! Und das mitten in der Stadt! Ein Traum! Würden wir uns auf die Suche von Häusern beschränken, die wir bezahlen können, würden wir ja irgendwo in einer Doppelhaushälfte bei Itzehoe oder Lüneburg landen. Jedenfalls ganz, ganz weit weg von Hamburg.

»Wir haben nämlich noch ein Weihnachtsgeschenk für euch«, sagt da mein Schwiegervater zu seinem Sohn. Wie, was hat das mit unserem Haus zu tun? Das versteh ich jetzt nicht, denke ich etwas skeptisch, rühre in den Resten meiner Walnusseiscreme herum und höre aufmerksam weiter zu.

»Wie ihr ja wisst, ziehen die Huberts nebenan aus …« Huberts sind die Nachbarn zur Linken, im Endreihenhaus. Herr und Frau Hubert sind beide ungefähr hundert Jahre alt, haben aber immer ihren Garten picobello. Mehr weiß ich nicht über das Paar, das Wissen fehlt mir aber auch nicht … Wie ich jetzt erfahre, wollen beide zusammen in ein betreutes Wohnheim umziehen und ihr Haus privat verkaufen.

»Und ratet mal, wer das Haus gekauft hat?«, fragt mein Schwiegervater mit vor Aufregung ganz roten Wangen. O nein. O nein, o nein! Die hatten doch nicht …? Ich wage den Gedanken kaum in Worte zu fassen … Ein HAUS gekauft? Für UNS? Direkt NEBENAN?? Ich wünsche mir eine Bodenklappe, in der ich augenblicklich verschwinden kann. Auch wenn dann alle oben stehen und nach mir rufen, könnte ich doch erst mal aus dieser schwierigen Situation entfliehen. Ich sehe mein Leben im Schnelldurchlauf an mir vorüberziehen: Mein erster Fasching im Kindergarten, ich lerne Fahrradfahren, mein Fahrrad wird einen Tag später geklaut, mein erster Schultag, meine erste Eins, meine erste Fünf, meine erste Ohrfeige, mein erster Freund, ich betrinke mich auf einer Party, mein Abi, ich moderiere, Jonas, einmal am Strand, dann über mir, wir küssen uns, Maja wird geboren, ich liebe sie, ich bin glücklich ... Und jetzt endet mein Leben – in einem Reihenhaus in Pinneberg!

Wie entsetzt ich wohl gucke, fällt mir erst auf, als Jonas mich etwas unsanft anstupst und zu seinem Vater sagt:

»Papa, was heißt das? Ihr habt das nicht gekauft, oder?«

»Doch – wir haben das gekauft!« Klaus nickt eifrig und lacht. Jetzt dreht er sich um und holt eine Mappe vom Schränkchen, da ist wohl so was drin wie die Besitzurkunde, der Notarvertrag oder dergleichen. Er räuspert sich.

»Und das ist ... äh ... ja, unser Weihnachtsgeschenk. Von uns für euch. Wir dachten, ihr würdet euch freuen. Ihr sucht doch ein richtiges Zuhause! In dieser dunklen Butze da in der Stadt, im vierten Stock, könnt ihr ja nicht weiter wohnen, das ist doch klar. Und ich weiß ja, wie das bei jungen Leuten ist: Ihr habt im Moment nicht so viel Geld, aber wenn Oma auf Maja aufpasst, kann Sophie wieder arbeiten gehen, und wir alle zusammen wären eine richtige Familie. Also, vielleicht gefällt es euch nicht, dass wir so über euren Kopf hinweg entschieden haben – aber ihr könnt es euch ja wenigstens mal ansehen!«

Ich kann es nicht glauben, Jonas strahlt wie eine Hundert-Watt-Glühbirne. Ich meine, keine Energiesparlampe. So kenne ich meinen Mann gar nicht! Ich bin etwas irritiert. Zurück zu Mama und Papa, ist das sein Motto? Oder denkt er: Geschenktes Heim, Glück allein?

Ich halte mich jedenfalls mit Zufriedenheitsbekundungen komplett zurück. Alles, was ich von mir gebe, ist ein unartikuliertes »Ächz-Krächz«. Ich schlucke, denke fieberhaft nach und versuche, nach meinem ersten Schock wieder zur Besinnung zu kommen. Und über mein Gesicht zieht sich nun ebenfalls völlig unbeabsichtigt ein breites Grinsen, das anscheinend aus den Tiefen meines Unterbewusstseins emporsteigt. Wahrscheinlich hat mein Ur-Instinkt schon kapiert, dass wir in Zukunft eine Höhle für uns haben würden, in der das Feuer immer brennt (»Uga-uga, immer warm, Überleben gesichert, uga!«), bevor mein gegenwärtiges Ich damit klarkommt.

Jonas ist so begeistert, es hätte nicht viel gefehlt, und er hätte seinen Vater auf den Schultern durchs Wohnzimmer getragen.

»Du bist der Allerbeste«, freut er sich und haut seinem Vater kräftig auf den Rücken. Mehr ist nicht drin bei den wahren Männern dieser Familie.

»Na, dachte ich mir's doch«, gibt Klaus, sichtlich gerührt über die offenkundige Zuneigung seines Sohnes, zufrieden zurück. Ich drücke meine Schwiegermama an mich, fange dann doch noch an zu weinen – ein Tag ohne Tränen ist ein verlorener Tag –, und Ilse knuddelt mich, bis ich keine Luft mehr kriege. Schließlich heulen wir Weiber, Maja fängt dann im Schlafzimmer auch noch an, die Männer schenken sich Whiskey ein, und wir sprechen noch – ich mit Maja auf dem Schoß – stundenlang über das Haus, das wir morgen beim allerersten Tageslicht genauer unter die Lupe nehmen wollen.

Weil ich mir auch einen halben Whiskey gegönnt habe, tanze ich schließlich mit Maja auf dem Arm durchs Wohnzimmer, lasse sie ungefähr zwanzig Runden Karussell mit mir fahren, bis wir schwindelig und glücksduselig zu Jonas auf die Couch plumpsen, wo ich ihm einen Kuss auf die stoppelige Wange drücke.

Als wir spätabends bei Klaus und Ilse auf der Schlafcouch im Bügelzimmer nach einer einigermaßen bequemen Liegeposition suchen, unterhalten wir uns aufgeregt über das Haus, fallen uns dabei immer wieder ins Wort: »Immer einen Parkplatz vor der Tür!« – »Maja kriegt als Erstes einen Sandkasten!« – »Können im Garten grillen!« – »Müssen gleich nach Kindergärten gucken!« Dabei versichern wir uns, dass es auch nicht das Schlimmste ist, in Pinneberg zu wohnen. Immerhin ist Jonas hier aufgewachsen. Das Schönste ist aber, dass wir mit Klaus und Ilse als Nachbarn auch ein soziales und emotionales Dach über dem Kopf bekommen. In der Dunkelheit sehe ich die ersten Schneeflocken dieses Winters an der Straßenlaterne vorbeischweben, sie fallen in unseren zukünftigen Nachbargarten. Rasen und Tannen sind schon spärlich mit weißem Puder bedeckt, der im Schein der Außenbeleuchtung funkelt.

»Frohe Weihnachten!«, flüstere ich Jonas zu und schmiege mich an ihn.

Ein schöneres Geschenk als diese Familie habe ich noch nie bekommen.

38

»Für Tausende Paare in und um Hamburg ist heute ein Traum in Erfüllung gegangen – ihren Hochzeitstag am 5.5.2005 werden sie wohl nie vergessen, denn trotz des Feiertages waren viele Ämter in Hamburg und im südlichen Schleswig-Holstein bereit, die Türen zu öffnen, um die Verliebten zu vermählen. Persönlich kann ich nur sagen, dass es sich um den bemerkenswertesten, schönsten … Moment … äh … Tag meines … Entschuldigung …« Ich hatte alle Mühe, mein Stück vor der Kamera zu Ende zu sprechen, weil ich Sterne sah und mir die Galle hochkam. Ommmmmmmm, versuchte ich mich innerlich zu beruhigen und atmete tief durch.

Herr Pitzek war wirklich nicht gerade begeistert gewesen, als ich mich auf das schöne alte Parkett des Rathauses erbrochen hatte, und auch die älteren Damen in der ersten Reihe waren erschreckt aufgesprungen, soweit ihre Hüftgelenke das zuließen, aber inzwischen war mir schon alles egal. Ich musste nur irgendwie diesen Tag überstehen und mich dann um meine Magendarmgrippe kümmern – irgendwie musste ich mir etwas eingefangen haben. Aber bitte, sollte ich denn wirklich auch noch vor laufender Kamera kotzen? Schlimmer konnte es nun wirklich nicht kommen … Aber ja, so sollte es sein, das Universum hatte entschieden. Ich wurde leichenblass, ließ mein Mikro sinken und beugte mich dezent zur Seite, um mich geräuschvoll zu übergeben. »Bravo!«, rief jemand aus der Hochzeitsmenge, und einige klatschten. Mein Leben war die Hölle. Und das an meinem Hochzeitstag.

»Entschuldigung«, setzte ich meinen Beitrag tapfer fort und wischte mir mit dem Ärmel meines eh versauten Hochzeitskleides den Mund ab. »Also es ist eindeutig der bemerkenswerteste Tag meines Lebens. Ich bin sehr glücklich, heute geheiratet zu haben, und die Gäste sind sicher auch begeistert«, fügte ich schwach hinzu und deutete mit dem Arm auf Freunde und Verwandte, die sich rund um mich versammelt hatten. Ich hätte ja so glücklich sein können! Aber mir war einfach nur schlecht. Jonas wurde vor die Kamera gezerrt, und mit einem aufgeklebten Grinsen ließ ich über mich ergehen, dass wir mit Reis, der sich von oben durchs Kleid seinen Weg direkt bis in meine Unterhose bahnte, überschüttet wurden, dann erlosch endlich das rote Licht an der Kamera, und Ralf ließ das Gerät von seiner Schulter sinken. Grinsend hob er einen Daumen. Worte sind seins nicht.

Zitternd und mit weichen Knien ließ ich mir von meinen Kollegen die Kabel wieder abnehmen, hörte nicht zu, als Marciewski mich zur Rede stellte, suchte Jonas mit den Augen, fand ihn inmitten eines Pulks seiner hübschen, allesamt gesund aussehenden Theaterkolleginnen und zog ihn mit mir auf die Toilette.

»Ich schaffe das alles nicht«, sagte ich zu ihm. »Jonas, ich kann nicht mehr. Keine Ahnung, was los ist, aber ich will nur noch nach Hause, mir ist so unglaublich schlecht!«

Die letzten Worte brachte ich kaum heraus, da ich schon wieder nach einer Kotzgelegenheit suchte und mich in einen nahe stehenden Papierkorb übergab.

Jonas hielt mir die Strähnen nach hinten, die sich aus meiner hochgesteckten Frisur gelöst hatten, und als ich fertig war, nahm er ein Papierhandtuch, hielt es unter den Kaltwasserhahn und strich mir damit vorsichtig über Stirn und Gesicht. Das tat gut, auch wenn er mein Make-up damit ordentlich verwischte. Egal. Er sah aus, als überlegte er sich ebenfalls, wie es weitergehen könnte. »Wir müssen ja jetzt eh nach Harburg zur Kirche. Das schaffst du doch bestimmt noch! Aber was hältst du davon, wenn wir kurz zu Hause vorbeifahren, und du dir schnell was Bequemeres anziehst?«

Das klang wie ein guter Plan. Ich wollte mich nur noch auf jemanden verlassen und nicht mehr selbst für mich verantwortlich sein müssen. Am liebsten hätte ich mir zur Beruhigung den Daumen in den Mund gesteckt. Im Auto legte ich die Füße aufs Armaturenbrett, stopfte die Schleppe meines Brautkleides irgendwie unter und neben mich und ließ mich nach Hause fahren. Jonas hatte allen Bescheid gesagt, dass es jetzt zur Kirche ging, und ich hatte Marciewski versprochen, dass ich nach der Trauung wieder fit wäre und einen neuen Beitrag einsprechen könnte.

»Der Kunde tobt«, hatte ich nur zu hören bekommen. Ja, sollte er, das hier war *mein* großer Tag, und den würde ich schon irgendwie durchziehen.

Zu Hause schlüpfte ich aus dem acht Meter langen Kleid, ließ es im Flur liegen, dachte gar nicht erst daran, es zu säubern, denn es war einfach hinüber; löste meine diversen Haarnadeln, bürstete meine zerstrubbelten Extentions einmal kräftig durch, und zog mein rot-weißes Sommerkleid und meine roten Lieblingsflipflops mit den Schmetterlingen an. Dann steckte ich mir noch eine Rosenhaarspange ins Haar und fühlte mich einigermaßen wie ich selbst. Jonas, der unten im Auto auf mich wartete, sollte dagegen seinen Anzug anbehalten, fand ich, wenigstens einer musste ja nun hochzeitlich aussehen.

Inzwischen war mir schon etwas weniger schlecht als vorher. Mein nächster Aufsager wartete vor der Harburger Kirche auf mich, und ich musste mich noch etwas vorbereiten. Während ich in der obersten Schublade meines Schreibtisches nach Stift und Zettel forschte, damit ich mir im Auto ein paar Zeilen aufkritzeln konnte, fiel mir mein Kalender in die Hände. Da stand es schwarz auf weiß: Ich hatte mir notiert, wann ich das letzte Mal meine Periode gehabt hatte. Es war über fünf Wochen her.

39

Juhu! Mein neues Leben fängt an! Wir haben ein Haus, in das wir in drei Wochen einziehen, ich habe mich bei einer Zeitschrift für eine Kolumne beworben, und heute Abend gehe ich mit Mona endlich mal wieder auf den Kiez. Vor einer Woche, zu Neujahr an meinem Geburtstag, hatte sie angerufen, und wir haben uns wieder ein bisschen einander angenähert. Sie erzählte weniger von wilden Partys und ich etwas weniger von Majas Windeln, und so trafen wir uns auf einer »Weißt-du-noch?«-Ebene, die für den Übergang genügen musste, bis sich entschied, was aus unserer Freundschaft werden sollte.

In zwei Wochen würde Maja ein Jahr alt werden, und ich denke, nun auch wieder ein Recht auf ein eigenes (Party-) Leben zu haben. Ich meine, ich muss doch auch mal wieder ausgehen, die Sau rauslassen, tanzen und Spaß haben – nur, ob ich das noch kann?

Mein Gewicht ist jetzt, fast ein Jahr nach der Geburt, zum Glück wieder einigermaßen normal, ich hab mir neulich sogar einen guten Jeansrock in Größe zweiundvierzig gekauft, und heute Abend um acht treffe ich mich mit Mona und einer Freundin von ihr, die ich noch nicht kenne, Tina. Ich bin gespannt, vielleicht wird es so ein Partyabend wie der legendäre, als ich meinen Mann kennenlernte? Aber was soll ich groß erwarten: Ich bin verheiratet, habe ein Kind, arbeite nicht und finde mich generell uninteressant. Vielleicht kann ich das aber mit ein bisschen Alkohol schnell kompensieren.

Gesagt, getan. Um einundzwanzig Uhr bin ich lustig, die Welt ist schön, Mona und Tina sind supernett zu mir – nachdem ich ihnen versprechen musste, nichts mehr von Zahnungsdurchfall und Babyschwimmen zu erzählen –, und wir ziehen von Monas Wohnung in Altona aus los. Ausgerechnet auf eine Singleparty wollen die beiden, na dann Prost! Da ich bei Mona nur ein Glas Sekt getrunken, aber gleich das Gefühl hatte, mich vor Trunkenheit übergeben zu müssen, zog ich in Betracht, mich mit Wasser und Cola Light durch den Abend zu bringen. Meine Güte, war das lange her, dass ich so was wie Alkohol zu mir genommen hatte! Bis auf den Sekt zum Anstoßen nach dem Abstillen vor fast einem Jahr war ich kaum noch dazu gekommen, mehr als einen Schluck Wein zu trinken. Als würde Maja wittern, dass ich gerade anfangen wollte, ohne sie Spaß zu haben, fing sie nämlich immer genau dann an zu weinen oder bekam Fieber, wenn ich mir abends, wenn ich sicher war, dass sie schlief, ein Glas Rotwein einschenkte. Spätestens nach dem zweiten Schluck war sie wach und schrie nach mir. Keine Ahnung, warum das so war. Ich schob es auf die Natur oder das Universum und schüttete den Wein in den Ausguss. O Frevel, o Sünde!, aber Majas Geschrei hörte auf, wenn ich sie in den Arm nahm, und ebenso mein Alkoholkonsum. Baby und Alkohol passten ja auch irgendwie nicht zusammen.

Ich hatte ja sogar fast ganz aufgehört zu rauchen (bis auf einige Feierabendzigaretten, die ich mir noch ab und zu heimlich auf dem Balkon anstecke, ohne dass Maja es merkt, wobei ich mir hinterher gründlich die Zähne putze und die Hände mit Spüli schrubbe), was Tina und Mona verwundert, ja schier entsetzt. Sie behaupten sogar, ich sei »der Sklave meines Kindes« und würde meine Persönlichkeit aufgeben. So ein Quatsch! Schließlich bin ich ja jetzt hier, oder etwa nicht?

In der *Markthalle* angekommen, geben wir Jacken und Handtaschen an der Garderobe ab, stopfen unsere Jeanstaschen mit Zigaretten, Puderdosen und klein gefalteten Geldscheinen aus, werfen triumphierend den Kopf in den Nacken und stöckeln auf unseren hohen Schühchen selbstbewusst in den Tanzsaal. Die Mühe hätten wir uns direkt sparen können, denn wir sind bis auf drei Langweiler an der Theke die einzigen Gäste. Ich gucke Mona mit einem Flunsch und einem gleichzeitigen Augenrollen an, das heißt: »Na toll, siehst du, was für 'ne Scheißidee mit der Singleparty!«, aber das sage ich nicht laut. Sie denkt eh das Gleiche. Aber wo wir schon mal da sind, machen wir eben das Beste draus. Einen Piccolo gibt es laut Partyordnung umsonst, wenn man sich einen männlichen Gegenpart sucht, kleine Gutscheine austauscht und gemeinsam zur Theke schlurft. Da wir zu dritt sind und ebenfalls schon drei männliche Wesen vorhanden sind, steuern wir direkt auf die Jungs und damit auf unseren Gratisalkohol zu.

»So, hier Bekanntmachung: Gebt mal eure Zettel her, jetzt gibt's Getränke!«, krakeelt Mona. Die drei männlichen Wesen erschrecken und kramen devot ihre bereits nass geschwitzten und zerknüllten Gutscheine hervor. Im Hintergrund läuft von The Sisters of Mercy »Temple of Love«, was eine absolute Persiflage auf diese Veranstaltung ist. Wieder gilt für mich: »Wenn ich schon mal hier bin«, deshalb schnappe ich mir mein Piccolöchen und gehe tanzen. Ja, richtig bemerkt: Ich bin die Einzige auf der Tanzfläche, na und? Wann komm ich denn sonst mal raus? Die frechen kleinen Endorphine spielen schon Fangen in meiner Blutbahn, ich tanze und hüpfe und drehe mich und lechze schon beim zweiten Lied nach einer Zigarette. Mona und Tina haben angefangen, sich mit den Langweilern zu unterhalten. Die Szene kommt mir irgendwie bekannt vor. *Same procedure as every year, James!*

Als ich nach drei wunderschönen Neue-Deutsche-Welle-Liedern (»Sternenhimmel«, »Nur geträumt« und »Ich liebe dich«) mit Brian Adams und meinem Hasslied »*Summer of 69*« wieder auf dem harten Boden der Realität lande, stelle ich fest, dass ich gar nicht mehr alleine tanze, sondern sich bestimmt zwanzig normal und nett aussehende Menschen um mich herum versammelt haben, die je nach Stärke ihres Paarungswunsches vermehrt oder minder miteinander balzen. Wie lustig, das mal als außenstehende Person zu betrachten. Aber ich will ja überhaupt nicht mehr außen stehen, sondern mittendrin sein! Ich hüpfe zu Tina und Mona, fasse Mona von hinten in die Hosentasche, um mir eine ihrer Zigaretten zu angeln, und höre ihrem Gespräch mit einem vierundvierzigjährigen Elmshorner zu, der frisch geschieden ganz offensichtlich auf der Suche nach einem Abenteuer ist. Hätte er keinen Schnurrbart gehabt, wäre er sogar ganz süß gewesen. Ich hoffe, Mona ist vernünftig genug, sich noch nach einem anderen umzusehen, sonst würde sie diesen Ausflug bald bitter bereuen.

Tina lacht und schäkert mit einem hübschen Blonden, und ich will ihr den Spaß nicht verderben. Seit ihr Freund vor ein paar Wochen mit den Worten: »Ach, du bist schon zu Hause? Das hier ist Angie …« mit ihr Schluss gemacht hat, hatte sie wirklich nicht viel zu lachen. Angie hatte sich ihrerseits mit den Worten vorgestellt: »Es stört dich doch nicht, dass ich deinen Spitzentanga trage?«, woraufhin Tina schnell ein paar Sachen packte – den Tanga hatte sie Angie großzügig überlassen – und zu Mona zog. Jetzt sollte sie flirten, was das Zeug hielt, ich würde mich nicht einmischen.

»Entschuldigung«, sagt da jemand zu mir. Ich drehe mich um, sehe aber niemanden. Höre ich schon Stimmen? Ich muss wirklich mal mit dem Alkohol aufpassen, nach zwei Gläsern schon solche Aussetzer, das kann ja nicht sein. »Hallo!«, höre ich die Stimme wieder. Sie kommt von unten, deshalb senke ich den Kopf. Ein sehr kleiner Mann, der mir kaum bis zum Oberarm geht, hat mich anscheinend angesprochen. Da ich hohe Absätze trage, bin ich ungefähr einen Meter fünfundachtzig groß – der kleine Mann kann dagegen nicht viel größer sein als einen Meter achtundfünfzig. Hm, na ja.

»Ja, bitte?« antworte ich sehr höflich und ziehe an meiner Zigarette.

»Kennen wir uns nicht?«, fragt er. Ich zögere, ob ich auf diese doofe Frage überhaupt antworten soll, sage dann: »Nein, ich glaube nicht« und drehe mich wenig elegant zur Seite. Das ist nun mal mein Partymuster. Wenn ich mich nicht unterhalten möchte, mache ich das auch nicht.

»Doch, ich kenn dich!«, ruft der kleine Mann, der mich mit seinem Mausegesicht an Peter Pettigrew alias Wurmschwanz aus *Harry Potter* erinnert.

»Du hast mal im Fernsehen 'ne kotzende Braut gespielt, das bist *du* doch!« Er ist ganz aufgeregt.

Ich hatte schon damals ganz genau gewusst, dass mich meine Vergangenheit irgendwann einmal einholen würde, aber dass es erst anderthalb Jahre später sein sollte – ausgerechnet auf einer Singleparty in Form einer sprechenden Ratte –, das wusste ich nicht. Ich wurde knallrot. »Äh, das war … Ja, da habe ich die Braut gespielt«, stammele ich.

Peter Pettigrew lacht. »Das ist ja geil, ja, ich erinnere mich genau! Hey, Wolkan, komm her, ich hab eine kennengelernt!«, grölt er durch die Halle. Hilfe, ich glaube, ich höre wohl falsch! *Kennengelernt?* Er mich? Bevor ich mich abwenden kann, nähert sich ein großer dunkelhaariger Mann. Wolkan anscheinend.

»Das ist Wolli«, stellt Peter mir seinen Kumpel vor, dann deutet er auf mich. »Das ist die kotzende Braut aus dem Fernsehen«, sagt er zu ihm. Ich weiß ja nun kaum, was schlimmer ist. Wolli zu heißen oder im Fernsehen zu kotzen. Ich denke, wir sind so weit quitt. Wolli zieht einen kleinen blauen Gutschein aus der Tasche.

»Hast du deinen noch? Dann könnten wir was zusammen trinken«, sagt er und grinst mich an. Hallo? Ich fühle mich auf einmal dem Motto der Party nach ganz unverheiratet und stottere: »Äh, nein, hab ich … ich hab – äh, nee, hab ich nicht mehr.« Wenn man bedenkt, dass ich ungefähr seit anderthalb Jahren mit keinem anderen Mann gesprochen habe, außer dem Postboten und dem Gemüsetürken, und die zählen ja nicht, dann mach ich meine Sache hier eigentlich ganz gut.

Peter Pettigrew schaut etwas säuerlich, da er mich ja schließlich zuerst »kennengelernt« hat, versteht aber, was vor sich geht, und steht etwas schmollend daneben. Wolkan bestellt mir einen Sekt auf Eis und für sich eine Whiskey-Cola, und so trinken und reden wir. Ich kann mich jetzt gar nicht mehr genau daran erinnern, ob ich gleich erzählt hab, dass ich verheiratet bin … Muss mal überlegen. Spätestens, als Wolkan seinen Arm um meine Schulter legte, habe ich sicher etwas gesagt. Oder erst, als er mit seinem Finger über meinen Hals fuhr? Irgendwann hüpfe ich jedenfalls von meinem Barhocker, bemerke, dass ich kaum noch stehen kann, da ich inzwischen auch etwas von der Whiskey-Cola getrunken hatte, und freue mich einfach nur des Lebens. Ich tanze mit Mona und Tina und habe richtig Spaß. Gegen halb eins wollen die Mädels mit ihren neuen Eroberungen (ja, Mona bezeichnet den Schnurrbart als ihre neue Errungenschaft) doch noch los, Richtung Hans-Albers-Platz. Ich überlege, ob ich mir das noch antun will oder ob ich nicht zu Hause besser aufgehoben wäre. Und ob ich nicht mal langsam meinen Status als Ehefrau angeben sollte. Ich gehe aufs Ganze und auf Wolkan zu.

»Du, wir wollen noch auf den Kiez, ich wollte dir nur Tschüss sagen. War schön, mit dir zu quatschen. Und ich wollte dir noch sagen, ich bin übrigens verheiratet, und wir haben eine Tochter. Heute ist mein erster freier Abend seit über anderthalb Jahren. Aber war echt cool, dich kennenzulernen.« Wolli kippen fast die Augen aus dem Kopf.

»Waaaas?«, entfährt es ihm. »Wieso, wie alt bist du denn?« Das versteh ich irgendwie nicht. Wieso fragen die Leute immer ganz entsetzt nach meinem Alter, wenn ich sage, dass ich verheiratet bin? Wenn ich dann antworte »einunddreißig«, sind viele völlig schockiert, reagieren fast apathisch. Als wäre es verboten, unter vierzig verheiratet zu sein. Oder als Verheiratete überhaupt noch abends wegzugehen! Ein seltsames Phänomen, aber ein weiteres Gespräch kommt dann meist nicht mehr zustande.

So auch hier. Ich hole noch ein bisschen weiter aus als nötig wäre und sage: »Sechsunddreißig – wieso?« Wolkan fällt fast vom Hocker, zumindest aber aus allen Wolken. »Aber, aber, aber – du siehst aus wie dreiundzwanzig!« Er kann es sichtlich kaum glauben. Na ja, sechsunddreißig ist ja auch völlig falsch. Aber irgendwann würde ich sicher so alt sein, und dann schätzte mich niemand mehr auf dreiundzwanzig. Ich sammelte also einfach schon mal Komplimente für Notzeiten, da war ja nichts dabei, so wie die kleine Maus Frederik die Farben für den Winter.

Ich lache also ganz laut, tätschele ihm die Schulter, was so viel heißt wie: »Du wirst drüber hinwegkommen«, nehme mir noch eine Zigarette aus seiner Schachtel, die auf dem Tresen liegt, und gehe mit Tina und Mona zur Garderobe. Die beiden wanken und schwanken wie Schiffe auf hoher See bei Windstärke neun mit Orkanböen. So bin ich früher ja auch durch die Gegend getorkelt. Ein bisschen bedauere ich, dass die Zeiten des Wankens und Schwankens vorbei sind, andererseits freue ich mich, dass ich nun dafür ja auch gar keinen Grund mehr habe.

Draußen müssen wir ewig auf ein Taxi warten. Es ist schweinekalt, ein ordentlicher Wind wirbelt ein paar verirrte Schneeflocken um uns herum, ich habe meine Mütze tief ins Gesicht gezogen und bibbere trotz dicker Jacke und hoher Stiefel. Tina und Mona kreischen inzwischen vor Lachen über irgendeinen blöden Witz und klammern sich mit roten, erhitzten Gesichtern aneinander. Ihre Langweiler stehen ganz in ihrer Nähe, haben es aber nicht eilig, sie zu wärmen oder zu stützen. Stattdessen nähern sich Wolkan und der kleine Mann.

»Na, ist dir kalt?«, sagt Wolli zu mir.

»Du siehst total süß aus mit deiner Mütze!«, quasselt Peter von unten dazwischen.

»Jaaa«, schlottere ich und meine, dass mir kalt ist. »Mensch, so 'ne schöne Frau wie du, du hast bestimmt 'ne hübsche Tochter«, plappert Peter weiter. Wieso weiß der denn …? Und was geht das den überhaupt an?

Wolkan sieht mich an. »Darf ich dich in den Arm nehmen, damit dir nicht mehr so kalt ist?« Sein Atem bildet warme Wölkchen vor seinem Mund. »Natürlich nicht!«, zische ich ihn an. Nur weil man mal nett und ehrlich zu einem ist, heißt das ja noch nicht, dass man unbedingt auf Körperkontakt aus ist. Männer! Aber kalt ist mir wirklich. Außerdem bin ich müde. Jonas ist so weit weg. Und ich war so lange nicht aus.

Bevor ich weiter darüber nachdenken kann, kommt zum Glück das Taxi, das auf unseren Namen bestellt ist, und Mona, Tina, ich sowie Wolkan und Peter stürzen hinein. Ich sitze hinten eingequetscht zwischen den Typen, neben Peter quetscht sich noch Tina, und Mona sitzt bequem vorne. Dem Taxifahrer ist das egal, dass wir zu fünft, mit ihm zu sechst sind. Er sieht indisch aus, ich nehme an, in seiner Heimat ist das normal.

Mona dreht sofort das Radio lauter, so dass wir uns alle über die Musik hinweg nur noch schreiend verständigen können. Tina findet, dass nun ein guter Zeitpunkt sei, sich mit ihrem neuen Deospray einzudieseln. Wolkan, Peter und der Taxifahrer schreien: »Nein, bitte hör auf damit!«, aber schon stinkt das ganze Auto nach einem Vanille-Raumspray, wobei Tina schwört, dass es sich um ein ganz natürlichen Duftzerstäuber aus dem Bodyshop handelt.

»Ich muss gleich kotzen«, schreit Peter und macht Würgegeräusche. Weil Tina nicht mehr gut zielen kann, hat sie hauptsächlich das Gesicht des kleinen Mannes angesprüht, der sich nun lautstark beschwert: »Ich stinke wie ein Klostein, igitt! Lasst mich raus!«

Wir müssen alle furchtbar lachen, und ich finde auf einmal alles wahnsinnig schön. Wann bin ich denn das letzte Mal mit zwei Freundinnen und zwei fremden Jungs zusammengequetscht in einem Taxi zum Kiez gefahren? Ist schon lange her. Am Hans-Albers-Platz steigen wir aus, Tina und Mona übergeben sich synchron über die Absperrung am Taxistand, Wolkan legt den Arm um mich, was ich ihm großzügig gestatte, Peter reicht Tina ein Kaugummi, und ich helfe Mona, sich den Mund abzuwischen. Wir torkeln alle fünf eng umarmt in die nächste Eckkneipe, geben also das völlig übliche Bild auf der Reeperbahn nachts um fast eins ab, und lassen uns auf eine Eckbank fallen.

»Wo sind denn eigentlich eure Langweiler?«, frage ich Mona.

Sie winkt schwach ab. »Ach nee, lass mal. Ich steh nicht auf Schnauzer. Aber Blondi war ganz scharf auf Tina. Ich frage mich, wieso sie den denn nicht mitgenommen hat?«

Tina weiß es selber nicht. Vielmehr bekommt sie einen Gesichtsausdruck, der aussagt: »O, ach, das war es, was ich vergessen habe!«

Wolkan stellt sich und Peter, der eigentlich Alexander heißt, noch artig vor und bestellt eine Runde Kurze. Mein Motto an diesem Abend – »Na, wenn ich schon mal hier bin« – soll mir nicht weiter so gut bekommen. Nach zwei Kurzen und einem Bier taue ich nämlich auch so langsam auf. Bis zum Wanken und Schwanken ist es jetzt kein weiter Weg mehr, nur noch ungefähr so weit wie von der lausigen Pizzeria, in der wir sitzen, bis zur nächsten Tanzbar, in die wir uns begeben. Dort werfe ich meine Jacke in die Ecke und die Hände zum Himmel und tanze zu jedem Mist, der gerade läuft, rempele alles an, was die Frechheit besitzt, sich mir in den Weg zu stellen, grinse, lache, trinke noch ein Bier und spüre endlich wieder das Leben durch meine Adern fließen. Oder eher den Alkohol.

Und nach gar nicht allzu langer Zeit fühle ich mich traurig und weiß nicht, warum. Dann dämmert es mir: Was ist das für ein Partyleben, wenn mein Schatz nicht an meiner Seite hopst und tanzt? Wie kann ich froh und glücklich sein, wenn ich nicht mal weiß, ob Maja ruhig schläft? Ich fühle die Zeit meines nahen Abschieds gekommen. So suche ich Tina und Mona und drücke beiden Mädels einen Kuss auf die Wange.

»Ich bin alt, ich will nach Hause. Seid mir nicht böse.« Die beiden bekommen nicht mehr viel mit, nicken mir aber zu, und Mona drückt mich noch an sich.

»Du biss ein ganss grosser Sssatz«, lallt sie mir zu.

»Ich weiß, meine Süße.«

»Ich rufe diss öfter wieder an, versssbrochen.«

Wir werden sehen, Mona. »Also bis bald, ihr Lieben«, sage ich, winke auch Wolkan und Peter noch einmal zu und gehe zurück zum Taxistand. Ich hab es eilig.

Als ich nach Hause in unsere kleine Wohnung komme und sehe, dass Jonas mit Maja im Arm in unserem Bett schläft, fühlt sich auf einmal alles so richtig an. Einfach alles.

40

Als ich zu Jonas ins Auto steige, ist er am Telefonieren. Sonst hätte ich ihm natürlich gleich meinen Kalender vor die Nase gehalten! Ob er das allerdings verstanden hätte, ist die andere Frage. Während er mit Ole telefonisch den weiteren Verlauf der Hochzeit besprach und ihn per Handy durch den Elbtunnel Richtung Harburg lotste, machte ich mir wie geplant im Auto noch ein paar Notizen für meine Reportage. Gleichzeitig versuchte ich meinen Magen und meine wirbelnden Gedanken unter Kontrolle zu kriegen. Mein Herz klopfte wie verrückt. Ich bin schwanger!, jubelte ich innerlich. Und dachte gleichzeitig: Scheiße, ich bin schwanger!

Jonas quatschte und plapperte und lachte, ich hätte ihm fast das Handy aus der Hand gerissen, es aus dem Fenster geworfen und dann geschrien, dass wir ein Kind bekommen, aber das war wohl auch nicht die feine Art. Allerdings war es ja von ihm auch nicht gerade nett, seine frisch angetraute Ehefrau am Tag der Hochzeit einfach so neben sich sitzen zu lassen. Aha, so ist das also, wenn man verheiratet ist, es fängt schon an, grummelte ich vor mich hin. Als Jonas endlich aufhörte zu telefonieren, waren wir auch schon fast da, und mein Ehemann erzählte nun heiter, wie er sich gleich vor der Kamera präsentieren würde. Kein guter Zeitpunkt, um die Bombe platzen zu lassen. Zumal er sich jetzt an seine Rolle als Fernseh-Vorzeigebräutigam gewöhnt zu haben und sogar Gefallen daran zu finden schien.

Gerade als Jonas vor der Kirche den Motor abstellte, fiel ihm offenbar ein, dass ich ja auch noch da war.

»Ach, sag mal, Süße, wie geht's dir eigentlich? Musstest du noch mal spucken?«

»Ja, danke der Nachfrage«, giftete ich ihn an. Klar war mir noch schlecht! »Es gibt da nämlich noch etwas, das wir besprechen sollten!«

»O nein, Sophie, was ist denn jetzt noch? Hast du noch so eine tolle Hochzeitsüberraschung für mich?«

»Hm, kann man so sagen …« Ich schaute auf meine Füße in den roten Flipflops, und mir stiegen wieder die Tränen in die Augen. Das war mir einfach alles etwas viel heute.

»Schatz, wir … das heißt ich …«, konnte ich gerade stottern, bevor meine Tür von außen geöffnet und ich unsanft aus dem Auto gezogen wurde. Ralf verkabelte mich, schob mich wortlos in Richtung Kirche, wartete ungeduldig, bis auch Jonas bereit war, und filmte unseren Einzug als Brautpaar zum Hochzeitsmarsch von Mendelssohn-Bartholdy. Ich flüsterte Jonas zu: »Wir reden später!«, und schon folgte der zweite Teil der Traumhochzeit.

Die historische Kirche war wunderschön mit weißen Rosen geschmückt, ich konzentrierte mich nun ganz auf unser Jawort vor Gott und der Welt (zumindest vor den Gästen und allen Fernsehzuschauern) und schwor Jonas, so wie er mir, in meinen Gummilatschen ewige Liebe und Treue. *Hamburg Aktuell* filmte fleißig.

Bis auf Kleinigkeiten – unsere Sängerin hatte ihren Text von *»Ain't no mountain high enough«* vergessen, und wir bekamen deshalb nur den Instrumentalteil auf der Orgel zu hören, und der Pastor schlief fast beim Reden ein, weil er sein Vatertagsbier schon vormittags genossen hatte – verlief die Trauung ohne Zwischenfälle. Wir zogen hinaus, wurden wieder mit Reis und Rosenblättern beworfen, und endlich hatten wir alles hinter uns. Dachte ich zumindest.

Mein Chef Marciewski kam ebenfalls auf mich zu, um mir

zu gratulieren. Ich wollte ihn gerade liebevoll in den Arm nehmen und mich für seine guten Wünsche für eine lange Ehe bedanken, da bemerkte ich seinen leicht säuerlichen Gesichtsausdruck. Und er wollte mich weder in den Arm nehmen noch mich mit Gratulationen überschütten, sondern mich viel mehr ungnädig an meine Pflichten erinnern, aber nicht an meine ehelichen. Er tobte regelrecht vor Wut! »Wir sprechen uns noch, Sophie!«, ließ er mich wissen. Na, wunderbar.

Das hatte ich tatsächlich ganz vergessen vor lauter Aufregung, mein Bericht brauchte seinen zweiten Teil! Weil wir auch zur Kirche zu spät gekommen waren, hatte ich keine Zeit für den zweiten Aufsager gehabt. Den dritten hatten wir schon aufgegeben, am Ende des Tages würde ich ja sicher kaum noch in der Lage sein, meinen Namen zu stottern. So fühlte ich mich im Moment zumindest. Aber jetzt hieß es: Ran an die Arbeit!

Schnell ließ ich mir ein Mikro geben, hüpfte mit Kameramann Ralf auf die Wiese vor der Kirche, strich mir kurz durchs Haar und gab mein Bestes. Drei, zwei, eins – Action.

»In der Harburger Hochzeitskirche lassen sich schon seit Jahrhunderten die Verliebten trauen, um, so lautet die Sage, viel Glück und eine kinderreiche Ehe zu erlangen. Hier haben sich als Erste im Jahr 1457 kurz nach der Erbauung der Kirche die Edelleute Christian und Hildegund von Breitenstein vermählen lassen und waren fortan immer glücklich, denn sie bekamen sieben Kinder.« Dass das alles komplett erfunden war, konnte man sich vielleicht denken, aber beweisen konnte es mir in dem Moment niemand. Ich konzentrierte mich auf die Ansprache, Jonas gab neben mir den glücklichen Ehemann, wir waren sicher ein schickes Pärchen, auch wenn ich kein Brautkleid mehr trug. Ich lächelte ihn an und fuhr mit meiner Reportage fort: »Und jetzt bin ich auch glücklich, meinem Mann Jonas hier vor Gott das Jawort gegeben zu haben, und wünsche allen anderen Brautpaaren des 5.5.2005 eine lange, glückliche Ehe mit vielen Kindern!«

Alle Umstehenden applaudierten, bewarfen uns wieder mit Rosen, riefen: »Küssen, küssen!«, und wir küssten uns. Jemand rief: »Sieben Kinder sollt ihr haben!«, und eine junge Mutter antwortete entsetzt: »Gott bewahre!« Alle lachten, und damit war der Bericht im Kasten. Herrlich! Alles geklappt. Sogar das Lachen klang super. Wir hatten also alles im Beitrag: Liebe, Pannen und einen historischen Bezug (der wie gesagt frei erfunden war, aber das war ja so was von egal, diese Lektion hatte ich ja nun schon lange gelernt. Lieber gut gelogen als schlecht recherchiert, sagte ich mir ja auch immer).

Jetzt konnte es langsam ans Eingemachte gehen, jetzt sollte gefeiert werden – hoch die Tassen! Nur ich würde mit Selters anstoßen. Nach einigem Hin und Her, wer mit wem weiterfuhr, und wer schon zu besoffen war, um sich noch ans Steuer zu setzen, erbot sich der liebe Jonas, seine Kumpels Ole, Volker und dessen Freundin Kirsten mitzunehmen.

»Schatz, das ist doch okay?«, sicherte er sich bei mir ab. »Natürlich«, musste ich einlenken, schließlich sollten die drei ja auch irgendwie noch zu unserer Party kommen. Ich konnte ja schlecht antworten: »Nein, du Idiot, ich will dir endlich sagen, dass ich schwanger bin, also lass uns gefälligst alleine fahren!« Also: Ja, natürlich war es okay. Seufz. Bitte alle einsteigen.

Im *Yachtclub* an der Alster angekommen, hatte sich die Zahl der Gäste auf rund fünfundvierzig reduziert. Verstehe ich gar nicht, ich hatte doch relativ genau die Route angegeben, die ich im Internet herausgesucht hatte. Mit ein paar Abkürzungen zwar, aber es hätte im Grunde funktionieren müssen.

Seit wir aus der Kirche gekommen waren und sich der Stress endlich etwas abgebaut hatte, hatte ich auch einen mordsmäßigen Hunger bekommen. Ich hätte ein ganzes Schwein verdrücken können. Zum Glück dauerte es ja auch nicht lange, bis das Spanferkel aufgetragen werden sollte. Die Marzipantorte in Form der Villa war für Mitternacht geplant. Jetzt war es 17 Uhr 30. Ich wusste gar nicht, ob ich das alles noch so lange aushielt: Heiraten fand ich unheimlich anstrengend. Schwanger sein ebenfalls. Ich schwitzte, und mir war die ganze Zeit latent schlecht. Mona hatte ich seit dem Standesamt auch nicht mehr gesehen; ich hätte sie jetzt wirklich gebraucht.

Im *Yachtclub* nun nahm ich unsere Partylocation genau unter die Lupe. Schließlich war ich ja hier die Gastgeberin. Aber ich hatte nichts auszusetzen, alles super, alles schick. Der Club war über und über mit Lichterketten geschmückt, die weißen Kieswege durch den Park waren gesäumt von Buchsbäumchen und duftenden roten Rosenhochstämmchen, fünfzig Cocktailtische unter einem riesigen weißen Baldachin deuteten darauf hin, dass hier eine große Party steigen sollte, und die langen Tafeln im Speisesaal waren mit aufwendigen Rosenarrangements festlich dekoriert. In einer Ecke der enormen Terrasse mit Blick aufs Wasser gab es eine Sofaecke aus beigem Wildleder mit cremefarbenen Polstern – ich konnte für den Gastwirt nur hoffen, dass es nicht regnete – und weiß gekleidete hübsche Kellner hielten Tabletts mit alkoholischen Getränken und Snacks bereit. Ich musste wieder runter, um mit meinem Mann die Glückwünsche und Geschenke in Empfang zu nehmen.

Wir standen nebeneinander am Gabentisch und nahmen Gratulationen, Umarmungen, Küsschen, Umschläge, Vasen, Blumen, viel Porzellan und diverse Haushaltsgeräte entgegen. Der Tisch bog sich schier unter den Lasten. Unsere

Nachbarn aus Winterhude, Sina und Thorsten, überreichten uns ein selbst gebasteltes Piratenschiff auf hoher Pappmachésee, in dessen Bullaugen mehrere gerollte Geldscheine als Kanonenrohre steckten. Auf dem Segel stand in goldenen Lettern: »Gute Fahrt in den Hafen der Ehe!«, und ich war ganz gerührt. Hätte ich geahnt, dass Sina und Thorsten das Schiff sehr günstig bei *ebay* ersteigert und keineswegs in mühevoller Nachtarbeit selbst gebastelt hatten, wäre ich vielleicht nicht ganz so gerührt gewesen.

Die Flut der Gäste nahm langsam ab, alle hatten sich ihre Plätze gesucht, Mona sah ich immer noch nicht, und ich konnte endlich einmal durchatmen. Vor lauter Körperkontakt beim Umarmen und Beglückwunschen war mir ganz schwindelig geworden, so dass ich froh war, dass ich nun Jonas, wenn auch nur kurz, für mich alleine hatte. Endlich! Jetzt könnte ich ihm sagen, was mir auf dem Herzen – und auf dem Magen – lag.

»Wollen wir mal 'nen Augenblick zum Wasser?«, fragte ich, und wir gingen auf den Holzsteg. Dort zwischen den Booten fühlte ich mich etwas sicherer, freier und wohler.

»Drück mich mal ganz doll, mein Mann«, sagte ich zu Jonas, und er nahm mich in den Arm.

Diese Nähe wollte ich kurz genießen, bevor ich es ihm sagte. »Weißt du eigentlich, wie lieb ich dich hab?«, fragte er an meiner Schulter. »Soooooooo lieb«, gab er selbst die Antwort und drückte mich dabei an sich, so fest er konnte. (Zum Glück hatte ich das enge Brautkleid nicht mehr an.)

»Ich hab dich genauso lieb«, sagte ich. Doch jetzt – Schluss mit dem Geplänkel. »Schatz, ich wollte dir doch was Wichtiges sagen«, fing ich rundheraus an. Er nickte. Klar, das hatte er nicht vergessen. Er befürchtete wohl noch so eine »lustige« Überraschung wie die Reportage.

Ich holte tief Luft. »Jonas, ich …«

»Jonas, Sophie, wo seid ihr denn?«, rief da jemand aus Richtung des Clubhauses. Klang stark nach meiner Mutter. Ich hatte ja heute geschickt versucht, ihr bisher aus dem Weg zu gehen. Nicht, dass ich sie nicht liebhätte, aber sie war unheimlich anstrengend. Ungefähr so wie ich. Oder zweimal wie ich, und das war mir einfach zu viel.

»Hm, ja hier!« Ich trat zwischen den Booten hervor.

»Kommt ihr mal, wir wollen doch anfangen zu essen, und ihr müsst die Tischrede halten!«, sagte sie mahnend zu uns. In ihrem roten Kostüm sah sie richtig schick aus, und ich nahm mir vor, ihr das auch bei Gelegenheit noch zu sagen. Später. In einem anderen Leben.

Ich warf Jonas einen langen Blick zu, gab ihm einen Kuss auf den Mund und trottete brav hinter meiner Mutter her, so wie die letzten neunundzwanzig Jahre meines Lebens.

Bevor ich in den schönen, mit Kerzen hell erleuchteten Saal treten konnte, versperrte mir Martin Marciewski den Weg. Ach, ich wusste, was jetzt kam. Für solche Situationen hab ich ja ein Gespür. Ich rechnete nicht mit den prägenden Worten, die ich auch schon oft gehört hatte, wie: »Ich ruf dich an«, »Ich werde (eine andere) heiraten« und »Sie könnten ruhig auch etwas mehr Sport machen« (obwohl ich ihm das durchaus zutrauen würde). Nein, es konnte an dieser Stelle nur wieder heißen: »Das wird ein Nachspiel haben« beziehungsweise »Sie werden nicht versetzt.« Nahm das denn nie ein Ende? Es tat mir doch leid, dass wir zu spät gekommen waren und dass ich hatte brechen müssen, war doch für mich auch schon Strafe genug gewesen! Mal ehrlich, SO hatte ich mir ja meine Hochzeit auch nicht vorgestellt.

Marciewski sah mir in die Augen und tat etwas, womit ich nun nicht gerechnet hätte: Er lächelte. Dann sagte er: »Alles Gute, Sophie, und herzlichen Glückwunsch! Aber das mit dem *On-air*-Auftritt müssen wir noch mal üben!« Dann lachte er, umarmte mich und schwenkte mich sogar ein bisschen herum. Seine Frau stand im Hintergrund, sie lächelte auch.

Als ich mit Jonas in den Saal trat, standen alle auf und applaudierten uns. Dann fing jemand an zu singen und schließlich sangen alle: »Hoch sollen sie leben, hoch sollen sie leben, dreimal hoch!« Ich war vollkommen überwältigt. Jonas drückte meine Hand, und wir gingen zu unserem Platz, der sich in der Mitte einer langen in Weiß und Gold gedeckten Tafel befand, und mit einem pompösen Rosengesteck dekoriert war, das wir erst mal zur Seite stellen mussten, damit man uns überhaupt sehen konnte. Als der DJ Jonas ein Mikro reichte, schwor ich mir, heute bestimmt nicht mehr vor Publikum aufzutreten. Die Rede konnte mein Mann jetzt mal schön alleine halten.

»Also, hallo, ihr Lieben«, fing Jonas an. Es gab keine Rückkopplung, alles funktionierte einwandfrei. »Schön, dass ihr alle da seid, jedenfalls fast die Hälfte unserer Gäste …« Hier ließ ich meinen Blick schweifen – es stimmte, der Saal war erstaunlich leer. »Was ihr nicht wisst: Die Wegbeschreibung haben wir absichtlich gefälscht, damit wir nicht so viele Essen bezahlen müssen!« Na ja, mäßiger Witz, aber was wollte man erwarten, er war ja schließlich auch gestresst. Nun schien Jonas nicht weiterzuwissen, denn er sah mich hilfesuchend an. Hatte er sich denn nicht vorbereitet? Es schien so, denn die Kunstpause wurde zu einer sehr langen Pause, in der einige um uns herum schon langsam anfingen zu tuscheln und Stühle zu rücken.

Ich flüsterte ihm also sehr leise zu: »Ich danke euch allen für diesen schönen Tag«, er wiederholte es brav, »der auch mit all seinen Pleiten und Pannen … zum schönsten meines Lebens geworden ist … Denn all das Äußerliche tritt in den Hintergrund, wenn man die wahre Liebe findet … Die *eine*

Person, die zu einem gehört.« Ich soufflierte weiter, den Blick auf den Tisch gerichtet, und er sprach mir nach. »Und du, Sophie Ahorn, bist diese *eine* Person! Ich liebe dich!« Hier sah ich nach oben, in seine Augen, und wir grinsten uns an.

Jetzt schien ihm noch etwas einzufallen. Oh, mein kreativer Liebling, ich wusste, dass du noch etwas Romantisches hinzufügen würdest! Er hob das Mikro wieder an seine Lippen, sah mich kurz an und rief dann in die Menge: »Das Buffet ist eröffnet!« So viel zum romantischen, kreativen Liebling …

Diejenigen der Gäste, die noch gerade stehen und laufen konnten, nahmen artig ihre Teller und machten sich am Vorspeisenbuffet zu schaffen. Endlich konnte ich mich etwas entspannen und mit einigen Gästen plaudern. Mein TV-Beitrag war inzwischen geschnitten und gesendet worden, und zwar, wie ich erfahren hatte, mitsamt den unschönen Würgeszenen. Aber dafür machte ich jetzt meinen Chef verantwortlich, schließlich war es *sein* Laden, und er hatte das zu entscheiden, was an die Sender überspielt wurde. Und wieder beruhigte ich mich damit, dass es Schlimmeres auf der Welt gab als kleine Fernsehpannen.

Später am Abend, als nach dem Essen getanzt und – zumindest bei den ganzen Radio-, TV-und Theater-Singles – heftig geflirtet wurde, kam meine Übelkeit wieder. Und endlich auch der Moment, in dem Jonas und ich nicht mehr als ständig präsentes Brautpaar anwesend sein mussten, sondern ich ihn unauffällig mit nach draußen nehmen konnte. Wir hatten nach dem Mahl alle Gäste einmal vorgestellt, mit unserem Hochzeitswalzer die Tanzfläche eröffnet und die ersten zwei Spiele über uns ergehen lassen. Jetzt tobte die Party von alleine, und ich wollte unbedingt meinen Mann unter vier Augen sprechen. Aber ich fand ihn nirgends. Ich suchte ihn am Bootssteg, im Park, im Saal, im Clubraum und auf der Terrasse, fragte überall herum, ob ihn jemand gesehen hätte. Schließlich trat ich auch noch auf den DJ zu, der seine blond gelockte und offenbar ziemlich angesäuselte Freundin an der Seite hatte, und erkundigte mich bei ihm nach dem Verbleib von Jonas.

Die Blonde kannte ich nicht, aber es fiel mir auf, dass sie schier am DJ zu kleben schien. Sie räkelte sich dermaßen um ihn herum, dass sie als Schlangenfrau im Zirkus hätte auftreten können. Amüsiert sah ich, wie ihr T-Shirt den Bauchnabel freilegte, während sie selber gerade Richtung Boden rutschte. Na, die hatte ja schon ordentlich einen im Tee, dachte ich nur. Aber meinetwegen, es hatte ja jeder das Recht, jemanden mitzubringen, warum also nicht auch der DJ. Alleinunterhalter Manni machte seinen Job übrigens ziemlich gut, die meisten der Gäste tanzten gerade zu »Pata Pata« von Miriam Makeba und hatten sichtlich Spaß dabei, aber Jonas blieb verschollen.

Da es immer noch recht warm und für einen 5. Mai ungewöhnlich mild und lau war, blieb ich draußen auf dem Bootssteg, versuchte, abseits von den Gästen, eine zu rauchen, wovon mir wieder schlecht wurde, warf die Kippe weg, und wartete auf Jonas. Wenn der Prophet nicht zum Berg, dann eben der Berg zum Propheten, oder so. Ich blieb nicht lange unentdeckt, ein paar Freundinnen kamen auf mich zu und nahmen mich in ihre Mitte – sie waren offenbar schon nah dran gewesen, eine Vermisstenanzeige für mich aufzugeben – aber auch sie hatten Jonas nicht gesehen. Ich plauderte ein bisschen, lachte und lächelte, und konnte doch nur an eines denken: Wir bekamen ein Kind!

Langsam trudelten noch einige der geladenen Gäste ein, die stinksauer waren, dass sie von Harburg über Landstraßen angeblich in Richtung Lüneburg geschickt worden waren, und deshalb erst nach Stunden wieder in Hamburg wa ren. Auf dem Rückweg der verlorenen Schäfchen zurück zur Herde, die sich ja jetzt südlich der Elbe befand, hatte sich ein Stau vor dem Elbtunnel gebildet: dreiundzwanzig Kilometer lang. Mit Vollsperrung und verstopfter Umleitung. Also der ganz normale Himmelfahrtswahnsinn.

Ich beobachtete, wie die letzten Gäste vor sich hinmurrend aus ihren Autos stiegen, und sah dabei auf der Straßenseite des *Yachtclubs* etwas glitzern und funkeln. Dann rief jemand: »Au, Mann, nein, nicht meine Hose!«, und eine rote Rakete schoss zischend in den dunkelblauen Abendhimmel. Dort explodierte sie und schickte einen goldenen Sternenregen in die Alster. War das etwa der Beginn eines Feuerwerks?

»JETZT!«, ertönte ein Kommando, und aus dem Gebüsch kletterte – mein Mann. Die Haare zerzaust, der Anzug fast in Fetzen – also ähnlich schlimm wie mein Kleid, das zu Hause lag – und trotzdem atemberaubend süß! Mein Herz stand fast still. Mit seinen glitzernden Strahleaugen sah er mich an, freute sich so über etwas, von dem ich noch nicht wusste, was es sein könnte, dass ich ganz ergriffen war. Was hatte er vor? War er auf einmal doch noch zum Romantiker mutiert? Es schien ganz so, denn er ging die paar Schritte auf mich zu, stellte sich vor mich, nahm meine Hände in seine und hielt sogar eine kleine Ansprache.

»Hey, meine Süße«, sagte er, ganz ohne, dass ich ihm vorsprechen musste. Wow, Wahnsinn! Ich war gespannt. Um uns versammelten sich alle auf dem Bootssteg, jemand musste Bescheid gesagt haben, dass hier gleich etwas passierte.

»Dass du die Frau meines Lebens bist, weißt du sicher, sonst hätte ich dich heute nicht geheiratet. Du bist anders als alle, die ich kenne, und das liebe ich an dir. Du bist überraschend und wechselhaft wie das Hamburger Wetter, stürmisch und sonnig und nie langweilig, und allein dadurch bist du mein Ausgleich. Wir gehören zusammen, so wie wir sind.« Hier machte er eine kleine Pause. Ich war so ergriffen, dass ich sogar vergaß zu weinen. »Du bist meine Sonne, mein Stern und mein Licht. Und weil ich dir auch immer ein Licht in der Dunkelheit sein will, damit du immer weißt, wo du hingehörst, wenn du im Dunkeln stehst, habe ich mir zur Abwechslung auch mal eine kleine Überraschung für *dich* ausgedacht. Jetzt geht's los.«

Und dann ging es wirklich los. Auf einmal erschallte klassische Musik aus Boxen, die heimlich hinter meinem Rücken angebracht worden waren, ich erkannte die ersten Töne von »Carmina Burana«, ein Stück, das ich immer gerne hörte. Zum eindringlichen Rhythmus der Musik passend zog erst eine Feuerwerksrakete nach der anderen, nach ein paar Minuten immer mehrere gleichzeitig in den Himmel. Die Leuchtfeuer bildeten bunte, goldene, silberne Herzen, Blumen oder Sterne, verschnörkelten sich zu Ornamenten, tauchten untereinander hindurch, schienen sich zu drehen, zu tanzen. Immer schneller schossen die Raketen in den Himmel, immer lauter wurde die Musik, der Rhythmus der Trommeln und des Orchesters war mitreißend. Ich war überwältigt. Das hier musste Millionen gekostet haben! Jonas hielt mich fest im Arm, und wir sogen die perfekt inszenierte Gesamtheit von Musik, Wasser und Feuer in uns auf, und hielten uns, als wollten wir uns nie wieder loslassen. Was ich ja auch nicht vorhatte. Alle unsere Hochzeitsgäste standen mit uns auf dem Bootssteg und genossen den Anblick. Laute Aaahs und Ooohs erklangen, wie es sich für ein richtiges Feuerwerk gehört. Als der Himmel ein einziges buntes Spektakel war und alle ergriffen den Atem anhielten, konnte ich es nicht mehr für mich behalten. Ich hielt meinen Mund nah an Jonas' Ohr und flüsterte: »Schatz, ich bin schwanger!« Sein Gesicht konnte ich nicht sehen, ich schaute immer noch in den Nachthimmel über uns. Noch ein paar goldene und silberne Sternschnuppenschauer zogen ihre Bahn vom Himmel ins Wasser, dann wurde die Musik leiser, die Stimmung dezenter. Das Feuerwerk war vorbei.

Zum Jubel unserer Hochzeitsgäste küssten wir uns. Dann sahen wir uns lange in die Augen. Jetzt war es ausnahmsweise einmal Jonas, der verstohlen eine Träne wegwischte. In seinen Augen spiegelten sich die letzten, verglimmenden Sterne des Hochzeitsfeuerwerks und meine eigene Freude.

41

Ich packe, du packst, er/sie/es packt, Maja packt alles wieder aus, und ich fange von vorne an. Ich könnte schreien vor Wut, wie soll ich diesen Umzug mit einem einjährigen Krabbelkind schaffen, wenn mein Mann die ganze Zeit arbeitet, mich mit allem alleine lässt, und mein Baby, während ich kurz auf der Toilette bin, alles aus den Kartons holt, was ich mühsam in Zeitungspapier gewickelt und verstaut habe? Ein Herr Sisyphus ist nichts dagegen, der könnte sich von mir noch eine Scheibe abschneiden! Einzige Möglichkeit: abends und nachts packen, Schwiegereltern fragen zwecks Betreuung, mich beruhigen. Wir haben noch zwei Wochen Zeit, unsere Wohnung aus- und das neue Haus einzuräumen. Am Samstag, dem dritten März wollen wir umziehen, bis dahin ist also wirklich noch Zeit. Da Huberts aber die letzten fünfzig Jahre im Pinneberger Endreihenhaus nichts renoviert haben, müssen wir das auch noch irgendwie schaffen. Das heißt für mich: fleckige Fußböden, dreckige unverputzte Wände, gefährliche Kabel, an denen Maja sich im schlimmsten Fall einen Stromschlag holen und sich im günstigsten Fall erwürgen kann.

Jonas kommt abends nach Hause und erklärt, er habe zwei Wochen Sonderurlaub beantragt für die Renovierung und dass er mich natürlich nicht mit meinen Sorgen und Nöten alleine lässt. Das beruhigt mich etwas. Maja merkt anscheinend auch, dass etwas im Busch ist – wie hätte ich ihr das bei den ganzen potenziellen Nachmietern, die täglich durch unsere Wohnung stapfen und dabei auf Majas Puzzlematten treten oder angesichts des etwas unappetitlich duften den Windeleimers die Nase rümpfen, auch verheimlichen sollen?

Wir sind in Aufbruchstimmung, ich habe angefangen, an meinen Nägeln zu kauen, und in einer Woche vier Kilo abgenommen. Gleichzeitig mit unseren Umzugsplänen hat sich auch Maja überlegt, dass sie sich nun nicht mehr nur rollend fortbewegen, sondern ihre erste Wohnung noch einmal auf allen vieren und schnell wie der Blitz erkunden möchte. Hätte mir früher jemand gesagt, dass so ein kleines Kind schneller krabbelt als man gucken kann, hätte ich es nicht geglaubt. Aber ich war so naiv, vieles nicht zu glauben, oder sogar zu denken: »Bei mir wird das natürlich ganz anders sein. Ich arbeite sofort wieder, und das Kind geht jeden Tag acht Stunden in die Kita. Außerdem nehme ich schon ganz von selber ab. Mein Kind schreit nicht, trinkt ordentlich, macht nur alle vier Stunden die Windel voll und schläft von Anfang an durch.« Haha – falsch gedacht!

Und mit entsprechendem Kindesalter ändern sich die Sätze noch. Immer noch meine ich, Maja würde sich im Kindergarten natürlich nicht von Schimpfwörtern »anstecken« lassen und selbstverständlich ein Taschentuch benutzen, um sich die Nase zu putzen, und nicht ihren Ärmel. Natürlich wird sie nicht zu *den* Kindern gehören, die sich mit der Schere selbst die Haare schneiden. Dafür ist sie einfach viel zu klug. Aber ich rechne auch schon damit, dass es ganz anders wird: Als Mutter stellt man sich wohl besser immer auf das Schlimmste ein. Und vor allem darauf, dass man das Verhalten seines Kindes so gut wie nie beeinflussen kann.

Die Zeitschrift *Mütter* hat sich übrigens auf meine Bewerbung noch nicht bei mir gemeldet, aber ich hoffe weiter auf ein positives Feedback. Ja, ich will wieder arbeiten. Das war mir ja von Anfang an klar, auch wenn es mir nicht mehr so wichtig ist, denn vor allem möchte ich mich um Maja kümmern. Wie das zusammengehen soll, weiß ich noch nicht, aber ich hoffe, es findet sich eine Lösung.

42

Kurz vor Mitternacht knutschten Jonas und ich ausgelassen herum, lachten mit unseren Freunden – Mona hatte sich vom Fleck weg unsterblich in Philipp, einen netten Bühnenmeister, verliebt – und alberten herum. Meine Mutter saß mit meinen Schwiegereltern am »Elterntisch«, den wir extra für diese Generation hatten aufstellen lassen. Jahrelang waren wir an den Kindertisch, den sogenannten Katzentisch, verbannt worden, jetzt konnten wir uns rächen! Aber es war nur eine kleine Rache, und alle hatten Spaß daran. Geschwister hatten Jonas und ich beide nicht, so beschränkte sich die Hochzeitsrunde auf unsere Freunde und Kollegen. Die älteren Omas und Tanten waren schon kurz nach dem Essen von Jonas' Vater im VW-Bus in ihre Heime zurückgebracht worden. Jetzt war er wieder hier und stieß mit uns an. Alle waren glücklich – *alle?* Nein, nicht alle!

Chantal, die Freundin von DJ Manni, hatte sich offensichtlich, da sie hier niemanden kannte und ihr Freund ja arbeiten musste, gelangweilt und sich durch alle alkoholischen Getränke gesoffen, die sie finden konnte – das sind ja auf Hochzeiten bekanntlich so einige. Jetzt konnte sie kaum noch gerade stehen, streckte sich aber gerade nach Leibeskräften, um an einen Schlüssel zu kommen, den Manni hoch über seinen Kopf hielt. Gleichzeitig fuhr er mit der anderen Hand eine saubere Blende auf seinem Pult – bewundernswert, staunte ich. Danach widmete er sich wieder voll und ganz seiner Freundin, wenn sie das denn war.

»Gibssu mir jedss den verdammten Sslüsl«, rief sie, stocktrunken. Himmel, sie wollte doch wohl nicht noch Auto fahren? Ich wusste nicht, was diese Frau hier suchte, aber ich wollte bestimmt nicht mit schuld sein an einer Massenkarambolage. Also sagte ich zu Jonas: »Komm mal mit« und zog ihn mit mir zum DJ-Pult. Dort war Chantal gerade dabei, Manni in den Arm zu beißen. Er schrie auf und schubste die Blonde weit von sich. Sie stolperte ein paar Meter rückwärts durch den Saal, ruderte heftig mit den Armen, bevor sie schließlich mit vollem Schwung aufs Buffet kippte. Wie eine wild gewordene Amazone rappelte sie sich schnell wieder auf. In ihrem Haar klebte eine Gamba, quer übers Gesicht zogen sich Saucenspuren und ihre weit offene Bluse war mit Pasta und Pesto verziert. Sie war ausgerechnet in den Pasta-Teil des Buffets gefallen. Schade, ich wollte eigentlich später noch was davon essen.

Allerdings hatte ich nicht damit gerechnet, dass Manni vor Schreck den Schlüssel fallen ließ und Chantal sich ihn geistesgegenwärtig schnappte. Sie torkelte in Richtung Eingangstür und war schon draußen, bevor ich registrieren konnte, dass sie sich tatsächlich auf dem Weg zu ihrem Auto gemacht hatte. Auf der Kiesauffahrt des *Yachtclubs* zur Straße Schöne Aussicht hin heulte fast sofort ein Motor auf. Ich zögerte nicht lange, sondern forderte lauthals: »Jonas, meine Schlüssel« – gleichzeitig ging die Tür zur Küche des Clubhauses auf, und die Köche schoben unter lauter Wunderkerzengefunkel die rosa Hochzeitsmarzipantorte – mit Türmchen! – auf einem reich dekorierten Wägelchen herein. Dafür hatte ich jetzt keine Zeit – ich musste Leben retten!

Jonas reichte mir verdattert meine Autoschlüssel, ich rannte hinaus auf den Parkplatz, stürzte in meinen Golf, der über und über mit Rosen und Efeu verziert war, steckte mit zitternden Fingern den Schlüssel ins Schloss und machte mich auf eine wilde Verfolgungsjagd gefasst. Dann gab ich ordentlich Gas, fuhr drei Meter und bremste sofort wieder ab, als ich sah, wie ein Mensch vor meinem Auto auftauchte und erschrocken, ja geradezu gehetzt, zur Seite sprang. Huch, wo kam der denn auf einmal her? Wahrscheinlich war der schon da gewesen, bevor ich Gas gegeben hatte, aber ich hatte ihn tatsächlich gar nicht gesehen.

Chantal kurvte inzwischen quietschend und schlingernd davon, und der Mensch vor meinem Auto entpuppte sich aufgrund seiner Uniform als Polizist. Als wütender Polizist. Au weia. Schicksal, nimm deinen Lauf … Er klopfte an mein Fenster, und ich kurbelte.

»Guten Abend. Wohin denn so eilig? Fahrzeugpapiere und Führerschein bitte!«

Wie sich später herausstellte, wollte Chantal nur mal Zigaretten holen, weil es ihre Marke im Clubhaus nicht gab, und wegen des angeblich »unangemeldeten Feuerwerks« und der lauten Musik war der Polizist von den Anwohnern des *Yachtclubs* an der Alster beauftragt worden, bei uns mal »nach dem Rechten zu sehen«. Leider hatte er die kurvenreiche Abfahrt der kurvenreichen Chantal verpasst.

Als ich ihm erklären konnte, dass ich schwangerschaftsbedingt völlig nüchtern war, und der Menschheit eher sogar einen Dienst hatte erweisen wollen, indem ich eine Betrunkene vom Autofahren abhielt, zeigte er sich großzügig und sah von der Anzeige wegen Widerstands gegen die Staatsgewalt ab. Ich hatte ihn wohl etwas grob durch das Fenster an seiner Krawatte gepackt und Sätze gesagt wie: »Jetzt hören Sie mal gut zu, Sie …« und Schlimmeres.

Als Wiedergutmachung und weil er eh gerade Feierabend machen wollte, lud ich ihn spontan zu einem oder zwei Drinks ein, und als Chantal nichtsahnend mit ihren Zigaretten vom Kiosk zurückkam und in den Hochzeitssaal trat, in dem das wilde Partyleben tobte, wankte der Polizist auf sie zu und zückte seine Handschellen. »Sssie ssin fessenommen«, sagte er lallend und führte sie ab. Das sollte allerdings nur ein Spaß sein, um sie höchstens etwas zu erschrecken. Mit dem, was dann passierte, hatte der gut aussehende Polizeibeamte aber wohl nicht gerechnet. Kaum aus der Tür, fingen die beiden an, wild miteinander zu knutschen. Offensichtlich hatte der Polizist da bei Chantal einen Nerv getroffen, mit seiner schicken Uniform und den Handschellen. DJ Manni war jedenfalls sichtlich erleichtert, als er Chantal abziehen sah, betrachtete seine Bisswunde am Arm und legte *»I will survive«* auf. Jonas und ich ließen uns derweil die Hochzeitstorte schmecken – das Türmchen bekam natürlich ich.

Am nächsten Tag machten Jonas und ich einen Schwangerschaftstest. Ich war fast zwei Wochen überfällig. Inzwischen erkannte ich auch, dass mein Busen nicht nur aus einer heiteren Laune heraus um mindestens eine Körbchengröße gewachsen war. Dazu die anhaltende Übelkeit und die Müdigkeit der letzten Tage – das alles ließ eigentlich keine Zweifel offen. Wegen der Hochzeitsvorbereitungen hatte ich überhaupt nicht darüber nachgedacht, ob das wohl etwas zu bedeuten hatte. Jetzt wollten wir es schwarz auf weiß, oder rosa auf weiß sehen, wie es der Schnelltest versprach. Jonas, der Sicherheitsfanatiker, war nach dem dritten Test endlich überzeugt.

»Sophie, du bist schwanger!«, rief er, als wieder eine Minute Wartezeit abgelaufen war und als Ergebnis erneut ein breiter Doppelstreifen auf dem Testfeld prangte.

»Ach, nee!«, rief ich. »Das haben wir ja jetzt auch erst zweimal gesehen!«

Endlich glaubte er mir. Er hatte es ja nicht so mit weiblicher Intuition, und selbst als ich ihm sagte, dass ich schon zwei Wochen über meine Tage war, setzte er hier einen Rechenfehler meinerseits voraus. Praktisch, wie ich sonst eigentlich nicht war, überlegte ich, was eigentlich aus unseren Flitterwochen werden sollte.

Mir war nachts und morgens höllisch übel, und ich musste wohl erst mal zum Arzt, um mir die Schwangerschaft bestätigen zu lassen. Andererseits wollten wir morgen nach Schottland fliegen, um dort in einem kleinen Schlösschen zwei Wochen lang zu flittern. Da ich bereits schwanger war, konnten wir uns das Flittern wohl sparen, und ich musste den Arzt fragen, ob das jetzt überhaupt noch erlaubt war. Nach wildem Bettgewühl war mir allerdings nun wirklich nicht zumute.

Dr. Hoppenstedt gab tags drauf sein Okay zum Flittern, stellte fest, dass ich in der siebten Woche schwanger war, dass sogar das Herzchen schon kräftig schlug und so weit alles prächtig entwickelt war. Ich schluckte die ganze Zeit verkrampft während der Untersuchung, mein Mann hielt meine Hand, wir starrten auf den Ultraschallmonitor und konnten es kaum fassen. Ein kleines Babylein wuchs in mir. Schneller, als wir es geplant hatten, aber trotzdem sehr willkommen.

»Hallo, Baby«, flüsterte ich in Richtung des Monitors. Eines wussten wir sofort: Unser Kind würde alles in den Schatten stellen, was wir bisher kannten – aber so eine ganz präzise Vorstellung davon, wie das genau werden würde, hatten wir noch nicht.

»Folsäure schlucken, kein Alkohol, nicht rauchen und kein roher Fisch, das heißt, kein Sushi, kein rohes Fleisch, also kein Mettbrötchen, ach ja, und kein KAFFEE, keine COLA! Was DARF ich eigentlich noch? Ich meine, wie soll ich leben??«, meckerte ich, als wir im Flieger saßen. Ich schmollte. Das Baby war ganz schön egoistisch, dass es so viel von mir verlangte. Es hatte mich ja nicht mal vorher gefragt. Fliegen war angeblich kein Problem, trotzdem hielt ich meinen Bauch fest und flüsterte meinem Kind beruhigende Worte zu. Besser gleich die Bindung fördern. Jonas durfte all meine Koffer und Taschen tragen, ich war ja jetzt schwanger und durfte nicht schwer heben, und bücken durfte ich mich sicher auch nicht. Fiel mir meine *Gala* runter, musste er sie aufheben. Als liebender Ehemann tat er das auch wohlwollend.

Im Hotel angekommen war der Ehemann aber nicht mehr ganz so wohlwollend. Langsam reichte es ihm wohl, seine hochschwangere Frau, die ich ja schließlich war, zu betüddeln. »Schatz, jetzt geh doch bitte selber runter zur Rezeption oder ruf da an und frag, ob das Mineralwasser entkoffeiniert ist!«, stöhnte er. »Ich habe aber ehrlich gesagt noch nicht davon gehört, dass Wasser schädlich für Schwangere sein soll!«

»Was weißt du schon?«, entgegnete ich. »Vielleicht schütten die hier in Schottland neben den Mineralien Koffein ins Wasser, und dann sind da Spuren enthalten, und das Baby wird hyperaktiv, wenn es geboren wird? Willst du das etwa?«

Jonas verdrehte die Augen, sagte aber nichts weiter, sondern legte sich auf das breite antike Himmelbett und zog sich die Decke über den Kopf. So endete der erste Tag unserer Flitterwochen.

Die ersten drei Nächte und Vormittage verbrachte ich damit, mir die Seele aus dem Leib zu reihern. Zum Glück hatte ich gehört, je schlimmer die Übelkeit, desto gesünder das Kind. Mein Kind würde vor Gesundheit nur so strotzen, da konnte ich jetzt schon stolz drauf sein. Ich war eine fantastische Mutter, dass ich mich so aufopfernd über die Kloschüssel hängte. Hätte ich nur nicht immer nach den anstrengenden Stunden der Morgenübelkeit so einen wahnsinnigen Hunger gehabt!

Mein Frühstück, das ich meist gegen vierzehn Uhr zu mir

nahm, wenn sich nicht mehr alles um mich herum drehte, bestand regelmäßig aus Käseomelette, sechs Toast mit diversen Aufschnitten, gebratenen Pilzen und Würstchen.

Danach folgte direkt im Anschluss das Mittagessen, das noch mal dasselbe Menü beinhaltete. Nachmittags gegen sechzehn Uhr rollte Jonas mich meistens in die Stadt, das heißt, wir fuhren im Auto zum Hafen der wunderschönen Stadt Oban an Schottlands Westküste und setzten uns in ein Café mit Blick aufs Meer. Ich war verliebt – in Jonas und in Schottland. Schon auf der Fahrt vom Flughafen in Glasgow bis hierher hatte ich ständig gerufen: »Riech doch mal«! und das Autofenster aufgerissen. Dass ich als Beifahrerin auf der linken, also der Fahrerseite sitzen musste, trug zwar nicht unbedingt zur Beruhigung meines Magens bei, aber nach zwei Stunden Fahrt, in denen ich ständig dachte, wir würden gegen die Felswände prallen, auf die Jonas mit einer irrwitzigen Geschwindigkeit zuraste (es waren fünfundvierzig Stundenkilometer), gewöhnte ich mich daran und schaute mich in der Landschaft um. Die grünen Weiden mit den Hochlandrindern, die Berge, die Lochs, das Meer mit den rauen Felsküsten und Kiesstränden, an denen auch noch zu allem Überfluss gerade die Sonne in einem Farbspiel von Orange über Rosa bis Fliederfarben unterging … Nie hatte ich etwas Schöneres gesehen.

Unser Ferienort war für ein Touristenstädtchen sehr ruhig, schön verträumt, wie ich es mochte. Wir unternahmen nicht allzu viel, aus Rücksicht auf meine Übelkeit. Am Hafen sahen wir auf die Inseln Mull und Kerrera, die sich in der Nähe der Küste befanden, hörten den Möwen beim Lachen zu, und ich bestellte mir täglich Eisbecher, Kuchen und diverse Säfte. Mit dem Wetter hatten wir sogar Glück, normalerweise regnete es ja in Schottland von Januar bis Dezember, aber wir hatten mit achtzehn bis zwanzig Grad und purem Sonnenschein eine Art Hitzewelle erwischt, die wir auch ohne Sonnencreme gut ertragen konnten.

Abends fuhren wir wieder zurück ins Hotel, ich legte mich ins Bett, schaute deutsches Fernsehen und knabberte Chips. In den ersten drei Tagen hatte ich bestimmt schon acht Kilo zugenommen. Aber ich tu's ja für mein Kind, tröstete ich mich und brach mir noch einen Riegel Cadbury's Nussschokolade ab. Alles nur zum Wohle des Kindes, versteht sich.

Am vierten Tag schaute ich in den Spiegel und bekam einen Schock: leichenblass, fettige Haut, fettige Haare – das war ich. Der Schreck rüttelte mich aus meiner kleinen Schwangerschaftskrise. Ich wusch mir die Haare, schminkte mich sorgfältig und zog mich vernünftig an. Die Übelkeit musste sich jetzt mal hintanstellen, ich war hier immerhin in den Flitterwochen, und die wollte ich, wie es sich gehört, mit meinem Mann verbringen. Da ich aus einleuchtenden Gründen keinen Whiskey trinken durfte, wollte sich Jonas eines Nachmittags alleine eine Destillerie ansehen, ich ging dagegen shoppen. Muschelkästchen, Ketten mit keltischen Kreuzen und T-Shirts mit der Aufschrift *»Tourist. Beat me up – steal my money – but let me live!«* gab es hier zur Genüge. So einen Quatsch würde ich mir natürlich nicht kaufen. Zwei Stunden später trafen wir uns wieder vor dem Hotel, ich mit meinen Tüten und Täschchen voller Krimskrams, Jonas mit einem ordentlichen Schwips. Langsam hatten wir uns von den Hochzeitsstrapazen erholt, und mein Magen behielt heute das Essen schon länger als vierundzwanzig Stunden bei sich. Sofort sorgte ich mich natürlich um mein Baby.

»Lass uns doch hier mal zum Arzt gehen, nur um nachzusehen, ob alles in Ordnung ist«, bat ich Jonas, doch er lehnte das ab.

»Wenn du bis morgen früh wieder nicht brechen musst, dann suchen wir einen auf, aber jetzt lass uns doch endlich mal was anderes machen!«, forderte er seine Rechte als Ehemann ein. Aha. Mein holder Gatte hatte sich genug Mut angetrunken, um mich zu verführen. Ich ergab mich, wir sanken auf meine Tüten mit den Muschelkästchen und T-Shirts, die ich aufs Bett geworfen hatte, und küssten uns.

Beim Abendessen im Hotelrestaurant erfuhren wir vom Kellner Werner, der aus Bayern kam, dass es sich bei dem kleinen Schlösschen, in dem wir gerade residierten, um ein ehemaliges Geburtshaus handelte. Mir fielen fast die Jakobsmuscheln von der Gabel.

»Wie bitte?«, fragte ich nach.

»Doch, doch, des stimmt«, antwortete er im Brustton der Überzeugung.

»Ihr wohnt's in Kreißsaal drei«, sagte er sehr bayrisch.

»Ach, das ist ja toll«, meinte ich wenig begeistert und wusste gar nicht, warum ich keine echte Freude darüber verspürte, dass ich ausgerechnet in einem ehemaligen Kreißsaal flitterte. Nicht, dass mein Baby sich nun viel zu früh auf den Weg machen wollte, weil es dachte, es sei ja hier gut aufgehoben. Mir wurde ganz mulmig.

»Und die anderen Räume, was ist mit denen, sind das auch alles Kreißsäle?«, wollte ich wissen.

»Jaa, da ham die Mütter früher auch entbunden«, erzählte Werner. »Aber eine«, jetzt senkte er die Stimme, »hat des net überlebt, die ist no im Kindbett g'storben.«

Mir lief eine Gänsehaut über den Rücken.

»Jaa, und die Verstorbene, die spukt hier nachts noch durch die Gänge und sucht ihr Kind«, erzählte Werner weiter.

»Hat … hat das Kind denn überlebt?«, fragte ich. Das musste ich unbedingt noch wissen.

»Jaa, des hat gelebt, des wor a Bub«, ließ der grauhaarige Werner wissen. »Und zwar war des der Uropa vom jetzigen Besitzer von dem Schloss, der wo jetzt des Hotel führt.«

Hmhm, na ja, das klang jetzt schon nicht mehr ganz so realistisch. Puh, die Spukgeschichte war ja echt gruselig, aber dass das Waisenbaby jetzt ausgerechnet der Uropa von Mister McDonagall, dem etwas untersetzten Hotelbesitzer mit der Halbglatze, sein sollte, das wollte mir nicht so recht einleuchten.

»Dann war das ja seine Ururoma, die nach der Geburt gestorben ist«, folgerte ich, und Werner nickte. Jonas hörte nur zu, aß sein Lamm mit grünen Bohnen und sah mich mit einem »Diesen *mystery*-Mist wirst du ja wohl nicht glauben«-Blick an. Ich legte mir die Hand auf den Bauch und flüsterte meinem Babylein zu, dass uns hier bestimmt nichts passieren würde und dass es schön brav noch acht Monate da bleiben sollte, wo es war. Die zum Menu gehörenden Muscheln an Tomatenmousse schob ich rüber zu Jonas, er aß sie als Nachtisch. Mir war der Appetit vergangen.

Nachts wurde ich von einem Geräusch wach. Irgendwo scharrte es. Und ich meine nicht, im Hotelflur, sondern bei uns im Zimmer, vermutlich im Bad. Eine Tür quietschte. Ich konnte mich kaum bewegen, bekam schier keine Luft mehr. Ich flüsterte: »Jonas!«, und noch etwas lauter: »JONAS!«, da ich keine Antwort bekam. Ich wartete darauf, eine durchsichtige Erscheinung, eine Art Lichtgestalt, im Zimmer zu sehen, eine dünne, schmerzgepeinigte Frau, die gruselig weinte und mit anklagendem Finger auf mich deutete, voller Neid auf meine Schwangerschaft. Sie würde mich verfluchen, verhexen, so dass auch ich im Kindbett … Nein, so weit durfte ich nicht denken, so weit würde es schon nicht kommen. Verdammt, wo war der nur?

Als im Bad das Licht anging, schrie ich auf. Jonas erschreckte sich so sehr, dass auch ihm ein Schrei entfuhr. Dann steckte er seinen Kopf durch die Tür und sah mich an, als wäre ich verrückt geworden.

»Was schreist du denn so?«, fuhr er mich an. Er musste wirklich müde sein, sonst war er doch immer so verständnisvoll.

»O entschuldige, du warst es nur … Ich dachte, Schatz … ich dachte, du wärst ein Gespenst!«, brachte ich hervor und fing an zu weinen.

»Ich bin kein Gespenst«, sagte Jonas und kuschelte sich unter die Decke. »Ich bin's, dein Mann – diese dummen Gruselgeschichten machen dich ja ganz verrückt.« Dann fing er an mich zu streicheln. Das brachte mich auf ganz andere Gedanken, und das war auch gut so. Ich schniefte noch einmal kurz, weil ich mich wirklich erschreckt hatte, dann flüsterte ich: »Baby, guck mal weg« und zog Jonas an mich.

Am nächsten Tag konnte ich mich freuen: Meine Übelkeit war nach kurzer Pause zurückgekehrt, dem Baby schien es demnach in meinem Bauch hervorragend zu gehen, und, da es jetzt auch wieder schottlandtypische Bindfäden regnete, blieben wir in unserem Himmelbett, von wo wir nach draußen auf das verregnete Meer sahen und uns mit Salzstangen und Cola verwöhnten. Dabei kamen wir natürlich auch endlich auf die wichtigen, ja geradezu essenziellen Dinge des neuen Lebens zu sprechen: Wie das Baby heißen, und, noch viel wichtiger, was es anziehen sollte, wenn es endlich erst mal da war. Und wo wir das ganze süße Babyzubehör, von Autoaufklebern über Babybadewanne bis Wickeltisch und Zehennagelschere kaufen wollten. Dass unser Kind ein Mädchen werden würde, hatte ich fest im Gefühl, und ich dachte, es würde sich in meinem Ankleidezimmer, das wir ihr dann natürlich zur Verfügung stellen würden, sehr wohlfühlen. Wo ich meine Schrankwände voller Klamotten unterbringen wollte, wusste ich dagegen noch nicht, aber das würde sich sicher finden.

Ziemlich ernsthaft sprachen wir aber auch über die Verantwortung, die das Kind mit sich bringen würde, und Jonas versprach, dass wir uns jede Nacht mit dem Aufstehen, Füttern und Wickeln, oder was eben so zu tun war, abwechseln würden. Ob und wie ich stillen würde, wusste ich noch gar nicht, auch das sogenannte und viel gepriesene Wunder der Geburt war mir noch völlig verschlossen. Auch von wunden Brustwarzen, Nachwehen und Wochenfluss hatte ich noch keinen blassen Schimmer, aber darüber konnte ich mir ja Gedanken machen, wenn es so weit war. Im Moment reichte es mir, mir ein goldiges Mädchen auszumalen, das ich in rosa Kleidchen und weiße Strümpfchen stecken und stolz in meiner Agentur und meinem Exsender vorführen würde. Alles ganz easy, Mutterschaft kann ja nicht so schwer sein. Pah, ich meine, ich hab ja studiert, moderiert, und ich bin TV-Journalistin, da wird das ja wohl ein Klacks sein, so ein Baby großzukriegen!

Oh, Sophie, Hochmut kommt vor dem Fall …

»Hecheln Sie, Sie müssen hecheln!«, schrie mich die Hebamme an. Ich versuchte zu hecheln wie ein Hund, verwechselte aber gelegentlich die Hechelatmung mit dem Tönen, das wir vorher geübt hatten, und stöhnte, hechelte und keuchte auf meiner blauen Gummimatte vor mich hin. Schwitzend und völlig überanstrengt lag ich auf dem Rücken wie ein dicker Käfer und hoffte auf das Ende dieser unzumutbaren Qualen.

»Okay, genug für heute«, rief Frau Büttner, die fünfundsechzigjährige weißhaarige Hebamme, die mich und sieben Mitschwangere im Geburtsvorbereitungskurs auf das Grauen der bevorstehenden Geburt aufmerksam machte. Je näher der Termin rückte – jetzt blieben mir noch vier babyfreie Wochen –, desto panischer wurde ich. Aber zum Glück gab es ja die Periduralanästhesie, einen schönen Kaiserschnitt unter Vollnarkose oder Ähnliches, wobei die werdende Mutter die

Geburt auch genießen konnte, ohne sich zu fühlen, als würde sie in Stücke gerissen. Allerdings war mir schon zu Ohren gekommen, dass die Ärzte von solchen Wünschen nicht so begeistert waren. Vielleicht würde ich mich auch mit einer Wassergeburt in einem schicken Whirlpool zufriedengeben, Hauptsache, es tat nicht weh, und ich wurde dabei nicht so schmutzig.

»Frau Ahorn, kann ich Sie bitte noch kurz sprechen?«, sagte da Frau Büttner neben mir, nachdem ich über eine etwas verkorkste seitliche Rolle meinen immens dicken Bauch in eine aufrechte Position geschoben hatte.

»Ja, bitte?« Ich sah sie verwundert an. Was wollte sie bloß von mir? Frau Büttner redete in dem Kurs ständig nur über die Geburt ihrer eigenen Kinder (die natürlich wundervoll und großartig gewesen war, dabei sah sie aber so schwärmerisch und verträumt aus, dass ich vermute, damals sei eine größere Menge Drogen im Spiel gewesen, um die ich sie jetzt schon beneidete).

Letzte Woche war sie außerdem während des Kurses in Ohnmacht gefallen, woraufhin acht Schwangere ein Wettwatscheln zum Wasserhahn veranstalteten, um die ältere Dame wiederzubeleben. Mindestens drei von uns hätten auch lieber auf dem Boden gelegen und ein Glas Wasser gereicht bekommen, stattdessen mussten wir uns nun um die umgekippte Hebamme kümmern. Und dafür zahlte die Krankenkasse auch noch Geld! Vielmehr hätte man UNS etwas zahlen müssen, vielleicht so drei Euro fünfzig pro Stunde, dass wir uns hier unsere Zeit mit dieser etwas irren Frau teilten, die so penetrant vom Wunder der Geburt schwärmte.

Außer Hecheln und Tönen hatten wir von ihr auch noch nicht viel Praktisches gelernt, was uns die nahende Geburt hätte versüßen können. Einmal durften wir allerdings den Kopf einer sehr großen Puppe durch einen Gummiring von fünf Zentimetern Durchmesser drücken, um uns hinterher darüber freuen zu können, wie elastisch so ein Gummi doch sein kann. Das war der Abend, an dem ich das erste Mal höllische Angst vor der Geburt bekam und Jonas mich lange trösten musste.

»Frau Ahorn, mir ist aufgefallen, dass Sie sich anscheinend vor der Geburt etwas fürchten«, fing sie an. Oh, das war ihr aufgefallen? Nachdem ich doch während der Erläuterungen zu Geburtskanal und Kopfumfang, Nabelschnur und Plazenta wenig dezent »O nein« gestöhnt und »Herrje!« gerufen hatte und einmal sogar in Tränen ausgebrochen war, war ihr das sogar aufgefallen? Da hatte ich es ja hier mit einer ausgesprochenen Intelligenzbestie zu tun!

»Die Geburt ist nichts Schlimmes, sondern etwas vollkommen Natürliches. Wenn Ihr Körper bereit ist, wird das Baby sich seinen Weg bahnen, und die Wehen sind dazu da, das Kind zentimeterweise auf die Welt zu bringen – und das sollten Sie genießen und nicht ausschalten.«

Ja, das hatte ich auch schon gehört. Aber warum hießen Wehen Wehen, wenn sie angeblich etwas Schönes sein sollten und nicht wehtaten? Vielleicht sollten sie lieber »Schmerzlose« heißen, dann wäre der Begriff an sich nicht schon so erschreckend.

»Trinken Sie Himbeerblättertee, ruhen Sie sich viel aus, und sparen Sie Ihre Kräfte für die Zeit nach der Geburt. Wenn das Baby erst mal da ist, werden Sie darüber lächeln, wenn Sie daran denken, dass Sie die Schwangerschaft für anstrengend gehalten haben.« Frau Büttner klopfte mir auf die Schulter und räumte ihren Kram wie Leinwände, Gymnastikmatten und Riesengummibälle zusammen.

Ich blieb jedoch skeptisch. Sollte sie doch mal mit dreißig Kilo Übergewicht durch die Gegend watscheln, in keine schicken Sachen mehr passen und beim Nachhausekommen in den vierten Stock Atemnot, Asthma und Sodbrennen bekommen.

Schwangersein, schön und gut – aber vielleicht hätte ich doch das Kleingedruckte vorher etwas aufmerksamer lesen sollen.

Mögliche Nebenwirkungen der Schwangerschaft:
In einigen Fällen kann es bei Schwangeren, die gelegentlich Gebratenes, Getoastetes oder überhaupt irgendetwas essen, zu heftigem Sodbrennen kommen, gegen das es kein Mittel gibt. Gäbe es eines, dürften Sie als Schwangere es nicht nehmen.
In häufigen Fällen kann es im Laufe der Schwangerschaft zu einer Gewichtszunahme von zwanzig bis dreißig Kilo kommen – auch wenn Sie sich natürlich vorher vorgenommen haben, nicht so viel zuzunehmen und sich nur gesund zu ernähren.
In seltenen Fällen kommt es zu Atemnot, da das Baby ungünstig gegen die Lunge drückt, zu Asthma, das sich aus der Atemnot ergibt, oder zu einem eingeklemmten Ischiasnerv, da das Baby sich mit seinem Ellenbogen darauf abstützt und sich zu keiner anderen Schlafposition schütteln oder überreden lässt.
In allen Fällen dürfen die Schwangeren nicht medikamentös behandelt werden, da Tabletten der Schwangeren und/oder dem Baby schaden könnten.
Leiden Sie unter sonstigen Schwangerschaftsbeschwerden wie Depressionen, Gereiztheit oder Mordlust, wenden Sie sich bitte vertrauensvoll an den Erzeuger des Kindes.

Ich packte resigniert Handtuch und Turnschuhe in meine Tasche und ging aus der Turnhalle nach draußen, um auf Jonas zu warten, der mich abholen wollte. Dabei dachte ich nach: Was war, wenn Frau Büttner Recht hatte? Wenn das Leben mit einem Baby noch anstrengender war als die Schwangerschaft selbst? Ich musste langsam mal anfangen, mich damit auseinanderzusetzen, dass Maja – es war inzwischen bestätigt worden, dass wir ein Mädchen erwarteten, und so nannten wir sie jetzt schon Maja – so einiges in unserem Leben durcheinanderbringen würde. Aber das hatte doch Zeit! Jetzt wollte ich meine lästige Schwangerschaft noch so lange bejammern, wie sie andauerte. Damit fühlte ich mich sicher und hatte die Situation fest im Griff. Es gab aber auch die anderen, intensiven und schönen Momente, nur ließ ich sie nicht so oft zu, damit sie mich nicht verunsichern konnten.

Zu Hause warf ich einen Blick in Majas Reich. Das Zimmer war fertig eingerichtet, ich hatte mein Ankleidezimmer geopfert, und Jonas hatte kistenweise Klamotten in den Keller gebracht. Auf blassgelbem Grund hüpften nun artige Bauernhoftiere einmal rund um Bettchen, Wickeltisch, Wandregal und Stillschaukelstuhl, vorbei an den gelben Vorhängen mit Sternchen, die ich selbst genäht hatte, und wenn das Licht ins Zimmer fiel, sah Majas Neun-Quadratmeter-Welt wirklich ganz verzaubert aus. Ich setzte mich etwas umständlich in den Stillstuhl und fing an zu schaukeln. Maja mochte das, sie wurde dann immer ganz ruhig. Um ihr noch etwas Gutes zu tun, zog ich die Spieluhr auf und legte sie mir auf den Bauch. Egal, wie es werden würde, wie sich alles entwickelte: Ich war glücklich, ich liebte mein Baby und wollte nur, dass es endlich bei mir war.

In der Firma war niemand recht begeistert gewesen, als ich angekündigt hatte, mich erst nach dem ersten Babyjahr zu entscheiden, wie es weitergehen sollte. Immerhin war ich freie Mitarbeiterin und konnte kommen und gehen, wie es mir beliebte. In der letzten Zeit beliebte es mir aber eher zu gehen und gar nicht mehr wiederzukommen.

Nach einem Zwischenfall während einer Straßenumfra

ge hatte ich sogar erwogen, etwas ganz anderes zu machen. Schwanger wie ich Ende des siebten Monats nun mal war, hatte ich neulich eine ziemlich leichte Umfrage zum Thema »Was machen Sie mit Ihren Kindern am Wochenende bei dem schönen Wetter?« bekommen. Voller Elan war ich, begleitet von Kameramann Ralf, auf eine junge Mutter zugewatschelt, die sich vor einem Rossmann-Markt eine Zigarette ansteckte, während ihr kleiner Sohn auf dem Feuerwehrwagen, wie sie immer vor Supermärkten stehen, eine kleine Runde drehen durfte. Meiner Meinung nach war sie circa dreißig Jahre alt, und wie es aussah, hatte sie zwei Kinder dabei – ihre große Tochter, die genervt ihren Bruder beobachtete, und den Kleinen, der stolz auf dem Wagen fuhr und ungefähr drei Jahre alt war. Ich trat lächelnd auf sie zu, stellte ihr freundlich meine Frage und wurde unversehens angemeckert.

»Näääääh, das sind nich meine Kinder. Aso, die hier schon, die is meine Tochter, und der Lüdde, das is ihr Sohn. Na, Michèle, der Lorenzo is ja deiner, der is nich von mir – wobei wir auch immer noch nich wissen, von wem der eigentlich iss …«

Aha, dachte ich. Nachdem wir die Familienverhältnisse geklärt hatten, könnte ich ja nun vielleicht eine Antwort auf meine Frage bekommen. Ich fragte also noch mal, besonders freundlich, nach ihren geplanten Wochenendaktivitäten. Die Angesprochene drehte sich von mir weg (vielleicht dachte sie, ich sähe sie dann nicht mehr), die ungefähr vierzehnjährige Michèle zündete sich nun ebenfalls eine Zigarette an, und Lorenzo rief begeistert: »Feuerwagen fährt!«

Ich lächelte ihn an und wollte ihn gerade fragen, was *er* denn am Wochenende machen wollte – Kinder kommen in Wetterumfragen auch immer super –, doch dann ließ ich es abrupt sein, als seine junge Oma die Hand hob und ihn anschrie: »Hör auf damit, du kannst ja noch nich ma richtig sprechen! Jetz halt die Klappe und fahr auf deinem blöden Wagen.« Ich war entsetzt. Die Umfrage mutierte zusehends zu einer Reportage zum Thema »Wenn Kinder Kinder kriegen – überforderte Jung-Omas«.

Ich hätte sie nach Hause begleiten und zu ihren weiteren Lebensumständen befragen können, das wäre tolles Material für die Privaten gewesen und hätte etwas Extrageld gegeben – aber ich war es so leid! Ich war müde, mein Bauch tat weh, Maja lag ungünstig, und ich hatte keine Lust mehr, mich auf der Straße hinter Kamera und Mikro zu verstecken.

»Sagen Sie mir bitte noch Ihren Namen?«, wandte ich mich noch einmal an die Frau. Als sie nicht reagierte, fragte ich etwas lauter und betont langsam: »IH-REN NA-MEN BIT-TE!«

Als sie antwortete: »Ach so, Melanie Müller – kommt das jetzt in Fernsehen?«, schwor ich mir, das Jugendamt nur mal darauf anzusprechen. Es musste ja gar nichts weiter passieren. Manche Menschen machen mich so wütend! Am nächsten Tag erfuhr ich vom Jugendamt der Stadt Hamburg, dass es rund eine Million »Melanie Müllers« gab, die eine Tochter Michèle und einen Enkel Lorenzo hatten, und dass es wirklich noch nicht schlimm war, die Hand zu heben und dem Kind das Wort zu verbieten; die Dame bedankte sich dennoch freundlich für meinen Anruf, während ich mir vorkam wie der letzte Idiot.

Was mich weiter davon abhielt, bald wieder mit der Arbeit im Sender anzufangen, war, dass es plötzlich wie aus heiterem Himmel Nachrichtenmeldungen über tote Babys hagelte. Oder war das schon immer so gewesen? Babyleichen, wo das Auge hinsah. Kinderschänderprozesse. Vergewaltigungen schwangerer Frauen. Verbrühte Kinder. Verstorbene Kinder mit schlimmsten Frakturen, die in Kühlschränke gesteckt wurden. Ermordete Kinder. Fotos von blonden Mädchen mit

Brille, von kleinen Jungs mit Grübchen, von Geschwistern, Einzelkindern, die im besten Falle spurlos verschwanden, im schlimmsten Fall von Polizeihunden im Wald gefunden wurden. Mir wurde jedes Mal schlecht, wenn ich die Agenturmeldungen dazu las. Während meiner Radiozeit hatte ich noch intensiveren Kontakt zu den Nachrichten gehabt, aber da wir natürlich auch beim Fernsehen direkt an der Quelle saßen, kann man auch nicht die Augen davor verschließen, wenn man als die »Frau mit der lustigsten Hochzeitspanne« angestellt ist. Auch spaßige Wetterthemen, (wo schmeckt das Eis in Hamburg am besten), Jahreshauptversammlungen der Wildbienenvereine oder Dackel, die gegen Elektrozäune pinkeln und tot umfallen, musste man sich aus all dem Nachrichtenwust ja erst mal herausfiltern. Außerdem schadete es ja nicht, wenn man sich die politischen Entwicklungen des Landes auch gelegentlich zu Gemüte führte. Und da landet man eben schnell auch bei den Kindermördergeschichten. Nur, für mich war dieser Boulevard-Zug erst mal abgefahren, und ich hatte auch keine Lust, den nächsten zu nehmen.

Ich zog die Spieluhr mit La-Le-Lu noch einmal auf und wischte mir eine Träne aus dem Augenwinkel. Jonas trat ins Zimmer. »Na, ihr beiden?«, sagte er und gab erst mir einen Kuss, dann meinem Bauch. Ich streckte ihm die Hand entgegen, wir mussten mich regelrecht aus dem Schaukelstuhl stemmen, wobei wir beide lachten. Dann versuchte ich, so gut es ging, ihn über meinen dicken Bauch hinweg in den Arm zu nehmen.

»Ich freu mich schon so«, sagte ich und sah ihm an, dass er das Gleiche dachte. Wir würden eine Familie sein, wir drei, und das war unbeschreiblich schön. Egal wie, wir würden das schon schaffen. Die Spieluhr gab ein paar letzte, schief klingende Töne von sich, als wir vor Majas Bettchen standen und Jonas beruhigend meinen Bauch streichelte.

43

Wer hat eigentlich jemals gesagt, dass Reihenhäuser doof sind? Ich bestimmt nicht! Unser Haus hatte einhundertvierzig Quadratmeter, eine Gartenfläche von knapp achthundert, dazu Keller, Dachboden, Sauna und Kamin. Schon am ersten Weihnachtstag, als wir unser künftiges Domizil begutachtet hatten, hatte ich mich in das Haus verliebt. Nicht in die braunen Tapeten oder in den Linoleumfußboden, auch nicht in die dunkle Schrankwand, die Huberts uns großzügigerweise überlassen hatten, und erst recht nicht in die fast blinden Fenster – aber irgendwie hatte dieses Haus das gewisse Etwas, einen reizvollen Siebzigerjahre-Charme, den wir irgendwie freilegen und hegen und pflegen würden. Der dritte März, der Tag des Umzugs, stand unmittelbar bevor. In den letzten acht Wochen, den ganzen Januar und Februar über, hatten wir uns Stück für Stück von Huberts verstaubtem Mobiliar getrennt, mit meinen Schwiegereltern frisch tapeziert, die Fenster geputzt, den Keller ausgefegt und neu gestrichen, und so sah es wirklich langsam richtig schick aus. Noch drei Tage bis zum Umzug, und bis dahin musste ich noch etwas Farbe an die Wände im Wohnbereich bringen.

Ja, ich weiß, Reihenhäuser sind eigentlich nicht mein Traum, ich steh mehr auf rosa Villen mit Türmchen, aber zählen nicht eigentlich die inneren Werte? Maja kann sich hier herrlich austoben, die Treppen rauf- und runterkrabbeln, sich an der kleinen Mauer des Kamins hochziehen und ihre ersten Schritte auf der Terrasse üben. Natürlich müssen wir noch diverse Treppengitter, Kamingitter und Gartengitter anbringen, damit das Areal rundum gesichert war und ihr nichts passieren konnte, aber dann kann sie sich – im Rahmen ihrer begrenzten Möglichkeiten – durchaus frei entfalten.

Jonas' Antrag auf Sonderurlaub war inzwischen schon in der zweiten Instanz abgeschmettert worden. Offiziell ist er seit Anfang des Jahres nun Produktionsingenieur, was sich auch auf seinem Konto bemerkbar macht. Leider kann das Theater nun noch weniger auf ihn verzichten. Er ist für jede technische Einrichtung zuständig und muss zu jeder blöden Premiere. Ich nehme dagegen zu Hause weiter vorsichtig Bilder von der Wand und schraube Regale auseinander, und während unser Umzugstermin in immer greifbarere Nähe rückt, wird mir immer leichter und fröhlicher ums Herz. Endlich, unser eigenes Haus, ein schöner großer Garten, und meine Schwiegereltern hatten sogar schon eine Gartenbabyschaukel für Maja organisiert.

Alles ist schön so, wie es ist – aber trotzdem nagt etwas in mir, an meinem Bewusstsein, und zwingt mich, alles zu hinterfragen und in Alarmbereitschaft zu gehen. Ich versuche, diese Gedanken zu lokalisieren. Ach, es sind nur meine alten Bekannten, die Selbstzweifel, die sich lange nicht mehr bei mir gemeldet hatten. Na, jetzt wird es aber auch mal wieder Zeit. Und da kommen Sie auch schon hereinspaziert und machen sich breit, wie eine Nachbarin mit fettem Hintern, die sich uneingeladen auf die Couch fläzt und sich gleich mal ein paar meiner Weingummis in den Mund schiebt. Trotzdem, sie wollen beachtet werden, also höre ich, was sie zu sagen haben: Sophie, flüstern sie, bist du noch dieselbe Frau, die Jonas geheiratet hat? Bist du unabhängig, spontan und lebenslustig? Oder bist du bald nur noch die träge Vorstadthausfrau, zu der du niemals werden wolltest? Sophie, Sophieeee, wispert und flüstert es um mich herum, du musst dringend etwas unternehmen, um ein Leben zwischen Herd, Windeln und Lego zu verhindern. Wir haben das Gefühl, du bist ein bisschen bequem geworden, ein bisschen faul, nicht wahr, Sophie? Mit einer ärgerlichen Handbewegung scheuche ich die wispernden Stimmen beiseite.

Als ich Maja ausnahmsweise mit ein bisschen Elektrospielzeug in ihren Laufstall stecke, um die Wohnzimmerwände gelb und orange zu streichen, kommt mir eine Idee. Die Zeitschrift *Mütter* hat sich noch immer nicht bei mir gemeldet – jetzt will ich deren Glück noch ein bisschen auf die Sprünge helfen. Vielleicht hatte ich mich in meinem Bewerbungsschreiben nicht klar genug ausgedrückt. Ich werde es unter dem Motto »Autorin sucht Kolumne« einfach noch mal versuchen.

Maja brabbelt munter vor sich hin und drückt an ihrem plärrenden Bauernhof mit der elektronischen Stimme immer wieder den Knopf: »Das rosa Schweinchen, das rosa Schweinchen, das rosa, das rosa, da-da-da-da, das rosa Schweinchen«, dazu lacht sie vergnügt und wiederholt: »Hosa Weinssen.«

Abends setze ich mich in der alten Wohnung an meinen PC, der auf dem Fußboden steht, weil alle Möbel schon eingepackt und umzugsfertig sind, und schreibe spontan meine erste Kolumne.

Mein Moment
Ja, es gibt sie, die kleinen Momente, die das Mama-Leben sinnvoll und lebenswert machen. Man muss gut aufpassen, dass man sie erwischt, denn manchmal erkennt man sie nicht. Und dann muss man sie festhalten, solange sie da sind. Denn schon verlassen sie einen wieder, fliegen davon, und noch mit diesem liebevollen, glücklichen Gefühl in sich fängt man an, die Scherben aufzuheben, den Boden zu wischen,

das Trinkfläschchen zu füllen, oder was sonst so auf dem Mama-Plan steht.
Unser Tag war ganz normal. Er fing damit an, dass Maja mich mit einem zerfledderten Buch in der Hand weckte. »Lola geht aufs Töpfchen« hieß das, und die Damen in der Bibliothek warteten schon seit zwei Wochen darauf. Ich freute mich, dass es wieder aufgetaucht war – wahrscheinlich hatte es einen Kurzurlaub unter Majas Bettchen verbracht – andererseits war ich über seinen labilen Zustand doch mehr als entsetzt.
Mit einem sanft gelächelten »Och Mausi, das müssen wir jetzt kleben und dann fragen, ob die Bücherei es noch zurücknimmt« legte ich Lola samt ihrem Töpfchen aufs obere Regal. Tesafilm musste ich also kaufen – aber einkaufen stand ja eh noch auf dem Zettel sowie die ganz alltägliche Hausarbeit.
Bis »mein Moment« passierte, der mir das Glück meines Lebens aufzeigen sollte, wie ein Fingerzeig Gottes, wie ein Sonnenstrahl zwischen dicken Wolken, vergingen aber noch etliche Stunden, in denen ich mich als schlechte Mutter fühlte. Maja ließ sich ihre Stiefel nicht anziehen, sondern schmiss sie mir an den Kopf, ihre Jacke dagegen auf den Boden, tobte »nei, nei, nei!«-schreiend durch den Flur, beschloss dann, überhaupt lieber barfuß laufen zu wollen und schmiss die Socken noch der Jacke hinterher. Lächeln, dachte ich, und lächelte. Nicht ausflippen. Ach, dabei würde ich es ihr so gerne gleichtun. Mir Jacke und Schuhe vom Leib reißen und »Neinneinnein!« schreiend durch die Gegend toben, dabei Mobiliar zerstören und Bilder von den Wänden reißen. Aber ich bin ja erwachsen und habe schon gelernt, dass das nicht geht. Dass man das nicht »darf«. Und Maja soll es auch lernen. Also lächle ich und schlucke meine Tränen runter, damit sie sich im Bauch mit meinem Ärger anfreunden.

Mit einem lockenden Mami-Schmoll-Ton versuche ich, mein unbändiges Kind zu beruhigen. »Komm, Schatzi, wir wollen doch los. Andrea wartet schon!« Das hilft. Andrea ist die Apothekerin und steht auf der Maja-Beliebtheitsskala ganz oben. Das liegt daran, dass sie Traubenzuckerbonbons und schöne Tierposter verteilt. Ich steh auf der Liste anscheinend heute ganz unten oder bin gar nicht drauf.
So wie mein Kind sich in der Apotheke aufführt, könnte mancher denken, es sei in der falschen Familie gelandet.
Auf einmal strahlt die kleine Furie und lacht und ist wie ausgewechselt. »Dea Bommbomm auf, Dea Kisschen, Dea dücken!«, säuselt Maja, und wieder lächle ich, und Andrea freut sich.
Hilfe, jetzt bin ich schon auf die Apothekerin eifersüchtig.
Irgendwann sehr viel später, mit Locken und Ziehen und Zerren und schwachen »Wir wollen doch jetzt Mittagessen«-Ansagen verlassen wir schließlich die Apotheke und stürmen den nächsten Supermarkt – wo Maja wieder sie selbst ist, Ü-Eier aus den Regalen zerrt und schneller als man gucken kann, das Alupapier abreißt.
Der Tag vergeht irgendwie, es regnet, mir erscheint alles grau in grau. Maja zickt und tobt, ich schimpfe und schlucke.
Kurz vor Abendbrot räume ich die Küche auf und zähle die Minuten bis achtzehn Uhr. Während ich noch zähle, kommt sie an, zieht an meiner Hose und zeigt mir ein Bild. »Maja malt Mama!«, sagt sie stolz und lacht fröhlich. Es ist ein wirres Krickelkrackel aus schwarzen, grünen und rosa Strichen – für mich das schönste Bild der Welt! Auf dem Bild seien vier kleine Schweinchen, erklärt die stolze Künstlerin, und die hätten jeder ein Eis. Das hat sie für mich gemalt.
Ich freue mich und knie mich hin, um sie fest zu umarmen. Maja küsst mich wie selbstverständlich auf den Mund und schmiegt sich an mich, küsst mich immer wieder ab und

lacht. »Mama lieb!«, sagt sie und strahlt mich an. Wie süß sie ist! Ich halte sie fest und mit Müh und Not die Tränen zurück, die sich in meine Augen pirschen. Das ist mein heutiger Sonnenstrahl, mein Moment, der mein Herz berührt und der mich den Rest des Tages vergessen lässt.
Warum gibt es eigentlich so wenige davon? Vielleicht, damit man sie, wenn sie kommen, besser erkennt.

Dieses schicke ich an die Zeitschrift *Mütter,* erkläre noch mal mein Anliegen und hoffe das Beste.

44

»Nicht pressen, nicht pressen, Sie dürfen noch nicht pressen!«, schrie die Hebamme aufgebracht.

Ich versuchte alles, was in meiner Macht stand, dagegen zu unternehmen, aber es fiel mir viel zu schwer. Maja zeigte jetzt schon einen so unerschütterlichen Lebenswillen und eine Energie, mit der ich später in meinem Leben sicher noch zu kämpfen hatte, und schob sich gegen mütterlichen und ärztlichen Rat einfach selbst auf die Welt. Mit einem riesigen »Plopp« schoss ihr Kopf aus mir heraus, ich schrie ein gellendes »AAAAH«, dann noch zwei Mal kurz gepresst, und schon war es vorbei. Hecheln und Tönen hatte ich während der kurzen Geburt ganz vergessen, nicht mal gebraucht, und der ganze Spuk um Babyköpfe und Gummis von Einmachgläsern war eine geradezu irrwitzige, lächerliche Imitation einer wahren Geburt gewesen. Ich hatte es ohne PDA und ohne Kaiserschnitt geschafft, war unheimlich stolz auf mich, und noch viel stolzer auf mein kleines Mädchen, das sich so tapfer seinen Weg in die Welt gebahnt hatte.

Angefangen hatte es ganz klassisch schon vor drei Tagen mit einem Fehlalarm. Jonas nennt es jetzt liebevoll »Generalprobe«, aber in besagter Nacht, als wir uns durch Schnee und Eis durch die Dunkelheit zu meinem alten Golf kämpften und Jonas noch die Scheiben frei kratzen musste, während ich frierend und meine Wehen veratmend neben ihm stand und ihn zwischendurch anbrüllte: »Jetzt mach hin, sonst krieg ich das Baby hier auf dem Fußweg!«, war er alles andere als liebevoll.

»Stell dich nicht so an, warte halt noch eine Wehe!«, hatte er mich angeblafft. Ich war so schockiert, dass ich vergaß, das Gelernte anzuwenden. Warum war er denn jetzt so patzig? Ich nehme mal an, unter Schock wurde er einfach ein bisschen unfreundlich, na ja, ich war ja sicher auch nicht die liebreizendste aller Gebärenden. Aua, da, wieder eine Wehe.

»Jonaaas«, jammerte ich, »ich kann nicht mehr warten, wir müssen endlich losfahren!«

»Schatz, setz dich doch schon ins Auto, ich bin gleich fertig.« Kratz, kratz, das Geräusch des Eiskratzers schürfte an meinen eh schon dünnen Nerven; meine dicke Jacke, die ich kaum noch zubekam, und meine Füße, die voller Wasser waren und nicht mehr in die weitesten Turnschuhe passten, regten mich auf, ich wollte jetzt un-be-dingt nur noch dieses Baby auf die Welt bringen!

»Jonas!«, rief ich gequält, »das Baby kommt!«

Er sprang ins Auto, ließ den Motor aufheulen, und schon ging es ab ins Krankenhaus. Ich hatte vorher im Kreißsaal angerufen und Bescheid gegeben, dass es jetzt losging, mir meine Tasche geschnappt, die seit drei Wochen gepackt neben dem Bett stand, und war zur Tür und die Treppe hinuntergewatschelt. Gelegentlich musste ich kurz verschnaufen, eine Wehe veratmen, dann ging es weiter die achtundneunzig Stufen hinunter. Endlich, jetzt wurde es aber auch Zeit. Maja war schon zwei Tage über ihrem errechneten Termin, aber wenn sie *jetzt* käme, wäre alles gut.

Wir rasten ins Krankenhaus, Jonas gab an jeder gelben Ampel, die rot zu werden drohte, Gas, und ich klammerte mich in jeder Kurve kreischend am Haltegriff oberhalb der Tür fest. »Willst du dein Kind umbringen, bevor es auf der Welt ist?«, schrie ich. »Dann mach nur so weiter!«

»Dir kann man's aber auch nicht recht machen – erst bin ich zu langsam, dann zu schnell, also wirklich!«, brüllte

Jonas zurück. Geburten sind von Anfang an eine einzige Strapaze, das kann ich Ihnen versichern.

Endlich waren wir im Krankenhaus, ich wollte gleich einen Rollstuhl verlangen, da ich ja schon mitten in der Geburt war, aber Jonas überzeugte mich subtil davon, dass ich doch wohl noch laufen sollte, so lange es ginge.

So kamen wir im dritten Stock an, in der Gebärstation. Ich ließ mich erst mal auf einen der unbequemen Plastiksitze plumpsen, um zu verschnaufen. Die Fahrt hatte mich völlig geschafft. Aber zum Glück würde ich ja in nur wenigen Stunden mein Baby im Arm halten! Dieser Gedanke heiterte mich so auf, dass ich lachen musste. Jonas schaute mich verwirrt an.

»Was ist denn jetzt so lustig?«, fragte er mich.

»Na ja, dass wir es überhaupt so weit geschafft haben, bis hierher, dass wir gleich ein Baby bekommen, das ist doch lustig, oder nicht?«

Jonas seufzte und sagte mit ernster Stimme: »Ja, sehr lustig. Ich gucke jetzt mal, ob ich eine Hebamme finde, und sage Bescheid, dass wir da sind, okay?« Mein lieber Mann regelte alles für mich, und ich konnte im grünen Plastikwartebereich der Station ein bisschen die Füße hochlegen. Jetzt hatte ich aber lange keine Wehe mehr gehabt, bestimmt fünf Minuten. Da konnte ich ja auch genauso gut etwas herumlaufen, um die Wehentätigkeit zu fördern. Gedacht, getan. Schon krückte ich am Geländer des Flures entlang, aufs Schwesternzimmer zu. Dort hörte ich Jonas lachen – schäkerte der etwa mit einer der Azubinen? Das war ja wohl die Höhe! Die würden hier gleich beide was erleben … Weiter kam ich mit meinen Gedanken nicht, denn eine weitere Wehe fuhr mir ins Kreuz, lähmte mich, und ich bemühte mich, sie kurzatmig zu verschnaufen.

Da traten Jonas und eine sehr junge Hebamme aus dem

Schwesternzimmer, laut Schildchen am weißen Kittel handelte es sich bei der Dame um Schwester Marie, sie sah aber eher aus wie ein zwölfjähriger Engel, mit blauen Augen und blonden Locken.

»Na, wo brennt's denn?«, fragte sie lächelnd, aber wenig fachmännisch.

»Äh …« Ich erstarrte angesichts so viel Unverständnisses. »Ich hab heftige Wehen, circa im Drei- bis Vierminutenabstand und wollte jetzt gerne mein Kind bekommen«, erklärte ich ihr.

»Dann kommen Sie erst mal mit zum CTG, wir müssen die Herztöne des Babys abhören und ihre Wehen checken.« Mit einem wimpernklimpernden Augenaufschlag in Jonas' Richtung hüftwackelte sie in Richtung Wehenzimmer, ich watschelte ihr schwerfällig und voller Rachegelüste hinterher. Jonas hielt sich aus allem raus, und vermutlich hatte er nicht mal mitgekriegt, dass die Schwester ihm schöne Augen machte.

Ich grummelte vor mich hin; allerdings tat mein Magen das auch. Diese Schwester Marie wollte ich aber nicht gerne fragen, ob mein Magengrummeln auch mit der bevorstehenden Geburt zu tun hatte, also fragte ich sie nach dem diensthabenden Arzt. Sie lachte glockenhell.

»Ein Arzt? Nachts hier im Krankenhaus?« Sie wollte sich schier ausschütten. »Nee, das müsste schon ein Notfall sein, dann können wir die anpiepen. Aber seit der Privatisierung wird hier an allem gespart … Ein Arzt, nachts!« Wieder kicherte sie, während ich mich aufs Bett legte, meinen Bauch entblößte und sie mich mit dem CTG-Gurt umspannte.

Nach einigen Minuten, die mir wie Stunden vorkamen, sagte Marie: »Sind Sie wirklich sicher, dass Sie Wehen haben? Hier werden nämlich keine verzeichnet.« Offensichtlich wusste sie noch nicht viel von ihrem Job, ich spürte ja eindeutig dieses Ziehen im Unterleib, im Kreuz und das Drücken nach unten. Also stellte ich das mal klar.

Es gab ein kurzes Wortgefecht, bis Jonas meinte, man könnte doch vielleicht mal eine der Oberschwestern fragen, was das jetzt zu bedeuten hätte. Als kurz danach tatsächlich eine Vorgesetzte das Zimmer betrat, verdüsterte sich meine Laune noch. War Marie der Stationsengel, so war Oberschwester Ermintraut das Gegenteil: Als hätten wir sie gerade bei ihrer Lieblingsbeschäftigung, rohe Kaninchen zu verzehren, aufgeschreckt, blickte sie ungnädig unter faltendurchkräuselter Stirn auf uns hernieder.

»WAS?« Eindringlich fokussierte sie uns der Reihe nach. Jonas kam dabei ungeschoren davon, an mir beziehungsweise meinem Bauch blieb ihr Blick kurz hängen, bevor er sich letztendlich in Maries Engelsgesicht bohrte.

»Keine Wehen auf dem CTG?«, motzte Ermintraut die junge Schwester an, als sei das allein ihre Schuld.

»Nein, Oberschwester«, flüsterte Marie.

Jetzt war ich an der Reihe – Schwester Teufelsbrut machte einen stampfenden Schritt auf mein Bett zu.

»Wann hatten Sie das letzte Mal Stuhlgang?«, schnauzte sie mich an und verschränkte die Arme, während sie auf meine Antwort wartete.

O mein Gott, was für eine Frage, ich wusste es nicht mal. »Äh … keine Ahnung«, nuschelte ich kleinlaut, ebenso hilflos wie kurz zuvor Marie. Warum sollte ich ihr was vormachen?

»Einlauf!«, befahl Ermintraut und trampelte aus dem Zimmer zurück in ihre Höhle, oder wohin auch immer.

Mir schwanden die Sinne. Nein, natürlich nicht, aber so eine schöne kleine Ohnmacht wäre jetzt angebracht gewesen. Stattdessen musste ich mir von Schwester Marie einen Einlauf verpassen lassen, und das leider nicht im übertragenen Sinne, während sie weiter meinen Mann anstrahlte. Herrlich. Diese Szene würde ich meiner schlimmsten Feindin nicht wünschen.

Als ich mich, psychisch und physisch entleert, aber keineswegs erleichtert kurze Zeit später wieder mit meiner Geburtstasche zu Jonas in den Golf setzte, sagte ich kein Wort. Wir fuhren los, zurück nach Hause. Die Wehen hatten nach meiner Entleerung abrupt komplett aufgehört.

Schwester Ermintraut hatte kurz vor unserem Abmarsch noch betont, dass ich lediglich an einer akuten schwangerschaftsbedingten Verstopfung gelitten hätte und dass es bis zur Geburt durchaus noch eine bis zwei Wochen dauern könnte. Na dann, tschüss bis bald, du Horrorkuh …

Zum Glück war sie bei Majas Geburt drei Tage später nicht im Dienst, Engelsgesicht Marie auch nicht, dafür zwei hartgesottene Hebammen, die sich mit den Stationsschwestern die Arbeit teilten und sich um die Gebärenden kümmerten, Placebo-Schmerzmittel und Spritzen statt guter Worte herausgaben und mich mit militärischem Geschrei vom Pressen abhalten wollten, als es so weit war.

Ich bekam Maja, verschmiert wie sie war, auf den Arm und war auf der Stelle so verliebt, wie ich es nie für möglich gehalten hätte. Sogar meine Liebe zu Jonas verschwamm dagegen, wurde diffus und ungreifbar. Jetzt wollte ich nur noch für dieses eine Wesen leben, für mein Würmchen, meine Prinzessin, dieses Wunder, das wir gezeugt hatten. Jetzt bekam mein eigenes kleines Leben einen Sinn. Die Gefühle überwältigten mich, aber ich war zu glücklich, um zu heulen.

Jonas schnitt vorsichtig die Nabelschnur durch, streichelte selig und verzückt Majas dunkles Köpfchen und sagte mit belegter Stimme: »Willkommen bei uns.«

Und wir begannen unser Leben als Familie.

45

Zu Hause – das ist jetzt hier in Pinneberg. Zwar klein – im Flur kann ich mit ausgestreckten Armen beide Seitenwände gleichzeitig erreichen – aber mein. Im Garten hängt unsere Wäsche zum Trocknen, die Sonne scheint, Schneeglöckchen und Krokusse schauen neugierig aus dem Rasen, und wir sind endlich angekommen.

Die Renovierung und der Umzug hatten in der letzten Woche ganz schön für Wirbel gesorgt. Ich war täglich zwischen Hamburg und Pinneberg hin- und hergependelt, hatte alle Zimmer in bunten Farben gestrichen, Maja war tagsüber bei meinen Schwiegereltern nebenan eingezogen, und wir hatten uns per Klopfzeichen verständigt: Zweimal klopfen hieß: »Wie geht es Maja?«, einmal lang und zweimal kurz war die Antwort und hieß: »Alles okay«, an der Tür klingeln mit dem Kind auf dem Arm dagegen hieß: »Bitte nimm sie wieder, sie weint, und wir wissen nicht, warum.«

Jonas musste im Theater wegen bevorstehender Festspiele Überstunden machen, so dass er lediglich am Umzugstag, dem dritten März, die Kartons mit in die beiden gemieteten Transporter hieven konnte. Leider hatten wir beide komplett vergessen, dass ja auch noch der Keller zur Wohnung gehörte, und um den hatten wir uns noch gar nicht gekümmert. Würde aber schon nicht so schlimm werden, da waren wir uns beide einig.

Am Umzugsmorgen stellten wir uns den Wecker auf 5.30 Uhr, Jonas wollte schon in aller Frühe damit anfangen, die Kartons und alten Krempel aus dem Keller in einem der Transporter zu verstauen. Die Sachen durchsehen und uns entscheiden, was wegzuwerfen war, konnten wir ja immer noch, im neuen Haus war ja auch viel mehr Platz. Ich stand also um sechs Uhr morgens oben in der Wohnung, schmierte Käsebrötchen und kochte Kaffee für Gerrit, Max und Andi, drei seiner Kollegen, die sich völlig verkatert im Wohnzimmer versammelt hatten und gar nicht daran dachten, meinem Mann unten zu helfen.

Da kam Jonas total genervt in die Wohnung gestürmt. »Sophie!«, fuhr er mich streng an, und seine Augen funkelten. »Warum steht unten alles unter Wasser, kannst du mir das erklären?« Ui. Unter Wasser? Im Keller? Keine Ahnung. Oh, da fiel mir etwas ein. »Äh, kann sein, dass ich mal das Fenster offen gelassen habe, als ich ein paar Sachen in Größe achtunddreißig runtergebracht habe. Ich wollte nicht, dass sie so muffig werden, weil ich sie doch bestimmt bald wieder anziehen kann … Vielleicht hat's da reingeregnet?« Das musste so kurz nach Majas Geburt gewesen sein. Jetzt – ein Jahr später – hatte ich immer noch Größe zweiundvierzig und die Klamotten ganz vergessen. Majas Babysachen, die ich zwischendurch mal aussortiert hatte, hatte ich tütenweise auf den großen Haufen geworfen, und weil die Deckenbeleuchtung kaputt war, war mir anscheinend nicht aufgefallen, dass das Fenster immer noch offen stand. Meine Begründung schien ihm nicht wirklich einzuleuchten.

An seine Kollegen gewandt, sagte er: »So, Jungs, lasst uns mal erst im Keller anfangen. Wasserschaden!« Noch ein funkelnder Blick in meine Richtung, dann stampften und trampelten die Männer durchs Treppenhaus nach unten. Ihnen zuzurufen, dass sie etwas leiser sein sollten, hätte jetzt wohl keinen Sinn gemacht. Erstens hätten sie es nicht gehört, zweitens sich nicht dran gehalten und drittens war es eh egal, da es unser letzter Tag im alten Haus war. Die rothaarigen Zwillinge hatte ich übrigens lange nicht mehr hinuntertrampeln gehört. Ich schätze, Majas Elektrospielzeug hat ihr Stampfen wohl übertönt. Moment mal, Wasserschaden? In unserem Keller? Ich beschloss, die letzten Taschen und Tüten mit Proviant (für die halbstündige Fahrt nach Pinneberg) später zu packen, und folgte meinem Mann und seinen Helfern nach unten; Maja verbrachte den großen Umzugstag bei ihren Großeltern.

Die ersten Überreste meiner Frühjahrskollektion 2002 sah ich schon, als ich noch nicht ganz unten war. Jonas, Andi, Gerrit und Max machten sich gar nicht erst die Mühe, meine geliebten Kleidungsstücke von Esprit, Donna Karan, Mango und Zara auszuwringen oder beiseitezulegen, sie wollten sie einfach in den Müll werfen! Das konnte, das durfte einfach nicht wahr sein!

»Halt!«, schrie ich, auf einmal ganz rot im Gesicht, und warf mich vor die Tür zu den Müllcontainern, beide Arme weit ausgestreckt, um den Schändern Einhalt zu gebieten. »Nur über meine Leiche!« Jetzt weiß ich, woher der Ausdruck kommt: »Jemand sieht rot.« Ich hatte auf einmal einen leichten Rotschleier vor Augen und war bereit, jemanden im Affekt zu erschlagen. Gerrit hielt eine triefnasse Ladung Tops, Gürtel und Handtaschen im Arm, und ich schubste ihn, so dass er nach hinten stolperte und meine persönlichen Sachen fallen ließ.

»Was fällt dir ein?«, zischte ich ihn an und hob eine D&G-Tasche auf, die ich lange nicht gebraucht, aber immer geliebt hatte. Meine hochhackigen Jeanssandalen lagen gleich daneben, ich schnappte sie mir und hielt sie fest umklammert. Mit den Schuhen schlug ich auf jeden ein, der sich mir oder den Mülltonnen auch nur nähern wollte, schrie immer wieder: »Das ist mein Leben, das ihr da wegwerfen wollt!« und fuchtelte wie eine Irre mit den Sandalen herum. An den Fenstern des Mietshauses sammelten sich schon die

Zuschauer. Jonas kam schnaufend aus dem Keller, im Arm meine nassen Abendkleider. Erstaunt sah er mich an.

»Was machst du denn, warum schreist du hier so rum?«, fragte er irritiert. Jetzt gab es ja wohl Klärungsbedarf.

»Du und deine idiotischen Freunde!« Ich zeigte mit einer Sandale auf ihn und verzog mein Gesicht vor Wut zu einer Hexenfratze. »Warum werft ihr meine schönen Sachen weg?« Ich bekam kaum noch Luft, weinte und schniefte. Ängstlich lugte ich schließlich in den Müllcontainer. Es war einer aus Stein, der oben eine Klappe hatte, in die man seinen Müll warf, und zu dem es keinen Schlüssel gab, um die Mülltonnen einzeln herauszuholen. Oder zumindest hatten wir keinen. Ganz unten, so viel sah ich, zwischen alten Windeln, Kaffeefiltern und halbleeren Dosen mit Heringssalat lagen meine Lieblings-T-Shirts. Jetzt gab es kein Halten mehr. Der Anblick brach mir das Herz. Ich sank auf die Knie und trommelte mit den Fäusten gegen den Container. Dann wandte ich mich an Jonas. »Wenn du mich liiiiebst«, schluchzte ich, »wenn du mich liebst, holst du meine Klamotten da raus!«

»War schon immer etwas komisch gewesen …«, hörte ich jemanden aus dem Haus murmeln, »… sich so aufzuführen!« und »Sind doch nur ein paar alte Klamotten …« Bei diesen Worten heulte ich wie getroffen auf. Es war mir egal, was andere dachten. Diese Kleidungsstücke und Accessoires bedeuteten mein Leben, mein altes Leben, und es war alles, was ich davon noch hatte. Es wegzuwerfen bedeutete, es auszulöschen. Wieder weinte ich, ich saß auch immer noch auf dem Boden vor den Mülltonnen.

Andi, der Bühnentechniker, sah etwas verlegen drein. In seinen Händen hielt er eine schimmelige und Gestank verbreitende Papiertüte von ESPRIT, die bis obenhin voll gestopft war mit Spitzenunterwäsche. Monatelang hatten meine Sachen in einer regelrechten Moddergrube verbracht, ohne dass mir das bewusst gewesen wäre.

»Aber Süße«, sagte Jonas vorsichtig, während er meine Kleider aus Samt und Seide vorsichtig über einen Zaun hängte. Dann hockte er sich vor mich hin. »Ich dachte, du wolltest das ganze Zeug eh wegwerfen! Deshalb war es doch im Keller, oder nicht?« Ich starrte ihn ungläubig an. Wegwerfen? Ich? Meine SACHEN? Das ganze ZEUG? Spinnt der? Da mussten wir aber noch mal dran arbeiten. Wahrscheinlich brauchten wir einen Therapeuten und mehrere Jahre, bevor ich ihm wieder vertraute, aber wie ich jetzt erkannte, hatte er nicht aus purer Bosheit gehandelt. Dennoch hieß es augenblicklich: »Rettungsaktion einleiten«.

»Quatsch«, sagte ich und rappelte mich langsam auf. Wollte uns jetzt noch jemand zusehen, er hätte sich schon einen Weg durch die Menge bahnen müssen, so viele Menschen hatten sich inzwischen um uns versammelt. Es war ja auch Samstag, alle wollten zum Einkaufen. Und war da nicht sogar die schwerhörige Oma von nebenan?

Jonas nahm mir die Jeanssandale aus der Hand und sah mich zerknirscht an. »Echt, ich dachte, das wäre in deinem Sinne, dass das alles weg soll!«

Er sah ganz schön betreten aus, und fast tat er mir leid. Allerdings trotzdem etwas dämlich von Jonas zu denken, ich wollte meine Lieblingssachen wegwerfen, aber vielleicht sind Männer da eben einfach ... anders. Wie gesagt: Es würde lange dauern, bis ich ihm wieder vertrauen konnte.

Dann erklärte er mir, dass es gar nicht meine Schuld gewesen war, dass die Sachen alle trieften und stanken. Ein Ast des Rhododendrons vor dem Haus musste bei Sturm das dünne Fenster zerbrochen haben, so dass sich darunter genügend Regenwasser sammeln konnte, um eine kleine Sintflut auszulösen. Durch den stetigen Regen, der über ein Jahr lang durchs kaputte Fenster getröpfelt war, war alles komplett durchnässt, verschimmelt und vieles auch nicht mehr zu gebrauchen. Aber ich wollte doch noch selber entscheiden, welcher meiner Schätze im Müll landete! Jetzt hieß das Kommando erst mal: Mission Mülltrennung. Einer nach dem anderen, der blonde große Gerrit, der bärtige Andi und Max mit der braunen Adidas-Jacke entschuldigten sich jetzt murmelnd bei mir.

»Echt, Jonas meinte, der Keller wäre so eine Art Sondermülllager, wo ihr euren Kram aufbewahrt, bevor ihr ihn wegwerft«, sagte Gerrit, und die beiden anderen nickten zustimmend.

Ich wischte mir noch eine letzte Träne aus dem Gesicht, schniefte und sagte: »Na gut, Jungs. Aber einer von euch muss jetzt da rein und meine Sachen wieder rausholen. Und zwar DU!« Ich zeigte auf Jonas. »Du bist klein, und du bist schuld, also holst du meine Sachen wieder raus!«

Jonas wollte etwas sagen, öffnete wie ein Fisch den Mund und klappte ihn wieder zu. Damit hatte er nicht gerechnet. Als eine der Zuschauerinnen am Fenster mir zu Hilfe kam und rief: »Ja, sie hat Recht!«, ergab er sich. Sportlich schwang Jonas sich auf den Müllcontainer. Wow, das hatte er jedenfalls gut drauf. Ich war plötzlich neben aller Wut auch ein bisschen stolz auf meinen Mann.

Aus der Zuschauermenge kamen nun laute Rufe: »Igitt!«, »Das kann sie doch nicht machen!« und »Tu's nicht!«, aber Jonas seufzte noch einmal und schob sich dann mit den Füßen zuerst – zum Glück war er ja schmal und wie gesagt klein – durch die Müllöffnung in den Container. Zum Schluss sah man noch seinen Kopf, schließlich war auch der verschwunden. Als Nächstes flog mein grünes T-Shirt mit dem Schmetterling aus Strasssteinchen auf den Bürgersteig, dann mein Trägertop mit den Erdbeeren drauf, danach mein braunes enges Shirt mit der Aufschrift »Hollywood« und noch einige andere Tops und Shirts. Ich war zufrieden. Natürlich würde ich die Sachen dennoch nicht mehr tragen, aber so sollte es sein. Ich konnte sie mir ja an die Wand hängen, nachdem ich sie gewaschen hatte. Ich liebte sie einfach zu sehr, um sie zu entsorgen. Manche Sachen hatte man eben einfach nur, um sie zu haben, nicht um sie zu tragen, aber das verstanden Männer nicht.

Einer der Zuschauer fing an zu klatschen, schließlich applaudierten alle Anwesenden, und als Jonas seinen hochroten Kopf wieder aus dem Container schob, jubelte die Menge. Es war ein Riesenspaß, eine kleine Erheiterung der breiten Masse, ganz umsonst und sicher spannender als Fernsehen.

Die Menge löste sich langsam wieder auf, und die Gardinen an den Fenstern wurden ebenfalls wieder zugezogen. Jonas stank nach Windeln und Fisch, und ich schickte ihn erst mal duschen und sich umziehen. Wieder mit der Welt versöhnt, sah ich ihm hinterher, wie er nach oben stapfte. Einen Kuss würde er von mir erst wieder bekommen, wenn er sich gewaschen hatte, so viel war mal klar. Meine Wut war verflogen, wir hatten ja alles retten können.

Nachdem ich all meine stinkenden, nassen und verschimmelten Klamotten in Plastiktüten gepackt und gut verschnürt in den Wagen geworfen hatte, ging es um Schadensbegrenzung. Der Keller war komplett vollgelaufen, und wir hatten es monatelang nicht gemerkt. Jonas telefonierte kurz mit seiner Versicherung, dann mit dem Vermieter; es gab keine Probleme, da wir gegen Sturmschäden versichert waren. Jonas ist da, wie soll ich sagen, etwas versicherungsfanatisch, doch diesmal zahlte es sich aus. Es hätte uns in diesem Falle nämlich Kopf und Kragen gekostet, hätten wir die Wasserschadenzusatzversicherung nicht abgeschlossen. Vielleicht hatte auch das Leben mit mir erst einen solchen Versicherungsfan aus Jonas gemacht, das weiß ich nicht – wenn ich wieder mit ihm spreche, muss ich ihn mal fragen.

Schnell packten wir die restlichen durchnässten Kartons ein, warfen allerdings meine Sachen aus dem Germanistik-Studium in den Müll (die würde ich ja im Leben nicht noch mal brauchen) und trugen schließlich noch aus dem vierten Stock die gepackten Kartons und auseinandergebauten Möbel nach unten. Dann nichts wie weg nach Pinneberg – nach uns die Sintflut.

Durch die Verzögerung kamen wir erst abends im Haus an, und die Lampen funktionierten nicht, so dass wir mit Kerzen, Feuerzeugen und Taschenlampen hantieren mussten. Eigentlich war das auch nicht so schlimm, so sah Jonas, der ein paar Tage nicht im Haus gewesen war, nicht so deutlich, dass ich jedes Zimmer in einer anderen Farbe gestrichen hatte. Oder in mehreren Farben: Den Flur blau, pink und lila, das Wohnzimmer gelb und orange, die Küche knallgrün, Majas Zimmer pink und grün mit orange, und unser Schlafzimmer in Altrosa mit Weiß. Das Bad hatte ich so gelassen, wie es war. Mit seinen grünen Siebzigerjahre-Kacheln hatte es etwas schön Schäbiges, und »Schäbbi-Schick« war ja nun gerade in. Ich hatte unsere eigene kleine Villa Kunterbunt geschaffen. Natürlich hatten wir uns vorher abgesprochen, jedenfalls gab er mir sein Okay, die Wände dezent farbig zu gestalten. Ich glaube aber, dass wir nicht ganz die gleiche Vorstellung von *dezent* hatten, deshalb gab ich mich damit zufrieden, wenn Jonas die Ausmaße von »Kunterbunt« erst am Morgen nach dem Umzug erfuhr.

Nachdem ich im Schein einiger Teelichter Kartons mit Küchenzeugs ausgepackt, Jonas die Betten aufgebaut und ich Maja hingelegt hatte, bezog ich unsere Matratzen, benutzte das erste Mal unsere neue alte Dusche und ging hundemüde schlafen.

Währenddessen waren Jonas und seine Freunde die ganze Nacht damit beschäftigt herauszufinden, warum genau unsere Elektrik nicht funktionierte. Irgendwas war da schiefgelaufen, und es hatte mit Leitungen und Sicherungen zu tun. Anstatt sich also endlich zu seiner lieben Frau schlafen zu legen, fuhrwerkte Jonas mit Tom, Gerrit, Andi und Max, die genauso wenig Ahnung von Elektrokram hatten wie er, mit Taschenlampen und Schraubenziehern im Sicherungskasten herum.

Ich ließ ihnen den Spaß, klopfte meinen Schwiegereltern Gute Nacht (dreimal kurz), gab Maja in ihrem Gitterbett noch ein Küsschen, wobei ich fast mit zu ihr ins Bett gefallen wäre, als ich mich so tief vornüberbeugte, und legte mich dann endlich hin. Ein rosa Prinzessinnenschlafzimmer hatte ich mir schon immer gewünscht. Lächelnd räkelte ich mich in eine bequeme Position und träumte von Himmelbetten, von mir auf einem Podest und einer süßen Maja im rosa Designer-Outfit von Versace, als Jonas mich unsanft weckte.

»Schaaaatz?« Rüttelrüttel. Penetrant schüttelte er an meiner Schulter, und ich wollte nicht aufwachen. Es war doch alles gut, wir waren umgezogen, was sollte das Gerüttel? Ich war doch gerade erst eingeschlafen. Aua, mein Traum.

»Du machst alles kaputt«, murmelte ich. »Was ist denn los?«

»Schatz, wir müssen raus, die Feuerwehr kommt gleich!«

Ich war mit einem Mal hellwach und setzte mich senkrecht auf. »Wie – die Feuerwehr?«

»Wir hatten eben ein kleines Feuer, uns ist eine der Leitungen angekokelt, als wir das Licht angemacht haben, obwohl wir sicher waren, dass alles richtig war.«

Ich nahm meine Hello-Kitty-Schlafbrille ab. »Dann solltet ihr vielleicht nicht die Feuerwehr holen, sondern einen Elektriker«, stellte ich fest und blinzelte in die Taschenlampe, die Jonas auf mich gerichtet hatte. Wieso konnten diese Jungs nicht mal jemanden fragen, der sich mit so etwas auskennt? Hatte ich Bock, jetzt in meinem Snoopy-Schlafanzug auf die Straße zu treten und dort zu bibbern?

»Soll das heißen, uns brennt jetzt gleich die Bude ab?«, fragte ich ungläubig. Ich sprang aus dem Bett, zog mir eine Jeans an und wollte zu Maja rennen, um sie zu retten. Roch ich etwa schon Rauch in der Luft?

»Kein Grund zur Panik!«, sagte Jonas beruhigend und hielt mich zurück.

»Wie bitte? ›Hallo, wach mal auf, es kommt gleich die Feuerwehr!!‹, soll kein Grund zur Panik sein?« Ich sah Jonas ungläubig an und zog eine genervte Schnute. Es roch doch eindeutig nach Rauch, wir mussten hier raus! Mir taten die Arme und Schultern vom Kistenschleppen weh, ich hatte mich gefreut auf die erste entspannte Nacht im neuen Haus, und was machte er? Er spielte an den Elektroleitungen herum wie ein kleiner Junge und rief dann die Feuerwehr auf den Plan.

»Sophie, nein, es ist nur eine Sicherheitsmaßnahme!«

»Und die kann nicht bis morgen früh warten?« Ich wurde langsam ärgerlich. »Dann geh ich eben mit Maja zu deinen Eltern rüber.«

Jonas schaute auf den Boden und murmelte etwas wie: »Audabei.«

»Was ist los?«, fragte ich gereizt.

»Die müssen auch raus, die ganze Straße muss raus, alles wird evakuiert«, sagte er jetzt, und in der Ferne hörte ich Feuerwehrsirenen. Das war doch jetzt wohl bestimmt noch Teil meines Traumes, oder? Aber wieso konnte ich nicht weiter von Himmelbetten und Donatella Versace träumen, warum musste ausgerechnet die Feuerwehr in meinem Traum auftauchen? Und wo kam auf einmal mein Schwiegervater her?

»Hallo, hallo, was ist denn hier los?«, fragte er fröhlich und steckte seinen Kopf durch die Schlafzimmertür.

Jonas erklärte ihm, so gut es ging, was passiert war. Ich hatte es irgendwie immer noch nicht verstanden. Da hörte ich Maja durchs Babyphone weinen, das hieß, sie war wach. Die Feuerwehrsirene wurde lauter. Maja auch. Ich zog mir schnell Strickjacke und Strümpfe über und schlüpfte in meine Stiefel. Dann hastete ich ins Kinderzimmer, hob Maja auf den Arm, gab ihr einen Kuss und sagte, dass alles gut sei. Schnell zog ich auch ihr dicke Sachen an, zum Schluss ihren Schneeanzug – immerhin war es erst Anfang März und nachts unter null Grad –, und lief mit ihr zurück ins Schlafzimmer.

Da hörten wir von der Straße her eine Stimme durchs Megaphon: »Achtung, Achtung, hier spricht die Feuerwehr! Alle Anwohner der Straße Löwenzahn werden gebeten, ihre Häuser zu verlassen! Es handelt sich nur um eine Sicherheitsmaßnahme, keine Panik! Bitte verlassen Sie alle Ihre Häuser!«

Später würden wir bestimmt darüber lachen können. Sehr viel später.

Nach einiger Zeit hatte sich die Aufregung um uns gelegt, die Nachbarn beäugten uns zwar nach wie vor misstrauisch, aber mit den meisten hatten wir uns gleich in der ersten Nacht aufs Du geeinigt. Wenn man zitternd vor seinem Haus steht, Pfefferminztee aus Thermoskannen trinkt und Feuerwehrmännern mit Gasmasken dabei zusieht, wie sie in Dutzenden an einem vorbei und in die Reihenhäuser rennen, verbindet das ja auch irgendwie. Nach zwei Stunden hatte der Spuk ein Ende, und am nächsten Tag hörten wir folgende Meldung im Radio:

»Regelrechte Dummheit hat in der Nacht die Feuerwehr in Pinneberg auf Trab gehalten. Nach eigenen Angaben hatten zwei junge Männer bei Elektroarbeiten eine Stichflamme ausgelöst und daraufhin die Feuerwehr verständigt. Um ein Übergreifen des Brandes auf die Nachbarschaft zu verhindern, war der gesamte Pinneberger Löschzug in die Straße »Löwenzahn« gezogen, konnte den bestehenden Brand aber mit einem Feuerlöscher bekämpfen. Aus Sicherheitsgründen waren alle Nachbarhäuser ebenfalls auf Brandherde untersucht worden. Kräfte des Technischen Hilfswerkes waren vor Ort und kümmerten sich um die verstörten Anwohner. Nach zwei Stunden durften alle wieder in ihre Betten.«

Wie sich später herausstellte, hatte sich einer der Jungs, nämlich Tom, beim Anblick der kleinen Flamme so erschreckt, dass er derjenige gewesen war, der mit den Worten: »Hilfe, es brennt, hier fackelt alles ab« die 112 gewählt und panisch unsere Adresse angegeben hatte.

Zwei Wochen später haben wir uns eingerichtet, Jonas findet die Farben an den Wänden »schön und lebendig«, alle Kisten sind ausgepackt, und es fühlt sich ganz normal an, hier zu wohnen. Mit einer Nachbarin habe ich mich schon ein bisschen angefreundet, sie heißt Bianca und hat eine Tochter in Majas Alter. Sie war mal Schauspielerin, backt aber jetzt die besten Marzipanmuffins, die ich je gegessen habe, und überlegt, eine private Kindertagesstätte zu gründen.

Maja hat letzte Nacht bei Oma und Opa übernachtet, damit Jonas und ich mal wieder ungestört sein konnten, deshalb durften wir heute lange ausschlafen. Jonas war schon beim Bäcker gewesen, hatte Brötchen geholt und den Frühstückstisch gedeckt, und den Geräuschen nach duscht er gerade.

Als ich mich mit meiner Tasse Kaffee an den Tisch setze, fällt mir ein Brief ins Auge, der neben dem Teller liegt. »*Mütter* – die Zeitschrift für Mütter« steht oben links als Absender. Unschlüssig drehe ich den Brief hin und her. Heutzutage werden Absagen ja nicht mehr als große, bedrohlich wirkende Umschläge verschickt, sondern kommen still und heimlich im Normalformat. Meistens sogar als »maschinell erstelltes Schreiben«, das nicht mal mehr eine Unterschrift braucht. Bei einem Jugendsender hatte ich mich mal so oft für ein Praktikum beworben, bis ich irgendwann einen Brief bekam mit den Worten: »Liebe Frau Sonnenberg, vielen Dank für Ihr ausgeprägtes Interesse an unserem Sender und Ihre damit verbundene wiederholte Mühe, aber BITTE bewerben Sie sich nicht mehr bei uns!! NIE WIEDER! Es hat keinen SINN!«, oder so ähnlich. Jedenfalls war es eine ziemlich deutliche Absage gewesen.

Dieser Brief, der nun heute, an diesem strahlenden Frühlingsmorgen, zwischen Lätta, Schinken und Himbeermarmelade liegt, schaut mich fragend und abwartend an und sieht dabei eigentlich ganz freundlich aus. Ich kann Maja und meine Schwiegermutter im Garten nebenan lachen hören. Die Sonne scheint, an der Leine im Wind wackelt frisch gewaschene Bettwäsche. Langsam pule ich den Umschlag mit einem Finger auf, hole das Schreiben heraus, und mit einem geseufzten »Na gut« werfe ich einen Blick drauf. Und kann nicht glauben, was ich lese! Ich schreie nach Jonas und renne nach oben. Dort reiße ich Badezimmertür und Duschkabine auf, stehe im warmen Nebel und werde von Wasserspritzern durchnässt.

»Hier!«, keuche ich. »Lesen! Sofort!« Jonas beugt sich aus der Dusche, greift mit tropfenden Haaren nach einem Handtuch und dann mit trockenen Händen nach dem Brief. Beim Lesen der ersten Worte fängt er an zu strahlen.

»Das gibt's ja nicht!«, ruft er. »Das ist ja super! Herzlichen Glückwunsch! Ich hab's ja immer gewusst!« Er steckt mich mit seiner Freude so an, dass mir ganz schwindelig wird. Nass wie er ist, drückt er mich an sich, und ich kreische und lache.

Sehr geehrte Frau Ahorn,
vielen Dank für Ihre Bewerbung und Ihre Textprobe. Wir möchten Ihnen gerne mitteilen, dass Sie mit Ihrer Kolumne den renommierten Preis der Newcomerin des Jahres in der Kategorie »Mütter, die auch Menschen sind« gewonnen haben. Bitte sagen Sie uns Bescheid, ob und mit wem Sie zur Preisverleihung im Hotel Atlantic erscheinen. Die Gala und das anschließende Dinner sind für zwei Personen reserviert. Natürlich steht Ihnen ein Limousinenservice zur Verfügung. Um Sie im Vorfeld schon kennenzulernen und die Einzelheiten einer weiteren Zusammenarbeit zu besprechen, würden wir Sie gerne zu einem persönlichen Gespräch einladen. Bitte melden Sie sich telefonisch bei mir, sobald es Ihre Zeit zulässt.
Mit lieben Grüßen, Amelie Winter, Chefredaktion Mütter

Stolz liest Jonas kurz darauf auch meinen Schwiegereltern den Brief vor. Kaum zu glauben! Ich habe tatsächlich einen Preis gewonnen! Ich entschließe mich, dass ich auch an einem Samstag die Chefredakteurin auf dem angegebenen Handy anrufen kann.

»Winter?« meldet sie sich. Jetzt bin ich aber aufgeregt!

»Ja … äh … Sophie Ahorn hier«, fiepse ich, bevor ich meine normale Stimme wiederfinde. Etwas weniger piepsig fahre ich fort: »Ich habe hier anscheinend einen Brief von Ihnen bekommen – oder es hat sich jemand einen gemeinen Scherz mit mir erlaubt!«

Amelie Winter lacht und bestätigt, dass der Brief durchaus ernst gemeint ist.

»Sie haben einen so schönen Schreibstil«, lobt sie mich, und ich werde rot, »dass wir uns freuen würden, mehr von Ihnen zu lesen. Und als Moderatorin und Fernsehreporterin sind Sie mir früher schon aufgefallen. Da war doch diese Sache mit der Hochzeit – Sie erinnern sich?«

Ob ich mich erinnere? Das sollte ja wohl echt ein Witz sein! Lachend sage ich: »Ja, ich glaube, ich kann mich dunkel erinnern.«

Wir machen gleich für Montag einen Termin für unser Kennenlerngespräch aus, Frau Winter sagt, sie freue sich, und das freut mich wiederum. Gleichzeitig bin ich gerührt und auch ein bisschen stolz. Das ist das Leben, so wie es sein soll, denke ich.

Als Jonas und ich es uns nach dem Gespräch mit meiner neuen Chefin auf der Terrasse gemütlich machen, den Blick auf unseren Garten gerichtet, von der Sonne und vom Lachen unserer Tochter gewärmt, bekomme ich ein komisches Gefühl. Nicht direkt schlimm, aber irgendwie ungewöhnlich. Wie ein Kloß im Hals und ein kleiner Ofen im Bauch. Es dauert eine Weile, bis ich erkenne, was es ist. Ich bin glücklich. Einfach, schlicht, ganz banal, zufrieden mit meinem Leben, *glücklich.*

Und endlich da, wo ich immer sein wollte. Hier anzukommen, hat eine Ewigkeit gedauert.

Kurze Danksagung:

Ich bedanke mich bei allen, die mich immer und ausnahmslos durch Lob und Begeisterung beim Schreiben und auch sonst unterstützt haben:

Andreas Dietz, Maike Friese, Susanne Markscheffel, Sarah Schröder, Theresa Bauhaus, Sabine Ziegert, Julia Junghans, Kati Quast, meine Mutter.

Danke auch der besten Babysitterin und Freundin der Welt, die sich so toll um meine Kinder kümmert, wenn ich arbeite, und immer ein offenes Ohr und Auge für mich hat – Becky Geldner.

Mein besonderer Dank gilt der Verlagsagentur Lianne Kolf; Anoukh Foerg und Lianne Kolf hielten mein Manuskript für lesens- und liebenswert und brachten damit den Stein ins Rollen. Außerdem gebührt mein Dank dem Heyne Verlag, insbesondere Anne Tente.

Meinen Kindern möchte ich danken, auch wenn sie es erst später lesen können, dafür, dass sie mich zu dem Menschen gemacht haben, der ich jetzt bin. Ich liebe euch unendlich.

GEWINNEN SIE EIN TOLLES BUCHPAKET MIT FÜNF TASCHENBUCH-BESTSELLERN!

Sie haben den Roman von Katri Dietz gelesen?
Dann können Sie bestimmt diese Fragen richtig beantworten!

Wie heißt der Radiosender, bei dem Sophie arbeitet?

- O Hanseradio
- O Alsterwelle
- O Hafenradio

Wie hat Sophie ihre beste Freundin Mona kennengelernt?

- O In der Schule beim Französischunterricht
- O Als Praktikantin beim Radio
- O Beim Ballettunterricht

Wo lernt Sophie Jonas kennen?

- O Im Blauen Peter
- O In Rosis Bar
- O Im Winterwunderland

Wie heißt Sophies Tochter?

- O Maja
- O Sara
- O Anja

Gewinnen Sie! Machen Sie mit! Im Internet unter
www.heyne.de/Frauen-Bestseller vom 1. bis 31. Mai 2011.

Viel Glück wünscht Ihnen
Ihr
Wilhelm Heyne Verlag

Eine Teilnahme ist nur online unter
www.heyne.de/Frauen-Bestseller
möglich. An der Verlosung nehmen ausschließlich persönlich
eingesandte Antworten teil. Mehrfacheinträge
(manuell oder automatisiert) sind nicht zugelassen.
Der Rechtsweg ist ausgeschlossen.

HEYNE